Par amour ou par défi

PATRICIA POTTER

Patricia Potter

Par amour ou par défi

Traduit de l'américain
par Catherine Plasait

Éditions J'ai lu

Titre original :

DEFIANT
Bantam Books, New York

PROLOGUE

El Paso, 1876

Rien n'est plus lugubre, plus atroce que le bruit de la terre que l'on jette sur un cercueil.

Mary Jo le connaissait bien. Elle avait enterré son époux deux ans auparavant, et à présent c'était le tour d'un ami, Tyler Smith. Plus qu'un ami, d'ailleurs. Tyler l'avait demandée plusieurs fois en mariage, mais elle lui avait toujours répondu que pour rien au monde elle n'épouserait un Ranger, un soldat de la garde montée du Texas.

Comme l'était son défunt mari.

Les larmes lui perlaient aux yeux et elle fit un vaillant effort pour les ravaler. Elle ne pleurerait pas devant des hommes qui méprisaient les manifestations de faiblesse. Ils étaient tous là, les camarades de Tyler, sauf Morgan Davis, qui s'était trouvé avec lui au cœur de la fusillade, dans la petite ville d'Harmony. Seulement blessé, il avait décidé d'y rester avec sa petite amie. Pour Tyler, le coup avait été mortel, en revanche.

Un homme au moins en serait sorti vivant, songea Mary Jo avec une pointe d'amertume. Pourquoi n'était-ce pas Tyler ?

La main de Jeffry se crispa dans la sienne. A onze ans, son fils avait déjà connu trop de morts. Il avait fait campagne pour qu'elle épouse Tyler avec tout

5

l'art et toute la stratégie d'un général d'armée. Il avait bien failli l'emporter...

Ike Langford, le capitaine de la garnison, prononça quelques mots sur la tombe du soldat. Des mots émouvants pour ceux qui accordaient de l'importance à l'honneur, au devoir. C'était le cas de Mary Jo, naguère, mais à présent, ces paroles lui paraissaient vides, dénuées de sens. A quoi servait l'honneur quand on se sentait seule à mourir, quand on suffoquait de chagrin au long des nuits interminables ? Et le devoir, lorsqu'un enfant pleurait parce que son père lui manquait ?

Ike s'approcha d'elle.

— Je suis navré, Mary Jo.

Elle lui lança un coup d'œil glacial, et il eut l'air étrangement piteux.

— Pourriez-vous venir dans mon bureau ? ajouta-t-il.

Mary Jo regarda son fils, qui luttait bravement contre sa peine. Les soldats ne pleuraient pas ! Il se le répétait sans cesse pour se donner du courage.

— Un peu plus tard, répondit-elle sèchement.

Elle détesta Ike, à ce moment-là. Elle haïssait ce militaire qui envoyait des hommes au massacre.

— Quand vous voudrez.

Il hésita un instant avant de répéter en secouant la tête :

— Mary Jo, je suis vraiment navré !

Elle se mordit la lèvre.

— Je vais partir, vous savez. Dès que possible.

Mais quand ? Elle avait si peu de moyens. Depuis la mort de Jeff, son mari, elle vivait à la caserne, où elle gagnait quelques dollars comme cuisinière, lavandière, voire couturière.

— Je ne veux pas qu'on s'en aille ! déclara Jeffry.

Mary Jo avait le cœur horriblement serré. L'enfant voulait devenir soldat, lui aussi, comme son père. Comme son père, et Tyler, et tant d'autres.

Il devrait lui passer sur le corps ! Elle ne lui avait pas donné la vie pour qu'il trouve la mort dans quelque rue poussiéreuse d'une ville sinistre. Il fallait qu'elle l'emmène loin de tout cela !

Ike avait la bouche crispée, signe d'une émotion qu'elle ne lui avait jamais vue, mais, aussi taciturne que les hommes qu'il commandait, il se contenta de hocher la tête.

Elle demeura agenouillée au bord de la tombe tandis que les autres s'éloignaient avec pudeur pour la laisser près de l'homme qui avait tant souhaité l'épouser.

Elle avait apporté une fleur, une seule, car la sécheresse avait eu raison des plates-bandes qu'elle entretenait avec tant d'amour. Les tiges jaunies lui semblaient symboliser sa propre vie.

Tenant toujours Jeffry par la main, elle se releva.

— A la grâce de Dieu, et bonne chance pour ton dernier voyage, murmura-t-elle.

Jeffry lâcha sa mère pour s'essuyer rageusement les yeux. Mary Jo passa le bras autour des épaules du petit garçon et l'entraîna lentement vers leur maisonnette si nue, si vide.

Deux heures plus tard, elle se trouvait dans le bureau d'Ike, tandis que Jeffry était resté chez eux à s'occuper d'un chiot que lui avait offert l'un des soldats. Mary Jo avait béni ce cadeau si opportun. Jeffry en avait toujours eu envie, et quand l'animal, qui ressemblait à un petit loup, s'était jeté sur l'enfant à grand renfort d'aboiements joyeux et de coups de langue, elle avait donné son consentement sans hésiter.

Jeffry se réfugiait dans le silence depuis qu'il avait appris la mort de Tyler ainsi que la décision de Morgan de démissionner de l'armée pour aller vivre dans le Wyoming. Il vénérait les deux hommes, et il était essentiel qu'il eût un nouveau centre d'intérêt. Quant à Mary Jo, elle avait eu son mari, puis Tyler, et cela suffisait. Jamais plus elle n'aimerait un homme, se jurait-elle. Elle n'aurait pas le courage d'affronter une nouvelle disparition.

— Mary Jo, commença Ike en jouant avec une enveloppe, Tyler a laissé ceci pour vous, au cas où...

Il la lui tendit. Mary Jo la regarda comme s'il s'agissait d'un serpent à sonnettes. *Il savait qu'il allait mourir.*

— Il m'avait donné sa démission, dit-il. Ouvrez.

Mary Jo obéit pour découvrir une feuille ainsi qu'une liasse de billets. Glacée, elle déplia le papier.

Une donation. Un ranch de cinq cents acres dans un endroit du Colorado appelé Cimarron Valley. Et deux mille dollars.

Elle regarda Ike. Les yeux bleus, d'habitude si froids, trahissaient quelque compassion.

— Un héritage touché voilà quelques mois, expliqua-t-il. Il a acheté le ranch la semaine dernière, durant sa permission.

— Je... je ne comprends pas, parvint à articuler Mary Jo.

— Il menait son propre combat contre lui-même, dit Ike. Il ne savait pas s'il était capable de quitter l'armée ; il voulait être bien sûr de lui. Je crois qu'il a pris sa décision la veille de notre départ pour Harmony. Il avait l'intention de vous en parler à notre retour. Il n'ignorait pas que vous refuseriez d'épouser à nouveau un soldat.

Mary Jo ferma les yeux. Comme cela avait dû lui coûter !

— Il vous aimait, Mary Jo, poursuivait Ike. Enormément. C'est pourquoi il vous a laissé ceci.

— A moi ?

— Vous pourriez vendre cette propriété, partir vivre dans l'Est.

— Je ne peux pas... je ne peux pas accepter !

8

Elle ne méritait pas ce cadeau, elle qui avait refusé d'épouser Tyler à plusieurs reprises sous prétexte qu'il était Ranger.

— C'est ce qu'il souhaitait, insista Ike. Vous n'avez pas le droit de le décevoir maintenant. Il voulait que Jeffry et vous soyez à l'abri du besoin.

Mary Jo se leva, se dirigea vers la porte, l'ouvrit, contempla les plaines brûlées, les baraquements sinistres. Deux hommes sellaient leurs chevaux dans le corral, le holster fermement attaché à la cuisse, leurs fusils appuyés à la barrière. Des hommes dangereux, impitoyables. Où allaient-ils, et pour quoi faire ?

Elle pensa à Jeffry, si jeune, qui admirait tant les soldats.

— Je veux être un Ranger, comme mon papa, répétait-il sans cesse.

Et elle sut qu'elle allait accepter le présent de Tyler. Pour que Jeffry ne subisse pas le même sort que lui.

Elle se retourna vers Ike.

— Nous partirons vendredi.

1

Cimarron Valley, Colorado, 1877

Gary Foster souhaitait mourir, mais le diable se montrait fichtrement peu disposé à l'emporter!

Gary avait décidé depuis une éternité que la vie était le pire des enfers. Il aurait dû disparaître cent fois, s'il y avait une justice en ce monde, car il avait bien souvent flirté avec le danger, mais quelque démon l'avait toujours empêché de franchir le pas définitif.

Il gémit en se tournant vers le soleil. Il risquait bien de voir son vœu enfin exaucé sous peu.

Si seulement la mort était indolore!

Il avait deux balles dans le corps, une à la cuisse, l'autre au bras droit. La blessure à la jambe n'était pas un problème, sinon qu'elle saignait au moindre mouvement, mais son bras était dans un état épouvantable. Le projectile avait endommagé des nerfs ainsi que l'os. Il souffrait atrocement et le membre pendait à côté de lui, inerte.

Ce qui n'avait guère d'importance, puisqu'il était perdu. Il ne savait pas où aller, sa jambe ne le porterait pas, et de toute façon, il se trouvait au milieu de nulle part près du cadavre de sa monture.

Le cheval pie avait été touché dans l'embuscade,

et Gary l'avait achevé afin d'épargner d'inutiles souffrances à son vieux compagnon.

Tout ce qu'il aimait avait disparu, à présent. D'ailleurs, habitué au malheur, il était immunisé contre la peine qui menaçait de l'engloutir, du moins le croyait-il.

Sa dernière action, cette vengeance ultime, aurait dû atténuer le chagrin lancinant qui ne lui laissait pas de répit, même dans son sommeil… mais ce n'était pas le cas. Au contraire, cette victoire — si on pouvait l'appeler ainsi — l'avait encore aiguisé, car maintenant il n'avait personne à haïr, aucun être sur qui focaliser sa haine. Sauf lui-même.

Il ferma les yeux, attendant que l'engourdissement s'empare de lui, efface la douleur de son corps et de son âme. Pourquoi fallait-il tant de temps pour mourir, pour que le sang s'écoule de lui, emportant le peu de vie qui lui restait ? S'il avait plus de cran, il se servirait de son poignard afin d'accélérer le processus, mais sans doute raterait-il cela aussi.

Il s'était débrouillé pour tout gâcher dans sa vie. Cela avait commencé le jour où, âgé de quinze ans, il avait traîné en ville jusqu'au soir pendant que sa famille était assassinée. Et puis il y avait eu ce jour de malheur, dix mois auparavant, où, après avoir encore cédé à l'un de ses caprices, il avait retrouvé sa jeune femme indienne et leur fils morts. Ces crimes avaient tous été vengés, à présent. Le dernier des meurtriers de sa femme gisait non loin de là.

Gary aurait dû en tirer une certaine satisfaction, mais au lieu de cela, il se sentait vidé. Il n'avait plus de mission, plus de but dans la vie.

Il remua légèrement, aveuglé par la douleur qui le dévorait, remontait jusqu'à son épaule comme une flamme le long d'une brindille sèche. Enfin, il fut englouti dans le bienfaisant gouffre noir de l'inconscience.

— Jake!

La panique montait dans la voix de Jeff.

Le vent s'était levé, les nuages s'amassaient rapidement dans le ciel; or Jeff en avait assez appris sur les brusques changements de temps pour s'inquiéter sérieusement.

— Jake! appela-t-il de nouveau.

Le chien, qui s'était lancé à la poursuite d'un lapin, avait disparu depuis plus d'une heure. Jeff frémit. On racontait qu'un puma était descendu des montagnes, attiré par le bétail, et le garçon avait peur. Il ne voulait pas perdre son chien!

— Jake!

Cette fois, il fut récompensé par une série d'aboiements, mais ce n'étaient pas les cris joyeux que poussait habituellement Jake. Il y avait une sorte d'urgence dans ses appels.

Jeff n'aurait pas dû se trouver si loin du ranch, il le savait, surtout seul et sans fusil. Mais sa mère le traitait trop souvent comme un bébé! A douze ans, il était assez grand pour se prendre en charge, pour qu'on l'appelle Jeff, comme son père, au lieu de Jeffry.

Les aboiements redoublaient, et Jeff se mit à courir, malgré la petite voix qui le mettait en garde contre le danger. Jake avait sûrement des ennuis. Peut-être s'était-il fait prendre dans un piège posé par des montagnards.

Comme il atteignait le sommet d'une colline, Jeff vit le chien tourner autour d'une forme allongée au sol, en s'arrêtant de temps à autre pour aboyer. Il regretta de ne pas avoir emporté son arme, mais il était trop tard pour fuir. Son père n'aurait pas eu peur, lui. Il n'avait jamais peur de rien!

Comme il approchait prudemment, Jake vint à sa rencontre, puis repartit vers sa trouvaille.

Un homme!

Jeff avança de quelques pas. Oui, c'était bien un

homme qui gisait sur le sol, dans ses vêtements tachés de sang coagulé. Jake posa la patte sur le torse du blessé comme s'il lui appartenait.

Jeff fit encore un pas. Il crut que l'homme était mort jusqu'à ce qu'il voie sa poitrine se soulever imperceptiblement. Accroupi près de l'étranger, il lui effleura l'épaule.

— Monsieur ?

Rien, pas même un grognement.

Il toucha sa peau, qui était moite, puis il leva un regard inquiet vers le ciel menaçant où tournoyaient des vautours. Enfin il aperçut le cheval mort. Il fallait absolument qu'il aille chercher du secours.

— Reste là, Jake, ordonna-t-il, sans bien savoir s'il serait obéi.

Le chien obéit. Il semblait fier de rester près de sa découverte, et Jeff espérait que sa présence éloignerait les oiseaux de proie.

Il s'élança en courant vers sa maison. Sa maman saurait quoi faire…

Mary Jo regarda les nuages lourds et se demanda si elle ne devait pas seller sa jument pour partir à la recherche de Jeff. Elle n'y tenait pas, car il avait atteint un âge où l'on détestait être surveillé bien qu'on en eût encore besoin.

Elle ne voulait certes pas se montrer trop protectrice, mais elle avait subi tant de pertes douloureuses dans sa vie qu'elle ne parvenait pas à surmonter sa peur.

Elle se tourna vers les montagnes. Elle adorait cette vallée ! La rivière coulait, vive et claire, à quelques centaines de mètres du ranch, et au-delà, les montagnes Noires se dressaient dans toute leur splendeur. Elle avait été dès le début subjuguée par ce site, au point qu'elle avait renoncé à son projet de vendre la ferme et d'aller s'installer dans l'Est.

C'était aussi une sorte de compromis avec Jeff. Il avait protesté énergiquement à l'idée de quitter la garnison, et plus encore à celle de partir dans l'Est. Il voulait toujours devenir Ranger et, finalement, il avait accepté de quitter El Paso à condition de rester dans l'Ouest, avec son cheval et son chien.

Mary Jo priait chaque jour pour que sa décision eût été la bonne et qu'aucun danger ne les guettât dans ce petit coin de paradis. C'était l'endroit rêvé pour élever un garçon! Avec un peu de chance, il s'attacherait à cette terre et en oublierait ses envies de carrière militaire.

Le dur labeur n'effrayait pas Mary Jo. A la garnison, elle travaillait au service des autres de l'aube au coucher du soleil. A présent, elle s'échinait pour elle, pour son fils, et elle avait le plaisir de constater chaque jour le résultat de ses efforts. Le jardin était florissant, leur petit troupeau prospérait.

Le seul problème avait été de trouver de l'aide. Toute la richesse de la région résidait dans l'élevage, et elle avait besoin de bras pour s'occuper des bêtes. Il n'y avait pas de barrières, sur leur terre, et elle ne pouvait elle-même se charger du marquage. Or elle n'avait pas rencontré beaucoup d'hommes de qualité prêts à travailler pour une femme.

Elle regarda de nouveau les collines où elle avait vu jouer Jeff et Jake. Après que son fils eut réparé avec elle le grillage du poulailler, elle lui avait permis de se promener avec son chien pendant qu'elle préparait le dîner.

Mais il avait disparu depuis un bon moment, et l'orage menaçait. Elle s'apprêtait à seller sa jument, Caprice, quand elle vit le garçon se précipiter vers elle à toute vitesse.

Immédiatement, elle sut que quelque chose

n'allait pas. Le chien, son inséparable compagnon, n'était pas avec lui.

Elle courut à sa rencontre et le reçut dans ses bras au moment précis où il trébuchait. Essoufflé, il avait du mal à s'exprimer.

— Un inconnu… blessé… un kilomètre à peu près… au nord de la vieille route.

— C'est grave?

— Il est inconscient.

Jeff reprenait peu à peu sa respiration.

— Son pantalon et sa chemise sont pleins de sang, maman. Il a drôlement besoin qu'on s'occupe de lui. Il y a aussi un cheval mort, et les vautours tournent au-dessus d'eux.

Mary Jo n'hésita pas un instant. Il n'était pas question qu'elle laisse quelqu'un mourir sans rien faire, et elle avait quelques notions de secourisme. Elle avait soigné tant de Rangers, durant les douze ans de son mariage et les deux ans qui avaient suivi la mort de son époux! Elle s'inquiéterait plus tard de l'identité de l'étranger.

— Je vais sortir le chariot, déclara-t-elle. Toi, prends nos fusils et la trousse à pharmacie. De l'eau, aussi.

Jeff se précipita dans la maison tandis que Mary Jo allait à l'écurie, où elle attela deux de leurs quatre chevaux au chariot rudimentaire. Jeff revint avec la trousse de premiers secours, un bidon et deux fusils. Il tenait l'autre à la main.

— Où est Jake? demanda sa mère.

— Avec l'étranger, répondit l'enfant, tout fier. C'est lui qui l'a découvert.

— Cet homme… tu ne l'avais jamais vu avant?

Jeff secoua la tête.

Un long frisson parcourut Mary Jo. Elle regretta de ne pas avoir une présence masculine près d'elle, d'avoir renvoyé son dernier employé quand elle l'avait trouvé en train de se saouler dans la grange.

16

Mais c'était ainsi, elle était seule. Le ranch le plus proche était situé à des heures de là, et l'unique médecin digne de ce nom se trouvait à une centaine de kilomètres.

Elle serra les dents. Peut-être Jeff exagérait-il l'importance des blessures de l'inconnu... Elle fut soudain glacée par une rafale de vent et regarda une fois de plus le ciel noir. L'orage ne tarderait pas à éclater.

Elle poussa les chevaux en avant, tout en demandant des indications à Jeff. Enfin, il lui fit signe de tourner, et les roues du chariot grincèrent quand ils quittèrent la route.

Mary Jo vit les vautours tourner dans le ciel, et elle accéléra l'allure. Quand ils entendirent les aboiements inquiets de Jake, Jeff s'écria :

— C'est là !

Elle vit d'abord le cheval mort, puis l'homme, un peu plus loin. Elle arrêta le chariot près de lui, sauta à terre, imitée par Jeff, tandis que Jake, excité, courait dans tous les sens.

— Reste près du chariot, ordonna-t-elle à son fils en saisissant le bidon.

— Mais...

— Si tu veux te rendre utile, appelle Jake.

— Maman...

— S'il te plaît, Jeff.

L'enfant siffla son chien, qui vint de mauvaise grâce se coucher à ses pieds.

Mary Jo, agenouillée près du blessé, vérifia que son cœur battait encore. Il respirait à peine, et ses vêtements étaient couverts de sang.

Elle avait déjà vu des hommes vêtus de vestes de daim, mais jamais de pantalons lacés de cuir. Au cou, il portait un lien orné de perles noires, avec un aigle d'argent dans une étoile à six branches. Mary Jo constata qu'il avait un holster vide à la hanche, mais le poignard était bien là, dans sa gaine.

L'étranger était grand, musclé ; sa chevelure, plus longue que celle des militaires qu'elle était habituée à voir, était poissée de sang, de transpiration, de boue, et la douleur avait marqué son visage hâlé aux traits rudes.

Sans s'accorder le temps de le détailler davantage, elle porta aux lèvres de l'homme le goulot du bidon, puis elle le secoua doucement.

Un grognement de protestation lui répondit.

Mary Jo avala sa salive. C'était une force de la nature, et son état présent n'atténuait en rien la puissance qui se dégageait de sa personne. En outre, les deux balles qu'il avait dans le corps ne le désignaient pas comme un paisible citoyen. Ni ses vêtements, qui ressemblaient à ceux des Indiens. Oserait-elle l'emmener chez elle ?

Elle fit bien vite taire ses hésitations. De toute évidence, il ne pouvait faire de mal à une mouche, pour l'instant. Elle enverrait Jeff au ranch voisin afin qu'il demandât à quelqu'un de faire venir le shérif.

Il était essentiel de le ramener à la maison, mais avec de grandes précautions, car tout heurt risquait de rouvrir les blessures, et il avait déjà perdu énormément de sang. La plaie à son bras était affreuse, l'os partiellement fracassé.

Mary Jo déchira son jupon, mouilla le tissu et nettoya la plaie avant de la bander et d'immobiliser le bras.

Puis elle s'occupa de sa cuisse. Le pantalon était troué, mais elle ne pouvait voir l'étendue des dégâts, aussi le déchira-t-elle à l'aide de son couteau. La balle n'avait pas causé les mêmes dommages qu'au bras, mais elle banda tout de même la blessure.

Maintenant, comment allait-elle soulever cet homme ? Elle lui lança de l'eau au visage, en vain. Il ne reprenait pas conscience.

Heureusement, Jeff était costaud pour son âge. A eux deux, ils arriveraient bien à le porter.

Elle amena l'attelage plus près de l'homme.

— Prends ses jambes, doucement, dit-elle à son fils.

Elle le saisit aux épaules. Dieu, qu'il était lourd ! Très lentement, Jeff et elle parvinrent à le hisser dans le chariot.

— Garde sa tête sur tes genoux, conseilla Mary Jo avant de monter sur le siège du cocher.

Un vent coupant s'était levé, et d'énormes gouttes se mirent à tomber. Mary Jo fit claquer les rênes. Pourvu que l'orage ne se déchaîne pas tout de suite ! Ils étaient si redoutables dans cette région !

Ce fut le trajet le plus long de sa vie. Chaque minute durait une heure, et elle ne pouvait détacher son esprit du visage de l'homme, ravagé par la douleur. Elle crut l'entendre gémir, mais peut-être n'était-ce que le bruit du vent qui sifflait à travers les arbres.

Jake courait à côté du chariot en aboyant des encouragements, indifférent à la pluie qui tombait dru, à présent.

Enfin, ils arrivèrent au ranch. Mary Jo arrêta les chevaux devant la porte et noua les rênes au poteau d'attache avant de se précipiter vers l'arrière du chariot.

L'étranger était immobile, et Jeff leva vers sa mère un regard angoissé.

— Il bouge pas du tout, maman.

Elle se précipita pour ouvrir la porte de la maison. Un éclair zébra le ciel, aussitôt suivi d'un violent coup de tonnerre.

Mary Jo et Jeff parvinrent à traîner le blessé jusqu'au lit de la jeune femme.

L'homme était trempé, et un sang rosâtre coulait de ce qui restait de ses vêtements de peau. Jake s'ébroua, aspergeant tout autour de lui, et Mary Jo soupira.

— Va faire chauffer de l'eau, demanda-t-elle à son fils, et allume du feu dans cette pièce. Et puis tu devrais rentrer les chevaux à l'écurie.

Jeff hésita un instant avant d'obtempérer.

— Il s'en sortira?

Mary Jo lui posa la main sur l'épaule, seul témoignage d'affection que l'enfant acceptait sans rechigner. Les câlins, c'était bon pour les bébés! disait-il volontiers.

— Je ne sais pas, répondit-elle. Il est assez gravement blessé.

— Je veux qu'il guérisse!

— Je sais, mon chéri. Moi aussi.

Mary Jo était sincère. Sans qu'elle comprît pourquoi, le sort de l'inconnu était devenu capital pour elle. Peut-être à cause de ses efforts pour le sauver. Peut-être parce que Jeff avait déjà vu tant d'hommes mourir...

— L'eau, lui rappela-t-elle.

Elle alluma une lampe à pétrole qu'elle posa sur la table de chevet.

Dieu, comme il était pâle! Il y avait quelque chose d'émouvant à voir un homme terrassé par la maladie ou les blessures, surtout un homme comme celui-ci. Le couteau et le holster le désignaient comme un individu dangereux, Mary Jo l'aurait juré.

Qui était-il? Dans quelles circonstances avait-il été blessé? Elle n'avait pas entendu parler de hors-la-loi, d'échauffourées avec les Indiens. Et pourtant...

Repoussant une mèche qui lui tombait sur les yeux, elle tira une chaise près du lit.

Elle commença à délacer le haut de la chemise du blessé avant de se rendre compte qu'elle devrait bouger son bras pour la lui passer par-dessus la tête. Non, mieux valait la couper. Il faudrait aussi le débarrasser de son pantalon.

Alors, il serait nu.

Elle prit le poignard de l'homme pour déchirer la chemise de daim, qu'elle parvint à faire glisser sur le bras valide, puis elle découpa la manche droite détrempée par la pluie mêlée de sang.

Son torse musclé, couvert d'une toison dorée, portait deux cicatrices, l'une à l'épaule, l'autre au côté. Non, décidément, ce n'était pas un paisible citoyen !

Elle lui ôta son collier, qu'elle observa un moment avec curiosité. Il ressemblait à ceux que portaient les Indiens. Pourtant, cet homme était blanc, indubitablement, avec ses traits fins et sa chevelure d'un blond cendré.

Le pantalon, à présent. Elle hésita un instant. Elle avait déjà vu un homme nu, mais celui-ci dégageait une telle virilité… Vraiment, bien que ce fût ridicule, elle n'osait pas.

Cependant, le voyant frissonner dans ses vêtements mouillés, elle prit une profonde inspiration pour se donner du courage et dénoua les lacets qui fermaient la ceinture. Il ne portait rien en dessous, et Mary Jo eut soudain la gorge sèche.

Il était magnifique. Mince, musclé, puissant. C'était une honte qu'un corps si parfait fût ainsi abîmé.

Comme elle entendait des pas, elle remonta vivement le drap sur le blessé.

Jeff apportait une cuvette d'eau chaude, ainsi que des serviettes propres. Puis il s'affaira à allumer un feu dans la cheminée.

Mary Jo nettoya la plaie du bras de l'homme du mieux qu'elle put. Constatant que la balle n'était pas ressortie et priant Dieu pour que le blessé restât inconscient, elle saisit une paire de pinces dans la trousse à pharmacie. Dès qu'elle se mit à fouiller la plaie, le sang coula de nouveau.

— Eponge-le à mesure, dit-elle à Jeff.

L'enfant obéit, son petit visage tendu, une larme au bord des cils. Il ne savait pas encore qu'on pouvait être un Ranger et ressentir de la pitié.

La sueur lui dégoulinant sur le front, Mary Jo trouva enfin la balle, ou du moins ce qui en restait.

Le blessé poussa un gémissement, et la jeune femme eut mal pour lui, mais en même temps elle était soulagée. Une fois le projectile extrait, il aurait peut-être une chance de survivre.

Elle nettoya de nouveau la blessure avant d'y verser de la poudre de soufre et de la refermer. Ensuite, elle envoya Jeff chercher un morceau de bois afin de fabriquer une attelle.

Pendant ce temps, elle sutura la plaie à la jambe, et lorsque l'enfant revint, le drap recouvrait à nouveau le corps de l'homme jusqu'à la taille. Elle fut fière de son petit garçon, qui avait soigneusement débarrassé la branche des brindilles et des nœuds. Parfois, il lui semblait très avancé pour son âge, peut-être grâce à l'éducation qu'il avait reçue.

— C'est parfait, le félicita-t-elle dans un sourire.

Il rayonnait positivement.

— Peux-tu lui tenir le bras ?

De nouveau, il obéit à la lettre, concentré, comme s'il voulait empêcher le blessé de mourir par la simple force de sa volonté.

Mary Jo, après avoir confectionné l'attelle, fixa le bras contre le torse de l'homme à l'aide d'une bande de tissu.

— Ça va aller ? demanda Jeff.

— Je ne sais pas, répondit-elle en se levant. Mais nous avons fait tout notre possible, et s'il vit, ce sera grâce à toi.

Elle le serra un instant contre elle, surprise qu'il ne protestât pas. Ce besoin de protection trahissait sans doute sa profonde inquiétude pour leur hôte inattendu.

Il ne tarda cependant pas à se dégager.

— Je vais chercher d'autres bûches pour la cheminée.

Mary Jo acquiesça en se laissant tomber sur la chaise, près du malade. Blafard, il avait une respiration caverneuse.

Mon Dieu, faites qu'il vive! priait-elle en silence.

Le tonnerre grondait, les éclairs illuminaient la pièce, et elle frémit en pensant qu'il avait bien failli rester seul sous la tourmente. Il n'aurait pas tenu jusqu'au matin, c'était certain.

Mary Jo se leva pour allumer une autre lampe, puis elle se rassit près du lit.

Elle avait fait le maximum.

Il ne restait plus qu'à attendre. Attendre et prier.

2

La souffrance était si intense que Gary souhaitait retomber dans l'inconscience.

Il n'était pas mort, il le savait, à moins que l'enfer ne fût pire que ce qu'il avait imaginé. Une chose était sûre, s'il avait été en train de rôtir comme le prédisaient les prêtres, sa douleur ne se serait pas concentrée dans le bras comme elle le faisait.

Il s'entendit gémir et se risqua à ouvrir les yeux, les ferma, les ouvrit de nouveau. Comment avait-il atterri dans un lit?

Il tenta de bouger afin d'observer la pièce faiblement éclairée, mais il avait si mal qu'il y renonça.

Avait-il échappé une fois de plus à la mort? Mais pourquoi lui résistait-elle ainsi?

Quelque chose d'humide lui touchait le flanc, et il

se tourna un peu pour croiser le regard d'un animal, moitié chien moitié loup, dont la langue pendait de côté.

Rêve ? Cauchemar ? Créature de l'enfer ?

La grosse langue vint lui râper le visage, et il cligna des yeux sous le regard inquiet de l'animal.

Les souvenirs s'emparèrent de lui. Pavel. Son chien. Il avait alors quinze ans…

C'était Pavel qu'il avait vu en premier lorsqu'il était rentré chez lui par cette chaude journée de juillet 1858. Son corps gisait au bord de la route, immobile, ensanglanté. Pavel guettait toujours son retour là, au carrefour, patient, dans l'attente d'un mot gentil.

Gary ne s'appelait pas Gary, alors. C'était un garçon turbulent du nom de Brad Allen. Son caractère indocile l'avait retardé, ce jour-là. A la suite d'un pari avec des camarades, il avait volé une bouteille de tord-boyaux au saloon, et ils avaient passé l'après-midi à boire en se racontant des histoires rocambolesques. Le soleil se couchait presque quand il était rentré chez lui, sachant qu'il serait grondé et qu'il passerait la journée du lendemain à planter des pieux pour les clôtures.

Pourtant, il avait hâte de retrouver la maison. La table serait chargée de nourriture et la cuisine sentirait bon la tarte aux pommes, car c'était l'anniversaire de Drew, son frère aîné, qui fêtait ses dix-huit ans.

Peut-être était-ce à cause de cela qu'il s'était attardé. Bien qu'il détestât l'avouer, Brad était jaloux de son frère, de ses talents, de la confiance que lui accordait leur père. Drew semblait parfaitement heureux, dans la petite ferme, et il n'était pas taraudé comme Brad par cette envie irrésistible de parcourir le monde.

Toutefois, Brad adorait sa famille. Son père qui

24

jouait souvent du violon, le soir, sa mère à l'affection débordante, sa petite sœur, Maggie, qui serait bientôt une femme. Déjà les garçons la regardaient, bien qu'elle n'eût que treize ans. Et il aimait Drew aussi, même s'il ne comprenait pas sa vénération pour la terre.

Quand il avait vu Pavel sur le bord de la route, Brad s'était précipité vers lui pour chercher quelque signe de vie. En vain. L'animal, déjà froid, commençait à se raidir, son corps troué de multiples blessures de balles. Brad avait caressé la bonne grosse tête puis, soudain, la panique s'était emparée de lui.

Il était remonté sur son cheval et s'était élancé vers la ferme au triple galop. Mais il n'y avait plus de maison accueillante, plus de ruban de fumée qui s'échappait par la cheminée.

A la place, des nuages noirs s'élevaient des ruines calcinées de la demeure et de la grange. Les barrières avaient été abattues, les chevaux avaient déserté le corral. Comme Brad scrutait les arbres entourant le ranch, il vit soudain deux corps qui se balançaient.

Aveuglé par les larmes, il poussa son cheval vers eux. Son frère et son père étaient pendus à la grosse branche de l'arbre sur lequel Drew et lui aimaient grimper. On n'avait pas attaché leurs mains, qui ballottaient, grotesques, presque indécentes.

Brad mit pied à terre et vint détacher les corps, qui s'effondrèrent au sol. Il tenta de leur donner une position plus digne, avant de se mettre à la recherche de sa mère et de sa sœur.

Il les découvrit à une centaine de mètres de là, leurs jupes relevées jusqu'à la taille, couvertes de sang. Mortes toutes les deux.

Il se laissa tomber près d'elles et prit la main de sa mère, indifférent à tout ce qui n'était pas son chagrin. Puis vint la culpabilité. Il aurait dû se trouver près d'eux. Il était bon tireur. Peut-être...

La lune était déjà haut dans le ciel quand il entre-

prit d'enterrer les cadavres. Le jour se levait lorsqu'il termina son atroce tâche.

Il parcourut du regard cette terre dont son père et Drew avaient été si fiers, mais il ne vit pas la beauté de l'aube ; quelque chose en lui s'était durci, au cours de la nuit. Il n'avait plus qu'une idée en tête : la vengeance.

Jamais il ne reviendrait ici, de peur de revoir sans cesse les deux corps qui se balançaient dans le vent.

Il savait qui était responsable de ce massacre. Les Jayhawkers, guérilleros qui se battaient pour l'Union, attaquaient toutes les familles qu'ils suspectaient de sympathie pour le Sud. Ils étaient tellement assoiffés de sang qu'ils ne se souciaient guère de trouver des preuves. Le père de Brad était neutre, il ne s'occupait pas des affaires des autres, mais il ne supportait pas que l'on franchît les bornes de sa propriété, et il avait dû le faire comprendre aux intrus.

La haine envahit Brad, son âme, avec une intensité qui le privait de toute autre émotion. Et il n'hésita pas un instant sur la conduite à suivre.

Il retrouverait ces antiesclavagistes sauvages, il exterminerait jusqu'au dernier de ces Jayhawkers.

Son père avait refusé de s'engager dans ce combat, mais à présent, c'était devenu celui de Brad.

— Jake.

Le nom avait été prononcé avec une douce autorité, et le chien s'éloigna. Gary entendit un bruissement de tissu, et un parfum de fleur lui parvint. Comme il tournait légèrement la tête, une violente douleur le fit gémir.

Une femme. Il avait trop mal pour se poser des questions.

— Je suis désolée, dit-elle d'une voix agréable, un peu voilée. Jake s'est mis dans la tête que vous lui apparteniez.

— Jake?

Il parvenait à peine à articuler, tant il était faible.

— Cet énorme monstre, expliqua-t-elle en souriant. C'est lui qui vous a découvert.

Un chien. Gary aurait dû s'en douter. Peut-être faisait-il partie de la meute de l'enfer, finalement.

— Il aurait mieux fait de s'abstenir, souffla-t-il, amer.

— Taisez-vous! protesta vivement la femme. J'ai perdu un mari, un ami cher, et tous les deux tenaient très fort à la vie. Ne me dites pas que j'ai gaspillé mon temps et mon énergie à sauver un homme qui voulait mourir!

Gary l'observa plus attentivement. Sa chevelure auburn était retenue en chignon, coiffure un peu sévère qui ne déparait cependant pas son visage aux traits réguliers, bien qu'elle eût l'air las. Dans ses yeux verts, rayonnants d'intelligence, brillait une lueur de colère.

Mais Gary se souciait peu de courtoisie.

— Je ne vous ai rien demandé. Bon sang, vous ne pouviez pas me laisser tranquille?

Elle serra les dents.

— Mon fils vous a trouvé grâce à son chien. Je n'aime guère le genre de leçon qu'il aurait apprise si je vous avais laissé nourrir les vautours.

Un enfant! C'était à un enfant et à un chien qu'il devait de respirer encore!

Il tenta de bouger mais la douleur fut comme un coup de poignard.

— Mon bras?

— Pas brillant! avoua-t-elle. Un médecin vous aurait peut-être amputé, mais je...

Elle hésita un instant avant de poursuivre:

— J'ai extrait la balle et j'ai fait de mon mieux pour nettoyer la blessure. Je l'ai désinfectée, aussi. Vous le garderez sans doute s'il n'y a pas d'infection, mais j'ignore si...

Etonné, il oublia un instant son amertume.

— Vous avez extrait la balle ? répéta-t-il.

— Le médecin le plus proche habite à une journée de cheval d'ici, et il n'est pas excellent. Je ne pouvais pas vous laisser, ni envoyer mon garçon chevaucher par cette tempête.

— Une tempête ?

— Il pleut depuis deux jours.

— Deux jours ?

Bon sang ! Il était resté si longtemps inconscient ! Il fut pris de panique, sa dernière proie lui avait sûrement échappé... Puis il se revit en train de poser le canon de son arme sous le menton de l'homme et d'appuyer lentement sur la détente.

Comme il baissait les yeux, il s'aperçut qu'il était nu.

Il n'était pas spécialement pudique, mais il se sentait vulnérable, faible comme un nouveau-né, et il s'empourpra.

Puis, de la main gauche, il effleura son cou.

— Sur la table de nuit, dit la femme.

Il saisit le collier, le serra un moment avant de se détendre.

— L'homme de la maison ? demanda-t-il, laconique, afin de détourner de sa personne ces yeux verts si attentifs.

Elle avait dit que son mari était mort, mais elle en avait sûrement un autre, ou un ouvrier agricole, enfin une présence masculine.

Comme elle hésitait à répondre, il comprit que ce n'était pas le cas, mais qu'elle répugnait à le lui avouer. L'idée qu'on pût le considérer comme dangereux lui sembla cocasse !

Enfin, elle secoua la tête, apparemment d'accord pour reconnaître qu'il n'aurait pu faire de mal à une mouche, l'eût-il désiré.

Gary avait soif.

— De l'eau, murmura-t-il.

Elle en versa dans un quart en étain, puis elle le fixa à nouveau de son regard intense, interrogateur. Toutefois, elle sembla trouver elle-même une réponse à ses questions car elle ne lui demanda rien. Elle se contenta de lui soulever la tête et de porter le quart à ses lèvres.

Quand il eut fini, elle le reposa doucement. Visiblement, elle savait soigner les gens. Il s'interrogea sur sa phrase : *J'ai perdu un mari, un ami cher…*

Ainsi, elle aussi avait connu la douleur des disparitions. Mais il lui restait son fils. Celui de Gary était enterré au flanc d'une montagne… Oh, cette peine qui le rongeait !

Il ferma les yeux afin de ne plus voir la jeune femme. Il ne l'avait pas remerciée de lui avoir sauvé la vie. Ni pour l'eau. Et il n'en avait pas l'intention. Pourquoi ne l'avait-elle pas laissé mourir ?

Il y eut un silence, puis un bruissement ; l'odeur fleurie s'évanouit et il entendit la porte se fermer.

Il rouvrit les paupières. Il était seul dans la chambre sombre. Ce devait être la nuit. Un grondement retentit au-dehors. Elle avait parlé d'une tempête. *Elle.* Il ne savait même pas son nom. Elle ignorait sûrement le sien aussi. Pourtant, elle n'avait rien demandé, ce qui était fort surprenant.

Comment une femme seule avait-elle pu ainsi l'accueillir chez elle ? Après tout, il pouvait aussi bien être un assassin.

Et il l'était.

Il ne valait déjà pas grand-chose avant la mort de sa femme et de son fils. Il n'avait jamais été capable de protéger ceux qu'il aimait. Et maintenant ? Sans son bras droit, il ne vaudrait plus rien du tout !

Cependant, il pouvait représenter un danger pour la femme et son petit garçon. Il venait de tuer trois hommes, et on se lancerait à sa recherche.

La pluie martelait le toit, le tonnerre grondait.

Soudain, Gary sentit le sommeil s'emparer de lui,

et il se demanda si la femme avait mis quelque chose dans l'eau. Un peu de laudanum, par exemple.

Le tonnerre encore, puis un grand éclair qui illumina fugitivement la pièce avant de la laisser dans l'ombre de nouveau.

La porte s'ouvrit, il sentit sur sa joue une main douce qu'il eut envie de chasser.

C'était bon, pourtant !

Mais ce n'était pas Chivita.

Il se raidit.

Il entendit un léger soupir, puis la femme s'en alla de nouveau, et il s'obligea à se détendre. La torpeur ne tarda pas à revenir pour l'emporter dans un univers vide, noir, où il n'y avait pas de place pour la joie. Pour la douleur non plus.

Mary Jo tenait sur ses genoux une chemise et un pantalon de toile robuste qui avaient appartenu à son mari. Refusant de se séparer de tout ce qui était à lui, elle avait gardé ses vêtements, et elle se félicitait de les avoir apportés au ranch. Le blessé était bien assez dérangeant comme ça ! Le savoir nu dans son propre lit la troublait davantage encore.

Son visage marqué par la douleur, ses yeux gris-vert emplis d'ombres la hantaient. Ce n'était pas pour échapper aux souffrances physiques qu'il souhaitait la mort ; il y avait en lui quelque chose de plus profond, de plus dramatique, qui lui avait ôté tout désir de vivre. Pourtant, une sorte de ténacité intérieure l'empêchait de mourir, une volonté essentielle, primitive, qui résistait à ses efforts d'anéantissement.

Grâce au laudanum, il était resté calme durant deux jours, marmonnant parfois dans son demi-sommeil. Elle n'avait surpris que quelques mots, mais c'était assez pour comprendre qu'il avait connu l'enfer, et sans doute pas seul. Curieusement, Mary Jo n'en était pas effrayée.

Les brutes n'avaient pas de conscience morale, or l'étranger mêlait à ses paroles de violence des mots de regret, à ses phrases vengeresses celles du chagrin intense.

Un nom revenait sans cesse, prononcé avec douleur : Drew.

Cette litanie avait ranimé chez Mary Jo le chagrin d'avoir perdu son mari, et Tyler. Elle se sentait malgré elle liée à cet inconnu.

La voix de la sagesse lui interdisait de s'attacher à cet étranger, pour qui cependant elle s'inquiétait. Qu'allait-il faire avec un bras mutilé ? Avait-il de la famille ?

La jeune femme cherchait des réponses dans le feu qui crépitait. Cet homme était une énigme. Quelqu'un lui avait tiré dessus, et sans doute avait-il une bonne raison à cela. Il n'y avait pas de place dans son cœur pour un individu de ce genre, mais il était blessé, et elle faisait pour lui ce qu'elle aurait fait pour n'importe quelle créature vivante.

Elle reporta son attention sur les vêtements. Ils devraient aller à peu près.

Elle avait bien essayé de laver et de raccommoder la chemise et le pantalon de peau, mais ils étaient irrécupérables. Comme elle répugnait à brûler des objets qui ne lui appartenaient pas, elle les avait fait sécher près du feu puis les avait rangés, bien pliés, notant au passage qu'ils étaient de facture indienne.

Mary Jo ne ressentait aucune sympathie pour les Indiens. Les Comanches avaient ravagé le Texas, brûlant, pillant, violant sur leur passage. Ces sauvages élevés dans la peur et la haine avaient tué sa meilleure amie, ils avaient enlevé sa sœur. Quant aux Utes du Colorado, on racontait qu'ils ne valaient guère mieux.

31

Pourquoi l'inconnu portait-il leurs vêtements ?

Elle se rendit dans la chambre de Jeff, qu'elle partagerait avec lui tant que l'étranger occuperait la sienne. Le petit garçon dormait sur un matelas, à même le sol, et elle l'observa du seuil ; il s'inquiétait tellement pour l'étranger ! Mary Jo était heureuse qu'il n'eût pas entendu ses paroles, un peu plus tôt ; il en aurait été bouleversé, lui qui rayonnait de fierté de l'avoir sauvé.

Jake était allongé près de Jeff. Mary Jo avait eu du mal à l'éloigner du blessé, car le chien s'était spontanément pris d'affection pour le rescapé, et la jeune femme en était perplexe. Peut-être s'agissait-il simplement d'un instinct de protection vis-à-vis de quelqu'un qui souffrait.

Une réaction semblable à la sienne.

Un éclair, le tonnerre, beaucoup trop rapprochés.

Elle se dirigea sur la pointe des pieds vers la chambre de son malade, se pencha pour toucher sa joue. Elle était fraîche, aucune trace d'infection, et elle remercia Dieu pour ce miracle.

Cependant, sa respiration n'était pas naturelle et son corps paraissait anormalement tendu. Mary Jo comprit alors qu'il faisait semblant de dormir. Elle aurait voulu lui dire quelque chose, mais quoi ? Visiblement, il préférait être seul.

Curieusement blessée par ce rejet silencieux, elle sortit sans bruit de la pièce.

Elle fut réveillée en sursaut par un long gémissement de douleur, d'agonie.

Elle s'assit dans son lit, tenta de s'accoutumer à l'obscurité, et vit Jeff bouger. Lui aussi avait été dérangé dans son sommeil.

Elle enfila son peignoir, alla s'agenouiller près de l'enfant.

— Tout va bien, Jeff. Ce n'est que l'orage.

Il secoua la tête.

— Je ne crois pas. C'est l'étranger.

On ne bernait pas ainsi un garçon de douze ans !

— Peut-être, dit Mary Jo. Ne bouge pas, je vais voir.

— Je veux t'accompagner, protesta-t-il.

— Je t'appellerai si j'ai besoin de toi. Tu te souviens ? Tu n'aimes pas avoir des témoins quand tu es malade.

Il allait discuter, mais les mots moururent sur ses lèvres. Sa mère avait trouvé le bon argument, et il céda à contrecœur.

Mary Jo alluma une lampe avant de se diriger vers sa chambre, dont elle avait laissé la porte ouverte. Le gémissement s'éleva de nouveau, puis des cris déchirants se firent entendre.

— Pas Drew, mon Dieu ! Pas Drew ! Chivita, qu'ont-ils fait ? Seigneur, qu'ont-ils fait ?

Mary Jo eut le cœur brisé par la douleur qui perçait dans la voix de l'inconnu. Il avait repoussé les couvertures et il s'agitait, luttant contre quelque invisible démon. Comme il se tournait du côté de son bras malade, elle en ressentit la douleur dans son propre corps.

Elle courut s'asseoir au bord du lit, posa les mains sur ses épaules pour tenter de l'immobiliser.

— Tout va bien, murmura-t-elle, sachant parfaitement que c'était parole creuse.

Rien n'allait bien, rien n'irait sans doute jamais bien pour lui, avec cette angoisse perpétuelle.

Il faillit la faire tomber à terre, et elle le gifla pour essayer de le sortir de son cauchemar. Enfin il se calma, ouvrit les yeux. Trempé de sueur, il lâcha sa respiration comme s'il l'avait retenue un long moment.

Il s'aperçut soudain qu'il était nu et voulut maladroitement se couvrir.

— Bon sang! marmonna-t-il en s'apercevant qu'il n'avait plus de force.

Mary Jo remonta la couverture sur lui.

— Bon sang! répéta-t-il entre ses dents.

Avait-il mal, ou était-ce l'humiliation qui le taraudait? Mary Jo n'aurait su le dire.

Elle humecta une serviette et essuya son visage ombré d'un début de barbe blonde.

— Mes vêtements? demanda-t-il.

— Irrécupérables, je le crains, répondit Mary Jo avec un entrain forcé.

— Je ne peux pas... rester ici.

— Vous ne pouvez pas non plus partir, objectat-elle. Pas avant quelques jours, en tout cas. Vous n'auriez pas la force de marcher jusqu'à la porte.

— Je vous causerai des ennuis.

Mary Jo eut un petit sourire.

— J'en ai eu tellement dans ma vie qu'un de plus ou de moins...

— Il me faut des vêtements.

— Je vous en donnerai qui ont appartenu à mon mari, mais pas tout de suite. La chemise ne passerait pas sur votre bras, ni le pantalon sur votre jambe, avec les pansements.

— Je ne...

Mary Jo faillit éclater de rire devant l'absurdité de la situation. C'était la première fois qu'elle voyait un homme se plaindre de sa nudité!

— Cela ne me met pas plus à l'aise que vous, ditelle, mais pour l'instant, nous n'avons pas le choix.

— Vous ne m'avez posé aucune question.

— En effet. Vous n'étiez pas assez bien pour me répondre. Mais j'en ai en réserve, et vous n'y couperez pas!

Il esquissa un sourire.

— J'en suis certain!

— D'ailleurs j'en ai une à vous poser maintenant: je ne peux pas vous appeler simplement monsieur.

— Foster, répondit-il de mauvaise grâce. Gary Foster.

— Eh bien, monsieur Foster, je suis Mary Jo Williams. Mon fils s'appelle Jeff. A mon avis, le reste peut attendre.

— Quelle heure est-il ?

— Pas loin du matin, je suppose.

— Je… je suis désolé.

— Je vous en prie. Moi aussi, il m'arrive d'avoir des cauchemars. Je vais vous laisser dormir. C'est le meilleur remède pour vous désormais.

— Vraiment ? répondit-il doucement.

Elle demanda brusquement, presque malgré elle :

— Qui est Drew ?

Son regard devint si sombre qu'elle regretta sa curiosité.

— Vous ne deviez plus poser de questions pour le moment, dit-il, coupant.

— Non… Je pensais seulement que… cela pourrait vous aider, de parler.

— Il s'agit de mon fils. Et rien ne peut m'aider.

Il roula sur le côté gauche, se détournant d'elle, de son indiscrétion.

Mary Jo demeura un instant immobile, stupéfaite, puis elle remarqua que les épaules de l'homme se soulevaient à un rythme accéléré, et elle sut que Drew était mort.

— Je suis navrée, murmura-t-elle. Tellement navrée !

Il ne répondit pas, et elle souffla la lampe avant de se retirer sans mot dire pour la deuxième fois de la nuit.

Elle savait qu'elle ne se rendormirait pas. Et lui non plus.

3

Gary tenta de se lever, mais il retomba, sans force, sur l'oreiller.

Les premières lueurs du jour filtraient à travers les rideaux de percale, il ne pensait pas que la femme et son fils fussent déjà éveillés après la nuit qu'ils venaient de passer.

Dieu, comme il détestait se trouver nu! Il se sentait prisonnier de cette chambre, de ce lit. Pourtant, son hôtesse avait raison, il ne serait pas allé loin, dans son état.

Pourquoi s'était-elle donné tant de mal pour lui?

Il gémit en repensant à la façon dont il s'était laissé aller à la douleur pendant la nuit.

Il n'avait pas pris le temps de pleurer quand il avait trouvé Chivita et Drew morts, dix mois auparavant. La haine avait étouffé tout autre sentiment, et il n'avait pensé qu'à les venger. Il n'avait pas davantage pleuré quand il avait tué le dernier des meurtriers qu'il traquait depuis des mois.

Il s'interdisait de réfléchir. Il n'avait même pas vraiment admis leur disparition, il s'en rendait compte, à présent.

Il avait fallu que la femme lui parle de Drew pour qu'il comprenne vraiment qu'il était mort, qu'on l'avait brutalement assassiné. Ses beaux yeux bruns étaient fermés pour toujours, sa bouche de petit garçon ne sourirait plus jamais.

Gary était vivant, Drew était mort. L'histoire se répétait, et il n'y comprenait rien. Pourquoi continuait-il à exister quand tous ceux qu'il aimait n'étaient plus?

Seigneur, il en voulait à cette femme d'avoir sauvé

ce qui était au-delà de toute rédemption, il lui en voulait de sa bonté, et aussi de lui avoir rappelé tout ce qu'il avait perdu.

Il ne lui restait rien, ni famille, ni paix, ni respect de lui-même, ni amour. Il avait brûlé la cabane qu'il avait construite de ses mains dans la vallée qu'aimait Chivita, près de la rivière où il avait appris à pêcher à son fils, cette rivière qui attirait les chercheurs d'or malgré les protestations des Utes à qui elle appartenait.

Ceux-ci l'accueilleraient parmi eux, mais il n'aimait guère la charité, surtout de la part d'un peuple qui avait tellement eu à se plaindre des hommes blancs.

Son passé lui faisait honte, le présent était atroce, et il n'avait pas d'avenir.

Pourquoi n'était-il pas mort ?

Etait-ce sa punition pour avoir tellement envie d'en finir ?

Il entendit un petit jappement et se tourna avec peine. Le chien l'observait, la tête penchée.

Jake. Il se souvenait de son nom. Jake et Jeff. Quel âge avait le garçon ? Le sien avait sept ans quand… Les poings serrés, il se rappela la dernière fois où il l'avait vu vivant.

— *Je veux venir avec toi*, avait imploré Drew.

Mais Gary avait projeté de partir dans la montagne à la poursuite d'un troupeau d'antilopes, et la route était trop escarpée pour que son fils pût l'emprunter, monté sur sa vieille jument.

— *Je préfère que tu prennes soin de ta maman*, avait-il répondu.

Et l'enfant s'y était efforcé. Gary l'avait trouvé près de Chivita, la tête éclatée par un coup de fusil, la gorge tranchée. Sans doute avait-il essayé désespérément de la protéger. Gary avait imaginé la scène, et cette vision le hantait.

Le chien s'approcha prudemment, en quête d'une caresse.

— Approche, Jake, dit Gary, étonné lui-même d'avoir besoin de cette affection.

L'animal vint poser sa truffe sur la jambe de Gary, et celui-ci lui gratta la tête entre les oreilles, comme il le faisait avec Pavel. Un grondement de plaisir monta dans la gorge de Jake.

— Un peu demeuré, hein? murmura Gary. Tu ne sais pas quand il faut grogner ni quand il faut ou non trouver quelqu'un.

Le chien agita joyeusement la queue.

— Jake?

Une jeune voix s'élevait de l'autre côté de la porte, et Gary tira laborieusement le drap sur lui. Un grand garçon mince apparut sur le seuil et demeura immobile, l'air anxieux. Puis, heureux de trouver Gary éveillé, il lui adressa un large sourire.

Gary remarqua ses yeux noisette, sa tignasse châtaine ébouriffée, ses taches de rousseur, son sourire communicatif. Dans cinq ou six ans, Drew aurait été comme lui, plein de vie, d'énergie.

— C'est Jake qui vous a découvert, déclara l'enfant.

Gary avait envie qu'il s'en aille. Il ne supportait pas l'idée de ce qui aurait pu être, le vide qui s'étendait devant lui à l'infini.

Il se rappelait aussi la phrase d'explication de Mary Jo: *Je n'aime guère le genre de leçon qu'il aurait apprise si je vous avais laissé nourrir les vautours...*

Une fois de plus, il tenta de s'asseoir, pour retomber aussitôt sur le matelas, et le garçon s'assombrit.

— Je suis navré, je n'aurais pas dû vous déranger. Je vais emmener Jake...

Gary se demanda comment l'enfant et sa mère avaient pu le porter jusque dans ce lit. Cela avait dû exiger un effort surhumain, une volonté de fer.

— J'ai entendu dire que tu n'y étais pas pour rien, si je suis là, dit-il.

Jeff se rengorgea, tout fier.

— Puis-je vous apporter quelque chose ?

— Commence donc par allumer le fourneau, lança sa mère depuis le seuil.

— Mais, m'man...

— A moins que tu ne veuilles que nous mourions tous de faim ? insista-t-elle.

Le gamin sembla sur le point de se rebeller, puis il obtempéra à contrecœur.

La femme s'approcha du lit. Des mèches folles s'échappaient de son chignon. Elle était vêtue d'une blouse à col montant, d'une jupe de laine, et portait une alliance en or pour tout bijou.

— Merci, dit-elle simplement.

Il haussa les sourcils, interrogateur.

— De ne pas lui avoir jeté vos reproches à la figure, expliqua-t-elle.

— Comme je l'ai fait avec vous ?

Elle sourit.

— Moi, je n'attends pas grand-chose.

Il en fut inexplicablement désolé pour elle.

— Vous devriez, dit-il, étonné lui-même de s'en soucier.

Elle pencha la tête.

— Avez-vous changé d'avis, au sujet de la mort ?

— Non.

— Pourquoi ?

— Vous n'avez pas besoin de le savoir, croyez-moi, madame.

— Mary Jo. Tout le monde m'appelle Mary Jo.

Gary se tut. Il ne voulait pas penser à elle en tant que Mary Jo. Il ne voulait pas penser à elle du tout. Et surtout pas constater combien elle était séduisante avec ce petit sourire teinté de défi.

— Etes-vous recherché, monsieur Foster ?

Il hésita, mais il lui devait la vérité, même s'il n'avait pas désiré son aide.

— Sans doute.

— Les autorités ?

— Peut-être.

Elle ne frémit pas, comme il s'y attendait. Il fallait reconnaître que cette femme ne réagissait jamais comme il s'y attendait. Toutefois, son regard se fit plus aigu. Elle savait aussi bien que lui faire baisser les yeux à quelqu'un. Ou alors, c'était une actrice consommée.

— Me direz-vous pour quelle raison ?

— J'ai tué trois hommes.

— Le méritaient-ils ?

Décidément, elle était déconcertante ! Il lui avait dit la vérité en imaginant, en espérant presque, qu'elle le jetterait aussitôt dehors sous la pluie.

— Alors, insista-t-elle, le méritaient-ils ?

— Vous prendrez ma réponse pour argent comptant ?

— Je n'en sais rien tant que je ne l'ai pas entendue.

— Soit vous êtes une femme sacrément bizarre, soit vous êtes complètement folle ! dit-il, brutal.

— Ni l'un ni l'autre, monsieur Foster. Je me fie à mon instinct, c'est tout. Je ne tiens pas à heurter les sentiments de mon fils, et le chien vous aime bien. Ce qui m'incite à vous faire confiance. J'ai toujours été persuadée que les enfants et les animaux avaient plus d'intuition que les adultes.

Il la fixait, indécis. Jamais il n'avait rencontré une femme comme elle, fût-elle blanche ou indienne. Elle vivait seule avec un jeune garçon, elle essayait de mener son ranch sans aide... et elle accueillait chez elle un étranger qui avait tué.

Il marmonna quelques mots dans sa barbe.

— Je ne vous ai pas entendu, monsieur Foster.

— Par le diable, ce n'est pas utile ! s'écria-t-il, plus fort qu'il ne l'avait voulu.

Au lieu de sursauter, elle parut amusée.

— Laissez-moi libre d'en juger, déclara-t-elle avec une pointe d'exaspération. Vous ne m'avez toujours pas répondu : ces trois hommes méritaient-ils de mourir ?

— Oui ! gronda-t-il.

Elle sourit.

— Vous vous améliorez.

Bon sang, qu'elle était têtue !

— Je souffre horriblement, dit-il pour couper court à la conversation.

— Je m'en doute, et j'aimerais vous soulager davantage. J'ai encore un peu de laudanum, si vous voulez.

— Non, merci. Mais...

Il se sentait vraiment stupide. Il avait un besoin naturel, pourtant il était trop faible pour se déplacer. Et puis il était nu !

Elle comprit tout de suite, il le vit à la petite étincelle d'humour qui passa dans ses yeux, et il en fut quelque peu mortifié.

— Le seau de toilette est sous le lit, dit-elle. Si vous avez besoin d'aide, Jeff...

Il secoua la tête. Qu'elle le laisse seul, il ne demandait rien d'autre !

— Je vais vous préparer du bouillon, ajouta-t-elle.

— Vous ne dormez donc jamais ?

Gary n'avait aucune envie de prolonger la discussion, mais il ne pouvait s'empêcher de se poser des questions. Elle avait passé la moitié de la nuit auprès de lui, puis de nouveau était revenue quand il avait eu son cauchemar.

— Je n'ai pas besoin de beaucoup de sommeil, expliqua-t-elle. Je dormais peu quand mon mari n'était pas là.

Ne demande rien! disait une petite voix à Gary. Pourtant...

— Il était fermier?

— Ranger du Texas, répondit-elle brièvement.

Une femme de Ranger! Et lui qui fuyait les autorités depuis le début de la guerre!

Cela rendait son dévouement vis-à-vis de lui plus surprenant encore. Il s'interrogea sur la personnalité de l'homme qui avait épousé cette jeune femme indépendante, déterminée. Et aussitôt, il se sentit infidèle à la mémoire de Chivita. La douce, la bonne Chivita.

Il la revit soudain, avec sa chevelure brune qui dansait sur ses épaules, la robe de daim qu'elle s'était confectionnée pour lui plaire. Elle s'efforçait toujours de lui plaire, et cela depuis que les Utes l'avaient recueilli, dix ans plus tôt, quand il ne savait où aller, qu'il était un paria parmi les gens convenables, que son nom était maudit dans tout le Kansas.

Il avait changé de nom et avait cru l'homme changé lui aussi... jusqu'à ces derniers mois.

Et à présent, il était pris au piège dans cette maison, sans même assez de force pour faire quelques pas. Sans vêtements. Sans cheval. Sans argent. Et il représentait un danger pour les Utes, les seuls gens susceptibles de l'accepter s'il décidait de retourner chez eux.

Son regard accrocha un instant celui de la femme, et il fut le premier à détourner les yeux. Il entendit ses pas, la porte se ferma. Enfin seul!

Il entreprit de se lever. Certaines choses devaient être accomplies avant son retour. S'il y arrivait!

J'ai tué trois hommes.

Il avait prononcé ces paroles d'un ton banal, pourtant Mary Jo savait qu'il observait sa réaction,

42

attendant, souhaitant peut-être qu'elle lui donne des vêtements et le jette dehors.

Eh bien, elle savait depuis le début qu'il était dangereux !

Trois hommes. Où ? Quand ? Pourquoi ?

La justice le recherchait sans doute. Elle aurait dû avoir peur, être dégoûtée.

Dieu sait si elle avait aimé des hommes qui respectaient la loi ! Sur les douze ans de son mariage avec Jeff, elle avait dû en passer au total à peine trois à ses côtés. Le reste du temps, il était occupé à pourchasser les bandits, les Comanches, les Comancheros, les renégats.

Elle se demandait si son indulgence pour l'étranger n'était pas une réaction contre cet abandon, et contre la mort des deux hommes qu'elle avait aimés.

En fait, elle n'avait pas peur du blessé. Elle appréciait même la façon dont il s'était adressé à son fils. Il n'était pas mauvais, malgré la profonde amertume qui hantait son regard, ses rêves, ses paroles. Il était parvenu à la surmonter, à se montrer gentil vis-à-vis de Jeff, et cela signifiait beaucoup pour Mary Jo.

Sa pudeur aussi l'avait touchée. Cet homme avait reçu une bonne éducation. Qui était-il, avant ?

Et qui pouvait bien lui en vouloir ?

Elle jeta un coup d'œil aux fusils accrochés au mur. Son fils et elle étaient des tireurs émérites, son mari et Tyler y avaient veillé. Le Texas n'était pas un pays de tout repos, et on n'y pensait rien de mal d'une femme qui avait appris à se défendre.

Mary Jo se dirigea vers la porte d'entrée. Il pleuvait toujours, et la rivière Cimarron semblait sur le point de déborder. La ferme, construite sur un tertre, ne risquait rien, mais leurs quelques récoltes étaient en danger.

Elle retourna à la cuisine, où Jeff avait allumé le

poêle, et elle mit du lard et des légumes à cuire dans l'eau pendant qu'elle confectionnait des biscuits.

Agité, Jeff ne cessait de regarder la porte close de la chambre. A vrai dire, il tournait comme un ours en cage depuis que l'orage l'empêchait de sortir, sauf pour traire la vache, donner à manger aux chevaux et aux poules. D'ailleurs, il ne considérait même pas cela comme sortir. Et puis il s'inquiétait terriblement pour l'étranger.

— Il va bien, maintenant, n'est-ce pas? demanda-t-il à sa mère.

— A peu près. En tout cas, il vivra. Mais pour son bras…

Jeff fronça les sourcils.

— Crois-tu que ce soit un représentant de la loi?

— Non, je ne le pense pas.

— Est-ce qu'il t'a dit quelque chose?

Mary Jo secoua la tête. Elle détestait mentir, mais elle ne pouvait révéler tout de go à son fils que l'inconnu avait tué trois hommes.

— C'est peut-être un shérif. Ou un éclaireur de l'armée, insista le garçon.

— Ou tout simplement un chercheur d'or.

— Mais alors pourquoi on lui a tiré dessus? Il t'a dit?

Elle secoua de nouveau la tête, et ce n'était pas un mensonge. Foster n'avait pas expliqué pourquoi il était blessé.

— Je peux aller le voir?

— A mon avis, il a besoin d'être seul un moment, mais dès que les biscuits seront cuits, tu pourras lui en apporter. Je vais retourner là-bas chercher ses affaires, ajouta Mary Jo.

Jeff ouvrit de grands yeux.

— Par ce temps?

Elle sourit.

— Je te promets de ne pas me dissoudre. Il avait peut-être d'autres vêtements avec lui.

44

Jeff fit la grimace, et elle savait pourquoi. Les vautours avaient déjà dû s'attaquer au cheval. Mais elle avait connu bien pire quand elle vivait dans les grandes plaines. Une fois, elle avait aidé à ensevelir une famille voisine massacrée par les Comanches. Sa meilleure amie, Betsy, avait été scalpée, son frère aîné torturé, et leurs parents transpercés de douzaines de flèches.

Il y avait eu pire encore. Elle avait sept ans, sa sœur huit, et elles jouaient à la balle en s'éloignant de plus en plus de la demeure familiale. Les Comanches leur étaient tombés dessus sans prévenir, et Mary Jo avait couru vers la maison en hurlant, persuadée que sa sœur la suivait. Puis elle avait entendu les cris de la petite fille, ceux de ses parents qui se précipitaient vers elles. Sa mère l'avait saisie dans ses bras, tandis que leur père faisait fuir les Indiens à coups de fusil. Ils étaient bel et bien partis, mais en emportant avec eux la sœur de Mary Jo, que personne n'avait revue depuis. Son père l'avait cherchée des années durant, et il y avait perdu son âme. A sa mort, il n'était plus qu'une coquille vide.

Mary Jo s'interrogea une fois de plus sur la tenue de Gary Foster. Par le ciel, pourquoi portait-il ces vêtements de païen ?

Jeff sautillait sur place, impatient d'avoir les biscuits, et elle se demanda comment canaliser son énergie.

— Pourquoi n'irais-tu pas chercher du bois pour la cheminée ?

Le petit garçon enfila son manteau de toile cirée et disparut, avide de s'occuper, même s'il s'agissait de corvées.

Mary Jo espérait qu'une école serait créée l'année prochaine. Pour l'instant, il n'y avait pas suffisamment de familles dans les environs pour en supporter le coût, et elle s'était efforcée de le faire travailler elle-même à l'aide de quelques livres.

Tout en remuant le bouillon, elle tendait l'oreille. Foster devait en avoir terminé, maintenant; il aurait besoin de faire un peu de toilette.

Il lui était déjà arrivé de raser son mari, et c'était une tâche dont elle s'acquittait avec joie. Toutefois, elle hésitait à proposer ce service à l'étranger. Cette petite cérémonie intime avec son époux se terminait de temps en temps au lit, bien qu'il préférât lui faire l'amour la nuit. Un peu prude, il considérait qu'il y avait une heure et un endroit propres aux ébats amoureux, alors que Mary Jo pensait que rien n'était déplacé entre un mari et une femme qui se désiraient.

Cette pensée lui mit le feu aux joues. Il y avait presque trois ans qu'elle n'avait pas fait l'amour, et si le dur labeur avait étouffé ses instincts, elle les sentait brusquement remonter en elle.

Elle secoua la tête, honteuse. Elle ne pouvait tout de même pas avoir ce genre de pulsion vis-à-vis du premier étranger qui passait, et surtout celui-là!

Jeff devait se retourner dans sa tombe. Tyler aussi.

Pourtant, elle n'arrivait pas à sortir de son esprit cet homme au regard intense, au corps robuste. Peut-être parce qu'il souffrait de la mort de son fils. Elle avait connu la douleur, mais jamais celle de perdre un enfant, et jamais non plus elle n'avait vu un homme à ce point détruit par sa peine.

Il était troublant sur bien des plans, et elle était folle de l'héberger ainsi sans prendre l'avis des autorités.

Quand la tempête serait calmée, elle se rendrait en ville et procéderait à une petite enquête. Si elle pouvait franchir la rivière à gué. Si...

La porte s'ouvrit à la volée, et Jeff se rua à l'intérieur, dégoulinant de pluie, tandis que Jake, resté dehors, aboyait frénétiquement.

— Des hommes, m'man ! Plein d'hommes.

On vous recherche ?

Sans doute.

La décision de Mary Jo fut instantanée.

— Pas un mot sur l'étranger, Jeff, dit-elle à son fils avant d'avoir eu le temps de réfléchir.

— Pourquoi ?

C'était sa question favorite, et elle s'efforçait toujours de lui fournir des réponses, mais cette fois, elle n'était pas sûre de le pouvoir.

Quel genre de leçon lui enseignait-elle, à cet instant ? Cependant, il lui fallait protéger l'homme qu'ils avaient sauvé, bien qu'elle ne comprît pas pourquoi cela prenait tant d'importance à ses yeux.

Elle choisit la franchise.

— A mon avis, il a des ennuis, mais ce n'est pas un mauvais homme.

Jeff réfléchit un moment. C'était *son* étranger, après tout. Il l'avait découvert. Enfin, Jake l'avait découvert ; or Jake l'aimait bien, et cela suffisait à Jeff.

Il hocha la tête.

Mary Jo se précipita vers la chambre et frappa un coup bref avant d'y pénétrer sans attendre d'y être invitée.

Gary Foster, assis sur le bord du lit, venait visiblement de rabattre en hâte le drap sur sa nudité. Très pâle, les dents serrées, il transpirait à grosses gouttes.

— Des hommes arrivent, annonça-t-elle. Peut-être un détachement.

Il tenta de se lever, retomba sur l'oreiller en jurant doucement.

— Je ne veux pas vous créer d'ennuis.

— Personne ne peut savoir que vous êtes ici, la

pluie a effacé toutes les traces. Je vais me débarrasser d'eux.

— Pourquoi ?

— Je n'en sais rien, répondit-elle franchement.

— Il n'est pas question que votre fils ou vous soyez impliqués dans cette affaire.

— Nous le sommes déjà, monsieur Foster. Maintenant contentez-vous de rester là et de ne pas faire de bruit.

— Je ne vous comprends pas.

Mary Jo sourit.

— J'ai l'habitude, peu de gens me comprennent.

On frappa à la porte d'entrée, et Jake se remit à aboyer de plus belle. Dommage que Mary Jo n'ait pas eu le temps de cacher Gary Foster. Il ne restait plus qu'à espérer que les hommes ne fouilleraient pas la maison. Dieu merci, tout le monde dans la région savait qu'elle était la veuve d'un Ranger, et l'héritière d'un autre. Elle était la dernière personne qu'on soupçonnerait d'abriter un fugitif.

Avec un regard rassurant à Jeff, elle se hâta vers la porte qu'elle ouvrit sur le shérif et une demi-douzaine de ses voisins.

— On a trouvé un homme mort à quelques kilomètres d'ici, déclara Matt Sinclair, le shérif. Nous vérifions que tout va bien dans les fermes alentour.

Mary Jo lui adressa un chaleureux sourire. Depuis le jour où Jeff et elle étaient arrivés à Cimarron Valley, Matt s'était montré charmant, attentif, s'inquiétant de la voir mener son ranch toute seule. Les autres avaient été plutôt méprisants.

— Par ce temps ? demanda-t-elle.

— D'après ses vêtements, le mort semble être un mineur, mais Dieu seul sait ce qu'il faisait dans les parages !

Il se racla la gorge avant d'ajouter, après une hésitation :

— On lui a tiré dans la jambe, puis dans la gorge

à bout portant. Un meurtre de sang-froid. Je voulais juste prévenir les gens, leur demander s'ils n'avaient pas vu rôder un étranger.

Mary Jo digéra lentement l'information. Les aveux de Gary l'y avaient préparée, mais elle n'avait pas envie d'entendre les détails.

— Avez-vous une idée de l'identité du coupable ?

— C'est bien là le hic. Personne n'a rien vu, rien entendu. Il pourrait s'agir tout simplement d'un voleur, et sans doute est-il déjà loin d'ici. Je voulais simplement m'assurer que tout le monde était prévenu.

— Merci.

— Je n'aime pas voir une femme et un enfant seuls… L'un de mes hommes pourrait rester ici dormir dans la grange.

Mary Jo secoua la tête.

— Mon mari m'a appris à tirer aussi bien que n'importe quel homme, et je n'hésiterais pas à me servir de mon arme, affirma-t-elle. Quant à Jeff, il est également bon tireur. Et Jake nous avertirait si un inconnu se risquait jusqu'ici. Merci tout de même pour votre proposition.

— Bon, alors si tout va bien…

— Merci encore d'être venu, shérif.

Mary Jo aurait dû leur offrir à boire, du café, par exemple, mais c'était trop risqué. Elle se dirigea vers la porte.

— J'enverrai quelqu'un tous les deux jours pour prendre des nouvelles, ajouta le shérif.

— Ne vous donnez pas cette peine.

— Juste pour ma tranquillité d'esprit, insista-t-il en souriant.

Mary Jo ne parvint pas à lui rendre son sourire. Elle se sentait horriblement fourbe. Une petite voix lui ordonnait de parler, de dire que le meurtrier était dans son lit.

Mais les mots ne venaient pas. Elle se contenta

de hocher la tête et regarda les hommes se mettre en selle en se demandant si elle ne venait pas de commettre la pire erreur de sa vie.

4

— Tu ne penses pas que c'est un assassin, hein, m'man ?

Jeff levait sur sa mère un regard implorant.

Mary Jo hésita.

Un meurtre de sang-froid, avait dit le shérif. *Une balle dans la jambe, et l'autre dans la gorge, tirée à bout portant.*

Gary Foster avait tué trois hommes, de son propre aveu.

Et elle avait demandé : *Le méritaient-ils ?*

Elle n'en revenait pas d'avoir posé une telle question. Aucun homme ne méritait d'être abattu comme un chien !

Elle avait presque envie de courir après le shérif. Au lieu de cela, elle répondit à son fils :

— Je n'en sais rien. Mais il est trop faible pour bouger ou être transporté.

— Je ne crois pas qu'il ait tué ! déclara Jeff.

Mary Jo lui envia cette certitude ! Elle était soudain glacée, et cela n'avait rien à voir avec le vent froid qui s'engouffrait par la porte restée ouverte. Elle alla la fermer, fixa la barre de sécurité.

Il était temps d'obtenir des réponses à ses questions.

Soudain, une odeur bien particulière lui fit plisser le nez. Les biscuits !

Elle se précipita vers le four, qui laissa échapper une épaisse fumée quand elle l'ouvrit, et en sortit des biscuits presque calcinés, sauf deux un peu moins carbonisés que les autres.

Elle se mordit les lèvres, plus exaspérée que de raison, puis elle vit ses mains trembler. Et ce n'était pas à cause des biscuits. Elle en recommencerait une fournée. Avec cette pluie, elle n'avait pas grand-chose d'autre à faire.

A part s'occuper du cheval de l'étranger. Le shérif ne l'avait sûrement pas trouvé, sinon il lui en aurait parlé.

A quoi pensait-elle, pour abriter ainsi un meurtrier? Un homme qui en avait tué un autre, non pas sous le coup de la colère, mais avec une froide détermination. Et malgré tout, elle s'inquiétait, elle craignait que le détachement ne découvre le cheval et ne revienne chez elle. Ne le découvre, lui!

Mais enfin, pourquoi le protégeait-elle, au risque de mettre en danger son fils, ainsi que tout ce qu'elle essayait de construire à Cimarron Valley?

Elle se tourna vers Jeff.

— Tu devrais pouvoir trouver un ou deux biscuits pas trop brûlés.

— Et l'étranger? Il a besoin de manger.

— Je lui fais de la soupe.

Il y avait de l'impatience — ou de la peur? — dans sa voix, et elle fut désolée en voyant l'expression dépitée de son fils.

— En attendant, je vais lui apporter une tasse de lait. Vois ce que tu peux sauver des biscuits, puis je mettrai du jambon à cuire.

Jeff s'épanouit. Le jambon était une denrée chère, et ils en mangeaient rarement.

Le lait venait de la vache, Circé, l'une de leurs premières acquisitions quand ils étaient arrivés au ranch.

Mary Jo se dirigea vers la chambre, frappa, attendit quelques secondes avant d'entrer.

De nouveau, Gary Foster se tenait au bord du lit,

le drap rabattu sur ses jambes. Extrêmement pâle, il semblait exténué. Sans doute s'était-il levé pour écouter à la porte ce qui se passait à côté.

— Pourquoi ne leur avez-vous rien dit ?

Elle s'appuya au chambranle.

— Je ne sais pas.

Il plissa les yeux. Un muscle jouait sur sa mâchoire.

— Vous avez tué trois hommes, reprit-elle.

Impassible, il la fixait sans mot dire.

— Le shérif en a trouvé un avec une balle dans la gorge. Avez-vous… ?

— Oui.

— Pourquoi ? Il vous menaçait ?

— Il me suppliait, madame, répondit froidement Gary. Je me suis avancé vers lui, j'ai mis l'arme sous son cou et j'ai tiré.

Dans ses yeux brûlaient la colère, la douleur, le défi, toutes ces émotions mêlées en violente tempête.

— Envoyez votre fils rattraper le shérif, madame.

— C'est la première fois que je rencontre un homme qui souhaite être pendu, rétorqua Mary Jo en s'efforçant d'effacer toute angoisse de sa voix. *Pas de manifestation de faiblesse !*

Toutefois, il ne disait pas la vérité, elle le savait. Il n'avait tout de même pas été blessé *après* avoir tué l'homme ! Il avait dû utiliser ses dernières forces pour lever son arme et tirer. Pourquoi la provoquait-il en lui suggérant d'appeler le shérif ? Avait-il une telle envie de mourir ?

— Je suis sûr que vous n'avez jamais non plus rencontré un homme capable de tuer de sang-froid, dit-il, dur. Car c'est bien ce qu'a dit le shérif.

— Et vous, que diriez-vous ?

— Exactement la même chose, madame Williams. Ce chercheur d'or a tiré sur moi, mais cela n'a rien changé, de toute façon, il devait mourir. Il avait vidé son chargeur, il était à genoux. Je me suis avancé vers lui, j'ai posé le canon de mon arme sous son menton, j'ai appuyé sur la détente. Votre curiosité est-elle satisfaite à présent ?

— Non. Je veux savoir la raison.

— Quelle importance ? Un meurtrier est un meurtrier.

— Pour moi, c'est important, insista-t-elle.

Elle ne pouvait se tromper à ce point sur un être humain.

Elle vit de nouveau un muscle frémir sur son visage, et il tremblait dans son effort pour rester assis, pour contrôler la force de ses émotions.

La douleur qu'il ressentait vibrait entre eux, presque matérielle. Personne n'aurait pu rester insensible à une telle agonie.

— Qu'avait-il fait ? demanda-t-elle dans un murmure.

Tout au fond d'elle, elle savait. Drew. Son fils. Ce meurtre n'avait pas été vraiment commis de sang-froid, même si Foster le croyait.

Il croisa son regard.

— Il est absurde de m'héberger, madame Williams, dit-il. Je n'ai jamais porté chance à personne. « Mort » est mon deuxième prénom.

Il n'en dirait pas davantage. Mary Jo, malgré ses jambes soudain flageolantes, s'obligea à aller jusqu'au lit.

— Je n'attends rien de vous, monsieur Foster. Je n'ai besoin de rien.

Mon Dieu, faites que ce soit vrai !

Elle lui tendit la tasse de lait.

— Buvez, ordonna-t-elle. Il le faut, si vous voulez être en état de partir. Car c'est bien ce que vous souhaitez ? ajouta-t-elle avec une petite grimace.

— Je ne vous comprends pas, dit-il de nouveau.

— Disons que j'ai un faible pour les êtres égarés, et vous ne semblez pas en assez bonne condition pour nous faire du tort, à mon fils ou à moi.

— Ma simple présence peut vous en causer.

— Pas si personne n'est au courant.

— Vous refusez toujours d'écouter ce qu'on vous dit, madame ?

— Si vous vous croyez capable de marcher, allez-y, répondit-elle calmement.

Elle était contente de le voir en colère. Tout valait mieux que la résignation.

Comme il tentait de bouger, le drap glissa et il le remit bien vite en place en lançant un regard noir à la jeune femme.

— Refusez de boire ce lait, le menaça-t-elle, et je vous arrache vos couvertures. Je suis plus forte que vous, pour le moment.

— Bon sang, vous n'abandonnez donc jamais ?

— Rarement.

— Donnez-moi cette sacrée tasse !

Elle le regarda boire avec avidité jusqu'à la dernière goutte avant de poser la tasse sur la table et de se laisser retomber sur le lit.

— Vous aviez parlé de pantalon ?

— Je vais vérifier l'état de votre jambe, tout à l'heure. Si elle ne saigne plus, je vous ferai un pansement plus petit, et vous pourrez porter les affaires de mon mari.

— Votre mari ? répéta-t-il.

— J'ai gardé quelques-uns de ses vêtements après sa mort.

Il jeta un coup d'œil à son collier. Il avait brûlé tout le reste, à la cabane. Il ne voulait pas de souvenirs. Même les meilleurs, il les avait tués. Et dans sa tête, il n'y avait plus qu'un brouillard rouge qui masquait tout. Il aurait sans doute brûlé le collier aussi si les chercheurs d'or ne l'avaient volé. Il l'avait trouvé sur le premier et le lui avait arraché avant de lui extirper le nom de ses deux acolytes. Et l'objet était devenu un talisman de vengeance, non plus de protection.

La femme l'observait avec un air de compréhension qui le déconcerta.

— Je ne veux pas des vêtements d'un mort, dit-il, brutal. Je veux les miens.

— Ils sont en lambeaux. A moins que vous n'en ayez d'autres dans vos sacoches.

Il secoua la tête. Il n'avait emporté que de la nourriture, tant il était concentré sur sa quête des assassins.

— Votre cheval... risque-t-on de l'identifier?

Il fut de nouveau surpris. Elle aurait pu être shérif elle-même!

— La bride. Elle est ornée de perles. Je ne voudrais pas que l'on tienne les Indiens pour responsables.

Dieu, il venait juste d'y penser!

— Il faut que je...

Il s'assit encore, au prix d'un effort surhumain, puis il ravala son orgueil.

— Je... prendrai ces... vêtements.

Mary Jo était troublée par ses contradictions. L'instant d'avant, il avait avoué avoir tué de sang-froid, et maintenant il était prêt à sacrifier sa vie — et sa fierté, ce qui était encore plus important pour lui — afin qu'un innocent ne fût pas accusé de ses crimes. C'était bien la seule personne qu'elle connût qui se souciât du sort des Indiens!

— A votre avis, jusqu'où irez-vous? demanda-t-elle.

— Aussi loin qu'il faudra. Et tout nu si je ne peux faire autrement.

Il essaierait, elle en était sûre. Il atteindrait à peine la porte, mais il essaierait...

— Je m'en charge, déclara-t-elle. Apparemment, le shérif n'a pas encore découvert votre cheval. A combien se trouve-t-il de l'homme que vous avez tué?

L'homme que vous avez tué... Avec quelle facilité elle prononçait ces mots !

— Environ un kilomètre, je pense. Je ne m'étais pas aperçu qu'il était gravement blessé, et il a continué à galoper en perdant son sang. Je ne savais pas...

Son visage se creusa.

— Il était si... vaillant. Et il est mort. Je ne veux pas être responsable d'un autre drame, sacredieu !

Il se leva, sans se soucier de sa nudité, fit un pas, vacilla.

Il était magnifique, plus grand qu'elle ne l'avait cru, avec l'élégance et les longues cuisses musclées d'un cavalier.

— Entendu, dit-elle. Je vais vous chercher un pantalon.

Le seul fait de l'enfiler épuiserait le peu de forces qu'il avait. Car elle ne l'aiderait pas, afin qu'il découvre par lui-même qu'il était incapable d'aller jusqu'à son cheval. Et même s'il y parvenait, avec son bras blessé, il ne pourrait ôter le mors.

Guidé par la seule force de sa volonté, il refusait d'entendre raison, mais il avait perdu trop de sang pour aller où que ce soit.

Elle avait mal pour lui. Il avait dit que son cheval était vaillant, mais là, c'était l'homme qui donnait une belle démonstration de courage.

Elle ne voulait pas qu'il meure. Toute idée de rattraper le shérif ayant quitté son esprit, son but désormais était celui de l'étranger.

Pourquoi ? se demanda-t-elle fugitivement. La réponse vint aussitôt : il avait besoin d'elle. Aucun homme n'avait jamais eu besoin d'elle jusqu'à maintenant. Pas même son mari. Ni Tyler. Même Jeff était chaque jour plus indépendant.

Or elle aimait se sentir indispensable aux autres.

Elle chassa bien vite cette idée incongrue et alla chercher le pantalon, qu'elle lui lança. Quand

Gary l'eut attrapé, de la main gauche, elle se retira en fermant la porte derrière elle. Il devait prendre seul conscience de sa faiblesse, sans témoins; rester là n'eût fait qu'augmenter son humiliation.

Jeff lui jeta un coup d'œil inquiet.

— Comment va-t-il? A-t-il parlé du détachement? Il n'a pas tué, hein, m'man?

Mary Jo ferma un instant les yeux pour réfléchir. Elle lui avait déjà menti, elle n'allait pas recommencer.

— Si, dit-elle enfin. Mais l'homme lui avait tiré dessus et M. Foster... avait de bonnes raisons.

Jeff se détendit.

— Comme quand p'pa était obligé de tuer quelqu'un?

— C'est à peu près ça, répondit Mary Jo, souhaitant que ce fût la vérité.

— Je le savais! s'écria l'enfant, souriant. Mais pourquoi il l'a pas dit au shérif, tout simplement?

— Il est trop mal. Ils l'auraient emmené en prison, le temps de vérifier, et je ne sais pas s'il aurait survécu au trajet.

Jeff accepta cette explication. Parce qu'elle lui convenait.

— Voudrais-tu seller Caprice? demanda Mary Jo.

— Où vas-tu?

— Il faut que j'aille chercher des choses près de son cheval. J'aimerais que tu restes ici pour veiller sur lui.

Il fila vers la porte en appelant Jake. Celui-ci, après un coup d'œil désolé en direction de la chambre, suivit l'enfant. Dans cette maison, l'étranger avait deux avocats. Et deux avocats de qualité! pensa Mary Jo.

Gary maudissait tour à tour sa faiblesse et ce satané pantalon qui refusait de franchir le bandage de sa jambe. Il jura, fit encore une tentative en utilisant machinalement son bras droit, et faillit s'évanouir de douleur. Il s'obligea à respirer lentement, profondément.

Depuis combien de temps n'avait-il rien mangé ? Quatre jours, cinq, hormis la tasse de lait. A présent, il payait cher cette négligence.

A l'aide de sa main gauche, il dénoua le bandage de sa jambe. La blessure était affreuse, à vif, couverte d'un liquide jaunâtre, au milieu d'une chair gonflée et tuméfiée.

Il fallait qu'il garde une partie du pansement, mais comment couper la bande ? Où était son couteau ? Il ne parvenait pas à le trouver, cependant pour rien au monde il n'aurait appelé la femme. Il avait vu le doute dans ses yeux. Elle savait qu'il n'y arriverait pas tout seul.

Qu'elle aille au diable !

Il déchira la bande avec ses dents et eut toutes les peines du monde à en remettre un bout sur la blessure. Finalement, il renonça, glissa sa jambe meurtrie dans le pantalon, puis il se leva et remonta la ceinture de sa main valide. Il vacillait, la tête lui tournait.

Comme il tentait de fermer les boutons, il sentit le désespoir le gagner. Et s'il ne retrouvait jamais l'usage de son bras ?

Quand il eut enfin réussi, il s'aperçut que le vêtement lui allait. Le vêtement d'un mort.

De nouveau il vit tout tourner autour de lui, à moins qu'il ne tournât lui-même... Il trébucha quand il voulut avancer. Il fallait pourtant qu'il récupère la bride, la bride ornée de perles que lui avait donnée sa femme.

Un cercle noir se refermait autour de lui, et il

s'écroula, tombant sur son bras droit. La douleur fut atroce, mais il fallait qu'il y arrive, il le fallait.

Cependant, comme il essayait de se relever, il fut obligé de reconnaître sa défaite. Une fois de plus, il était incapable de protéger ceux qu'il aimait.

Jeff n'était pas encore revenu quand Mary Jo entendit du bruit dans la chambre. Elle ouvrit pour trouver Foster en train d'essayer de se relever, le souffle court. La douleur se lisait dans son regard, mais il ne renonçait pas.

— Dites-le, bon Dieu! lança-t-il, la voix rauque.

Elle le comprenait trop bien. Elle s'agenouilla, lui offrit sa main.

— Il fallait que vous le découvriez tout seul, dit-elle d'un ton dont elle s'efforça de gommer toute compassion.

Il fixait la main tendue de la jeune femme comme s'il s'agissait d'un serpent venimeux. Avait-il accepté de l'aide une seule fois dans sa vie? se demanda Mary Jo.

— Prenez-la! ordonna-t-elle. A moins que vous ne préfériez attendre le retour de Jeff.

Furieux contre lui-même, il finit par tendre sa main gauche et parvint à s'accroupir. Un gémissement lui échappa, vite étouffé, tandis qu'elle l'obligeait à s'appuyer sur son épaule pour le ramener vers le lit.

— J'irai chercher vos affaires, dit-elle.

Il se détourna.

— Jeff vous apportera de la soupe dans un moment, ajouta-t-elle doucement. Mangez-en autant que vous le pourrez.

Comme il demeurait silencieux, elle retourna à la cuisine et mit du jambon à frire. Tandis que Jeff en dévorait une tranche avec appétit, elle l'observa, peu pressée de s'acquitter de la tâche qui l'attendait.

— Je ne sais pas pour combien de temps j'en ai, annonça-t-elle en ignorant délibérément les morceaux de jambon que son fils glissait sous la table à son gourmand de chien.

Elle aurait dû le gronder, car on ne donnait pas aux animaux la nourriture réservée aux humains, mais il avait été si gentil, ces derniers jours, si adulte dans son attitude vis-à-vis de l'étranger...

D'un côté, elle était fière de lui. De l'autre, elle détestait le voir grandir, car cela lui rappelait qu'il la quitterait un jour.

— Dans une heure environ, la soupe sera cuite, et tu iras en porter un bol à M. Foster. Mais fais attention, s'il dort, ne le dérange pas. Il a besoin de se reposer.

Le garçon hocha la tête.

— Tu es sûre que je ne peux pas t'aider ?

— Oui. Et puis, il faut que quelqu'un reste pour veiller sur lui, non ? Et si on venait...

— Je sais, coupa-t-il, un peu impatienté, mais tout excité de la responsabilité qui lui incombait.

Il était grisé par cette petite complicité qu'ils partageaient. Petite ? Son fils l'avait vue mentir à un représentant de la loi, protéger un homme qui avouait être un meurtrier. Elle devait être folle !

Mon Dieu, pria-t-elle en silence, *faites que ma décision soit la bonne !*

Elle enfila un long manteau, un chapeau à large bord et se demanda s'il allait pleuvoir indéfiniment. Au moins, personne ne se trouverait dehors par ce temps de chien. Enfin, il fallait l'espérer.

Mary Jo n'eut pas de mal à trouver le cheval. Comme elle l'avait deviné, il n'y avait pas de traces, mais, malgré ses braves affirmations, elle dut se faire violence pour descendre de sa monture et s'approcher de l'animal.

Les oiseaux de proie s'en étaient occupés, et la puanteur était épouvantable malgré la pluie. Elle vit aussitôt la bride aux perles de couleur. Typiquement indiennes. Bien qu'elle portât des gants, elle effectua cette pénible tâche un chiffon à la main.

Elle n'était pas assez forte pour retirer la selle car le cheval était couché sur le côté, mais elle put récupérer une sacoche, qu'elle sépara de l'autre à l'aide de son couteau. Enfin elle regarda encore le cheval mort pour vérifier que rien ne le désignait comme ayant appartenu à un Indien, puisque cela semblait être la préoccupation essentielle de Gary. La couverture était ordinaire, comme la selle et les étriers. Alors, elle se remit en route en souhaitant que l'averse efface sur elle l'odeur de la mort.

S'effacerait-elle un jour, pour Gary, et le souhaitait-il seulement ?

Elle baissa les yeux sur la bride et se demanda pourquoi Gary Foster tenait tellement à protéger les Indiens.

Les Comanches avaient capturé sa sœur, massacré la famille de sa meilleure amie. On attribuait des méfaits similaires aux Utes dans le Colorado, où ils allumaient en outre de nombreux feux de forêt. Ils étaient aussi haïs ici qu'au Texas.

Toutefois, Foster devait leur être lié d'une manière ou d'une autre.

Chivita... Un nom mexicain ? Ou indien ? Certes, il arrivait que des Blancs tombent amoureux d'Indiennes, mais Mary Jo n'en avait pas rencontré un seul. Et le fils de Foster s'appelait Drew.

Mystère. Que de mystères autour de lui...

Jeff servit un bol de soupe, qu'il posa avec une tartine beurrée, un verre de lait et une cuiller sur un plateau.

Il frappa discrètement à la porte de la chambre

afin de ne pas réveiller l'étranger s'il dormait, et reçut un grognement en guise de réponse.

Il n'avait guère vu l'homme, ces derniers jours, et il ne pouvait oublier tout à fait ce qu'avait dit le shérif, malgré les paroles rassurantes de sa mère.

Gary était allongé sur le lit, vêtu d'un pantalon, le visage hirsute, les traits las. Toutefois, il sembla se détendre un peu en voyant Jeff entrer.

— Je vous ai apporté à manger, dit le garçon. M'man est allée s'occuper de vos affaires… Vous portez un pantalon de mon père, ajouta-t-il après une courte pause.

L'étranger tenta sans grand succès de sourire quand Jeff posa le plateau près du lit.

— C'est très bon, vous verrez, continua l'enfant, tout fier. M'man était la meilleure cuisinière de tout le Texas, et elle faisait les repas pour la compagnie entière de Rangers, là-bas.

L'étranger se redressa en grimaçant, sans quitter des yeux un Jeff vaguement déconcerté par l'insistance de son regard. Il semblait chercher quelque chose, mais l'enfant ignorait quoi.

Jeff prit le bol et la cuiller, puis vint s'asseoir au bord du lit.

— Je peux vous aider, monsieur Foster ? Vous devez avoir drôlement mal au bras !

Une expression dure traversa le visage de l'homme, disparut aussi vite, et il soupira.

— Je t'en serais reconnaissant, mon garçon. Si j'essaie moi-même, je risque bien de salir le pantalon de ton papa.

Les mots étaient gentils, mais le poing gauche de l'homme se crispa. Jeff comprenait. Il était un homme, lui aussi, or les hommes avaient horreur d'être assistés. Il avait détesté cela quand il avait été malade, l'année précédente.

Aussi se contenta-t-il de porter sans rien dire une cuillerée de potage à la bouche de l'homme.

Quand le bol fut vide, il ferma les yeux, et Jeff s'apprêta à le laisser se reposer.

— Il y a encore du lait et du pain, dit-il avant de se retirer.

L'étranger rouvrit les paupières.

— Parle-moi de ton père, demanda-t-il de façon inattendue.

L'enfant s'agita, nerveux. Il n'aimait rien tant que vanter les mérites de son papa, mais sa mère lui avait interdit de fatiguer le blessé. Jake s'était approché pour poser son museau sur le lit, en quête d'une caresse.

— Jake vous aime bien, dit Jeff. Il est pas comme ça avec tout le monde. Il est à moitié loup, vous savez. A mon avis, il croit que vous lui appartenez parce qu'il vous a sauvé la vie, comme chez les Chinois.

Il était si excité que les mots se bousculaient. C'était tellement bon d'avoir un homme à qui parler !

— C'est m'man qui m'a raconté ça, à propos des Chinois. Elle l'a lu quelque part. Elle lit beaucoup, chaque fois qu'elle en a l'occasion.

L'étranger semblait un peu abasourdi par ce flot de paroles, mais un coin de sa bouche se releva légèrement, et Jeff s'épanouit. Il se rappela la question de l'homme.

— Mon papa était Ranger, un des meilleurs du Texas. Et Tyler aussi.

Toute fierté oubliée, il sentit le chagrin l'envahir comme c'était souvent le cas depuis la mort de Tyler.

— Qui est Tyler ?

— Il faisait la cour à ma maman. Il a été tué l'année dernière. C'est lui qui nous a laissé ce ranch. Il me manque vraiment, presque autant que mon papa. Je serai Ranger aussi, un jour. M'man veut pas, mais...

— ... Mais M. Foster a besoin de repos.

Jeff se tourna vers sa mère, un peu penaud.

— M'man, c'est lui qui m'a demandé de...

— Je sais, j'ai entendu.

Mary Jo portait encore son manteau qui ruisselait de pluie, et elle ôta son chapeau, libérant la masse de ses cheveux. Elle tenait une sacoche et la bride décorée de perles à la main. Une horrible puanteur avait pénétré dans la chambre avec elle.

Jeff regarda le malade.

— J'ai jamais vu une bride comme ça, dit-il.

Les yeux de l'étranger avaient accroché ceux de sa mère, et il sentait une tension presque palpable, dans la pièce, comme avant un orage. L'homme ne souriait pas, Mary Jo non plus.

— C'est ma femme qui l'a confectionnée, dit-il, du défi dans le regard.

Puis il tourna la tête vers le mur, chassant la mère et le fils aussi résolument que s'il leur avait claqué une porte au nez.

Jeff regarda sa mère qui se mordillait la lèvre, comme toujours quand elle était indécise. Mais elle ne tarda pas à le prendre par les épaules pour l'entraîner hors de la chambre avant de fermer doucement derrière eux.

5

Des heures plus tard, Gary continuait à se répéter qu'il devait remercier la femme, mais il ne pouvait s'arracher les mots de la bouche. Il y avait de la désapprobation sur ses traits, ainsi que des questions quand elle regardait la bride. Que dirait-elle si elle savait qu'il avait été marié à une Indienne ?

Cette union avec une douce femme ute était-elle plus terrible que la mort d'un homme? Peut-être cela suffirait-il pour qu'elle le jette dehors…

Evidemment, il ne pouvait le lui reprocher. Presque tout le monde, dans le Colorado, détestait les Indiens. Autant dire tout le monde. Tout ça à cause des journaux qui racontaient à l'envi les atrocités commises par les Utes, que l'on avait cependant expédiés pour la plupart dans l'Utah où les attendaient la famine et la mort.

Il en était malade, quand il y pensait. Les quotidiens de Denver, particulièrement virulents, accusaient les Utes de tous les crimes, depuis les incendies de forêt jusqu'à des massacres qui n'avaient jamais eu lieu. Gary avait entendu mineurs et chasseurs raconter les pires horreurs sur leur traversée du territoire ute, mais ce n'était qu'une excuse pour spolier davantage les malheureux Indiens.

Quant aux Utes, menés par le chef Ouray dont ils attendaient la paix malgré les nombreux traités brisés par le gouvernement, ils tentaient de calmer les Blancs en leur abandonnant des terres. Ceux-ci en voulaient toujours plus, surtout les montagnes riches en minerai. Et ils s'emparaient d'autres choses qui ne leur appartenaient pas, notamment les femmes indiennes.

Son fils lui-même avait été considéré comme moins que rien à cause de son sang indien. «Les lentes donnent naissance à des poux», disaient les militaires.

Gary ne put retenir un gémissement de douleur. Drew avait été le plus bel événement de sa vie, la seule justification de son existence depuis dix-sept ans.

Il avait aimé Chivita, l'épouse bonne et tendre qui lui avait donné un fils, mais il ne ressentait pas de passion pour elle, seulement de la gratitude pour avoir un peu atténué la colère qu'il nourrissait contre lui-même.

Elle était si généreuse, avide de partager avec son époux le plaisir simple d'un lever de soleil sur les montagnes ou de l'éclatement d'un bourgeon sur une branche... Elle ne demandait rien, elle qui, à sa manière calme, innocente, lui avait réappris à vivre. Et il se retrouvait à présent bien loin de ce qu'elle lui avait enseigné.

Gary s'empara du collier, cadeau fait à son fils pour sa fête. Chivita en avait patiemment sculpté les perles dans des cornes de bisons, et Gary avait acheté l'aigle d'argent à un artisan navajo. C'était le plus cher trésor du petit garçon.

Il portait encore des traces de sang, celui de Drew, sans doute. Gary passa le collier autour de son cou, sans se soucier de ce que penseraient la femme ou son fils. Il se demanda même s'il n'agissait pas ainsi dans le but de les provoquer.

Il était irrité de devoir de la reconnaissance à une personne qui, comme tant d'autres, méprisait les Indiens. Et il était plus irrité encore d'être prisonnier de cette maison à cause de sa propre faiblesse.

Incapable de dormir, il tenta de se redresser. La lampe près de son lit était encore allumée, et il la souffla avant de se tourner vers la fenêtre aux rideaux tirés.

Il avait envie de sentir l'air frais sur sa peau ; peut-être alors cette impression de piège disparaîtrait-elle un peu.

Il parvint péniblement à se mettre debout, clopina jusqu'à la fenêtre et l'ouvrit. Epuisé, il s'appuya au mur et respira de toutes ses forces.

La pluie avait cessé, mais le ciel était sombre, sans étoiles, sans lune. Il ne voyait même pas le profil des montagnes Noires.

Qui n'étaient pas aussi noires que son âme.

Mary Jo ne savait pas à quel moment la pluie s'était arrêtée. Elle s'était réveillée dans un silence presque surnaturel, après le martèlement constant des gouttes sur le toit et le grondement du tonnerre.

Autant se lever et s'occuper, car elle avait toujours du mal à se rendormir au milieu de la nuit. Sûrement à cause des années passées à guetter le bruit d'une porte qui s'ouvre, de pas approchant de la chambre. Le plus clair de sa vie d'épouse avait été marqué par l'attente.

Et elle avait de nouveau cette impression d'attendre, sans savoir quoi.

Elle se leva en chemise. C'était un vêtement qu'elle avait confectionné elle-même, passant de longues heures à coudre la dentelle sur le fin coton. Une parure de luxe qu'elle n'avait pas portée depuis la mort de Jeff. Elle ignorait d'ailleurs pourquoi elle l'avait mise ce soir. Le besoin de se sentir de nouveau femme ?

Elle se mordilla la lèvre, essayant d'étouffer ce bouillonnement qui montait en elle... depuis l'arrivée de l'étranger, devait-elle s'avouer, terrifiée. Il représentait tout ce qu'elle devait fuir, tout ce dont elle devait éloigner son fils.

Il fallait qu'elle prenne l'air, cela lui remettrait les idées en place. Elle traversa la pièce sur la pointe des pieds, attentive à ne pas réveiller Jeff, et se glissa discrètement par la porte.

Une brise fraîche joua dans ses cheveux, sur sa peau brûlante.

Elle était heureuse de voir les lourds nuages chargés de pluie filer vers d'autres cieux.

Pourtant c'était cette même pluie qui avait aidé l'étranger en effaçant ses traces.

L'étranger.

Elle en revenait toujours à *lui*. Et à sa propre

attitude protectrice, dont elle ne tirait aucune gratitude.

Jake vint s'asseoir près d'elle sous le porche, et elle s'accroupit pour lui caresser la tête. Il émit un petit grognement de plaisir.

— Mon Dieu, Jake, murmura-t-elle, qu'est-ce qui t'attire chez cet homme ?

Le chien grogna de nouveau.

— Tu es aussi agaçant que lui !

Il remua la queue et, comme pour prouver qu'il méritait ses réprimandes, il descendit dans la cour transformée en une mare de boue.

Malgré l'humidité, Mary Jo s'assit sur les marches, la tête appuyée à un pilier, trop nerveuse pour rentrer. L'immensité sombre la rassérénait.

Pourquoi n'avait-elle pas peur de Gary Foster ? Peut-être en avait-elle déjà trop subi dans sa vie. Elle avait eu faim quand les récoltes étaient mauvaises, elle s'était cachée avec sa mère lors des raids des Comanches. Autrefois, elle attendait, terrorisée, le retour de ses parents à la ferme, et, des années plus tard, c'était la même angoisse chaque fois que Jeff s'éloignait.

Elle avait peur de nouveau ; pas de Gary Foster, mais de ses propres sentiments, de ses besoins, de sa solitude. Or, tout cela lui avait paru supportable, jusqu'à l'arrivée de l'étranger.

Jake remonta vers Mary Jo qu'il éclaboussa en s'ébrouant. Quelle chance de n'avoir pas d'autres sujets de préoccupation dans la vie que de patauger dans la boue !

Seulement à présent, il devrait passer le reste de la nuit dehors !

— Du coup, tu vas faire le chien de garde ! lui annonça-t-elle en se levant.

Il prit l'air misérable.

— Non, ça ne marche pas ! dit-elle, sévère.

Il gémit, et elle fut sur le point de céder.

— Non !

Avant de changer d'avis, elle rentra et ferma la porte derrière elle en essayant de ne pas culpabiliser. Après tout, dans quelques minutes, Jake partirait explorer la nuit, tout heureux.

Le même plaisir ne serait pas accordé à Mary Jo ; les questions continueraient de tourbillonner à l'infini dans sa tête...

De sa fenêtre, Gary pouvait voir le porche de la maison, et il avait regardé la jeune femme. Il aurait dû retourner au lit, ne pas violer cet instant d'intimité. Pourtant, il avait été incapable de détacher son regard de la silhouette gracieuse appuyée au pilier.

Qu'est-ce qui t'attire chez cet homme ? avait-elle demandé au chien.

Elle sous-entendait : *rien*, et il ne pouvait l'en blâmer. Alors, pourquoi continuait-elle à le protéger ? Pourquoi n'avait-elle pas dit au shérif qu'il se trouvait chez elle, pourquoi ne l'avait-elle pas laissé emmener par le détachement, pourquoi avait-elle pris la peine d'aller chercher la bride ?

Son poing gauche se crispa. Il se connaissait assez pour savoir que d'ici à deux jours il serait en mesure de partir. Mais il n'avait ni argent ni cheval, nulle part où aller. A pied, il n'arriverait jamais jusqu'aux montagnes où vivaient les Utes.

Et puis il ne savait pas comment dédommager la femme. Dieu, comme il détestait avoir des dettes ! Surtout envers quelqu'un qui aurait méprisé son épouse et son fils.

Il l'avait observée quand elle câlinait le chien, sa lourde chevelure cascadant sur une épaule. Elle l'intriguait, elle l'intéressait malgré lui d'une façon qu'il refusait avec force. Il n'avait rien à offrir à une femme comme elle, et moins encore maintenant qu'il avait le bras en miettes, même s'il acceptait sa blessure comme une punition de ses fautes passées.

En boitant, il revint vers le lit. Le lit de Mary Jo. Il gardait encore son frais parfum de fleur. Il en eut une sorte de douleur intérieure. Demain, il s'installerait dans la grange, et il s'en irait dès qu'il en aurait la force.

Il ferma les yeux, mais l'image persistait, presque éthérée dans la chemise de nuit blanche.

— Sapristi ! souffla-t-il.

Le diable n'en avait pas encore fini avec lui. Il lui avait inventé une nouvelle torture.

Les oiseaux chantaient quand Gary se réveilla en entendant frapper doucement à sa porte. Le soleil pénétrait à flots dans la pièce, les rideaux dansaient sous la brise.

Sans doute, par ce temps clément, le détachement se mettrait-il de nouveau à sa recherche.

Pourtant, Gary se sentait mieux, grâce à la nourriture et au repos.

On frappa de nouveau.

— Entrez ! dit-il enfin, persuadé que l'on ne renoncerait pas, que ce fût la mère ou le fils.

La porte s'ouvrit sur Mary Jo, accompagnée d'une délicieuse odeur qui fit saliver Gary.

Elle eut son petit sourire si particulier, un peu interrogateur. Il avait vu des sourires qui voulaient plaire, séduire, aguicher, mais jamais ce genre de sourire chargé de défi et de compassion à la fois, un sourire qui trahissait l'indulgence mais pas la soumission.

— Vous avez meilleure mine, dit-elle. Et meilleure voix, aussi.

Ne sachant que répondre, il se contenta de la contempler.

Elle était plus intéressante que franchement belle.

Ses yeux pétillaient d'intelligence, d'esprit, de curiosité, bien qu'elle sût garder ses questions pour elle. Sa chevelure, aux reflets flamboyants sous le soleil, était nattée dans son dos, et il eut soudain une envie folle de la dénouer, d'y plonger les mains. Non. *La* main. L'autre ne lui servait plus à rien. Il fronça les sourcils, baissa les yeux.

Elle portait un plateau avec une cuvette d'eau chaude, du savon, un rasoir.

— J'ai pensé que vous auriez envie de faire un peu de toilette avant le petit déjeuner. Je peux vous raser, si vous voulez, ajouta-t-elle après une courte hésitation.

Il n'était pas sûr de le souhaiter. Il avait horreur de dépendre de quelqu'un, et il ne tenait pas à avoir ses mains sur lui. Elles étaient trop douces, trop tentantes.

Pourtant, il détestait tout autant l'image qu'il devait offrir, avec sa barbe de plusieurs jours. Pendant la guerre, il l'avait laissée pousser, rejetant toute idée de civilisation.

Après avoir vu mourir sous ses yeux des Yankees qui suppliaient qu'on leur laissât la vie sauve, il était parti dans les montagnes, se contentant de subsister. Il avait compris ce qu'il était devenu et il nourrissait la plus grande haine contre lui, se rappelait comme si c'était la veille les visages des hommes qu'il avait exterminés.

Il toucha sa joue rugueuse. Etait-il redevenu cet animal qui ne méritait pas de vivre parmi les honnêtes gens ?

Soudain, il fut conscient du regard inquisiteur de la femme et il hocha la tête.

Elle vint s'asseoir sur la chaise, tout près du lit. Si seulement elle ne sentait pas aussi bon ! Il ferma les yeux et ne les rouvrit pas tout le temps qu'elle s'occupa de lui.

Il éprouvait une telle émotion qu'il se sentait

déloyal envers Chivita, qui n'avait jamais éveillé un désir aussi impérieux dans son corps et dans son cœur.

Il faillit repousser sa main car il se sentait plus vulnérable encore que la veille, sans vêtements. Pourtant il demeura immobile.

Il lui sembla que l'opération avait duré des heures quand une serviette fraîche fut posée sur son visage.

— Vous pouvez ouvrir les yeux, dit Mary Jo, une pointe d'amusement dans la voix. Je ne vous ai pas tranché la gorge.

Il passa la main gauche sur ses joues qui étaient douces et lisses.

— Je ne le craignais pas, dit-il.

— Alors, pourquoi… ?

Elle s'était toujours montrée directe avec lui, il lui devait la même franchise, dans la mesure de ses moyens…

— C'était trop bon. Je n'en mérite pas tant.

Elle l'observa un instant, la tête penchée.

— Vous vous améliorez.

Elle hésita un peu avant de reprendre :

— Y a-t-il des affiches offrant une récompense pour votre capture ?

— J'en doute, répondit-il. En tout cas, pas récentes.

Elle plissa les yeux, interrogatrice.

— Je ne crois pas que l'on m'ait vu, continua-t-il. Ils recherchent sans doute tous les étrangers, surtout ceux qui sont blessés.

— Comment avez-vous pu tuer… ce mineur, alors que vous étiez si atteint ? Il ne vous a pas tiré dessus après…

— Je me suis débrouillé avec ma main gauche, déclara-t-il d'un ton brusque. On arrive toujours à ce qu'on veut, à force de volonté. D'ailleurs il n'avait plus de munitions, et il était terrorisé.

Cela devrait lui suffire, songea-t-il.

Mais non, elle pâlit seulement.

— Il avait tué votre fils ?

— Et ma femme. Des trois meurtriers, il a été le dernier à mourir.

Il l'observa un moment avant de déclarer tout à trac :

— Vous pouvez cesser de vous montrer polie. Ma femme était une Indienne et mon fils un... métis. Il avait sept ans quand ces hommes lui ont tranché la gorge après avoir violé et assassiné ma femme. Evidemment, certains diront que ce n'est pas une grande perte. Deux Indiens de moins...

— Je suis désolée, dit doucement Mary Jo.

— Désolée ? Vraiment ? J'ai vu votre expression quand vous avez rapporté la bride.

— Je ne dis jamais ce que je ne pense pas, monsieur Foster ! rétorqua-t-elle. Je suis désolée quand un enfant disparaît. Mais j'ai aussi vu des enfants blancs tués par des Indiens. Ma meilleure amie, entre autres. Et ma sœur a été enlevée par des Comanches quand j'étais petite. Mon père n'a cessé de la chercher pendant dix ans, il ne l'a jamais retrouvée.

Elle se leva brusquement.

— Le petit déjeuner sera bientôt prêt.

Gary la regarda s'éloigner en regrettant sa brutalité, la douleur qu'il avait ravivée, visible dans les yeux de la jeune femme. Il était vraiment doué pour faire souffrir les gens qui l'entouraient. Sacrément trop doué !

Jeff nettoyait Jake à grands seaux d'eau sortis du puits. Le chien s'ébroua, puis il lécha la main de son maître comme pour lui pardonner la torture qu'il venait de lui infliger.

— Maintenant, ne recommence plus, le gronda l'enfant.

Jake s'éloigna, penaud.

Jeff s'essuya avec une serviette avant de se précipiter vers la maison. Il avait faim, et il avait aussi envie de parler avec l'étranger.

Sa mère faisait cuire des œufs et du jambon, des biscuits tout dorés trônaient déjà sur la table. Il était ravi ; sa mère était bien la meilleure cuisinière du Texas. Du Colorado aussi.

Mary Jo posa une tranche de jambon sur une assiette.

— Coupe-la pour M. Foster, dit-elle à l'enfant. Et beurre-lui des biscuits. Tu peux ajouter de la gelée de pomme.

Jeff, enchanté d'avoir un autre homme dans la maison, s'acquitta volontiers de cette tâche. Il adorait sa mère, mais les Rangers et leur amitié virile lui manquaient. Ils l'emmenaient souvent à la pêche, à la chasse, ils lui parlaient comme à un des leurs. Ils le traitaient aussi en adulte, en lui confiant le soin de s'occuper des chevaux. Jeff s'y connaissait maintenant, en chevaux !

Il avait envie que l'étranger reste avec eux, il avait envie de s'entretenir avec lui d'homme à homme. Sa mère le considérait encore comme un enfant, elle s'inquiétait quand il disparaissait trop longtemps alors que, perdu dans ses pensées, il chevauchait le long de la rivière.

Il ne lui en voulait pas, car il savait qu'il était tout pour elle. Tyler le lui expliquait quand il se plaignait auprès de lui d'un excès de câlins. Elle avait besoin d'un mari, disait-il.

Jeff ne voulait pas n'importe quel père, mais il était impressionné par l'étranger, par l'affection que son chien lui portait. Jake n'aimait pas tout le monde, et M. Foster ne faisait rien pour plaire. D'autre part, il portait son revolver comme le faisait son père, et il avait été triste de la mort de son cheval.

Tout cela avait beaucoup d'importance, pour Jeff.

Il n'avait pas cru ce que le shérif avait dit, et il était d'accord avec sa mère : si l'étranger avait tué, il avait sûrement une bonne raison.

Toutefois, il se demandait si l'homme avait fait autrefois partie des forces de l'ordre, ou de l'armée. Il avait tant de questions à poser, bien que sa mère lui eût recommandé de ne pas importuner leur hôte !

Le garçon n'avait pourtant pas l'impression de l'ennuyer. Juste quelques petites questions... A propos de son fils, par exemple. M. Foster avait l'air si malheureux, si furieux, quand il parlait de lui. Il avait dû lui arriver quelque chose d'affreux. L'étranger avait de la peine, comme Jeff en avait eu à la mort de son père, puis de Tyler.

Il finit de couper le jambon tandis que sa mère préparait un plateau sur lequel elle ajouta un verre de lait et une tasse de café.

— Va le lui porter, dit-elle.

Jeff fut un peu surpris, comme il était surpris de voir sa mère raide, les dents serrées, depuis qu'elle était sortie de la chambre de M. Foster un peu plus tôt.

Il était à mi-chemin de la porte quand elle le rappela :

— Dis-lui de manger autant qu'il peut, Jeff. Et ne l'interroge pas, je t'en prie. Je crois qu'il a connu des moments pénibles, il n'a pas besoin qu'on les lui remémore.

Il se retourna. Elle avait l'air tracassée, ce qui n'était pas son habitude.

— C'est promis, répondit-il, tout en se disant qu'il ne ferait pas de mal en s'attardant quelques minutes, juste au cas où l'étranger aurait *envie* de parler.

Dans la chambre, il fut étonné de le trouver debout. Il était vêtu d'un pantalon, et sur son torse nu, Jeff aperçut des cicatrices. Même bien rasé, il avait l'air farouche.

Mais pas méchant, pensa Jeff quand Gary Foster ébaucha un sourire.

L'homme se laissa lourdement retomber sur le lit comme s'il ne pouvait plus tenir sur ses jambes. Il ne quittait pas Jeff des yeux, et celui-ci eut envie de poser le plateau et de s'enfuir en courant, tant son regard était intense.

Pourtant il resta bien droit, fixant l'étranger dans les yeux.

— M'man a dit qu'il fallait que vous mangiez beaucoup.

— Je te remercie, marmonna l'étranger avec quelque hésitation, comme s'il n'était pas habitué à prononcer ces mots.

— C'est m'man qui a tout préparé.

Le petit garçon s'apprêtait à se retirer.

— Jeff?

Il fit volte-face.

— Dis à ta mère... dis-lui... Sapristi!

Il avait les muscles du visage tout crispés.

— Dis-lui... que je suis...

Jeff sourit.

— Je la remercierai pour vous.

Il se précipita vers la porte et sortit avant que l'étranger ne puisse s'insurger contre l'interprétation libre qu'il avait faite de sa pensée.

6

Gary mangea la moitié de ce qu'on lui avait apporté, et il se régala! Il n'avait pas goûté des biscuits de cette qualité depuis qu'il avait quitté la ferme familiale pour se rendre en ville.

Le souvenir de la mort lui donnait des nausées, mais il s'obligea à avaler aussi le lait. Il lui fallait des forces, bon sang, s'il voulait s'en aller d'ici !

Il eut le cœur serré à l'idée du danger qu'il faisait courir à ses hôtes. Plus encore à l'idée qu'ils puissent découvrir qui il était, que son véritable nom était encore maudit dans deux Etats, et qu'un gibet avait été dressé pour lui quatorze ans auparavant.

Il avait remarqué la lueur d'admiration qui perçait dans le regard de Jeff. La même que dans les yeux de son propre fils, or Gary avait manqué à tous ses devoirs envers lui.

Il se rendit péniblement à la fenêtre. La violente pluie avait dévasté presque tout le potager et le champ de blé.

Les barrières du corral avaient besoin d'être réparées. Il se demanda de combien de chevaux disposait la femme et s'il pourrait lui en emprunter un. Tout son bien au monde se résumait en vingt chevaux dont il avait pris grand soin au village de Chivita. Les Utes étaient de magnifiques éleveurs, et il avait beaucoup appris d'eux. Actuellement, son cheptel était sous la garde du frère de la jeune femme, Manchez.

Il fallait que Gary aille le rejoindre.

Et ensuite ?

Que ferait-il, avec un bras invalide ? Il ne pourrait plus attraper de chevaux sauvages au lasso, ni même les dresser.

Il donnerait ses bêtes à Manchez, il lui devait bien cela, pour ne pas avoir su protéger sa famille. Peut-être en offrirait-il aussi quelques-unes à Mary Jo Williams. Puis, ayant ainsi acquitté toutes ses dettes, il ne lui resterait plus qu'à disparaître.

Il fit quelques pas pour tester ses forces. Sa jambe blessée le faisait horriblement souffrir, et ce serait pis encore s'il insistait. Jusqu'où était-il capable d'aller à pied ? Avec un peu de chance, il atteindrait le portail de la cour. Il était tout aussi prisonnier de cette maison que d'un cachot.

Il lui fallait un cheval! Si seulement la femme acceptait de lui en louer un... Mais pourquoi le ferait-elle, au nom du ciel? Il était un meurtrier, il le lui avait avoué.

A moins qu'il n'en vole un. Ce ne serait pas la première fois. Mais il imagina le petit visage décomposé de Jeff quand il le découvrirait.

Satané gamin, avec ses grands yeux et son sourire plein d'espoir! Gary Foster ne voulait pas qu'on lui fît confiance.

Il marcha encore un peu. La blessure se rouvrirait, s'il montait à cheval. Combien de sang un homme pouvait-il perdre avant de mourir?

Quand on frappa à la porte, il grommela une réponse maussade. Il n'allait tout de même pas interdire à cette femme l'accès à sa propre chambre!

Elle se tint un instant sur le seuil et il la contempla, avec sa chevelure d'un roux sombre qui sentait les fleurs, sa peau lisse, ses pommettes hautes et son corps mince, son attitude déterminée.

Elle souriait.

— Vous allez de mieux en mieux!

Il eut un bref hochement de tête.

— Suffisamment pour vous rendre votre chambre. Je coucherai dans la grange, si cela ne vous dérange pas. Juste un jour ou deux, en attendant de pouvoir m'en aller; je vous ai causé assez de soucis.

Le sourire de la femme disparut, ses yeux se voilèrent.

— Je doute que vous alliez bien loin, et la grange est humide, vos blessures risqueraient de s'infecter. Je préfère que vous restiez là. Nous nous arrangeons fort bien, Jeff et moi.

— Je ne...

— Si le détachement revient, vous êtes plus en sécurité dans ma chambre, insista Mary Jo. Ils n'oseront pas y entrer, alors qu'ils risquent de fouiller la grange.

Gary serra les dents. Elle avait raison ! On n'imaginait pas quelqu'un en train de pénétrer dans la chambre d'une femme contre son gré... Elle saurait les dompter d'un simple regard.

Comme elle le domptait lui-même !

Vaincu, il soupira. Puis, comme il ne voulait pas tomber une seconde fois devant elle, il retourna prudemment vers le lit, où il s'assit, au lieu de s'effondrer, dans un gros effort de volonté.

— Encore vingt-quatre heures, dit-il, et je pourrai...

— Aller jusqu'à la grille, coupa-t-elle. Guère plus.

— Une monture. Si je pouvais emprunter...

Résolu à quitter cette maison, il était prêt pour cela à mendier s'il le fallait.

— J'ai quelques chevaux, dans les montagnes. Si... si j'arrive jusqu'à eux, je pourrai rendre...

— Vous n'iriez pas loin non plus à cheval, dit-elle doucement. Et nous n'avons que celui de Jeff et le mien, plus les deux chevaux de trait pour la charrue.

Gary aurait crié de déception. Il avait envie de se venger du destin. Mais le destin n'était pas à sa portée, la femme, si.

— Que diraient vos voisins en imaginant que vous abritez un amant indien ?

Elle ne baissa pas les yeux.

— A peu près la même chose, sans doute, que s'ils savaient que j'héberge un meurtrier.

— Cela vous est égal que j'aie vécu parmi les Utes ?

Elle hésita, troublée.

— Je n'en sais rien. Je ne peux pas dire que je comprenne...

— Je suis trop bien pour épouser une Indienne ?

79

demanda-t-il, moqueur. Non, c'est l'inverse. Chivita était beaucoup trop bien pour moi.

— Cela ne me regarde pas.

— Mais si! protesta-t-il. Si on me trouve ici, je risque de vous... entraîner dans ma chute. Et Jeff aussi.

Une petite lueur passa dans le regard de la jeune femme. Visiblement, elle y avait déjà pensé. Contre son gré, Gray se sentit admiratif, et il s'interrogea de nouveau sur son défunt mari.

— Parlez-moi de votre fils, demanda-t-elle de façon inattendue.

Gary hésita.

— C'était un petit garçon, voilà tout, dit-il enfin d'une voix brisée. Un enfant avec des espoirs, des rêves... et des sentiments, comme vous.

Il ne tenait pas à parler de son fils. Toutefois, par respect pour sa mémoire, il poursuivit :

— Je crois qu'il essayait de défendre sa mère quand ils l'ont tué. Je l'ai découvert près d'elle.

— Et vous, où étiez-vous?

— A la chasse, répondit-il, amer. J'aurais dû l'emmener. Il voulait m'accompagner.

— Je devrais vous conseiller de ne pas culpabiliser, mais parfois on ne peut s'en empêcher. Moi-même, je me suis reproché la mort de Tyler.

— Tyler?

Il s'en voulait de sa curiosité, pourtant c'était plus fort que lui.

— Il voulait m'épouser, et je refusais sans cesse parce que je craignais d'être veuve une seconde fois. Si j'avais accepté, peut-être ne serait-il pas parti pour cette dernière mission.

— Il était Ranger, lui aussi?

Mary Jo ouvrit de grands yeux.

— Votre fils m'a raconté, expliqua-t-il.

— Jeff. Il s'appelle Jeff, déclara-t-elle un peu sèchement.

Elle avait sûrement compris qu'il essayait de mettre autant de distance entre eux qu'il le pouvait en évitant toute familiarité.

— Vous devriez me dénoncer aux autorités, dit-il.

— Si je faisais toujours ce qui est raisonnable, je ne me trouverais pas là, pour commencer. Les gens bien intentionnés m'ont prévenue que je n'arriverais pas à tenir un ranch seule, que je ferais mieux de partir dans l'Est.

— Pourquoi êtes-vous restée ?

— Surtout à cause de Jeff, je pense. Mais aussi pour moi. J'ai grandi au Texas. Mon père avait une petite exploitation. Il était têtu, et il m'a appris à l'être. Après la… disparition de ma sœur, il s'est efforcé de m'apprendre à me défendre. Je monte à cheval, je tirerais un lapin à cinq cents mètres, mais je ne crois pas pouvoir être une dame. J'étais prête à essayer, pour Jeff, quand il m'a fait comprendre que vivre en ville lui briserait le cœur. C'était déjà assez dur pour lui de quitter El Paso et les Rangers ; cette ferme m'a paru un bon compromis. Puis tout le monde m'a dit que je n'y arriverais pas, alors je suis sortie de mes gonds.

— Vous avez voulu leur montrer de quoi vous étiez capable ?

— Me le prouver à moi aussi.

— Vous avez besoin d'aide.

— Je sais, mais je n'ai jamais rencontré quelqu'un de sérieux qui accepte de recevoir des ordres d'une femme. Le dernier ouvrier que j'ai embauché buvait, et il a failli mettre le feu à la grange…

Elle réfléchit un instant.

— Vous vous y connaissez en agriculture ?

Gary n'en croyait pas ses oreilles. Elle n'aurait jamais dû lui faire confiance. D'autre part, il serait aussi utile dans une exploitation agricole qu'un feu de camp en enfer !

— Oubliez ça ! dit-il aussi durement qu'il le put. Je partirai dès que je serai capable de mettre un pied devant l'autre.

Elle restait près de lui, immobile, et il se crut obligé de préciser :

— Bon sang, vous n'avez pas besoin d'un tueur manchot avec vous !

Une curieuse étincelle s'alluma dans ses yeux, mais elle préféra changer de sujet.

— Je vais chercher des pansements propres, dit-elle.

Il eut la troublante impression que sa brutale protestation n'avait eu aucun effet sur elle. Quelle sorte de femme était-elle donc ?

Suis-je devenue folle ? se demandait Mary Jo en arpentant la pièce principale. Pourtant, elle ne rejetait pas totalement l'idée que Gary Foster pût être la solution à certains de ses problèmes.

Il s'était enfin endormi, après une pénible séance de soins. Il se prétendait inutile à cause de ses blessures, mais elle n'avait pas besoin de son bras, ni de sa jambe, il lui fallait un homme intelligent, capable d'attirer des ouvriers agricoles au ranch et de les diriger.

Il pourrait l'aider pendant sa convalescence, tandis qu'elle lui offrirait le vivre et le couvert en attendant qu'il fût assez remis pour partir. Peut-être ajouterait-elle un cheval dans le marché.

Mais c'était un tueur. L'époux d'une Indienne. A en croire ses cauchemars nocturnes, il était peut-être même pire que ça. Pour l'instant, Jeff et elle étaient en sécurité grâce à sa faiblesse. Et quand il serait guéri ?

A son actif, il fallait reconnaître qu'il ne lui avait rien caché. Et puis il était gentil avec Jeff. Jake l'aimait bien. En outre, dernier fait indéniable, Mary Jo avait besoin de lui.

Le ranch n'était pas hypothéqué, cependant Jeff et elle ne pourraient pas indéfiniment vivre sans rentrée d'argent frais. Il leur fallait agrandir leur troupeau, rentrer du foin pour nourrir le bétail l'hiver. Ils devaient avoir d'autres chevaux, et surtout des hommes. Pour cela, un personnage comme Gary leur était indispensable. Une fois l'affaire bien en place, il pourrait s'en aller en laissant les rênes de l'exploitation à Mary Jo.

Comment le persuader de rester? Il y avait le chantage, évidemment. Un cheval et des gages contre quatre mois de sa vie. Il serait alors libre d'aller se terrer où bon lui semblerait, puisque c'était là son but, apparemment.

Il déclinerait sans doute la proposition, pourtant elle ne manquait pas de bon sens, et Mary Jo espérait qu'il se rendrait à ses raisons. Peut-être. Avant d'avoir la force de s'en aller.

Elle avait bien quelques réticences, dont la moindre n'était pas la fascination que l'étranger exerçait sur son fils et sa déception inévitable lorsqu'il partirait. Et le genre d'exemple que Foster risquait de donner à Jeff? Voulait-elle vraiment que l'enfant subisse l'influence d'un homme qui avait vécu parmi les Indiens, qui avait tué, qui cachait encore bien d'autres secrets?

En outre, bien sûr, il risquait d'être vraiment dangereux. Mais pour l'instant il était blessé, et la mère et le fils savaient se défendre.

Quant à l'autre danger qu'il représentait... Gary Foster réveillait des pulsions que Mary Jo avait crues oubliées à jamais. Quand elle entrait dans sa chambre, elle avait le souffle court, son cœur s'accélérait, elle était fascinée par ses contradictions, la violence de ses émotions tumultueuses. Son mari — comme Tyler — ne trahissait guère ses sentiments et se méfiait de ceux qui se comportaient autrement. Elle-même avait appris à dissimuler ses émois ; elle évitait de lui prendre la main en public, de prononcer des paroles qui risquaient de l'embarrasser.

Et les larmes... pas question !

Pourtant lui et Tyler l'avaient aimée, à leur manière.

Elle avala sa salive. Elle ne voulait plus s'attacher à aucun homme, elle ne supporterait pas une nouvelle disparition.

Tout bien réfléchi, elle n'avait guère le choix. On était au milieu de l'été, et la tempête avait ravagé les cultures. Elle possédait quelques vaches qui erraient alentour, avec la marque du précédent fermier du ranch, mais elles mourraient durant l'hiver si on ne s'occupait pas d'elles. Mary Jo perdrait tout ce pour quoi elle avait travaillé si dur ces neuf derniers mois.

Gary Foster était la solution.

A moins qu'il ne fût l'origine d'un cauchemar.

— M'man ! Un cavalier !

La voix de Jeff résonna dans toute la maison.

Mary Jo posa l'assiette qu'elle était en train d'essuyer et se précipita dans sa chambre, où elle trouva Gary Foster assis au bord du lit. Il essayait d'enfiler une chemise qu'elle avait laissée pour lui sur une chaise.

Exaspéré, il tentait de glisser son bras droit dans la manche. Elle eut envie de l'aider, mais il n'aimerait pas cela. D'autre part, il fallait qu'il apprenne à se débrouiller seul, surtout s'il ne retrouvait pas l'usage de son bras.

Les mâchoires serrées, il y parvint enfin et une lueur de triomphe passa dans son regard.

— Vous avez entendu ? dit-elle.

Il acquiesça.

— Je ne veux pas que vous me couvriez. Je vais me montrer et dire que je vous ai forcée à m'héberger.

— Qui vous croirait? Vous tenez à peine debout.

— Je ne peux pas rester, insista-t-il.

— Vous préférez la pendaison?

— Vous ne comprenez pas, madame Williams, grinça-t-il. Je ne tiens pas à avoir d'autres victimes sur la conscience. Surtout pas votre garçon.

— Ce n'est pas le moment de discuter. Nous en parlerons plus tard.

Elle sortit et ferma la porte derrière elle en espérant qu'il ne bougerait pas. Il était si imprévisible! Pourtant il ne ferait rien qui pût lui nuire. Or, révéler sa présence serait dangereux pour elle, car il serait évident qu'elle l'avait abrité de son plein gré.

Matt Sinclair mettait pied à terre devant la maison, tandis que Jeff se tenait, un peu gêné, entre lui et le porche. Mary Jo se sentit soudain coupable d'enseigner la dissimulation à son fils.

Mais sa décision était prise.

— Avez-vous déniché votre homme, shérif? demanda-t-elle.

Il secoua la tête.

— Nous avons trouvé un cheval mort, c'est tout. Ils étaient sans doute deux, finalement, et ils ont déjà dû filer loin d'ici. La pluie a effacé toute trace. Je venais juste vérifier que vous n'aviez vu personne.

— Personne. Voulez-vous une tasse de café?

— Avec plaisir!

— Jeff, tu veux bien donner à boire au cheval du shérif? demanda Mary Jo.

Avec une petite grimace, le garçon obtempéra, laissant sa mère conduire Sinclair à l'intérieur.

— Il me reste quelques biscuits.

Matt sourit en enlevant son chapeau. C'était

un bel homme aux yeux bruns intelligents et chaleureux.

— Cela me tente, madame Williams. Je suis en selle depuis l'aube.

— Personne n'a rien vu ?

— Non. C'est pourquoi je pense qu'ils sont partis. Peut-être des chercheurs d'or.

Il demeura debout pendant qu'elle servait le café, posait des biscuits et de la confiture sur une assiette. Puis elle lui offrit une chaise en prenant soin qu'il tourne le dos à la porte de la chambre.

C'était risqué, elle le savait, mais l'hospitalité était de mise dans cette région. Il se serait étonné de toute autre attitude. Mary Jo se versa une tasse de café et s'assit en face de lui.

— La tempête n'a pas fait trop de dégâts ? demanda-t-elle.

— Les Berryhill ont perdu un agneau. Noyé. Et leurs récoltes sont un peu endommagées. Vous aussi, vous avez eu des problèmes. Vous n'avez toujours pas trouvé d'aide ? Si tout va bien, je pourrai vous donner un coup de main la semaine prochaine.

Mary Jo hésita un moment avant de lancer :

— Le frère de Tyler a toujours promis de m'aider en cas de malheur, et je lui ai écrit. Il est blessé, mais il doit venir ici en convalescence pour s'occuper de m'embaucher des hommes.

Après cette sortie, elle retint son souffle, mais le shérif semblait trouver l'explication tout à fait plausible. Tout le monde avait entendu parler de l'époux de Mary Jo, et de Tyler.

— Quand arrive-t-il ?

— D'un jour à l'autre.

— Eh bien, je viendrai aux nouvelles. Si vous avez besoin d'aide avant, faites-le-moi savoir.

— Merci, dit Mary Jo en essayant d'ignorer l'intérêt qu'elle lisait dans son regard.

Le shérif Matt Sinclair était un brave homme, et

il ne fallait pas lui donner de faux espoirs. L'attirance d'un célibataire pour une des rares femmes seules des environs était bien naturelle, mais Mary Jo ne voulait plus se lier à aucun homme.

Gary Foster, c'était différent, il s'en irait un jour.

— Vous êtes excellente cuisinière, madame Williams.

Elle sourit.

— J'apprécie votre visite, je sais que vous avez tant à faire !

Il repoussa sa chaise.

— Vous me tiendrez au courant, si vous voyez des étrangers ?

— Certainement.

Matt eut soudain l'air un peu intimidé.

— Il y a un bal, la semaine prochaine, et je me demandais si vous accepteriez…

— Je suis navrée, shérif, c'est trop tôt. Je suis encore en deuil.

Il s'inclina, respectueux.

— Peut-être une autre fois, alors…

Elle eut un petit sourire qui ne l'engageait en rien.

— Votre garçon est bien gentil, reprit le shérif.

Mary Jo frémit. Il savait comment la toucher !

— Je vous remercie. Il a déjà eu beaucoup de chagrins dans sa courte vie.

— Vous aussi, madame Williams, vous aussi, dit Matt en remettant son chapeau.

Elle lui ouvrit la porte. Jeff avait attaché le cheval devant le porche, et il était assis sur les marches, l'air anxieux, en compagnie du chien.

Mary Jo lui sourit, rassurante, et il se détendit.

— Rentre Jake, et donne-lui à manger, dit-elle avec un clin d'œil.

Le garçon se leva d'un bond, épanoui.

Mary Jo regarda le shérif se diriger vers la grille en se demandant comment elle allait se débrouiller pour persuader Gary Foster de devenir Gary Smith.

7

Gary Foster, qui se tenait à la fenêtre sous un angle d'où on ne pouvait le voir de l'extérieur, lui jeta un regard noir quand elle revint dans la chambre.

— Qui était-ce ?

— Le shérif.

— Que voulait-il ?

— Vous, répondit-elle. L'homme qu'il cherchait l'autre jour.

Elle s'abstint de lui confier qu'elle soupçonnait surtout le shérif de commencer sa cour.

— Pourquoi ne lui avez-vous rien dit ?

— Pourquoi ne vous êtes-vous pas montré en lui avouant que vous étiez le meurtrier ? rétorqua-t-elle.

Il fronça les sourcils, le visage renfrogné.

— Peut-être parce que je suis d'accord avec vous ; personne ne croirait que j'aie pu vous forcer à quoi que ce soit. Ce ne sera plus le cas dans quelques jours, quand j'irai mieux.

Il marqua un bref silence.

— Je pourrais vous tuer, alors. Vous et le garçon.

— Comme ces trois hommes ? lança-t-elle, provocante, sachant parfaitement qu'il tentait seulement de lui faire peur.

Sombre, il ne répondit pas.

— C'est fini, maintenant ? reprit-elle. Votre… vengeance ?

Toute insolence disparue, il avait à présent le regard effroyablement vide.

— Vous me demandez si j'ai l'intention de tuer de nouveau ?

— Oui, répondit-elle, calme.

Il haussa les épaules, la laissant tirer ses propres conclusions.

— Je veux une réponse, monsieur Foster, déclara-t-elle d'un ton autoritaire.

— Sinon… ? Vous avez raté une bonne occasion de me remettre aux autorités.

Il avança d'un pas, et Mary Jo eut du mal à ne pas reculer devant la rage qui brûlait à présent dans son regard.

— Je suis capable de tuer encore, madame, si mon bras guérit. Et même s'il ne guérit pas. C'est ma spécialité, et j'y excelle, ils le disaient tous. Je ne sais même pas combien d'hommes j'ai abattus, alors je ne suis plus à quelques-uns près.

Mary Jo tint bon. Elle avait appris depuis bien longtemps à ne pas céder devant un homme.

— Qui le disait ?

Il la fixait, surpris.

— Décidément, rien ne vous perturbe !

— Les femmes ne survivent pas longtemps, par ici, si elles se laissent terroriser.

Il se rembrunit.

— Terroriser ? Mais, bon Dieu, que faudrait-il pour vous terroriser ?

— La mort de quelqu'un que j'aime, répondit-elle doucement.

Il baissa les yeux et alla s'asseoir lourdement sur le lit. La main gauche un peu tremblante, il se frotta le bras droit comme s'il voulait oublier ses tourments dans la douleur physique.

— Et votre fils ? Vous mettez sa vie en danger.

— Vraiment ?

— Vous ignorez de quoi je suis capable.

— Vous êtes capable de respecter les sentiments d'un garçon de douze ans, en tout cas.

— Ça ne me coûte guère.

— Et les miens ?

Elle cacha ses poings serrés dans les plis de sa jupe.

— Cela me coûte davantage, répondit-il avec une franchise qui étonna Mary Jo.

— Pourquoi ?

— Je ne les comprends pas. Je ne cesse de m'interroger sur ce que vous demanderez en échange. Que voulez-vous, madame Williams ? Pourquoi m'avez-vous amené ici, soigné, nourri ?

Elle frémit. Il était d'humeur soupçonneuse, donc ce n'était guère le moment de lui révéler son projet. Cependant, plus elle attendrait, plus ce serait difficile.

— Au début, il n'y avait pas de raison particulière, monsieur Foster, sauf celle que je vous ai donnée. Mon fils vous avait découvert, je ne pouvais pas vous laisser mourir sans rien faire.

— Mais quand le shérif est venu, pourquoi ne pas lui avoir dit que j'étais là ?

— Je ne sais pas, répondit-elle, honnête. Je... je n'ai pas pu. Vous étiez encore si mal en point !

— Et maintenant ?

Il était temps. Si elle n'était pas claire avec lui, jamais il ne lui ferait confiance.

— Je... j'ai besoin de vous.

Il se dérida, comme heureux que son cynisme fût justifié.

— Désolé de vous décevoir, mais je ne suis pas le genre d'homme dont on a besoin.

Il n'était pas du tout désolé, en réalité, son sourire ironique teinté d'amertume le prouvait assez.

— Vous avez dit qu'il me faudrait un homme.

— Je ne suis plus tout à fait un homme, madame, cela depuis longtemps. Et encore moins avec mon bras malade. Bon sang, je ne serais même pas capable de gagner mon couvert ! Impossible de fendre du bois, de tenir un fusil... Je ne peux plus être utile à quiconque.

— Surtout si vous vous apitoyez sur votre sort !

— Ce n'est pas de l'apitoiement, sacrebleu, c'est du simple bon sens !

— Mais vous avez encore un cerveau, non ?

— Vous aussi. Du moins l'ai-je cru. Maintenant, je n'en suis plus si sûr.

— Oui, j'ai un cerveau, déclara Mary Jo, saisie d'une bouffée de colère. Mais aucun homme ne semble s'en rendre compte. Ils refusent de recevoir des ordres de ma part.

— Tous ceux qui se sont fiés à moi sont morts, madame. Je ne tiens pas à allonger la liste.

— Je suis prête à prendre le risque.

Il se dirigea vers la fenêtre. Il boitait encore, il n'était pas très assuré, mais au moins pouvait-il traverser la pièce sans tomber.

— Pas moi, rétorqua-t-il.

Mary Jo n'invoquerait pas `la gratitude, c'était un sentiment qu'il ignorait, il l'en avait avertie dès le début. Mais elle possédait quelque chose qu'il convoitait.

— Même pas pour un cheval ?

Il se retourna, sombre.

— Vous n'iriez pas loin, à pied, ajouta-t-elle vivement. Vous n'avez pas d'argent, et il ne serait pas commode d'en voler un, dans votre état.

— Un des vôtres, si, contra-t-il. Vous me rendez même la tâche particulièrement aisée.

— Mais vous ne le ferez pas. A cause de Jeff.

— Ne commettez pas l'erreur de croire que vous me connaissez, dit-il. Vous ignorez tout de moi. D'où je viens, ce que j'ai fait, ce dont je suis capable.

— D'où venez-vous ?

Il soupira, exaspéré.

— Un cheval, insista-t-elle. Vous restez ici quatre mois, vous engagez des hommes pour moi, dont un qui pourrait devenir régisseur, et vous aurez un cheval, ainsi que cent dollars.

C'était plus que généreux, elle le savait. Et l'éclair de surprise qui traversa le regard de Gary prouva qu'il en était conscient.

— Pourquoi pensez-vous que les hommes accepteront mon commandement ?

Pourquoi ? Mary Jo n'aurait su l'expliquer, mais elle était persuadée qu'on le respectait. Il avait une assurance innée. Bien qu'il se trouvât en état d'infériorité, il se dégageait de lui orgueil, fierté, autorité. Mais tout cela, elle ne pouvait le lui dire.

— Je n'ai pas d'autre choix. Sans aide, je perds le ranch. Sans le ranch, je serai obligée de retourner chez les Rangers, et Jeff...

— Il y a pire que de devenir Ranger, intervint Gary. C'est cela qui vous tracasse, n'est-ce pas ?

— J'en ai déjà enterré deux, trois serait au-dessus de mes forces.

— Alors vous ramassez des gens comme moi.

— Je ne ramasse personne, je vous engage.

— Et que penseront vos voisins ? demanda-t-il avec un sourire mauvais.

— Je dirai que vous êtes le frère de Tyler. Ils sont au courant, ils comprendront. Cela vous donnera même plus de poids que n'en aurait un total inconnu.

— Vous avez pensé à tout, hein ?

— Non. J'ai seulement besoin de quelqu'un.

— Et vous êtes prête à tout pour ça ?

Elle acquiesça.

Le magnétisme qui les poussait l'un vers l'autre depuis le premier jour flamba de nouveau, et Mary Jo le ressentit dans tout son corps.

— Je suis un homme à problèmes, madame Williams. Combien de temps resteront les ouvriers, s'ils apprennent que j'ai été marié à une Indienne ?

— Ils n'ont pas besoin de le savoir.

Il serra les dents. Il allait dire qu'il ne renierait

jamais le souvenir de sa femme ni de son fils, elle en était sûre.

— Pour que cela marche, reprit-elle, il faut que les voisins vous croient plus ou moins apparenté à nous. J'ai dit au shérif...

— Que lui avez-vous dit ? coupa-t-il sèchement.

— Que... que j'attendais le frère de Tyler. Ainsi votre présence ici sera normale, et on ne se doutera jamais que vous avez un rapport avec le meurtre.

Il lui lança un regard glacial.

— Du chantage, madame Williams ?

— Non. Vous pouvez partir quand vous voudrez, je ne dirai rien. Mais tant que je n'ai pas trouvé d'aide, je ne peux vous donner un cheval. Simple échange de bons procédés.

— Et où vais-je dormir ?

— Il y a une petite pièce, au fond de la grange, qui a simplement besoin d'un bon coup de balai. Et quand nous aurons engagé des ouvriers, nous construirons un baraquement.

— Je crois que je préfère votre chambre.

Il y avait une menace dans sa voix, et elle sut qu'il tentait encore de l'effrayer. Or, contrairement à toute logique, elle n'avait pas peur, du moins pas de lui. De ses propres sentiments, peut-être...

— Ce n'est pas compris dans le marché ! déclara-t-elle avec fermeté.

— Et si c'était la condition ?

— Et votre femme ? répliqua-t-elle du tac au tac.

C'était un coup bas, et la lutte était ouverte, à présent, tous deux en étaient conscients.

— Je vous interdis de l'évoquer, madame Williams.

— Pourquoi ? Vous sembliez sur le point de l'oublier. Cela fait combien de temps ? Quelques semaines ?

Elle voulait le blesser, comme il la blessait en suggérant qu'elle était prête à se vendre.

— Dix mois, répondit-il sèchement.

Dix mois ? Il avait pourchassé les tueurs pendant dix mois ? Elle pouvait comprendre un crime perpétré sous le coup de la douleur, de la colère, mais tout ce temps... C'était bel et bien un meurtre prémédité.

— Cela vous fait changer d'avis, madame Williams ?

Elle ne tint pas compte de cette dernière pique, ni du fait qu'il lût aussi facilement dans ses pensées.

— C'est oui, ou c'est non, monsieur Foster ? Quant à ma chambre, elle n'est pas comprise dans cet accord, répéta-t-elle.

Elle le vit hésiter un instant. Il considérait son offre, ce qui était en soi une grande victoire.

— J'y réfléchirai, dit-il enfin.

Mary Jo hocha la tête. Il était inutile d'insister davantage, elle avait déjà de la chance d'en être arrivée là.

Mais était-ce bien de la chance ?

Mary Jo patienta deux jours, et puis elle en eut assez d'attendre.

Gary Foster tournait en rond dans la chambre, et elle reconnut les signes indéniables de la nervosité pour les avoir observés chez son mari quand il restait quelques jours inactif. Il lui fallait absolument savoir ce qu'il avait décidé. D'ailleurs, elle s'interrogeait aussi sur ses propres intentions.

Jamais aucun homme n'avait éveillé en elle des réactions aussi fortes. Elle avait aimé son mari, elle l'avait admiré depuis le jour où il était arrivé à cheval au ranch de son père, alors qu'il poursuivait un hors-la-loi. Agée de quinze ans, elle le considérait comme un héros, et l'amitié s'était développée entre eux au cours des années suivantes. Ils s'étaient mariés quand elle avait atteint dix-huit ans, après la mort de son père et de sa mère, disparus à quelques mois d'intervalle. Toutefois Jeff ne l'avait jamais fait vibrer par la force de son seul regard ; elle ne rougissait pas, son cœur ne s'affolait pas quand elle le voyait.

Tout cela aurait dû l'effrayer, et elle avait bien un peu peur, mais cela ne suffisait pas à la détourner de son projet. Si elle n'obtenait pas d'aide, et vite, elle serait obligée de vendre le ranch, et il ne lui resterait plus qu'à retourner chez les Rangers la tête basse, ou à tout recommencer dans une ville inconnue.

Elle pourrait se remarier, évidemment, mais ce n'était pas une perspective plus attrayante. Mieux valait la solitude que l'angoisse incessante qu'elle avait vécue auprès de Jeff et de Tyler. Elle préférait ne pas se reposer sur un homme qui serait peut-être mort le lendemain.

Cependant, comme elle avait envie de caresses, de mots tendres ! Elle se voulait courageuse, mais pas au point de demeurer seule pour toujours. Parfois, elle se surprenait à souhaiter...

Non, c'étaient des rêves, pas la réalité. Elle repoussa une mèche de cheveux de son front et regarda ses mains, brunies au soleil, rendues calleuses par les durs travaux de la ferme.

A cet instant, elle eut l'impression d'avoir cinquante ans au lieu de trente-deux. Elle avait sûrement imaginé l'éclair de désir dans les yeux de Gary Foster, inventé l'attirance qui semblait le pousser vers elle.

Gary la perturbait, certes, mais il représentait son seul espoir.

Il passait ses journées à arpenter la maison, sans doute pour tester ses forces. Il parlait peu, montrait un visage impassible. Néanmoins, elle devinait la violence de la tempête qui se déchaînait en lui bien qu'elle fût impuissante à l'apaiser.

Elle dut attendre la fin du dîner. Pour la première fois, il était à table avec eux, et cela faisait mal de le voir s'escrimer à manger de la main gauche. Mary Jo avait pourtant coupé le poulet en petits morceaux avant de le mettre dans la cocotte, afin qu'il n'eût pas à se rappeler douloureusement son infirmité.

Elle entretenait une conversation animée avec son fils, dans l'espoir que leur taciturne invité y participe, se déride.

Jake se tenait entre Jeff et Gary, et Mary Jo voyait parfois son fils donner discrètement quelques morceaux de viande à son chien. Gary ignorait consciencieusement ce petit manège.

Après un grognement de satisfaction de Jake, Jeff leva sur Gary un regard innocent.

— Je vous avais bien dit que m'man était la meilleure cuisinière du monde !

Le chien émit un son qui ressemblait fort à un rot, et Jeff rougit.

Gary Foster sourit. C'était la première fois, et Mary Jo en fut éblouie. Soudain, il n'y eut rien de dur dans son visage. De petites rides se formèrent au coin de ses yeux, lesquels se fixèrent sur elle, amusés, interrogateurs.

Elle retint son souffle. Elle aurait dû gronder son fils, mais elle était trop enchantée de l'attitude indulgente de Gary vis-à-vis de la désobéissance de l'enfant.

— Si tu as l'intention de nourrir Jake à notre table, tu ferais mieux de lui apprendre les bonnes manières, dit-elle avec une feinte exaspération.

— Ça veut dire que je peux…

— Non ! coupa Mary Jo. Mais il est temps que tu dresses un peu cet animal.

Jeff se rembrunit.

— Je ne sais pas comment…

— Comme un cheval, intervint Gary. Avec

patience et fermeté. Ce chien est intelligent, il apprendra vite, mais pour l'instant, il ignore ce qu'on attend de lui.

Jeff lui lança un coup d'œil plein d'espoir.

— Vous m'aiderez?

Le sourire de Gary Foster s'effaça, remplacé par une expression prudente, puis par quelque chose qui ressemblait à de la résignation. Il acquiesça enfin, et Mary Jo sut qu'elle avait sa réponse. Il resterait. Au moins quelque temps.

Elle s'efforça de ne montrer aucun sentiment de triomphe, de peur qu'il ne change d'avis. Ils avaient conclu une sorte de marché, un échange de services, rien de plus. Pourtant le cœur de la jeune femme battait si fort qu'elle craignait qu'il ne l'entendît.

— Quand? demanda Jeff, enthousiaste.

— Nous commencerons demain, répondit Gary Foster.

— Alors, vous restez! s'écria le garçon, ravi.

Gary hésita un moment.

— Peut-être quelques jours. Je ne voudrais pas priver davantage ta mère de sa chambre.

— On ira à la pêche?

Mary Jo fut bouleversée par l'intensité du désir qui perçait dans la voix de son fils. Elle savait combien les parties de pêche avec Jeff, puis avec Tyler, lui manquaient. Ty avait même proposé de lui apprendre à nager, afin de calmer les inquiétudes de Mary Jo quand Jeff partait seul. Jeff avait tellement envie d'apprendre, et Mary Jo ne pouvait le lui enseigner, car ni son père ni son mari ne jugeaient convenable qu'une femme nageât. Indécent, déclarait même son père, qui n'avait en revanche pas hésité à lui montrer comment se servir d'un fusil.

Tendue, elle attendait la réponse de Gary. Il regardait son bras blessé, et elle sut qu'il se jugeait inapte à la pêche. Mais pourvu qu'il n'anéantisse pas les espoirs de son fils !

— Pour l'instant, concentrons-nous sur Jake, dit-il enfin.

En entendant son nom, le chien poussa un jappement, et sa queue se mit à battre le plancher avec la régularité d'un tambour militaire.

Jeff semblait vaguement déçu, néanmoins la réponse n'était pas franchement négative, et Mary Jo se détendit.

Après avoir terminé la vaisselle, Mary Jo, munie d'une lanterne, se rendit dans la chambre de la grange. Elle l'avait nettoyée de fond en comble quand ils s'étaient installés au ranch. Toutefois, elle était petite et aurait mieux convenu à un ouvrier qu'à un régisseur.

Elle avait découvert que les précédents propriétaires s'occupaient davantage de cultures que d'élevage, mais les catastrophes s'étaient accumulées sur leur tête, en particulier la mort de leur enfant à la suite d'une morsure de serpent. Trois années de sécheresse et une invasion de sauterelles avaient eu raison de ce qui leur restait d'énergie.

Mary Jo était persuadée que l'avenir résidait dans l'élevage, mais il lui fallait des hommes pour marquer les animaux, qui ensuite erraient en liberté. Jeff et elle n'étaient pas assez forts pour attraper, attacher et marquer au fer des animaux à moitié sauvages.

Au début, elle s'était montrée d'un optimisme à toute épreuve, puis elle avait eu affaire à des individus qui crachaient par terre quand ils apprenaient qu'ils devraient travailler sous ses ordres. Seul Tom Taylor avait accepté, mais elle n'avait pas tardé à apprendre que tous les autres fermiers l'avaient chassé parce qu'il était paresseux et incapable.

Combien de temps Gary Foster tiendrait-il ?

Elle ouvrit la fenêtre pour aérer la petite pièce. Demain, elle balaierait, mettrait des draps propres dans le lit. Mais décidément, la pièce était bien petite pour un homme de la stature de Gary !

Elle s'apprêta à regagner la maison, espérant que l'objet de ses préoccupations s'était retiré dans sa chambre. Elle avait du mal à raisonner normalement en sa présence. A l'avenir, il lui faudrait l'éviter le plus possible si elle voulait que son plan fonctionne.

Mary Jo avait apporté une carotte qu'elle partagea entre les chevaux, terminant par sa jument. Son époux lui avait offert Caprice pour son vingt-cinquième anniversaire, lui qui pourtant n'était guère porté sur les cadeaux. La jument était étonnamment rapide pour sa petite taille, et beaucoup plus robuste qu'elle ne le paraissait.

Elle était aussi très câline, et c'était justement ce dont Mary Jo avait besoin. Elle posa sa joue contre le cou de Caprice.

— Est-ce que je commets une erreur ? murmura-t-elle.

En guise de réponse, la jument émit un gentil hennissement.

— Tu ne m'aides pas beaucoup ! dit-elle avant de quitter l'écurie.

Elle était au milieu de la cour quand elle vit Gary Foster perché sur la barrière du corral, le regard fixé sur les montagnes, au loin. La pleine lune permettait à la jeune femme de distinguer nettement ses traits marqués par la tristesse.

Elle en fut émue. Elle aussi avait connu la solitude, le chagrin. Mais pour Gary c'était plus pathétique, car elle, elle avait Jeff.

Elle hésita un moment avant de se diriger vers lui. Il ne bougea pas. Pourtant, il était conscient de sa présence, elle le savait.

Elle leva les yeux vers le ciel criblé d'étoiles, qui paraissaient si proches qu'elle eut l'impression de pouvoir presque les toucher. C'était un spectacle enchanteur, surtout après la semaine d'orages et de nuits noires.

— Quelle paix! dit-elle.

Elle vit sa main se crisper sur la barrière, mais il resta muet, et Mary Jo se sentit gauche, importune. Elle allait retourner vers la maison quand il l'appela d'une voix basse dans laquelle elle crut discerner une sorte de prière. Elle revint vers lui.

Il demeura encore un instant silencieux avant de déclarer d'un ton douloureux :

— Vous êtes bien, ici. Surtout, vous avez Jeff.

— Il m'aide à avancer.

Il se tourna enfin vers elle.

— Vous avanceriez de toute manière, à mon avis.

C'était un compliment, un vrai compliment tout simple, et Mary Jo sentit une bouffée de fierté monter en elle, bien que ce fût injustifié. Elle avait souffert et tout supporté par obligation, pas par choix.

— Parfois, il n'y a rien d'autre à faire, monsieur Foster.

— Vraiment?

Ne sachant que répondre, Mary Jo préféra changer de sujet.

— Où irez-vous, quand vous nous quitterez?

— Mieux vaut que vous l'ignoriez.

Cette méfiance blessa cruellement Mary Jo.

— Je ne vous trahirai pas, si c'est ce que vous voulez dire.

— Qu'est-ce qui vous retiendrait?

— Qu'est-ce que cela peut vous faire, si vous voulez vraiment en finir? contra-t-elle.

— Ce n'est pas pour moi. Mais il y a les...

— Indiens, le coupa-t-elle sèchement.

— Des gens, rectifia-t-il. Des êtres humains qui

100

connaissent le sens des mots loyauté et promesse bien mieux que beaucoup de Blancs.

Il y eut un long silence. Mary Jo, qui pensait à sa sœur, n'avait pas l'intention de s'excuser.

— Bon sang, pourquoi seriez-vous différente des autres ? soupira-t-il.

Elle eut envie de l'être, tout à coup. Elle ne voulait pas ressembler à ces « autres » dont il méprisait l'étroitesse d'esprit.

— Parlez-moi d'eux, dit-elle.

Il ne la regardait plus, l'ignorait comme si elle n'était qu'un ennuyeux moustique. Elle avait commis une maladresse, et toute connivence entre eux avait disparu. Il la chassait de ses pensées.

Elle se mordit la lèvre.

— Monsieur Foster…

Il lui jeta un regard glacial.

— Pas Foster, si je dois passer pour votre beau-frère. Quel est son nom ?

Elle se sentit soudain malhonnête vis-à-vis de Tyler.

— Smith, souffla-t-elle.

Il eut un rire sans joie.

— Pas trop compliqué, je me suis déjà appelé Smith, jadis. J'ai eu quelques autres noms, aussi. Curieuse, madame Williams ?

— Non.

— Tant mieux, dit-il, visiblement sceptique.

— Merci d'avoir accepté de rester, dit-elle après une brève hésitation.

— Vous ne m'avez guère donné le choix, madame Williams.

— Vous n'êtes pourtant pas homme à laisser les autres prendre les décisions à votre place, rétorqua-t-elle.

— Ah oui ?

Il descendit de la barrière et se dirigea vers elle en claudiquant.

— Eh bien, je vais en prendre une tout de suite, ajouta-t-il.

Du bras gauche, il la saisit à la taille et la plaqua contre lui. Elle leva les yeux. Elle était grande, mais près de lui, elle se sentait minuscule.

Puis il l'embrassa, et aussitôt elle s'enflamma tandis qu'il prenait ses lèvres en un baiser sauvage, exigeant, presque coléreux.

Elle aurait dû se dégager, ce qui n'était pas difficile, dans l'état de faiblesse où il était encore, mais ses jambes refusaient d'obéir. Au contraire, elle se serra davantage, au point de sentir sa virilité à travers les vêtements, et elle en ressentit un désir violent, presque insupportable.

Elle lui répondait avec une ardeur égale à la sienne, bien qu'une petite voix la mît en garde contre ce déchaînement de sensualité. *Attention, il cherche encore à t'effrayer!* Seulement, il ne l'effrayait pas, il la bouleversait, ranimant en elle des sensations depuis longtemps endormies.

Elle trembla quand sa langue se fit plus douce, son baiser plus tendre, et elle passa les bras autour de son cou, glissa les doigts dans les cheveux bouclés, sur sa nuque. Il se raidit, comme étonné et contrarié par cette caresse.

Il redevint aussitôt dur, presque brutal. Il voulait lui faire mal, mais c'était trop tard. A aucun moment, elle n'avait eu vraiment peur de lui, seulement des émotions qu'il éveillait en elle, et jamais plus il ne pourrait l'effrayer désormais. Son désir était aussi évident, aussi primitif que celui de la jeune femme.

Soudain, il prit une brève inspiration, la lâcha, recula d'un pas, l'expression indéchiffrable.

— Rentrez, madame Williams, dit-il d'une voix rauque.

— Mary Jo, rectifia-t-elle dans un murmure.

Elle se mit en marche vers la maison, rassemblant ce qui restait de sa dignité.

Elle le reverrait toujours là, grand, mince, seul. Si terriblement seul.

8

Mary Jo s'arrêta à la porte, étonnée de son comportement, troublée, humiliée au plus profond d'elle-même.

Jamais elle n'avait ainsi répondu à un homme ni autorisé de telles privautés, sans compter que Gary Foster était un étranger, un hors-la-loi, un renégat qui vivait avec des Indiens, qui avait épousé une des leurs, un aventurier qui resterait juste le temps nécessaire pour obtenir ce dont il avait besoin pour s'en aller.

Elle frissonna en imaginant que Jeff et Tyler pouvaient la voir, du haut du paradis.

Elle se passa la main dans les cheveux. Qu'avait donc cet homme pour toucher en elle une fibre dont elle ignorait jusque-là l'existence ?

Or cet aspect de sa personnalité était dangereux, elle devait s'en protéger grâce au bon sens qui la caractérisait d'habitude et à la discipline qu'elle s'était toujours imposée.

Elle redressa les épaules. Elle survivrait à cet accès temporaire de folie. Pour quelques semaines. Elle se tiendrait à l'écart de Gary Foster, ne le verrait qu'en présence de Jeff. Et elle travaillerait tant qu'elle tomberait le soir, épuisée, sourde aux appels pervers de son corps.

Espérant que son visage avait repris son expression habituelle, Mary Jo respira un grand coup et poussa la porte.

Jeff lisait sous la lampe à pétrole, Jake à ses pieds.

Mary Jo achetait pour lui tous les livres qu'elle trouvait. Pour elle aussi, à la vérité. Son inextinguible soif d'apprendre, elle essayait de l'inculquer à son fils. Surtout depuis qu'il avait refusé d'aller en pension, prétendant qu'un Ranger n'avait pas besoin de ce genre d'éducation.

Il lui adressa un petit sourire complice, et elle se demanda s'il avait regardé par la fenêtre, assisté au baiser...

— Où est M. Foster ?

— Il avait envie de prendre l'air et d'être un peu seul.

— Je suis drôlement content qu'il reste !

Mary Jo aurait aimé pouvoir en dire autant !

— Tu devrais sortir Jake puis aller te coucher.

— Mais il est encore tôt !

— Nous aurons du pain sur la planche, demain. Il nous faudra aller en ville, laisser courir le bruit que nous avons un régisseur et que nous voulons engager des ouvriers, puis nous nettoierons la petite pièce de la grange.

— Pourquoi ne dormirait-il pas avec moi, dans ma chambre ?

Mary Jo frémit intérieurement. Il serait déjà bien trop proche dans la grange ! Au souvenir de ce qui venait de se passer, elle s'empourpra, espérant que Jeff ne le remarquait pas.

— C'est un employé, Jeff, dit-elle d'un ton sec qui ne lui ressemblait pas.

Même Jake sortit de sa torpeur d'après-dîner pour lui jeter un coup d'œil intrigué.

— Il ne restera pas longtemps, ajouta-t-elle en guise d'explication.

Jeff ne se départit pas pour autant de son air réjoui et, avant qu'elle eût le temps d'insister sur la place que devait tenir Gary Foster dans leur foyer, il était sorti, Jake sur ses talons.

Ce baiser avait été une erreur.

Pourtant il l'avait apprécié, il en avait aimé le goût.

Il avait eu l'intention de faire peur, d'humilier, et au lieu de cela il s'était embrasé et se retrouvait désorienté par l'inexplicable tendresse qui l'avait submergé.

Il ne pouvait rester au ranch. Même sans cette maudite attirance entre la femme et lui, il représentait un trop grand danger pour ses hôtes. Avec toutes les affiches offrant une récompense pour sa capture, on allait tôt ou tard le reconnaître.

Il aurait beau se cacher, jamais il ne se débarrasserait de ses souvenirs, de ces années de vice et d'errance, qui avaient commencé avant la guerre et s'étaient terminées bien après la reddition.

Quand pourrait-il regarder la terre sans y voir couler des rivières de sang ?

Après toutes ces horreurs, il lui avait été accordé douze années de vie qu'il ne méritait pas, dont dix éclairées par deux flammes jumelles d'espoir qui n'avaient cependant jamais cessé d'être obscurcies par la mort, par un passé qui ne le laissait jamais en repos.

Et puis cette lumière s'était éteinte avec le meurtre de sa femme et de son fils.

Il souhaitait de toutes ses forces qu'ils fussent enfin en paix, qu'il y eût une vie dans l'au-delà, que l'air y fût pur et les animaux libres.

Oui, il voulait le penser, bien qu'il ne crût plus en Dieu depuis l'âge de quinze ans.

— Monsieur Foster ?

Le petit garçon était là, le chien près de lui. Comme Gary aurait aimé pouvoir le regarder sans penser à son propre fils !

— Je suis vraiment heureux que vous restiez.

Gary se détacha de la barrière.

— Pas pour longtemps, mon garçon.

— Assez pour enseigner des tours à Jake ?

Non ! criait une voix intérieure. Certes, il avait promis, mais ce ne serait pas la première fois qu'il trahirait sa parole... Il avait dit qu'il prendrait soin de Chivita, par exemple. Et il y avait encore bien d'autres promesses non tenues qu'il préférait oublier.

Il se tourna vers les montagnes. Ses montagnes, son sanctuaire naguère. Sanglantes à présent.

— Monsieur Foster ?

— Tu n'as pas besoin de moi pour ça, bon-homme. Il suffit de temps et de patience. Ton chien est intelligent, il a de la bonne volonté. Explique-lui seulement ce que tu veux de lui.

— Mais si, nous avons besoin de vous ! insista Jeff. M'man surtout.

— Vous avez autant besoin de moi que d'une épidémie de rougeole ! dit-il durement. Avec mon bras blessé, je ne suis bon à rien.

Il s'éloigna en traînant la jambe.

— Vous n'allez pas changer d'avis, hein, monsieur Foster ?

Il feignit de ne pas entendre la prière de l'enfant.

Il *avait* changé d'avis. Un cheval ne valait pas ce tourment, ce danger. Dans deux jours, il marche-rait mieux, il s'en irait, et il vivrait de la nature, comme cela lui était déjà arrivé. Il devait être encore capable de fabriquer des pièges pour les lièvres, il y aurait des baies, des racines. Mary Jo pouvait bien garder son cheval, et son marché ! La mère et l'enfant se porteraient mieux sans lui.

Et lui se porterait mieux sans eux.

Gary continua d'avancer, laissant un Jeff déso-rienté derrière lui. Il s'en voulait de le décevoir ainsi, mais mieux valait trancher tout de suite, avant que le garçon ne soit trop attaché à lui.

Il avait envie de continuer indéfiniment à marcher, loin de la maison à la lumière accueillante, à la douce chaleur. Un pas, encore un autre...

Il trébucha, sa jambe blessée se déroba sous lui, et il tomba à genoux en jurant.

Comme après avoir enterré sa famille dans le Missouri.

Pendant deux ans, il avait cherché les meurtriers. Il était allé jusqu'au Kansas, avait changé d'identité, s'était acoquiné avec une troupe de bandits afin d'apprendre le nom des responsables du raid de 1858.

Il s'était habitué à se fondre dans le décor, à dissimuler derrière un regard inexpressif cette rage qui ne cessait de grandir en lui. Puis il considéra tous les hors-la-loi comme ses ennemis. Il leur souriait, il buvait un verre avec eux, tout en projetant leur destruction. Il était menteur, voleur, tueur.

Il avait dix-neuf ans quand il rencontra John Quantrill, dont la haine était égale à la sienne, et il devint son lieutenant dans la guerre sans merci qu'il livrait au Nord. Il franchissait souvent la frontière pour obtenir des informations, mais il évitait instinctivement les violences directes. Quand les autres brûlaient des fermes, massacraient des familles entières par vengeance ou dans un but d'intimidation, il se contentait de détruire les voies de chemin de fer, les fils télégraphiques et de jouer aux espions.

Jusqu'en 1863. Il s'était alors pris d'amitié pour Bill Anderson, un autre officier dont les parents avaient été tués par les Nordistes, et il n'avait pas tardé à courtiser sa sœur, Josie, avec toute la fougue de ses vingt ans.

Josie fut prise en otage par les autorités fédérales de Kansas City, en même temps que les mères et les sœurs d'autres camarades de Gary — Cole Younger, Jesse et Frank James. Josie et les autres femmes furent tuées quand l'entrepôt où on les retenait s'effondra sur elles.

La rage de Gary ne connut plus de limites à partir de ce moment. Il ne se contentait plus de cibles militaires. Les Fédéraux exterminaient les femmes, les enfants, les civils. Seule la reddition pourrait les arrêter. Gary était avec Quantrill quand ils pénétrèrent dans Lawrence à la tête de quatre cents hommes et anéantirent la ville.

Il voyait encore les flammes, il entendait les cris des hommes et des femmes que l'on sortait de force de leurs maisons pour les abattre. La fureur avait éveillé en lui une soif de sang qui ne le lâcha pas de toute l'année suivante, alors qu'il menait avec Anderson la plus terrible des guérillas frontalières. Cela dura jusqu'en septembre 1864, quand Anderson lança une attaque contre la ville de Centralia, dans le nord du Missouri...

Gary se rappelait chaque minute de cette journée. Elle brûlait encore dans sa mémoire comme une croix qu'il serait condamné à porter pour le reste de sa vie.

Il était redevable à Mary Jo Williams, quoi qu'il prétendît. Et la meilleure façon de s'acquitter de sa dette était de sortir de sa vie et de celle de son fils, avant d'avoir accompli des dégâts irréparables.

Il reprit le chemin de la maison, maudissant le sort qui lui montrait ce à quoi il avait renoncé des années auparavant. Mais il avait vendu son âme au diable pendant la guerre, et ce marché-là, il n'y avait pas à y revenir.

Assise sous le porche, Mary Jo l'attendait, le visage dans l'ombre.

— Vous avez changé d'avis, n'est-ce pas ?

— Ça ne marcherait pas, madame Williams. Même si je me pensais capable de vous aider, ce qui n'est pas le cas, je ne vous ferais que du mal, au garçon et à vous. Il est clair qu'il a besoin d'un père, or je n'ai aucune envie de tenir ce rôle.

Elle pâlit et serra les dents.

— Espèce de prétentieux individu! dit-elle avec colère. Croyez-moi, monsieur Foster, vous seriez bien le dernier que je choisirais pour remplir cette tâche! Je croyais simplement que nos besoins — moi d'un régisseur et vous d'un cheval — coïncidaient.

Elle s'interrompit, respira plusieurs fois pour se calmer avant de reprendre :

— Je croyais que vous étiez au moins un homme de parole. Mais là aussi je me trompais. Si vous pensez pouvoir partir demain, je vous préparerai de la nourriture et...

— Bon débarras?

— Le plus tôt sera le mieux.

Sa froideur lui fit mal, et il s'étonna d'accorder tant d'importance à son opinion. Toutefois c'était préférable ainsi. Mieux valait le mépris que la pitié, et la déception que le dégoût qu'elle ressentirait si elle venait à connaître son passé.

Elle rentra pour ressortir aussitôt avec des draps, et elle commença à descendre les marches.

Il la retint par le bras.

— Je m'en occuperai.

Elle l'observa un long moment, et il faillit se détourner sous son regard perçant.

— Merci pour...

Les mots s'étranglèrent dans sa gorge.

— Ne prenez pas cette peine, monsieur Foster.

Elle se retourna et pénétra dans la maison, claquant résolument la porte derrière elle.

Gary parvint tout juste à recouvrir le matelas avant de se laisser tomber sur le lit.

Cette incapacité à faire son lit lui montra combien il était impuissant. Il devrait apprendre à mieux se servir de son bras gauche. Pendant la guerre, il avait rencontré des hommes qui savaient tirer des deux mains, et sur le moment, il n'en avait pas compris l'intérêt. Maintenant, si.

Mal à l'aise dans les vêtements d'un autre, surtout un représentant de la loi, il commença à déboutonner son pantalon, puis il changea d'avis. Il s'était senti tellement plus mal encore sans rien ! Il ne voulait plus se trouver dans cette situation d'infériorité, bien qu'il eût tout fait pour décourager Mary Jo de lui rendre visite !

Il se rappela leur baiser, puis la façon dont il avait demandé sèchement à Mary Jo de partir. Et pourquoi lui avait-il renvoyé son offre à la figure après l'avoir acceptée ? Il n'était pas sûr de connaître la réponse.

Il ferma les yeux. Il fallait qu'il prenne du repos, s'il voulait avoir la force de s'en aller le lendemain.

Mais trop de souvenirs venaient le tarauder pour qu'il pût trouver le sommeil. Des souvenirs couleur de sang.

Jeff avait entendu leur conversation et il en avait tiré ses conclusions : M. Foster partait à cause de lui.

Pourquoi se sentait-il à ce point trahi ? M. Foster n'était pas là depuis longtemps. Pourtant, l'enfant était attiré par lui.

Il est clair qu'il a besoin d'un père, or je n'ai aucune envie de tenir ce rôle, avait-il dit.

Jeff en avait mal au cœur de honte, de déception. Puis vinrent la colère, la rancune. Il n'avait pas besoin de M. Foster, il n'avait besoin de personne ! Il leur montrerait, à lui comme à sa mère, qu'il se moquait bien que leur invité s'en allât ou non.

Il se leva, sortit sa boîte à trésors et l'emporta près de la fenêtre. La lumière brillante de la lune éclaira les objets qu'il chérissait le plus au monde. L'insigne de Ranger de son père. Une pièce d'or mexicaine, une boucle de ceinture, une photographie sur ferrotype de son père et de sa mère le jour de leur mariage. Enfin un appât factice que Tyler lui avait donné quand ils allaient à la pêche. Plus efficace que les vers pour attraper des truites, avait-il affirmé. Il était sculpté à la main et décoré de petites plumes. «Curieux insecte, disait Tyler, mais les poissons s'y laissent prendre.»

Tyler manquait à Jeff, malgré ses efforts pour ne pas y penser. Les Rangers lui manquaient également. Un jour... un jour il serait Ranger, lui aussi. Cette idée le rendait heureux d'habitude, mais pas ce soir. Il se sentait rejeté. Eh bien, il ne serait pas là le lendemain matin pour voir l'étranger partir. Visiblement, M. Foster ne lui accordait aucune importance. Personne, d'ailleurs. Tout le monde l'abandonnait. Tout le monde.

Jeff retourna se coucher. Il se lèverait avant l'aube, et il partirait pêcher avec Jake. Ils seraient drôlement bien, tous les deux tout seuls. Ils n'avaient besoin de personne.

Le lit semblait immense. Plus grand qu'avant, se dit Mary Jo, après avoir dormi une semaine sur l'étroite couchette de Jeff. Et, bien qu'elle eût changé les draps, il gardait encore l'odeur de l'étranger. A moins que ce ne fût un effet de son imagination?

Elle n'arrivait pas à dormir, à s'empêcher de penser qu'elle aimerait avoir à s'occuper d'un homme, même s'il était du genre à refuser tout ce qu'on lui offrait.

Elle parvint enfin à s'assoupir, mais se réveilla dès l'aube.

Elle s'habilla vivement, sans prendre la peine de

mettre un corset. Avant, prisonnière de son éducation, elle en portait, comme il convient à une dame,
mais au ranch, cela lui paraissait absurde.

Elle entra dans la chambre de Jeff pour la trouver vide, ce qui ne la surprit guère. Sans doute
était-il déjà avec M. Foster.

Elle alluma la cuisinière avant de sortir. Personne en vue. La porte de la grange était ouverte, et
elle s'y précipita.

Gary Foster nettoyait maladroitement l'un des
boxes à chevaux, tout habillé, les cheveux mouillés.
Voyant Mary Jo, il se redressa, le visage éclairé par
le soleil levant.

— Vous voyez, dit-il en montrant le sol, je ne
suis même pas capable de balayer une écurie.

Mary Jo fut étonnée qu'il se crût obligé de justi-
fier son départ.

— Mais ce n'est pas ce que je vous demandais,
répondit-elle. Jeff peut s'en charger.

— Je voulais me rendre utile pour vous dédommager de...

— Ce n'est pas la peine, lança-t-elle. Vous avez
été assez clair, vous souhaitez seulement que je vous
laisse tranquille.

Les yeux de Gary se voilèrent.

— Je suis désolé pour ça.

Est-ce que «ça» désignait son mauvais caractère,
ou le fait qu'elle lui eût sauvé la vie? De toute façon,
elle était trop furieuse pour chercher à le savoir.

— Avez-vous vu Jeff? demanda-t-elle.

— Pas ce matin.

— Et Jake?

— Non, répondit-il, un peu étonné.

— C'est bizarre. Il est toujours là pour le petit
déjeuner, et son chien aussi.

Le cheval de l'enfant, Roi Arthur, était dans la
grange, en train de manger du grain que lui avait
apparemment donné Gary.

112

L'inquiétude s'empara de la jeune femme. Jeff suivait Gary Foster comme son ombre, et elle s'était attendue à le voir près de lui, surtout sachant qu'il partirait bientôt. Elle retourna vers la maison en courant, à peine consciente de la présence de Gary derrière elle.

Dans la chambre du petit garçon, elle trouva sur la table de chevet la boîte à trésors dont elle vérifia rapidement le contenu. Elle le connaissait par cœur, car elle était là quand Jeff avait emballé avec amour tous ses chers objets pour le voyage.

L'appât de Tyler !

— Mary Jo ?

C'est tout juste si elle remarqua que Gary l'appelait par son prénom, tant elle était préoccupée.

— La rivière, dit-elle. Il est allé à la rivière, mais elle est en crue. Le shérif a dit qu'un agneau avait été emporté par le courant, or Jeff ne sait pas nager !

— A quel endroit de la rivière ? demanda Gary, inquiet.

— Il y a un coin qu'il affectionne, à environ cinq cents mètres d'ici. Nous y pique-niquons de temps en temps.

Elle s'élança sur le chemin. Elle aurait plus vite fait en courant qu'en prenant le temps de seller un cheval. Elle était folle d'angoisse. Jeff était en danger, elle le sentait.

Elle entendait les pas de Gary Foster derrière elle, mais peu lui importait. Seul Jeff comptait.

Dieu, si elle perdait son fils…

Jeff s'aperçut tout de suite que l'eau coulait trop vite pour qu'il pût pêcher. Pourtant, il lui fallait un but afin d'oublier ce sentiment d'abandon, de solitude. C'était souvent comme ça depuis la mort de son père.

Il descendit sur la rive, suivi par un Jake tout joyeux d'être dehors de bonne heure.

L'aube était magnifique, mais Jeff n'y prêtait guère attention tant son chagrin était grand.

Il se rappela que Tyler lui recommandait de choisir des coins tranquilles. « La truite aime les endroits calmes où les insectes bourdonnent à la surface de l'eau. » Mais la rivière grondait, déchaînée, recouvrant parfois les pierres de la berge. Des branches, et même un tronc, étaient emportés par le courant tumultueux.

Ce n'était pas un bon jour pour la pêche ! Cependant, Jeff entreprit de se fabriquer une canne à l'aide de son canif, puis il attacha l'hameçon et l'appât à la ficelle qu'il avait emportée. Ensuite, il arrima la ligne sur la rive en regardant l'eau tumultueuse d'un air perplexe.

Comme il agitait les pieds en se demandant que faire, il heurta la ligne qui se décrocha. Il se jeta en avant pour la rattraper. Il ne pouvait laisser partir le précieux appât sans réagir !

Son pied botté dérapa, il chercha à se raccrocher mais il n'y avait que de la boue et il se sentit glisser, glisser irrémédiablement. Enfin il heurta l'eau glaciale, fut emporté dans un tourbillon. Quelque chose le cogna douloureusement à l'épaule…

Un rocher. Il parvint à s'y retenir, sortit la tête de l'eau, respira de grands coups.

Le courant le malmenait, mais il s'accrochait à son rocher avec l'énergie du désespoir. Il se trouvait au milieu de la rivière en crue, tandis que Jake aboyait de toutes ses forces en courant de long en large sur la rive.

Jeff ignorait combien de temps il tiendrait. Une branche le bouscula avant d'être emportée par le courant.

— Jake ! hurla-t-il.

Le chien s'immobilisa, se tourna vers lui, posa

une patte dans l'eau, une autre, puis il recula, conscient du danger. Il gémit un peu, fit une nouvelle tentative. Cette fois, le torrent s'empara de lui pour l'emporter vers le milieu de la rivière. Le chien lutta vaillamment pour rejoindre son maître, mais il passa largement hors de portée de Jeff, qui se mit à s'époumoner.

— Jake! Jake!

Ce fut Gary Foster qui l'entendit le premier.

— Par là! dit-il en avançant plus vite qu'il n'aurait cru possible.

La voix leur parvint de nouveau, rauque, désespérée, et l'angoisse de l'enfant toucha Gary au plus profond de lui. Enfin il le vit, maladroitement agrippé à une grosse pierre plate.

Il saisit Mary Jo par le bras pour l'empêcher de se jeter à l'eau. Elle se tourna vers lui, furieuse, blême de peur.

— Lâchez-moi!

— Vous savez nager? demanda-t-il, sachant parfaitement que même si c'était le cas, elle aurait peu de chances de s'en sortir.

Elle secoua la tête.

— Retournez chercher une corde. Vite. J'essaierai de le tirer de là.

Comme elle hésitait, il insista :

— Allez-y, si vous voulez le sauver. Ni vous ni moi n'y arriverons seuls.

Elle se mit à courir en direction de la maison. Gary réfléchissait. Elle serait de retour dans un quart d'heure environ. L'enfant aurait-il la force de tenir assez longtemps?

Il descendit prudemment sur la rive.

— Jeff! Ça va aller?

L'enfant acquiesça, mais Gary lisait la peur dans ses yeux écarquillés.

— Jake... Jake a été emporté...

— Je le retrouverai. Accroche-toi bien fort. Tu peux le faire, je le sais. Si tu te sens glisser, dis-le-moi.

Gary mettait toute l'assurance possible dans sa voix. Il fallait absolument que Jeff ait confiance, qu'il ne panique pas.

Il s'approcha encore sans cesser de parler afin de calmer l'enfant.

— Est-ce que tu peux toucher le fond? demanda-t-il.

Jeff secoua la tête.

Enfin Gary entendit les pas précipités de Mary Jo et la vit arriver avec un rouleau de corde.

— Attachez-la à cet arbre, ordonna-t-il. Et assurez-vous que le nœud est bien serré. Ensuite, donnez-moi l'autre bout.

Quand ce fut fait, il ôta ses bottes et entra dans l'eau.

— Monsieur Foster!

Mary Jo descendait sur la rive, sa robe déjà couverte de boue.

— Je devrais y aller moi-même, dit-elle. Vous êtes encore trop faible...

— Vous n'auriez pas une chance d'y arriver, répondit-il. Moi si, même avec ce satané bras.

Comme elle hésitait, il chercha à l'occuper.

— Déchirez votre jupon et bandez-vous les mains. Vous aurez à tirer sur la corde.

Elle obéit, et il plongea dans l'eau. Malmené par le courant, il lutta de toutes ses forces pour rester debout. S'il n'avait rien pu faire pour son fils, il parviendrait à sauver Jeff.

Il le sauverait! Il suffisait d'apporter la corde jusqu'à lui. Il ne pouvait la lui lancer, car alors l'enfant risquerait de lâcher les deux mains pour l'attraper.

Une grosse branche faillit l'assommer, mais il

parvint malgré tout à garder l'équilibre. Toutefois, il approchait de Jeff quand il sentit ses pieds s'enfoncer. Des fonds mouvants ! Il se mit à nager à l'aide de son bras gauche, mais le courant l'éloignait à présent du rocher.

Agrippé à la corde, il lutta pour rejoindre l'enfant, le visage battu par les flots, aveuglé. Enfin il sentit le corps de Jeff et il s'accrocha à son tour au rocher.

Il se reposa un instant, et constata qu'il avait pied. Cette fois, le sol semblait sûr.

— Je vais te tenir, dit-il à Jeff. Quand tu te sentiras en sécurité, lâche le rocher et noue la corde autour de ta taille. Tu y arriveras ?

L'enfant hocha la tête.

— Tout ira bien, continua Gary. Je te tiendrai jusqu'à ce que tu sois solidement attaché. Ensuite, ta maman te tirera.

— Je... Ça va, dit Jeff en claquant des dents.

Gary eut un sourire qu'il voulait aussi rassurant que possible.

— Tu es un brave soldat !

Il passa son bras gauche autour de Jeff, qui, au bout d'un instant, se détacha du rocher. Gary le serra plus fort pour empêcher le courant de l'emporter.

— Prends la corde, et attache-la fermement autour de toi.

Ce que fit Jeff malgré ses mains qui tremblaient.

— Bravo !

Gary se tourna vers Mary Jo.

— Vous pouvez le haler, maintenant. Toi, Jeff, tiens-toi à la corde et essaie d'avancer en même temps.

Il laissa aller l'enfant, qui obéit scrupuleusement. Par moments, le courant l'entraînait, mais il arrivait à se redresser, et finalement, il atteignit la rive.

Maintenant, c'était son tour, songea Gary. Plus

facile à dire qu'à faire ! Le sauvetage de Jeff l'avait vidé de ses forces.

Mary Jo lança la corde dans sa direction. Il la manqua, et elle s'apprêtait à recommencer quand un tronc heurta son épaule blessée. Plié en deux de douleur, il lâcha prise et fut emporté dans les eaux furieuses. Malgré ses efforts, il ne parvenait pas à garder la tête hors de l'eau, il se cognait à des rochers, à des branches d'arbre...

Trop las pour lutter davantage, il ferma les yeux. Peut-être son vœu allait-il être exaucé, finalement.

9

Mary Jo était horrifiée. Jeff, qui crachait encore de l'eau, leva les yeux au moment où son sauveteur disparaissait sous le flot tumultueux.

— Monsieur Foster ! hurla-t-il. Monsieur Foster !

— Reste là, dit Mary Jo après s'être assurée qu'il allait bien. Je vais voir si je peux le retrouver.

— Je viens aussi.

— Non. Je ne peux pas m'occuper de vous deux en même temps. Reste ici, je t'en prie.

— Jake... ?

— Je le chercherai aussi.

Déjà Mary Jo détachait la corde, l'enroulait pour l'emporter avec elle. *Mon Dieu*, priait-elle, *accordez-lui encore une chance...*

Elle ne supporterait pas qu'il mourût pour son fils.

Elle se mit à courir le long de la berge, scrutant la rivière. Pourvu qu'il ait trouvé quelque chose à quoi s'accrocher, une branche, un rocher, n'importe quoi. Elle vit filer le cadavre d'un animal dans le courant. Ce n'était pas Jake, Dieu merci.

Elle était glacée d'effroi. Combien de drames Jeff

supporterait-il encore ? Et elle, combien serait-elle capable d'en supporter ? Elle accéléra sa course.

Elle s'arrêta un instant, alors que la végétation devenait plus dense, et le vit enfin, allongé sur un tronc retenu par un gros rocher. Il fallait absolument qu'elle le ramène sur la rive avant que le tronc ne soit délogé par le courant.

Elle n'aurait su dire s'il était conscient, ni même s'il était encore en vie. En tout cas, il ne bougeait pas. Elle se rappela ce qu'il lui avait dit de faire un peu plus tôt, noua la corde à un arbre, puis autour de sa taille.

Gary Foster n'était pas aussi loin que Jeff, quelques mètres à peine le séparaient du bord, mais ces quelques mètres étaient fort dangereux, car la berge était étroite et boueuse.

— Monsieur Foster ! cria-t-elle comme elle approchait. Monsieur Foster !

Il ne réagit pas.

— Mon Dieu, faites qu'il soit vivant ! dit-elle à haute voix.

Elle avança davantage.

— Monsieur Foster ! Gary !

Ses paupières se soulevèrent, et il tourna le visage vers elle dans un gémissement.

— Gary ! répéta-t-elle en tendant la main vers lui.

Le courant était terriblement fort, à cet endroit.

— Allez-vous-en, souffla-t-il. Vous risquez...

— J'ai la corde. Pouvez-vous attraper mon bras ?

Il referma les yeux, et de nouveau, Mary Jo fut submergée par la peur. Si seulement elle était plus forte ! Toute seule, elle n'arriverait jamais à le sortir de l'eau.

— M'man ?

Jeff était là, angoissé, et elle n'eut pas le cœur de le gronder pour avoir désobéi. Si elle l'envoyait chercher une autre corde ?

— Cours à la maison, dit-elle. Prends un rouleau de corde, et ton cheval.

Ils en auraient besoin pour ramener Gary à la ferme.

Jeff partit en courant, et Mary Jo souffla un bon coup avant de parler de nouveau.

— Monsieur Foster… Gary, ne laissez pas Jeff penser que vous êtes mort pour le sauver. Cela le tuerait aussi sûrement que s'il s'était noyé aujourd'hui. Je vous en prie, aidez-moi. Il faut que vous m'aidiez.

Il la regarda, et cela parut lui demander un effort surhumain.

— Pouvez-vous me donner la main ? Donnez-moi votre main gauche, insista-t-elle.

Elle lui tendait la sienne en espérant qu'il aurait la force de la serrer.

— Vous le pouvez, l'encourageait-elle. Vous le pouvez, pour Jeff, pas pour vous. Il a besoin que vous viviez. Il ne peut pas tout perdre, pas de nouveau. Je vous en supplie…

Il la saisit enfin, sans beaucoup d'énergie, puis ses doigts semblèrent se refermer sur ceux de Mary Jo.

— Juste deux ou trois pas, monsieur Foster, et vous serez en sécurité. Vous touchez le fond ?

Elle avait pied, donc lui aussi, elle le savait. A condition que ses jambes le portent. Seigneur, son pauvre corps en avait tant vu !

— Vous l'aurez, ce cheval, monsieur Foster. Vous pourrez partir demain ·si vous voulez. Juste un pas ou deux, le supplia-t-elle, ses larmes se mêlant à la boue qui maculait ses joues. Gary, je vous en prie, aidez-moi.

Elle prononçait son prénom tout naturellement, à présent, et elle sentit enfin la main agripper plus fermement la sienne. Il souffrait, mais ses yeux avaient retrouvé leur vivacité. Une de ses blessures

120

s'était manifestement rouverte, teintant l'eau brune de rouge.

— Un pas, Gary. Un seul.

Très doucement, il se détacha du tronc sur lequel il gisait, et de nouveau Mary Jo sentit la force du courant. Elle le serra plus fort. Elle était robuste, mais elle aurait aimé l'être dix fois plus, tandis qu'elle luttait pour ne pas se laisser entraîner elle-même. Une main sur la corde, l'autre tenant celle de Gary, elle fit un pas vers la rive. Gary gémit, mais il la suivit.

Un autre pas. Encore un. Enfin ils arrivèrent à la berge, mais elle était si glissante que c'était presque pire que l'eau. Une fausse manœuvre, et tous deux retomberaient dans le torrent.

Puis Mary Jo sentit la terre ferme sous ses pieds. Gary s'effondra.

Elle se laissa tomber à ses côtés avec une prière de remerciement.

Il avait de nouveau les yeux clos. L'écharpe qui immobilisait son bras était trempée de sang mêlé à l'eau sale. Mary Jo ajouta vite quelques phrases à sa prière. « Protégez-le, il a sauvé Jeff, il est bon, je le sais, malgré ce qu'il prétend. »

Elle arracha un morceau de son jupon qu'elle essora avant de lui nettoyer le visage.

Un peu perdue, elle hésitait à le faire revenir à lui. Il devait tellement souffrir ! Autant que quelques jours plus tôt. Mais elle ne le connaissait pas alors, elle était moins... troublée par lui. Et puis il n'avait pas risqué sa vie pour son fils, à ce moment-là.

La première fois, elle avait souffert pour lui, comme elle l'aurait fait pour n'importe quelle créature de Dieu. Maintenant, sa douleur était bien plus profonde.

Elle s'essuya les yeux. Ce n'était vraiment pas l'instant choisi pour pleurnicher. Elle devait réfléchir.

Jeff n'allait pas tarder à revenir avec le cheval, et il leur faudrait hisser Gary Foster sur son dos, alors qu'ils avaient déjà eu bien du mal à le mettre dans le chariot. En plus, la blessure de son bras était pleine d'eau boueuse.

Epuisée par les efforts physiques et l'émotion, elle s'allongea près de Gary et resta là, simplement, la main dans la sienne.

Pour lui insuffler la vie.

Elle entendit Jeff approcher. Il cria quand il vint s'agenouiller près d'elle.

— Il est… ?

Mary Jo secoua la tête.

— Non, murmura-t-elle.

Pas encore.

— Jeff, il faut vite le ramener à la maison.

Son fils la regardait avec de grands yeux émerveillés.

— Il m'a sauvé la vie, hein ?

— En effet, mon chéri.

— Pourtant il disait…

Mary Jo attendait la suite, mais l'enfant serra les lèvres.

— Non, rien.

Cela attendrait, se dit Mary Jo. Le plus urgent était de soigner Gary Foster. Peut-être même enverrait-elle Jeff chercher le médecin, cette fois.

Si l'étranger mourait, elle ne se le pardonnerait jamais.

Elle envisagea une minute d'amener le chariot, mais la végétation était trop dense, Gary devrait quand même marcher, or elle n'était pas certaine qu'il en eût la force.

— Monsieur Foster…

Il bougea légèrement, et le cœur de Mary Jo bondit dans sa poitrine.

— Monsieur Foster…

Comme à contrecœur, il souleva les paupières. Il

lui lança un regard sombre, et elle se sentit soudain merveilleusement heureuse. Il était assez vivant pour la foudroyer des yeux! Elle arborait un sourire radieux, et il se renfrogna davantage.

— Aidez-nous à vous faire monter sur le cheval.

— Vous ne pouvez vraiment pas laisser les gens en paix, hein?

— Non! répondit-elle joyeusement.

Résigné, il soupira tout en essayant de se redresser. Il devint si pâle que Mary Jo blêmit, elle aussi. Il lui tenait toujours la main, et il la serrait si fort qu'elle faillit crier.

Enfin, il se détendit.

— J'y arriverai, dit-il.

Et elle sut que c'était vrai.

Bon sang! Il était déjà pénible d'être redevable à une femme qui l'avait aidé comme elle l'aurait fait pour n'importe quel chien blessé. Mais c'était bien pire de savoir qu'elle avait risqué sa vie pour lui!

Durant les deux jours qui suivirent le drame, Gary n'évoqua pas le cheval que, sous le coup du désespoir, Mary Jo lui avait promis. Elle n'en parla pas non plus.

Gary aurait préféré oublier les moments qui avaient suivi son sauvetage. Il ignorait comment il était arrivé sur le dos du cheval, mais il se rappelait que Mary Jo et son fils l'avaient tiré, poussé, jusqu'à ce qu'il y fût enfin. Ils avaient refusé de le laisser mourir, au risque de le tuer en le malmenant ainsi.

Puis elle l'avait de nouveau déshabillé, et il n'avait pu protester. Seule victoire, il avait obtenu de réintégrer la petite chambre de la grange après avoir insisté.

Les deux premiers jours s'étaient écoulés dans un brouillard de douleur. La blessure de son bras était à vif, et Mary Jo la lui avait recousue après avoir versé dessus une bonne dose de soufre. Puis elle avait agi de même avec sa jambe.

Le troisième jour, grâce à sa robuste constitution, et aux bons soins de Mme Williams, il s'était mis de nouveau à considérer l'avenir, plus exactement le manque d'avenir.

Disons, l'étape suivante, à supposer qu'il eût le choix.

Il l'avait, se persuadait-il. Et d'abord, il devait partir d'ici, puisqu'il disposait d'un cheval... S'il était assez ignoble pour prendre à la lettre des paroles prononcées dans l'angoisse.

Il y avait bien longtemps qu'il n'avait été tracassé par des problèmes de morale, mais avec Mary Jo et Jeff, c'était différent. Ils l'avaient assisté sans se soucier des conséquences, tout en sachant qu'ils avaient affaire à un tueur. C'était une expérience toute nouvelle. Personne, à sa connaissance, n'avait jamais pris de tels risques pour lui. Même les Utes l'avaient accueilli pour l'unique raison qu'il avait sauvé le fils de leur chef.

La similitude des situations le frappa soudain. Les Indiens lui avaient donné l'hospitalité pour payer une dette, il ne pouvait faire moins à présent.

Mary Jo Williams ne demandait pas grand-chose, finalement. Qu'il reste le temps d'engager des hommes à sa place, et il aurait un cheval pour sa peine. Il se sentirait diablement mieux s'il acceptait une monture après lui avoir rendu service !

Et s'il était découvert, si quelqu'un reconnaissait Brad Allen, eh bien il serait pris, voilà tout. Il avait déjà vécu de longues années de sursis.

Axé sur ce nouveau but, il décida que plus tôt il aurait lancé la ferme sur des rails solides, plus tôt il pourrait la quitter et s'enfuir dans les montagnes pour soigner ses blessures.

Jeff porta le deuil de Jake en silence. Il tentait de dissimuler son chagrin à sa mère, de se conduire en homme.

Pourtant il était rongé de culpabilité. M. Foster avait failli mourir à cause de lui. Et Jake… Jake avait disparu parce qu'il avait désobéi. Combien de fois sa mère lui avait-elle interdit d'aller seul à la rivière ?

Il n'osait même plus aller voir M. Foster, de peur de lire le blâme dans ses yeux. Il se rappelait sans cesse ses paroles, le fameux soir : *Je n'ai aucune envie de remplir ce rôle.* Après ce qui s'était passé, il aurait encore moins de raisons de l'aimer.

Quand sa mère lui avait proposé d'apporter de la soupe à l'étranger, Jeff avait simplement répondu non, et Mary Jo, après un coup d'œil à son visage décomposé, y était allée elle-même.

Il s'acquittait de ses tâches, s'occupait aussi dans la mesure du possible de celles de sa mère afin qu'elle disposât de plus de temps pour M. Foster.

Mais Jake lui manquait terriblement. Il avait pris l'habitude de lui confier tout ce qu'il ne pouvait raconter à Mary Jo. Jake était son seul ami, depuis qu'ils avaient quitté la base des Rangers.

Le petit garçon se mordit la lèvre pour s'empêcher de pleurer. Les hommes ne pleuraient pas.

Il avait bien essayé de retrouver son chien, mais il n'avait guère de temps à consacrer aux recherches. Il s'occupait des chevaux, de traire la vache, de nourrir les poules. Il aidait aussi à la cuisine et au ménage. Enfin, le soir, monté sur son cheval, il se rendait à la rivière et appelait Jake.

Le chien avait disparu depuis trois jours, et Jeff savait que tout espoir était vain, pourtant il décida de tenter une dernière fois sa chance. Il entra dans l'écurie en essayant d'éviter la porte habituellement fermée de la chambre de Gary Foster. Mais ce jour-là, elle était ouverte et, tandis qu'il se glissait sans bruit vers son cheval, on le héla.

— Jeff !

Il s'immobilisa, eut envie de faire comme s'il n'avait pas entendu. Vraiment envie. Cependant c'était impossible. S'il voulait devenir un homme, il devait assumer les conséquences de ses actes.

Timidement, se faisant violence, il pénétra dans la petite pièce.

M. Foster était assis sur son lit, le torse bandé, rasé de près, sans doute par Mary Jo, pensa l'enfant.

Jeff, mal à l'aise, se dandinait d'un pied sur l'autre.

— Je suis désolé, monsieur Foster... d'avoir causé tant d'ennuis.

M. Foster eut un demi-sourire.

— Tu vas tout à fait bien ?

Jeff fut paralysé de honte. C'est lui qui aurait dû poser cette question, et depuis deux jours. Il aurait dû venir s'excuser, remercier M. Foster, mais il se sentait trop... gêné. Il hocha la tête.

— C'est tout ce qui importe, dit l'homme.

— Mais... vous avez été de nouveau blessé.

— Rien de pire que bien d'autres fois. Et les raisons étaient meilleures.

— Jake...

— Je sais, ta mère m'a dit. Je suis navré.

Soudain, sans qu'il pût la retenir, une larme roula sur la joue de Jeff.

— C'est ma faute.

Un muscle joua sur la mâchoire de Gary Foster.

— Tu t'es conduit comme un jeune garçon, Jeff. Parfois les choses tournent mal, et on en tire des leçons. Mais ne t'accable pas de reproches. C'était un accident.

— Pourtant m'man m'avait dit...

— Je n'ai jamais connu de garçon qui obéisse toujours à sa maman ! affirma M. Foster.

— Est-ce que vous aussi…?

Gary hocha la tête, et Jeff n'eut pas le courage de poursuivre.

— Je suis content que vous alliez mieux, dit-il, un peu timide.

M. Foster sourit encore.

— Ça me fait plaisir de te voir. Je m'inquiétais pour toi.

Jeff hésita un peu.

— Je ne voulais pas vous ennuyer.

— Tu ne m'ennuies pas.

— Mais vous avez dit…

M. Foster fronça les sourcils.

— Qu'ai-je dit?

— Le soir… où vous vouliez partir, je vous ai entendu dire…

Jeff était incapable d'aller plus loin, mais il vit que M. Foster commençait à comprendre.

— Mon Dieu, c'est pour ça que tu as filé si tôt le lendemain matin? Pour ne pas assister…

Jeff se balança à nouveau gauchement. Il n'aurait pas voulu que M. Foster pense qu'il l'avait espionné.

Toutefois son silence était un aveu, et Gary Foster poussa une longue série de jurons avant de s'interrompre, se rappelant devant qui il se trouvait.

— Ça n'avait rien à voir avec toi, Jeff, dit-il. Ça ne voulait pas dire que je ne t'aime pas, simplement que je suis une plaie pour des gens comme ta mère et toi. Mon Dieu, tu n'y es pour rien! C'est moi, moi seul. J'avais peur de vous apporter des complications à tous les deux.

Jeff se redressa un peu. Il restait cependant un doute dans son regard, qui amena Gary Foster à poursuivre après un court silence:

— Tu me rappelles mon propre fils. Je n'ai pas… été à la hauteur, avec lui. Je ne veux pas recommencer.

Jeff ravala la grosse boule qui l'étouffait. M. Foster était un homme secret, il le savait, et il savait aussi ce que cette confidence avait dû lui coûter.

— Vous m'avez sauvé la vie, dit-il enfin.

Gary eut un petit sourire de biais.

— Tu ne te serais pas trouvé là si tu ne m'avais entendu proférer des bêtises. Disons que nous sommes quittes.

Jeff secoua la tête.

— Non. P'pa m'a appris…

— Entre amis, on ne se doit jamais rien, coupa doucement M. Foster.

Jeff resta un instant pensif, puis un grand sourire éclaira son visage.

— Je vais encore essayer de trouver Jake. Peut-être qu'il est seulement blessé, comme vous.

— Peut-être.

Jeff fut heureux que Gary ne le décourage pas. Comme s'il avait compris que l'enfant ne pouvait abandonner les recherches.

— A tout à l'heure! s'écria-t-il.

Gary Foster acquiesça.

— Je pourrai vous raconter quelques histoires de Rangers, ajouta le garçon.

Une étincelle passa dans les yeux de M. Foster, mais il inclina de nouveau la tête.

— Avec plaisir, bonhomme.

Jeff, tout heureux, se précipita pour seller Roi Arthur. Il venait de le sortir de l'écurie quand il entendit un faible jappement. Le cœur battant, il observa les collines alentour et il crut voir une forme bouger dans l'herbe haute.

Un autre aboiement.

— Jake! Jake!

Sans prendre le temps de se mettre en selle, il s'élança à toutes jambes.

Mary Jo avait entendu son fils crier.

C'est impossible, il y a trop longtemps, se dit-elle.

Pourtant l'espoir montait en elle aussi. Jeff était excessivement calme, ces derniers jours. Elle savait qu'il ravalait son chagrin, et elle-même en souffrait mille morts. Tant de douleurs pour un enfant de cet âge !

Du porche, elle vit son fils partir en courant.

Mon Dieu, s'il vous plaît, faites que ce soit Jake…

A son tour, elle entendit un faible aboiement. Elle suivait son fils des yeux quand un autre son lui parvint. Elle se retourna, et vit Gary Foster à la porte de la grange, torse nu, le bras en écharpe, vêtu d'un pantalon de son mari. Il tenait les rênes de Roi Arthur et observait Jeff qui venait de s'agenouiller près d'une silhouette brune. Enfin, il regarda Mary Jo, un large sourire aux lèvres. Comme il paraissait jeune, soudain ! Et il était beau, si incroyablement beau !

Il accrocha le cheval à la barrière et se dirigea vers l'enfant, lentement mais avec détermination. Mary Jo le suivit.

Jeff tenait dans ses bras un animal tout maigre, tout sale, dont la patte formait un angle étrange et qui lui léchait la figure.

Jeff leva vers eux un visage radieux.

— Il est revenu !

— En effet, mon garçon, dit Gary Foster. Tu as eu raison de ne pas renoncer.

— Seulement il est blessé.

— Rien que nous ne puissions guérir ! affirma Gary.

Il regardait Mary Jo avec une expression presque aussi réjouie que celle de l'enfant, et elle en eut les larmes aux yeux.

Elle était déjà consciente de l'attirance physique qui la poussait vers Gary Foster. Mais à cet instant, elle comprit, avec une angoisse aigre-douce, qu'elle était aussi en train de perdre son propre cœur.

Et de le perdre au profit de quelqu'un qui le lui briserait.

10

Jake avait des plaies, des bosses, sans doute une patte cassée, sans compter qu'il était déshydraté et affamé. Mais à vrai dire, il était toujours affamé. Il respirait avec difficulté, pourtant sa queue martelait joyeusement le sol, avec juste un peu moins d'énergie que d'habitude.

— Que t'est-il arrivé, Jake ? murmura Mary Jo en se demandant s'ils connaîtraient un jour la réponse.

Cela n'avait guère d'importance, d'ailleurs, du moment qu'il était là.

Elle tâta sa patte, et le chien gémit une protestation.

— Elle est cassée, conclut-elle. D'où qu'il vienne, je ne sais comment il a fait !

— On peut lui mettre une attelle, comme à M. Foster ? voulut savoir Jeff.

Mary Jo sourit, et Gary en fut étrangement troublé.

— Bien sûr ! répondit-elle. Il est bien arrivé jusqu'ici sur trois pattes, non ?

En glissant la main dans l'épaisse fourrure toute crottée, elle découvrit une blessure qu'elle identifia aussitôt.

— On lui a tiré dessus ! C'est sans doute pourquoi il ne te répondait pas quand tu le cherchais, Jeff. Il était sûrement inconscient.

— Mais pourquoi aurait-on fait ça ? demanda l'enfant en levant sur Gary un regard implorant.

130

— Il ressemble vraiment à un petit loup, répondit celui-ci. Si on ne sait pas qu'il est domestiqué...

— Tout le monde ici le connaît, objecta Mary Jo. Nous l'emmenons même avec nous quand nous allons en ville.

— Un maraudeur, alors.

C'était sans doute l'explication. La plupart des fermiers des environs possédaient des animaux, et aucun d'eux ne tirerait sur un chien, à moins qu'il ne menace le bétail. Or Jake aimait tout le monde, ou presque. Mais cela n'était pas essentiel, il s'agissait d'abord de le soigner.

Il était étendu à terre, et Mary Jo l'aurait volontiers porté jusqu'à la maison s'il avait été moins lourd. De plus, elle risquait d'aggraver ses blessures.

— Tu peux marcher ? demanda-t-elle en lui caressant le cou.

Il remua la queue en signe d'assentiment et se leva avec peine sur ses pattes valides.

Gary semblait frustré de ne pouvoir se rendre plus utile. Cependant, il se dérida en se tournant vers Jeff.

— Il y arrivera, bonhomme. Il est courageux.

Vous aussi, eut envie de dire Mary Jo. Mais elle tint sa langue.

Jeff marchait à côté de son chien, la main dans sa fourrure, et Mary Jo les contempla avec émotion. Jeff se ressentait encore de son séjour dans les eaux tumultueuses, Gary Foster était emmailloté comme une momie... Bientôt, le ranch allait se transformer en hôpital !

Elle croisa le regard de Gary, qui eut ce petit sourire de biais qui ne révélait aucune émotion. Il représentait une énigme, et Mary Jo se rappela qu'elle n'aurait pas le loisir de la déchiffrer. *Il ne restera pas assez longtemps, ne l'oublie pas. Ne laisse pas Jeff l'oublier non plus.*

Pourtant, l'admiration brillait dans les yeux de

son fils, et elle fut parcourue d'un long frisson. Comme ils atteignaient le porche, l'étranger hésita.

Il souffrait sûrement. Mary Jo se demandait même comment il avait tenu debout si longtemps, mais elle ne voulait pas qu'il retrouve la solitude de sa petite chambre. Pas maintenant. Le retour de Jake était une fête pour tous.

— Nous allons nettoyer Jake, panser ses blessures. Voudriez-vous nous aider ? dit-elle, un peu hésitante. Il vous aime bien. Si vous pouviez vous asseoir près de lui et le faire tenir tranquille…

Il acquiesça, le regard à nouveau méfiant, au point que Mary Jo se demanda si elle avait imaginé la lueur de plaisir qu'elle avait lue dans ses yeux un peu plus tôt.

Jake s'installa entre Jeff et Gary et se mit à lécher sa patte blessée en gémissant, tandis que Mary Jo allait chercher de l'eau à la pompe de la cuisine et la mettait à chauffer sur le fourneau.

Puis elle revint et s'arrêta sur le seuil pour regarder son fils, qui tenait Jake par le cou, la tête contre la sienne. Gary Foster les contemplait, lui aussi, avec un petit sourire nostalgique et cette étrange expression de vulnérabilité si émouvante. Il pensait à son propre fils… Il se pencha, posa la main sur celle de Jeff, rassurant, et lui dit quelques mots que Mary Jo ne put saisir. En revanche, elle vit son fils s'épanouir, reconnaissant.

Quand l'eau fut chaude, elle y mit du savon, prit un linge propre et sortit de nouveau sur le perron. Elle devenait une infirmière accomplie ! se dit-elle.

— Peux-tu me trouver une branche solide et fabriquer une attelle pour Jake ? demanda-t-elle à son fils.

Il acquiesça, mais s'éloigna à contrecœur, se retournant fréquemment comme si le chien risquait de disparaître. Mary Jo examina la blessure par balle au cou de Jake, pendant que Gary le caressait afin de l'apaiser.

— Merci pour votre aide, dit Mary Jo.

L'animal tressaillit quand elle lava la plaie, mais comprenant que c'était pour son bien, il ne se débattit pas.

— Je tuerais celui qui a fait ça! marmonna-t-elle, les dents serrées.

— Vous ne croyez pas à un accident?

— Je n'en sais rien. Tout le monde ici aime bien Jake, et il n'attaquerait jamais sans raison.

Elle leva vers Gary un regard anxieux.

— Cela pourrait-il être quelqu'un qui vous...?

— Je ne pense pas. Cet... homme était le dernier des trois.

Mary Jo avala sa salive.

— Jeff a déjà tant souffert...

— Il est solide, il s'en remettra, vous verrez.

— Il se sent tellement... coupable.

Gary hésita un moment avant d'avouer, en la regardant droit dans les yeux:

— Il a entendu notre conversation l'autre soir. Il... il s'est imaginé que je ne l'aimais pas. C'est pourquoi il a disparu dès l'aube.

Il se détourna, mais Mary Jo avait discerné de la douleur dans sa voix.

— C'est donc pour ça qu'il vous évitait depuis le drame?

— En partie. Et aussi, comme vous le disiez, par sentiment de culpabilité.

Il serra plus fort Jake, qui tressaillit quand Mary Jo mit du soufre sur la blessure. Gary était bien placé pour savoir ce que ressentait le chien!

— La culpabilité, ça vous ronge de l'intérieur, reprit-il.

Il n'avait jamais autant parlé depuis qu'elle le connaissait, et s'il se dévoilait ainsi, c'était pour le bien de Jeff.

— Je sais, dit-elle. Et je ne veux pas que vous restiez à cause de ça si vous n'en avez pas envie.

— Vous avez l'impression de lire en moi, madame...

— Non. Pas du tout.

— Je resterai le temps d'engager quelques hommes. Mais pas par sens du devoir, j'ai dépassé ce stade il y a bien longtemps ; je n'ai plus douze ans. J'ai besoin d'un cheval, c'est tout, ajouta-t-il, brutal.

S'abstenant de lui rappeler qu'elle lui en avait proposé un, elle reporta toute son attention sur Jake dont elle nettoya le pelage.

Enfin, Jeff revint avec une branche soigneusement préparée. Gary aida à tenir le chien tandis que Mary Jo, aidée de son fils, posait l'attelle, puis il se leva avec un regard plein de compassion pour l'animal et partit en boitant vers la grange.

— Pourquoi M. Foster s'en va-t-il ?

— Il a sûrement besoin de repos, comme Jake, expliqua gentiment Mary Jo. Il n'aurait même jamais dû quitter son lit.

Pourtant, ce n'était pas la fatigue qui l'avait poussé à retourner à sa solitude, elle le savait. Il était tout simplement furieux de s'être tant dévoilé.

— Il était content que Jake soit retrouvé, hein ?

De nouveau, Mary Jo sentit cet immense besoin d'affection masculine dans la voix de l'enfant, et elle en eut le cœur serré. Quelques mots avaient suffi à le bouleverser, à lui faire faire des choses interdites. Devait-elle laisser davantage l'enfant en contact avec Gary Foster ?

Toutefois, elle était heureuse de voir le sourire revenu sur son visage.

— Oui, il était content, acquiesça-t-elle.

— Il va rester ?

— Quelque temps.

Le sourire de Jeff s'élargit.

— Je le savais.

— Ne t'attache pas trop à lui, Jeff. Il nous quittera bientôt pour regagner les montagnes qui sont pour lui comme son foyer.

— Nous avons bien changé de maison, nous, fit remarquer l'enfant.

— C'est différent.

— Pourquoi?

Mary Jo soupira. «Pourquoi?» et «Comment?» étaient les mots favoris de son fils, et il ne manquait pas une occasion d'acculer sa mère à des réponses délicates.

— C'est comme ça, déclara-t-elle. Maintenant, il faut nourrir Jake.

En entendant «Jake» et «nourrir», le chien se mit à agiter frénétiquement la queue, toute son énergie retrouvée.

Jeff remplit sa gamelle et son bol d'eau, mais son attitude disait assez qu'il ne s'était pas satisfait du semblant d'explication de sa mère.

Cependant, Mary Jo était incapable d'en dire davantage. Elle ne pouvait raconter à son fils que Gary Foster avait tué trois hommes de sang-froid, ni que son passé abritait des secrets plus lourds encore, et qui le rattraperaient un jour. Il n'en avait pas peur; d'ailleurs, il semblait n'avoir peur de rien. Il attendait simplement le jour fatal.

Tous ceux qui se sont fiés à moi sont morts, avait-il dit avec colère et désespoir. Deux émotions qui n'allaient pas ensemble. Sauf quand il s'agissait de lui.

Je suis capable de tuer encore. C'est ma spécialité, et j'y excelle, ils le disaient tous. Mary Jo connaissait bien les hommes qui tuaient. Elle en avait épousé un, avait failli se marier avec un autre. Elle avait vécu au milieu d'eux, et elle savait quelles étaient les conséquences de cette existence, la façon dont ces hommes masquaient leurs sentiments, même quand ils tuaient pour la bonne cause. Apparemment, Gary Foster, lui, ne se considérait pas dans son bon droit. C'était un personnage tourmenté, qui se demandait à quoi rimait sa vie, en tant qu'homme et en tant qu'être humain.

En résumé, il était la dernière personne dont Mary Jo et son fils eussent besoin.

Quelques semaines. Un mois, et il ne serait plus qu'un souvenir.

Gary s'assit sur sa couchette, et il eut l'impression que les murs de la chambrette se refermaient autour de lui, comme ceux d'une prison. Il tenta de faire jouer les doigts de sa main droite, les obligeant à lui obéir. En vain. Il ressentait seulement l'atroce douleur de son bras.

Il s'appuya contre le mur, épuisé par l'effort, par le chagrin. Il recommença néanmoins, bénissant la souffrance qui venait remplir son esprit, en chasser la femme, l'enfant, le chien.

Il ne devait plus s'accorder le luxe d'avoir des sentiments.

Et pourtant… L'intensité de ses émotions le surprenait. Il avait lutté pour s'empêcher de partager une complicité amicale avec Jeff, pour ne pas sourire à Mary Jo au retour de Jake. Il n'en avait pas le droit, ce n'était pas sa famille.

Malgré tout, il continuait à les voir en pensée. Mary Jo Williams. Si efficace, si… posée. Jamais elle ne se départait de son calme, quoi qu'il arrive. Pas même quand elle trouvait un homme à demi mort près de chez elle, ni quand il lui avait annoncé qu'il était un meurtrier, ni quand elle mentait au shérif, pas davantage lorsque son fils avait failli se noyer.

Elle avait dû vraiment pester de ne pas trouver d'hommes disposés à travailler pour elle. Elle était sans doute dix fois plus intelligente et capable que ceux qui refusaient d'obéir aux ordres d'une femme. Et qu'elle était belle ! Bien trop belle, avec le soleil qui allumait des flammes dans sa chevelure auburn, faisait pétiller ses yeux si verts.

Mais il lui était interdit de penser à elle de cette façon, de l'embrasser, de la laisser envahir son esprit, son corps. Par son baiser, il avait voulu lui prouver qu'il était sans scrupules, immoral, et cela s'était retourné contre lui.

Gary s'obligea à revenir à Chivita, à la tranquillité des montagnes. Il avait alors cru trouver la paix, et c'était vrai, d'une certaine manière. Son fils avait représenté un cadeau inattendu. L'admiration que lui vouait Chivita était un baume à ses blessures, et quelques-uns de ses cauchemars s'étaient évanouis.

Ne songe plus à eux. Surtout pas à Drew... Mais les souvenirs étaient fichés en lui comme les serres d'un vautour. La tête enfouie dans sa main valide, il frissonna de tout son être.

Mary Jo venait de refaire le pansement de son patient humain quand Jeff fit irruption dans la chambre.

— Le shérif !

Mary Jo se redressa.

— Vous êtes prêt ?

Il affronta son regard. Il devait être Gary Smith, le frère de l'homme qui lui avait légué la propriété. Il avait été blessé dans un accident lors de la construction du chemin de fer et il resterait ici le temps de se remettre et l'aiderait au ranch.

— Vous êtes sûre de vous ? demanda-t-il. Si j'étais découvert, cela pourrait vous causer des ennuis.

— Mais si nous renonçons, je risque de perdre la ferme, répondit-elle sans l'ombre d'une hésitation.

Elle avait mille fois envisagé le problème pour arriver toujours aux mêmes conclusions.

— Je ne connais rien aux chemins de fer, objecta-t-il.

C'était faux, il savait comment dynamiter les rails !

— A mon avis, il ne posera pas beaucoup de questions. Il sait que Tyler était un Ranger, et le père de Jeff aussi.

— Donc, vous seriez la dernière personne à abriter un tueur ?

Il avait baissé la voix et personne ne pouvait les entendre, d'autant que Jeff était retourné dans la grange afin de guetter l'arrivée du shérif.

— En effet ! rétorqua-t-elle, relevant volontairement le défi qu'il lui imposait une fois de plus.

— Et Jeff ?

— Il comprend.

— J'aimerais en faire autant.

— Pardon ?

— Comprendre pourquoi vous me protégez.

— Je vous l'ai déjà expliqué, j'ai besoin de vous.

Il ne la quittait pas des yeux, et Mary Jo frémit sous son regard intense. S'il la questionnait ainsi, c'était parce qu'il persistait à penser qu'il n'avait rien à lui offrir, bien qu'il eût sauvé la vie de Jeff. Quant aux étincelles qui crépitaient si dangereusement entre eux, elles n'amélioraient pas la situation.

Mais il n'était plus temps de réfléchir. Un grand homme élancé franchissait le seuil de la grange, le chapeau à la main. Il fit un signe de tête à Mary Jo avant de s'adresser à Gary.

— Je suis Matt Sinclair, le shérif de ce comté. Jeff m'a annoncé votre arrivée, dit-il tout en observant l'étranger avec attention.

Cet homme ne serait pas facile à berner, pensa Gary.

— Gary Smith, se présenta-t-il. Mon frère m'a

138

demandé, s'il lui arrivait malheur, de prendre soin de Mme Williams.

Il s'interrompit, jeta un coup d'œil à son bras en écharpe.

— Finalement, c'est elle qui a la bonté de prendre soin de moi !

Mary Jo constata avec soulagement qu'il s'exprimait d'une voix calme et nonchalante, que ses yeux ne révélaient pas le moindre trouble sous le regard scrutateur du shérif.

— Depuis quand êtes-vous là ?

— Quelques jours, intervint Mary Jo. M. Smith est arrivé juste à temps pour sauver Jeff de la noyade. Du coup, sa blessure s'est rouverte, malheureusement.

Matt Sinclair se tourna vers elle.

— Que s'est-il passé, au juste ?

— Jeff était allé à la pêche, il a glissé et le courant l'a emporté. Sans M. Smith...

Le shérif observa à nouveau Gary.

Etes-vous recherché ?

Oui, sans doute.

Mary Jo pria pour qu'il n'y eût pas d'affiches appelant à le capturer, et fut étonnée de sa propre réaction. Puis, remarquant le visage grave de son fils, elle frémit à la pensée du nombre de mensonges dont elle l'avait rendu complice.

A ce moment, le shérif se tourna à son tour vers Jeff, son expression s'adoucit et il demanda :

— Tu es bien remis, Jeff ?

L'enfant hocha la tête.

— Mais Jake est blessé. Il a été emporté par le courant, et quelqu'un lui a tiré dessus.

Matt Sinclair ébaucha un juron, se reprit.

— Pardon, madame Williams, mais il y a eu plusieurs génisses tuées à quelques kilomètres en aval. Je me demandais si cela avait un rapport avec l'homme que nous avons trouvé mort. Toujours pas d'étrangers alentour?

Mary Jo secoua la tête.

— Seulement Gary, et ce n'est pas vraiment un étranger. Quant à Jake, il va déjà mieux. Toutefois, je ne comprends pas pourquoi on aurait voulu le tuer.

— Ça ne peut pas être le fait d'un habitant de la région.

Le shérif regardait de nouveau Gary, et Mary Jo regretta d'avoir fait allusion à lui. Mais Matt se contenta de déclarer :

— Je suis content que vous ayez un homme à la maison.

— Si vous entendez parler de quelqu'un qui cherche du travail… dit Mary Jo.

— Je vous l'enverrai. M. Smith a-t-il l'expérience des exploitations agricoles ?

— Un peu, répondit Gary en s'approchant de Mary Jo.

Le shérif plissa les yeux, fronça légèrement les sourcils, puis il s'apprêta à prendre congé.

— J'étais juste passé voir si je pouvais vous être utile. Le cas échéant, vous me ferez prévenir ?

La question était exclusivement destinée à Mary Jo, qui rougit, sentant l'animosité s'installer entre les deux hommes. Le shérif s'intéressait à elle, et maintenant, il pressentait une menace. Gary demeurait indéchiffrable, mais elle eut l'impression de voir un cerf agiter ses bois en signe d'avertissement. Ce qui était stupide ! Leur arrangement était purement professionnel, se rappela-t-elle.

— Bien sûr, répondit-elle enfin. Merci.

— Et gardez l'œil ouvert. Il se passe des choses qui ne me plaisent pas, ces temps-ci.

Il se tourna une dernière fois vers Gary.

— Nous ne nous sommes jamais rencontrés,

n'est-ce pas ? Pourtant, votre visage me semble vaguement familier.

— Je viens du Nord, rétorqua Gary. Je ne suis jamais descendu au-delà de Denver.

— Alors, je dois me tromper, dit le shérif, qui cependant continuait à regarder Gary comme s'il voulait mémoriser ses traits. Je suis heureux que ta petite baignade n'ait pas eu de conséquences plus graves, Jeff, ajouta-t-il.

— C'est grâce à monsieur...

L'enfant s'interrompit brusquement.

— Smith, compléta le shérif. Un nom facile à retenir.

Le shérif remit son chapeau et il fixa intensément la jeune femme.

— N'oubliez pas, madame Williams, si vous apercevez un étranger, ou si vous avez le moindre ennui, envoyez-moi chercher.

— Je vous remercie.

Il franchit le seuil, et Mary Jo poussa un soupir de soulagement.

— J'ai failli... commença Jeff, bouleversé.

— Mais tu n'as rien dit, le rassura gentiment Gary. Tu as été parfait. Si tu allais voir comment se porte Jake ?

Jeff hésita, comme s'il comprenait la raison de cette suggestion. Quelque chose qu'il ne devait pas entendre.

— Vas-y, insista Mary Jo.

Ils avaient enfermé le chien dans la chambre de Jeff, afin qu'il ne fût pas tenté de se servir de sa patte malade ni de se rouler dans la boue. Il devait être tout excité, après avoir entendu les sabots du cheval. Il adorait accueillir les visiteurs.

— Vous me cachez des trucs ! protesta Jeff.

— Jeff ! le gronda Mary Jo avec une autorité dont elle usait rarement.

L'enfant fila aussitôt vers la porte, leur jeta un regard dépité, puis disparut.

Le silence dura un moment.

— Ce shérif a un faible pour vous, dit enfin Gary. Et il se méfie de moi.

— Y a-t-il eu des affiches offrant une récompense pour votre capture ?

— Pas au cours des dix ou douze dernières années.

— Et c'était pour quoi ?

Gary se raidit.

— N'auriez-vous pas dû poser ces questions plus tôt ?

— Je veux savoir si Matt Sinclair peut en trouver.

— Possible, si quelqu'un en a conservé une, mais j'étais bien différent, à l'époque.

Bien qu'elle le fixât de son regard inquisiteur, il ne s'expliqua pas davantage.

— Vous ne me direz rien, n'est-ce pas ?

— Non, répondit-il doucement. Mais je partirai, si vous le souhaitez.

— Ça vous arrangerait, hein ? rétorqua-t-elle avec colère.

— Demandez-moi de partir, insista-t-il.

Cela sonnait comme un défi. Ils étaient à quelques centimètres l'un de l'autre, et la chaleur qu'ils dégageaient aurait pu incendier la grange.

Elle effleura sa joue, qui était douce du rasage du matin.

Il frissonna, puis il la saisit par la taille, la serra si fort qu'elle entendait son cœur battre.

— Vous jouez avec le feu, madame Williams, murmura-t-il à son oreille.

Elle aurait été bien incapable de répondre. Il prit ses lèvres, avec tendresse, en un baiser qui n'avait rien à voir avec le précédent, et elle s'ouvrit à lui, réconfortante, abandonnée.

Baignée dans l'exquise douceur de leur étreinte,

142

elle ne s'attendait pas au déchaînement de passion qui s'empara de Gary. Il la serrait plus fort et le contact de sa virilité l'embrasa tout entière. Jamais elle n'avait désiré un homme avec cette ardeur primitive, incontrôlable.

Leurs corps, à travers les vêtements, jouaient une danse érotique dont Mary Jo avait honte sans pouvoir y mettre fin.

Soudain, un gémissement échappa à Gary, qui se détacha d'elle avec une telle violence qu'elle vacilla.

Bouleversée, elle vit la terrible souffrance qui hantait son regard habituellement si neutre. Il se détourna, mais les muscles de son dos étaient noués, il avait du mal à respirer. Elle était incapable de bouger. Pourtant, elle avait envie d'aller vers lui, de le toucher.

Elle n'en fit rien, car c'était la dernière chose au monde qu'il souhaitât, elle le savait. Elle ignorait quels démons l'habitaient, mais ils le rongeaient, et elle était impuissante à le soulager.

Elle ravala son désir, son besoin de lui et elle sortit de la grange, ferma la porte derrière elle.

Puis elle s'appuya au mur et enfouit son visage entre ses mains, regrettant de tout son être de ne pouvoir prendre sur elle un peu de sa douleur.

11

Gary se traita d'imbécile, de salaud.

Mais Mary Jo était si attirante, si jolie, si déterminée! La force, le courage dont elle faisait preuve pour atteindre son but l'avaient séduit dès le début.

Au nom du ciel, pourquoi le premier baiser qu'il lui avait infligé ne lui avait-il pas servi de leçon? Comment avait-il pu succomber une seconde fois à cette fabuleuse lumière qui les enveloppait dès qu'ils étaient seuls ?

Il n'avait que l'ombre à offrir...

Il aurait dû tout lui avouer, cela aurait chassé la lumière à jamais.

Pour l'instant, elle pensait qu'il avait tué pour venger la mort de sa femme et de son fils, et cela, elle pouvait l'accepter. Le reste, certainement pas. Aucune personne convenable n'en serait capable.

Il donna un grand coup de poing dans le mur. Bon sang, pourquoi ne la laissait-il pas tranquille ?

Cependant, il leur avait fait une promesse, à elle et à Jeff, et il se devait de la respecter.

Rester devenait dangereux pour lui. Il avait vu le doute dans les yeux du shérif, qui l'avait reconnu, même s'il ne savait plus le situer précisément. Il avait aussi deviné l'intérêt que l'homme portait à Mary Jo, ce qui ne faisait que renforcer ses soupçons. Il aurait parié n'importe quoi que Sinclair, sitôt rentré à son bureau, s'était mis à chercher parmi les affiches offrant des récompenses.

Il ne trouverait probablement rien, après toutes ces années. Mais le shérif était bien le genre de type à entreprendre une enquête, à garder l'œil ouvert, à essayer d'établir un lien entre le mort découvert dans la nature et un nouveau venu. Il se renseignerait sur l'identité de ce fameux Gary Smith... s'il existait. De combien de temps Gary disposait-il ?

Il n'était pas très fort en gestion, mais il s'y connaissait passablement en culture, en chevaux, en bétail, car il avait aidé à guider un troupeau jusque chez les Utes l'année précédente.

Et il était expert en hommes. Il avait appris sur le terrain à discerner les bons des mauvais, les honnêtes des tricheurs.

S'il parvenait à trouver quelques employés fiables,

144

il pourrait partir la conscience nette et, bon Dieu, ce serait déjà une bonne chose !

Toutefois, en attendant, il devait se tenir à l'écart de la femme. Et de l'enfant.

Le lendemain, Gary accompagna Mary Jo et Jeff à Last Chance. Cette expédition pour la petite ville située à environ vingt-cinq kilomètres leur prendrait toute la journée. Ils étaient partis à l'aube et ne rentreraient qu'au soir.

Mary Jo avait confié les rênes à Gary avant de grimper sur le chariot, et pour rien au monde il n'aurait manifesté la moindre hésitation sur sa capacité à diriger les chevaux d'une seule main. Jake, royal, était installé à l'arrière sur une couverture. Il avait protesté énergiquement quand il avait compris qu'on s'en allait sans lui, et c'était Gary qui avait suggéré qu'on l'emmenât afin qu'il n'essaie pas de suivre sur trois pattes.

Mary Jo avait emporté des provisions, ainsi que des gourdes d'eau et de citronnade. Ils avaient l'intention d'acheter des semences pour remplacer les plantes endommagées par les violentes pluies, du grain pour les chevaux. Et Gary essaierait de trouver de la main-d'œuvre.

Cette visite en ville était risquée, il le savait, mais rester au ranch l'était tout autant. Personne ne soupçonnerait un meurtrier, un homme recherché par les autorités, de se montrer ouvertement aux yeux de tous. Mary Jo et lui avaient décidé que mieux valait affronter directement les spéculations et les ragots.

Ils avaient abordé le sujet la veille au soir, alors que Jeff sortait Jake. Gary s'était obligé à venir souper avec eux. Il était certes tourmenté par de multiples émotions, mais il n'était pas juste d'obliger Mary Jo ou Jeff à lui apporter son repas dans la

145

grange. En outre, il n'aimait guère l'idée de se terrer à cause de sa propre stupidité.

Toutefois, un silence gênant s'était installé entre
les convives. Même Jeff, qui sentait un malaise,
s'était montré silencieux, se contentant de parler de
la santé de son chien, tout en lui donnant subrepti-
cement quelques menus morceaux de ragoût. Gary
avait compris qu'il s'agissait d'une sorte de jeu
entre la mère et le fils.

Bon sang, comme il se sentait déplacé! Il n'appartenait pas à cet univers, il y était définitivement
étranger. Jeff, perturbé par la pesanteur de l'atmosphère, s'était levé spontanément de table pour
aller retrouver son chien.

— Désolé pour tout à l'heure, dit Gary quand il
fut seul avec Mary Jo. Cela n'aurait jamais dû se
produire.

Inutile de préciser le sens de «cela».

— Je ne regrette rien, répondit-elle avec cette
incroyable franchise qui la caractérisait.

Gary aurait préféré qu'elle fût plus semblable aux
autres femmes, moins directe.

— Qu'aurait pensé votre mari? Ou l'homme
qui vous a légué cet endroit? insista-t-il, presque
méchant. Vous mentez à un représentant de l'ordre,
vous hébergez un meurtrier...

Il laissa de côté ce qu'il considérait comme plus
important encore: ce baiser qui les avait privés de
tout sens commun.

Elle ferma les yeux un bref instant.

— Mon mari vous serait reconnaissant d'avoir
sauvé la vie de son fils.

Gary, le poing serré, se reprocha amèrement sa
question. Il ne voulait rien savoir de l'époux de
Mary Jo, ni de l'autre homme de sa vie. Néanmoins,
une sorte de démon le poussait à mieux connaître
celui qui avait contribué à faire de cette femme ce

qu'elle était, ne serait-ce que pour lui prouver à quel point il n'était pas fait pour elle.

— Reconnaissant ? Sans moi, Jeff ne serait jamais allé à la rivière. S'il n'avait pas surpris…

— Le père de Jeff était un homme juste, dit-elle calmement. Il comprenait beaucoup de choses.

— Il vous manque ?

— Oui. D'ailleurs, il me manquait déjà de son vivant, car il était absent la plupart du temps. Tyler aussi.

Une profonde tristesse se lisait dans son regard, à présent, et Gary regretta de l'avoir suscitée, tout en éprouvant une sorte de jalousie. Il avait sa réponse, et cela faisait affreusement mal, même si c'était absurde. Mary Jo avait eu sa part de chagrins, pendant et après son mariage.

Il se leva pour retourner dans la grange.

— Gary !

Elle prononçait son nom le plus naturellement du monde, et il ne savait s'il en était heureux ou irrité.

— Nous devons parler de demain, reprit-elle.

Il l'interrogea du regard.

— J'ai besoin de semences pour le potager, et je crois qu'il serait bien que vous veniez à Last Chance avec moi. Pour vous montrer, expliquer votre présence aux gens. Et engager des ouvriers.

— Vous n'avez pas changé d'avis ? demanda-t-il, étonné.

— Non, répondit-elle fermement.

— Je ne saurais vous promettre que ce qui s'est passé ne se reproduira plus, insista-t-il.

— Je ne suis pas sûre de le souhaiter.

Une fois de plus, il fut pris au dépourvu par sa franchise.

— Vous avez tort, madame Williams. Je ne peux vous apporter que des ennuis.

— Je sais, soupira-t-elle.

— Vous êtes folle !

— Sans doute, dit-elle aimablement, ses yeux pétillants de malice.

Décidément, elle le désorientait toujours !

— Nous partirons à l'aube. Il faut plusieurs heures pour se rendre en ville.

Il n'avait plus rien à dire, elle avait balayé toutes ses objections, tous ses arguments...

Et voilà qu'ils étaient maintenant sur la route, tandis que le soleil montait dans le ciel, étendait son doux rayonnement matinal sur les collines dorées et les montagnes aux sommets neigeux.

Gary sentait intensément la présence de Mary Jo, à l'autre bout du banc. Pourtant, il s'était arrangé pour que Jeff s'assît entre eux, afin de ne pas avoir à subir la torture du corps de la jeune femme projeté contre lui par les cahots.

Elle portait une robe jaune pâle à la couleur un peu passée, toute simple, avec un col montant, des manches bouffantes, et elle avait posé sur ses épaules un châle de dentelle. Elle se tenait le dos bien droit, en une attitude fière mais dépourvue de rigidité, et quelques mèches s'échappaient de son sage chignon sous le chapeau de paille qui encadrait un visage légèrement parsemé de taches de rousseur.

Jeff ne cessait de bavarder, source infinie d'informations sur Last Chance. Gary pensait à l'image qu'ils offraient : l'homme, le petit garçon et la jolie jeune femme sur le chemin de la ville. Normal. Sauf que rien ne l'était, dans leur histoire. Pourtant, un long moment, Gary se permit de rêver.

Ils s'arrêtèrent vers le milieu de la matinée pour faire boire les chevaux à la rivière Cimarron, qui longeait la route. Mary Jo attacha la gourde de citronnade et la mit rafraîchir dans le courant, tandis que Jeff et Jake se tenaient à distance respectueuse de l'eau qui pourtant avait retrouvé son débit habituel.

Gary avait l'impression que le soleil accélérait sa guérison, il se sentait plus fort, son bras le faisait moins souffrir, et la blessure à sa jambe n'était plus qu'une vague gêne.

Il était un peu serré dans ses vêtements, et il lui était fort désagréable de porter les effets d'un défunt. Heureusement, il avait au cou le collier de son fils, caché sous la chemise de coton bleu.

Avant de reprendre la route, il mangea une tranche de pain frais avec du fromage, but de la citronnade, et cela éveilla en lui une bouffée de lointains souvenirs. Il n'avait rien bu de tel depuis son enfance, quand toute la famille s'asseyait sous le porche, une fois la journée de travail terminée. Il avait alors tellement envie de fuir la ferme, de courir le monde ! Il ignorait combien cette vie lui manquerait, plus tard.

Avec l'aide de Mary Jo, il attela de nouveau les deux chevaux au chariot, tandis que Jeff installait Jake à l'arrière. Gary sentit monter en lui une chaleur devenue familière quand Mary Jo se hissa gracieusement sur le siège, découvrant ses mollets.

Jeff avait préféré cette fois rester avec son chien, et le parfum de Mary Jo troublait beaucoup trop Gary, qui fit claquer les rênes afin que les chevaux accélèrent l'allure. Last Chance serait toujours trop loin, pour lui !

La petite ville avait été manifestement érigée dans le but de s'enrichir grâce aux mineurs venus chercher de l'or et de l'argent sur le territoire des Indiens. Il y avait une banque, une forge, deux saloons, une scierie, un petit hôtel, le bureau du shérif et quelques bazars qui offraient tout le matériel nécessaire aux mineurs : piolets, bêches, batées, vêtements chauds, armes et munitions, cartes.

Gary en prit une et s'aperçut que les routes

menaient tout droit vers les terres qui avaient été attribuées aux Utes par le dernier traité. Il savait ce que valaient ces traités, surtout lorsque des cartes suggéraient la présence de métal précieux dans cette région! Gary prit aussi un exemplaire de *L'Echo des Montagnes* qu'il parcourut rapidement.

Mary Jo lui avait donné un peu d'argent, et il s'acheta deux chemises sombres, un pantalon de grosse toile ainsi qu'un chapeau. C'était une avance sur son salaire, avait-elle dit. Il répugnait à accepter, mais il détestait plus encore porter les vêtements de son défunt mari. Dès qu'il serait retourné dans ses montagnes, il la rembourserait en lui donnant un de ses chevaux. Tout de même, cela l'irritait d'être obligé d'accepter son argent!

Ensuite, il l'aida à choisir des graines qui auraient encore une chance de germer malgré la saison avancée.

— Il nous faut aussi des fers pour marquer les bêtes, dit-elle.

— Vous n'êtes pas en train de mettre la charrue avant les bœufs?

— Nous ne reviendrons pas avant un moment, et je vous fais confiance, répondit-elle.

Gary eut la gorge serrée. Il ne voulait pas qu'on eût confiance en lui. Personne. Mais ce n'était pas le moment de discuter, et il se contenta de hausser les épaules.

— Comment les voulez-vous?

— Gravés Cercle J, comme Jeff.

— Pourquoi n'iriez-vous pas chez le forgeron pour lui expliquer ce que vous voulez, pendant que je ferai un tour au saloon? J'y trouverai peut-être des hommes qui cherchent du travail.

— Au saloon? répéta-t-elle, sceptique et un peu réprobatrice.

Il se rappela l'homme qui avait failli mettre le feu à sa grange.

— C'est là, en général, que l'on découvre les gens disponibles, ou qu'on en entend parler.

Il marqua une pause avant de reprendre :

— Ecoutez, ça ne sera pas facile. Ils sont tous rendus fous par l'attrait de l'or et de l'argent.

Or il fallait qu'il trouve ces hommes, et vite. Il ne voulait plus être seul avec Mary Jo, et il avait hâte d'avoir mis le ranch sur les rails afin de pouvoir quitter cette satanée vallée.

Elle avait dû deviner ses pensées, car la petite étincelle espiègle passa de nouveau dans son regard. Elle semblait toujours amusée par sa lutte intérieure. Si seulement il avait pu trouver quelque humour à la situation, lui aussi !

Toutefois, elle ne dit rien. Il s'était aperçu qu'elle choisissait ses batailles, renonçant aux escarmouches qui lui paraissaient peu importantes. Il aurait préféré ne pas le constater, de même qu'il se maudissait de s'attacher à elle de plus en plus. Bon sang, l'attirance sexuelle était une chose, mais s'il fallait en plus que l'affection s'en mêlât !

Il rabattit son chapeau sur ses yeux et attendit son approbation.

— D'accord pour le saloon, dit-elle enfin avec un petit sourire. Jeff et moi irons chez le forgeron, puis à la scierie. Nous aurons besoin de matériaux pour construire un baraquement.

Il hocha la tête. Il n'était plus surpris par son optimisme inébranlable, ni par cette incroyable foi qu'elle avait en lui, comme s'il pouvait accomplir des miracles. Sapristi, il s'enlisait à chaque instant dans ses sables mouvants, et c'était sacrément plus dangereux que les fonds de la rivière Cimarron !

Mary Jo Williams l'avait-elle provoqué par la seule force de sa volonté, ou était-ce de la chance pure et simple, Gary ne le saurait jamais. En tout cas, il rencontra ce jour-là deux hommes qui lui semblaient convenir. Ils avaient perdu leur emploi dans un ranch voisin, après le grand rassemblement de printemps du bétail, et ils étaient au saloon afin de prendre une décision. Iraient-ils vers le nord s'engager comme ouvriers agricoles, ou à l'ouest pour tenter de trouver de l'or ?

Gary écoutait leur discussion avec intérêt. Ils semblaient pencher pour la première solution. Ils n'avaient pas d'argent pour acheter du matériel, et ils ne tenaient guère à se retrouver en territoire indien, car ils avaient entendu dire…

Ils semblaient honnêtes, et, d'après leurs mains calleuses, ils ne devaient pas rechigner à la besogne. L'un d'eux croisa le regard de Gary et ne détourna pas les yeux, ce qui lui plut. Il observait aussi leur consommation d'alcool. Deux bières, pas davantage, et ils les sirotaient, comme des hommes qui apprécient un moment agréable, au lieu de les ingurgiter comme des ivrognes invétérés.

Gary les écouta encore un peu avant de s'approcher.

— Je n'ai pas pu m'empêcher d'entendre, expliqua-t-il tandis que les hommes l'examinaient de haut en bas. Je cherche quelques employés, à l'année.

L'un des deux posa sa cannette de bière.

— Combien de têtes de bétail ?

— Peu pour l'instant, mais le propriétaire a l'intention d'agrandir son troupeau.

— De quel ranch s'agit-il ?

— Le Cercle J, à environ vingt-cinq kilomètres en direction du sud.

— Jamais entendu parler.

— Ça viendra, affirma Gary. La paye est bonne. Trente-cinq par mois, logés nourris.

Le second homme, silencieux, s'était contenté jusqu'à présent d'observer Gary.

— On travaillerait pour vous ? demanda-t-il enfin.

— Je suis régisseur. Le propriétaire est une femme. Une veuve. Le premier boulot sera de construire un baraquement. En attendant, vous dormirez dans la grange.

Autant mettre les choses au point tout de suite. Les deux hommes se concertèrent du regard, puis le second déclara :

— Je m'appelle Durant. Ed Durant. Et lui, c'est Tucker Godwin. Tout le monde dit Tuck.

— Gary Smith.

— Qu'est-ce que vous avez au bras ?

Ils s'évaluaient mutuellement, et la question était normale.

— Accident de chemin de fer.

— Vous avez l'intention d'épouser la veuve ?

— Je l'aide seulement. Elle était fiancée à mon frère, mais il est mort.

Dieu, il avait horreur de mentir !

— Elle cuisine bien, poursuivit-il.

Cet argument sembla emporter la décision.

— Eh, pourquoi pas ? dit Durant, épanoui, avant de se tourner vers son camarade. On pourrait essayer, non ?

Le nommé Tuck hésita un instant.

— On travaillait au ranch Bryant, si vous cherchez des renseignements.

Gary secoua la tête. Il avait appris pendant la guerre à porter un jugement rapide sur les hommes. Il examina Tuck avec un intérêt renouvelé. Un régisseur possible. Il avait un regard franc, intelligent.

— Quand pouvez-vous commencer ?

Tuck haussa les épaules.

— Aujourd'hui, si vous voulez. Nos affaires sont là, devant.

— Parfait ! Nous allons nous rendre à la scierie où se trouve Mme Williams. Partez devant, je vous suivrai à pied.

Il se dirigea vers la porte avec ses deux nouvelles

recrues, puis il s'arrêta, regarda à l'extérieur. On n'était jamais trop prudent !

Deux cavaliers arrivaient en ville venant de l'est, et l'un d'eux retint l'attention de Gary. Le chapeau rabattu sur les yeux, il se fondit dans l'ombre pour l'observer plus attentivement.

L'homme était aussi dissimulé par son chapeau, mais il avait une allure désagréablement familière. Puis Gary aperçut l'éclat de l'argent sur sa selle, au moment où l'homme se tournait légèrement vers lui. Les souvenirs, amers, violents, le submergèrent tout à coup. Il recula davantage jusqu'à ce que les cavaliers soient passés, espérant que les deux nouveaux ouvriers ne remarquaient pas son manège. Mais ils étaient déjà en train de se mettre en selle.

Il prit le chemin de la scierie, qui se trouvait dans la direction opposée à celle empruntée par les cavaliers. Toutefois, il se sentait... pris au piège. Si seulement il avait un cheval ! Et un fusil, et la possibilité de s'en servir !

Mary Jo marchandait le prix des matériaux avec le vendeur, et elle sourit en voyant arriver Gary. Puis elle aperçut les deux hommes qui l'accompagnaient, et son sourire s'élargit encore, lumineux, merveilleux.

— Je savais bien qu'il nous faudrait du matériel de construction !

Mary Jo se tourna vers son compagnon taciturne. Les deux nouveaux employés suivaient le chariot. Des hommes calmes, qui l'avaient considérée avec une curiosité non dénuée de respect. Elle ne s'était pas trompée sur Gary Foster. Il était bien la réponse à ses problèmes.

Jake et Jeff étaient sur le banc avec eux, car l'arrière du chariot était plein de planches. La jambe de la jeune femme touchait celle de Gary...

Il avait tenté de l'installer à l'autre bout, mais elle avait d'autorité grimpé à ses côtés, elle voulait se trouver près de lui, partager son succès avec lui. Cependant, il ne semblait pas d'humeur à se réjouir. Il s'était renfermé dans son univers personnel, comme souvent. Pas de sourire, pas de triomphe commun, rien. Il était aussi vivant qu'un morceau de bois.

Elle se demanda une fois de plus pourquoi elle l'avait forcé à entrer dans sa vie et dans celle de Jeff. Visiblement, il ne se sentait pas bien, parmi eux. Elle avait eu beau se dire que c'était pour le bien de Jeff, pour l'avenir de Jeff, elle devait s'avouer que c'était aussi pour elle. Pour le Cercle J.

Ce qu'elle refusait de reconnaître, c'était qu'elle avait besoin de Gary pour autre chose. Cependant, chaque fois qu'ils s'effleuraient, à chaque secousse de la route, elle se rendait compte qu'il y avait davantage entre eux qu'un arrangement pratique. Quand elle osait le regarder dans les yeux, elle savait. Il savait aussi, et il détestait ça. Elle aurait dû réagir de la même façon, car elle ne pouvait s'offrir le luxe de s'attacher à un homme comme Gary Foster.

Il était le moyen d'arriver à son but. Envoyé par le ciel ou par l'enfer, elle l'ignorait. Mais il ne devrait jamais être autre chose pour elle, ni pour Jeff.

Le moyen d'atteindre son but, rien de plus.

12

Il faisait nuit noire quand ils rentrèrent au ranch, et ils entreprirent la construction du baraquement dès le lendemain matin. Ils avaient prévu un bâtiment de taille modeste, juste une pièce assez grande pour abriter une dizaine de lits pliants, mais c'était un début. Le début du ranch Cercle J.

Tout le monde s'y mit. Les deux nouveaux ouvriers travaillaient plus dur que les autres, mais Jeff planta des clous, Mary Jo aussi, qui ne délaissait pas pour autant la cuisine. Quant à Gary, il fit de son mieux pour se rendre utile avec un seul bras. Pourtant, un sentiment de frustration se lisait sur ses traits, seule émotion que Mary Jo pût constater depuis qu'ils avaient quitté Last Chance. Il s'était fermé à elle et à Jeff aussi sûrement que s'il avait changé de continent.

Il menait les hommes et lui-même avec fermeté, et elle savait que c'était parce qu'il voulait en finir le plus vite possible et s'en aller.

Mary Jo les invita tous les trois à souper avec son fils et elle, le premier soir après le travail, mais Gary déclina son offre.

— J'aimerais visiter un peu le domaine, dit-il. Il reste encore trois bonnes heures avant la nuit.

Le ranch comprenait deux cent cinquante hectares de terrain non clos. Les fermiers marquaient leur bétail puis le laissaient en liberté jusqu'au rassemblement de printemps. Les veaux restaient près de leur mère, si bien qu'il n'était pas très compliqué de savoir à qui ils appartenaient, tant que la confiance et l'honnêteté régnaient entre voisins.

Mary Jo l'observa, mais il était imperturbable, comme s'il avait effacé de son visage toute espèce d'émotion.

— Jeff connaît bien le domaine, il ira avec vous.

— Non, répondit sèchement Gary. Il vaut mieux que je sois seul pour me faire une idée. Mais il me faut un cheval, ajouta-t-il après une brève hésitation.

— Ma jument est un peu petite. Prenez plutôt celui de Jeff. L'un des hommes vous le sellera.

— Je m'en chargerai moi-même. Ils ont travaillé

156

assez dur, ils n'ont pas besoin en plus de me materner.

Il était toujours aussi indéchiffrable, mais au ton de sa voix, elle devina qu'il rageait intérieurement.

— Très bien, dit-elle seulement.

Inutile qu'elle lui propose de l'aider, il aurait été encore plus mortifié. D'autre part, il savait ce qu'il faisait.

Elle le regarda descendre les marches du perron. Il avait envie d'être seul, c'était évident. Il ne l'avait pas été beaucoup depuis qu'il était arrivé au ranch, lui qui semblait si avide de solitude. Etait-il ainsi avec sa femme, aussi indépendant ? Et elle, à quoi ressemblait-elle, cette Indienne qui avait su sinon l'apprivoiser du moins le garder près d'elle pendant plusieurs années ? Elle ne put s'empêcher de se demander aussi s'il l'embrassait comme il l'avait embrassée, avec cette passion qui fondait fugitivement en élan de tendresse…

Jeff se précipita sous le porche, pour demander à Gary où il allait.

— Faire un tour à cheval, répondit celui-ci.

— Je viens avec vous !

— Non.

Gary se tut un instant avant de reprendre plus gentiment :

— Il te faut du repos. La journée de demain sera plus dure encore que celle-ci.

Sur ce, il fit rapidement volte-face, de telle façon qu'il ne put voir le visage de l'enfant se décomposer. Mary Jo sentit une bouffée de colère l'envahir. Elle savait, elle, qu'il restait seulement parce qu'il y était obligé, mais son fils, bien qu'il se prît pour un adulte, n'y comprenait rien.

Elle ne supportait pas de le voir malheureux. En ce qui la concernait, elle jouait avec le feu, mais elle était certaine de pouvoir rester maîtresse de la situation. Pour Jeff, c'était une autre histoire…

Elle demeura silencieuse, durant le souper, se contentant d'écouter ses nouveaux employés afin de se faire une opinion sur eux. Tous deux étaient des ouvriers agricoles expérimentés qui allaient là où le travail les menait. Ils s'adressaient peu à elle, mais répondaient volontiers aux incessantes questions de Jeff. Cependant, malgré l'intérêt qu'ils éveillaient chez l'enfant, celui-ci ne cessait de guetter le retour de Gary.

Comme il ne revenait pas, Mary Jo eut soudain peur qu'il ne fût retourné dans les montagnes avec le cheval de Jeff. Il en avait le droit. Elle avait promis de lui donner une monture, et il avait engagé deux hommes. Il n'avait jamais précisé combien de temps il resterait.

Les nouveaux employés se retirèrent. Ils logeraient dans la petite chambre de la grange, Gary ayant déclaré qu'il préférait dormir à la belle étoile.

Jeff, épuisé par la dure journée de labeur, ne tarda pas à aller se coucher avec son chien. Après avoir longtemps erré dans la maison, Mary Jo sortit sous le porche. Elle envisagea de seller sa jument et de se lancer à la recherche de Gary, mais cela ne servirait à rien. Ou bien il rentrerait de lui-même, ou bien il était déjà à mi-chemin des montagnes.

D'ailleurs, elle ferait mieux de s'habituer tout de suite à cette éventualité.

Pourtant, elle ne retourna pas dans la maison. Elle resta là à attendre, comme elle attendait autrefois...

Gary était content d'avoir pu seller sa monture tout seul. Il se sentait moins maladroit, mais Dieu, qu'il y avait mis du temps ! D'ailleurs, tout lui prenait du temps.

Enfin sur le cheval, il se sentit libre pour la première fois depuis qu'il avait été blessé. Roi Arthur était un animal vif, bien entraîné, et il se demanda si c'était le père de Jeff — l'époux de Mary Jo — qui s'était chargé de le dresser. Malgré tout, son propre cheval pie, si docile, si intuitif, lui manquait terriblement.

Il serra les genoux et lança sa monture au galop vers les montagnes. La tête renversée en arrière, il laissait le vent lui fouetter le visage. Il avait beaucoup appris durant les années passées avec les Indiens. Ils organisaient souvent des concours durant lesquels ils exécutaient des figures de voltige, et si Gary ne maîtrisait pas parfaitement cet art, il était capable de diriger un cheval d'une pression de jambe, d'un geste de la main.

Enfin il ralentit l'allure par égard pour l'animal dont la bouche écumait.

Il mit pied à terre au sommet d'une colline, d'où il pouvait voir le ranch de Mary Jo, mais aussi ses chères montagnes. C'était bien vers elles qu'il aurait dû se diriger. Elles représentaient tout son avenir.

Il avait reçu un choc en voyant cet homme, en ville. Jamais il n'oublierait Clayton Kelly. Jamais. Ils avaient combattu ensemble aux côtés de Bill Anderson pendant la guerre, et ensuite Kelly s'était forgé une réputation de cruauté qui n'avait rien à envier à celle des frères James. Il dévalisait des banques, n'hésitant pas pour cela à tuer, avec toutefois moins de brio que Jesse et Frank. Il était tout simplement habitué à tuer, et il ne prenait pas la peine d'épargner les femmes et les enfants.

Que faisait-il dans une petite ville comme Last Chance ? Qui l'accompagnait ?

Les souvenirs rongeaient Gary depuis qu'il avait vu Kelly, et il ne cessait de penser aux vaches dont avait parlé le shérif, à la balle reçue par Jake. Kelly et ses hommes se cachaient-ils dans la région pour échapper à la justice ou préparaient-ils un mauvais coup ? En tout cas, c'était inquiétant. Or, Gary ne pouvait agir sans révéler sa véritable identité.

Et puis il y avait ce journal où l'on parlait d'une prochaine rencontre entre les Utes et le gouvernement afin de renégocier le traité qui attribuait aux Indiens des terres dans les montagnes de San Juan. Il s'agissait évidemment d'une nouvelle tentative pour les repousser hors du Colorado, les reléguer dans les montagnes arides de l'Utah.

Ce qui rappela à Gary ses obligations envers Manchez et son peuple. Seigneur, il fallait absolument qu'il aille lui dire que sa sœur et son neveu avaient été vengés.

Gary se sentait las, dégoûté, malade. Il avait depuis longtemps décidé qu'il ne voulait plus se charger de responsabilités, et il se retrouvait déchiré entre Manchez et son peuple, Mary Jo et son fils.

Et il se sentait incapable de protéger les uns comme les autres.

Mary Jo vit approcher un Gary aux épaules basses. Il montait en souplesse, avec ce rythme naturel qui manquait encore un peu à Jeff, bien qu'il eût grandi avec Roi Arthur.

Comme il préférait dormir dehors, il avait sorti quelques couvertures qu'il avait laissées près de la grange avant de partir.

Mary Jo s'approcha et attendit qu'il eût mis pied à terre. Il parvint à desseller son cheval d'une seule main, puis il laissa Roi Arthur gambader dans le corral avant de rejoindre la jeune femme.

— Vous avez eu peur que je vole votre cheval ?

Le ton était ironique mais ne contenait aucune trace d'accusation.

— Je vous ai déjà dit que vous pouviez en prendre un. Si vous le souhaitez, partez sur-le-champ.

— Est-ce une invitation à le faire?

— Je ne sais pas ce que c'est, dit-elle avec une sorte de désespoir dans la voix.

Elle voulait qu'il reste, elle voulait qu'il s'en aille, elle était un peu perdue.

Il se détourna.

— C'est une bonne terre à pâturage, déclara-t-il. Il y avait des bisons, autrefois, mais plus maintenant.

— Vous pensez encore aux Indiens, répliqua Mary Jo après un bref silence. Ce peuple dont vous ne vouliez pas qu'il soit accusé de...

— ... de ce que j'ai fait. Ils ont beaucoup chassé sur ces terres. Il y a douze ans, il y avait tellement de bisons qu'on pouvait chevaucher des journées entières au milieu de leurs troupeaux. Puis les chasseurs sont venus, et ils ont été exterminés en quelques années. On prenait seulement leur peau, et leurs cadavres pourrissaient sur place.

— Vous êtes resté tout ce temps avec les Utes? murmura-t-elle.

— Presque.

Il dirigea son regard vers les montagnes.

— Comment? Pourquoi?

Elle n'avait pu se retenir de poser les questions qui la taraudaient depuis des jours.

— Comment? Je vivais dans les montagnes, et une tribu avait installé son campement non loin. Je faisais du commerce avec eux, et je me suis aperçu qu'ils étaient sacrément plus civilisés que la plupart des Blancs. Ils m'ont rapidement adopté.

Il évitait son regard, et elle sut qu'il lui cachait quelque chose. Beaucoup de choses.

— Chivita?

— Cela n'est pas votre affaire, dit-il, glacial, en s'éloignant. Je vais aller dormir, maintenant.

— Gary!

Il s'immobilisa sans se retourner, et elle vint le rejoindre.

— Jeff… eh bien, Jeff était malheureux, ce soir.

— Je suis désolé. Vous et moi savons que c'est un arrangement temporaire, mieux vaut qu'il en soit conscient, lui aussi.

— Mieux pour qui ?

— Ne me poussez pas à bout, Mary Jo.

— Pourquoi êtes-vous revenu, cette nuit ?

Il se tourna enfin vers elle.

— J'ai mes raisons, madame Williams.

Regrettait-il déjà sa familiarité ?

— Tant que vous demeurez parmi nous, essayez de ne pas le blesser, insista-t-elle. Il est vulnérable, après tous les chagrins dont il a souffert.

— Vous avez souffert aussi.

— C'est différent, j'avais choisi. Choisi d'épouser un Ranger, choisi de vivre à la garnison. Lui, il n'a rien décidé, il a dû se contenter de subir.

— Je ne crois pas qu'il aurait préféré une autre vie, dit lentement Gary.

Il avait raison. Jeff ne cessait de parler de son père, de Tyler, des Rangers. Elle lui avait imposé cet univers, il n'en connaissait pas d'autre. Jamais il n'avait vécu dans la sécurité, la paix, or, c'était ce qu'elle voulait pour lui maintenant et, ironie du sort, elle essayait d'y parvenir avec l'aide d'un homme dangereux, aussi capable de tuer que ceux qu'elle avait aimés avant.

Elle se demanda si elle serait toute sa vie attirée par ce genre de personnalités.

Mais elle n'était pas obligée de céder à cette attirance ! Qu'elle profite de son appui temporaire, et qu'elle le laisse partir.

Mary Jo se dirigea vers la maison, monta les marches du perron, rassemblant toute la force de sa volonté pour ne pas se retourner.

La construction du baraquement avançait plus vite que Mary Jo n'aurait imaginé.

Le deuxième jour, plusieurs de ses voisins arrivèrent pour l'aider, avertis par le shérif qui leur avait aussi parlé de la présence de Gary.

Les Abbot, les frères Evans, la famille Green, tous vinrent avec des outils et de la nourriture. Pourquoi maintenant ? Mary Jo connaissait la réponse. Jamais ils ne l'avaient crue capable de s'en sortir toute seule. A présent qu'elle disposait de main-d'œuvre masculine, c'était différent. La jeune femme était partagée entre la gratitude et le ressentiment.

Elle observa la réaction de ses voisins vis-à-vis de son nouveau régisseur. Ils manifestèrent d'abord de la curiosité, puis du respect quand Jeff leur raconta que Gary lui avait sauvé la vie malgré ses blessures. Les fermiers n'étaient pas des gens indiscrets, et ils jugeaient les gens sur ce qu'ils étaient, non en fonction de leur passé. Les questions personnelles étaient jugées de mauvais goût, dans cet univers, et, tout en jetant de fréquents coups d'œil à Gary Smith, ils respectaient son silence et sa réserve.

Vers le milieu de la matinée, Gary disparut un instant dans la maison, et Mary Jo le soupçonna d'être allé retirer le collier avec l'aigle. En effet, il ne le portait plus quand il se débarrassa de sa chemise, un peu plus tard, afin de se laver avec les autres hommes. C'était pour elle qu'il avait agi ainsi, elle le savait, pas pour lui, car il n'avait absolument pas honte de sa femme indienne.

Joe Abbot, dont l'épouse avait apporté un jambon entier, vint trouver Mary Jo à la fin de cette journée.

— Vous avez déniché un fichtrement bon régisseur, madame Williams. Il m'a dit que vous vouliez acheter des veaux ? Envoyez-le-moi quand on en aura fini avec cette cabane. On parlera affaires.

Mary Jo hocha la tête, étouffée de colère. Six mois auparavant, elle avait demandé à ce même individu de lui céder quelques têtes de bétail, et il avait prétendu qu'il n'en avait pas à vendre.

— J'ai entendu parler de votre chien, poursuivait Abbot avec un coup d'œil en direction de Jake, assis sous le porche. Aucun d'entre nous tirerait sur cet animal. Y a des choses bizarres, en ce moment, et on est drôlement contents que vous ayez de l'aide. Ce M. Smith connaît son affaire, et les deux employés... on pourrait les embaucher pour le grand rassemblement de printemps.

Sur ce, il toucha le bord de son chapeau avant de prendre congé.

Ainsi Gary Smith était accepté. Il avait réussi en une journée là où elle avait échoué en un an. Comment cela évoluerait-il après son départ ?

Ne pas y penser...

Elle regarda Gary s'éponger le visage. Il avait travaillé dur, aussi dur que tout le monde. Il avait porté des poutres, les avait tenues en place d'une seule main pendant que les autres plantaient des clous... Toutefois, on le sentait exaspéré par son incapacité à en faire davantage.

Au bout d'une semaine, le bâtiment était habitable, sinon confortable. Des couchettes de bois avaient été fabriquées et Mary Jo avait improvisé des matelas de foin. Elle en achèterait de plus douillets à leur prochain voyage en ville.

Gary regagnait rapidement des forces, ainsi que quelques sensations dans les doigts de sa main droite, qu'il ne pouvait cependant toujours pas fermer. Mary Jo le voyait souvent s'exercer, le visage déformé par la douleur et par la rage de ne pas obtenir le résultat souhaité. Ce spectacle la bouleversait chaque fois.

164

Il tentait aussi d'améliorer son habileté de la main gauche. Il avait refusé qu'elle le rasât de nouveau, et la barbe commençait à envahir ses joues, quand un matin, il apparut le visage lisse, avec juste quelques petites coupures par endroits. Incidents qui diminuèrent au fil des jours. Chaque soir, à l'heure du souper, il partait à cheval, son colt à la ceinture, et Mary Jo était certaine qu'il allait s'entraîner à tirer de la main gauche.

C'était aussi une excuse pour se tenir à l'écart de la mère et du fils, elle en était consciente.

Elle lisait tristesse et déception dans le regard de Jeff, mais Gary avait raison, c'était mieux ainsi.

Le soir où la cabane fut enfin terminée, elle se rendit aux écuries avant qu'il pût s'en aller.

— Restez pour le dîner, dit-elle. Ensuite, je voudrais vous parler.

Il hésita un moment avant d'acquiescer.

Les yeux de Jeff brillaient de plaisir quand il vit Gary s'installer à table et expliquer aux ouvriers ce qu'ils auraient à faire, en particulier réparer les clôtures. Il y avait aussi quelques animaux qui portaient encore la marque C du précédent propriétaire. Ed Durant et Tuck Godwin iraient à leur recherche, pendant que Gary achèterait des têtes de bétail supplémentaires. Il faudrait aussi d'autres chevaux.

Quand les deux employés se furent retirés, Gary resta de mauvaise grâce. Il lançait de fréquents coups d'œil vers la porte, comme s'il était pressé de s'enfuir.

— Joe Abbot a dit qu'il me vendrait — qu'il vous vendrait — des veaux, dit Mary Jo en s'asseyant en face de lui. M'accompagnerez-vous chez lui demain?

Il la gratifia d'un bref hochement de tête.

Mary Jo hésita un peu.

— Je n'ai pas beaucoup d'argent.

Gary croisa son regard. Il ne voulait pas poser de questions, car il détestait lui-même être interrogé. Pourtant, il fallait qu'il sache, s'il voulait l'aider efficacement.

— J'ai commencé avec deux mille dollars, en plus du ranch, l'informa-t-elle. Maintenant, après l'achat du matériel, des graines, du bois, il m'en reste mille huit cents. Assez pour vivre jusqu'au printemps prochain.

— N'oubliez pas les hommes que vous avez engagés, lui rappela Gary, sceptique.

— Et vous.

— Je ne veux rien, coupa-t-il. Mais même comme ça, ce sera juste.

— Je sais. J'espère obtenir un prêt de la banque quand ils verront que le ranch prospère.

Il se fit de glace.

— La banque de Last Chance ? C'est là que vous placez votre argent ?

Elle hocha la tête, tout en s'étonnant de cette question. Gary ne parlait jamais à tort et à travers, mais pourquoi n'aurait-elle pas confié son argent à une banque ?

— Et, reprit-il, que se passera-t-il si on vous refuse ce prêt, si vous n'avez pas de bétail à vendre au printemps ?

Cette question, elle la retournait sans cesse dans sa tête. Mais elle avait tout misé sur le succès de son entreprise, et elle avait toujours refusé d'envisager l'échec, même quand tout allait mal, quand elle n'arrivait pas à engager un ouvrier convenable. Et puis Gary Foster était arrivé, sorte d'ange gardien.

Plutôt douteux, comme ange, se rappela-t-elle, et peu disposé à jouer ce rôle.

— Je n'y pense pas, répondit-elle enfin. J'aime cette vallée et je veux que Jeff y grandisse.

Il esquissa un mince sourire.

— Eh bien, nous verrons tout ça demain, dit-il en se levant pour mettre un terme à la discussion.

— Vous avez besoin d'un cheval à vous.

Il marqua un léger temps d'hésitation.

— Si vous me confiez Roi Arthur deux jours — si Jeff accepte de me le confier —, je peux trouver quelques bons chevaux dans les montagnes.

Elle savait de quelles montagnes il voulait parler, et elle en reçut un coup au cœur tout à fait inattendu. Dans le regard de Gary revenaient la nostalgie, la douleur.

Jeff avait suivi la conversation avec un intérêt passionné. Mary Jo n'y voyait aucun inconvénient, puisque le Cercle J représentait son avenir.

— Je pourrais aller avec vous ? demanda-t-il.

— Il faut que quelqu'un reste pour veiller sur ta mère.

— Elle n'aurait qu'à venir aussi !

— Nous n'avons pas assez de chevaux, objecta Gary.

— Je monterais l'un des chevaux de trait, insista l'enfant.

Le visage de Gary se durcit.

— Je serai accueilli par les Utes, sur leur territoire.

— Je m'en moque ! rétorqua vaillamment Jeff malgré toutes les histoires atroces qu'il avait entendues dans son enfance.

— Pas moi ! intervint Mary Jo.

C'en était assez ! Gary se fiait aux Indiens, mais elle n'avait aucune intention de risquer la vie de Jeff.

— M. Smith ira plus vite sans nous, reprit-elle.

— Je partirai dans quelques jours, quand je serai certain que Tuck et Ed restent travailler au ranch.

Comme plusieurs fois depuis le début de leur entretien, Mary Jo eut la troublante impression que Gary lui cachait quelque chose, qu'il était tracassé.

Pourtant, lorsqu'il se dirigea vers la porte, elle ne

put trouver les mots pour lui demander ce qui n'allait pas, et, sur un signe de tête, il sortit, Jeff derrière lui.

Au bout d'un moment, Jake se leva sur trois pattes pour aller gratter au battant. Mary Jo lui ouvrit, puis elle sortit afin de prendre l'air et fit quelques pas en direction de la grange.

Jeff et Gary étaient en grande discussion.

Dans le soleil couchant, elle vit Gary seller le cheval de Jeff. Il portait son holster, et elle eut la gorge serrée en surprenant les paroles qu'échangeaient le régisseur et son fils.

— Vous m'emmènerez, un jour, pour que je m'exerce à tirer? demandait l'enfant.

Gary cherchait visiblement une échappatoire.

— Je ne crois pas que cela plairait à ta mère.

— Mais si! s'écria Jeff. Ty m'a montré comment on tirait à la carabine et au revolver, mais je voudrais m'entraîner à dégainer plus vite.

— Pourquoi?

— Je veux devenir un représentant de la loi.

— Je croyais que tu devais être fermier.

— C'est ce que voudrait m'man, mais je serai Ranger, comme mon papa.

Il leva les yeux vers Gary.

— Vous avez déjà travaillé dans les forces de l'ordre?

— Non.

— Soldat, alors?

Gary hésita, puis il sembla deviner la présence de Mary Jo, et il croisa son regard. Comme son fils, elle attendait une réponse, le souffle court. Tant de mystère entourait Gary Foster!

— Non, dit-il enfin.

Son regard avait vacillé. D'habitude, il ignorait les questions qui le dérangeaient, mais cette fois, il mentait, Mary Jo en était intimement persuadée. Et elle se demandait la raison de ce mensonge. Il n'y avait rien de honteux à avoir été soldat, quelque côté qu'il eût choisi.

Il ne lui laissa pas le temps de s'interroger davantage. Détachant d'elle son regard, il reporta son attention sur l'enfant.

— Ne sois ni soldat ni Ranger, Jeff. Tu serais peut-être obligé de tuer, et tuer, cela change un homme pour toujours. Tu ne peux plus revenir en arrière, tu n'es plus jamais comme avant.

— Mais vous...

— Moi ? dit Gary, amer. J'ai tué, Jeff, parce que cela me devenait facile, sacrément facile. J'ai perdu mon âme il y a bien longtemps, et je ne veux pas que cela t'arrive, ajouta-t-il, la voix rauque d'émotion.

— Tout le monde a une âme, protesta Jeff, consterné.

Gary esquissa un sourire.

— Si c'est le cas, la mienne est en bien mauvais état.

Jeff réfléchit un instant.

— Mais on peut sûrement la réparer ?

Gary secoua la tête.

— Il y a des choses irréparables, Jeff.

L'enfant regardait le holster.

— Pourtant, vous portez encore une arme.

Gary haussa les épaules en sanglant Roi Arthur d'une seule main.

— Je veux quand même apprendre à dégainer vite, insista Jeff.

— Alors, il te faudra trouver un autre professeur ! lança sèchement Gary en se mettant en selle avec aisance malgré ses blessures.

Il se tourna vers Mary Jo.

— Ne m'attendez pas.

13

Gary visa, appuya sur la détente. La balle se logea à droite de la cible. Largement à droite.

Il maudit sa maladresse. Et ce satané revolver. Il le détestait. Autrefois, il avait pensé ne plus jamais se servir d'une arme contre un être humain, puis il avait tué trois hommes. Froidement, de propos délibéré. Alors, il avait compris qu'il ne s'était pas vraiment débarrassé de son passé, que le diable était resté tapi dans son âme, attendant une occasion de se montrer.

Il s'était remis à tuer pour venger sa femme et son fils, sous prétexte que l'être capable d'assassiner un enfant innocent méritait la mort, qu'il fallait l'empêcher de recommencer. Pourtant, c'était bien la vengeance à l'état brut qui le guidait, et cette soif du sang qu'il pensait avoir extirpée de lui des années auparavant.

Avec la disparition du dernier mineur et la blessure à son bras droit, il avait pensé que cette fois, c'était bien terminé. Mais il avait vu Clay Kelly. La mort collait à la peau de cet homme, comme elle collait à la sienne, et dès que Mary Jo avait parlé de la banque de Last Chance, il avait su pourquoi Clay se trouvait dans la région.

La banque abritait l'avenir de Mary Jo. Celui de Jeff.

Or, leur avenir devenait essentiel pour Gary, même s'il n'y avait pas sa place.

Toutefois, il ne pouvait rien dire sans révéler son passé. Et il ne voulait pas voir l'horreur se refléter dans les yeux de la femme et de l'enfant, sans compter qu'il se condamnerait à une mort infamante.

Il lui restait une seule solution : trouver Clay Kelly, qui se cachait quelque part dans les environs. Il était sûr que le bandit était responsable de la mort des génisses, de la balle dans le cou de Jake. Son instinct le lui disait, cet instinct qui était resté en sommeil dans les montagnes, alors qu'il avait trouvé une sorte de paix, mais qui se réveillait maintenant, intact.

Il ne restait que quelques minutes de lumière, et Gary fixa d'un œil mauvais la boîte de conserve qui le narguait sur sa souche pourrie.

Il visa de nouveau, concentré de toutes ses forces, comme s'il pouvait obliger sa main gauche à accomplir ce que la droite réussissait si facilement naguère, mais il manqua une fois de plus sa cible.

Y parviendrait-il avec le temps ? Il avait connu des hommes capables de tirer indifféremment d'une main ou de l'autre, pendant la guerre, mais, excellent tireur, il n'avait jamais jugé utile de s'entraîner à cet exercice.

Il visa encore. Juste un cliquetis. Le barillet était vide, et il était sacrément difficile de recharger d'une seule main. Il remit maladroitement son arme dans le holster qu'il avait gardé fixé à la cuisse droite.

Il ne nourrissait guère d'espoir en ce qui concernait l'issue d'une rencontre avec Clay Kelly. De combien de temps disposait-il avant que Kelly passe à l'action ? Il attendait quelque chose, forcément, sinon il aurait attaqué la banque le jour où il l'avait rencontré en ville. Du renfort en hommes, ou une livraison d'or, peut-être...

Il retourna vers Roi Arthur, qu'il caressa de sa main valide. L'animal frémit de plaisir, et Gary l'envia. Ce genre de sensation lui était refusé, désormais.

Après être allé chercher du bétail chez les Abbot, il se mettrait à la recherche de Clayton Kelly, dans l'espoir de le convaincre que Last Chance risquait bien d'être, comme son nom l'indiquait, la «dernière chance» pour lui. Gary le découvrirait sans peine, car il savait ce dont Kelly avait besoin pour établir un campement. Ils en avaient tant installé ensemble!

L'idée n'était guère agréable, et Gary ne pensait pas être capable de détourner Kelly de ses projets en évoquant les jours anciens. Ils ne s'étaient pas quittés les meilleurs amis du monde!

Pourtant c'était la seule solution raisonnable. Gary pourrait évidemment conseiller à Mary Jo de retirer ses économies de la banque, mais elle lui demanderait des explications qu'il ne pourrait lui fournir.

Le lendemain matin, Mary Jo, Jeff et Gary se mirent en route pour le ranch des Abbot. Mary Jo, vêtue d'une jupe-culotte et d'un corsage vert, était incroyablement jolie. Contrairement à la plupart des femmes, elle avait le bon sens de monter à califourchon et non en amazone, ce qui était préférable dans ce pays. Jeff avait proposé à Gary de monter Roi Arthur, et lui-même avait sellé l'un des chevaux de trait.

Mary Jo avait été surprise de voir Gary insister pour qu'ils l'accompagnent tous les deux.

— C'est votre bétail, votre ranch, et cela peut être instructif pour Jeff, avait-il affirmé.

Il tenta de ne pas voir le sourire radieux de l'enfant dans le petit visage constellé de taches de rousseur ni, dans celui de Mary Jo, l'étincelle joyeuse qui s'alluma dans ses yeux verts.

— Ça ne sera pas facile, les avait-il avertis, espérant qu'il ne commettait pas une erreur en les emmenant.

Mais si Mary Jo et son fils restaient pour de bon au ranch, et ils en prenaient le chemin, ils devraient apprendre à gérer un troupeau. Certes, ils ne rechignaient pas au travail, mais Mary Jo avait raison, ils n'y arriveraient pas uniquement grâce aux cultures ; les périodes de pluie faisaient trop de dégâts, comme l'avait constaté Gary. En revanche, s'ils gardaient deux bons ouvriers avec eux, l'élevage pouvait les sauver.

Jeff avait acquiescé, solennel, avant de proposer son cheval à Gary.

— Je monterai le vieux Seth.

Gary le remercia d'un signe de tête. Il se sentait affreusement coupable. Il ne leur avait pas expliqué qu'il tenait à leur présence parce qu'il partirait bientôt, et qu'ils devaient apprendre à marchander les prix, à mener un troupeau. Lui-même l'avait souvent fait chez ses parents, puis plus tard, pendant la guerre, quand Anderson pillait les fermes des Nordistes. Quant au marchandage, il se tenait régulièrement au courant du prix des têtes de bétail.

Gary avait toujours été sous le charme du sourire de Mary Jo, de l'humour paisible qui brillait dans ses yeux, mais ce matin-là, elle était particulièrement joyeuse, et il en fut ragaillardi. Elle avait tellement confiance en l'avenir, en lui. Il en avait presque l'impression qu'il pourrait accomplir quelque chose de bien. Presque.

Finalement, ils obtinrent de bonnes conditions de la part d'Abbot, et c'était un peu grâce à Mary Jo. Une fois convaincu qu'elle s'installait pour de bon dans la région, le fermier ne pouvait guère lui refuser son aide.

Ils choisirent quarante bœufs à quatre dollars pièce, sous l'œil attentif d'Abbot qui conclut, jovial :

— Je vous fais cadeau, en plus, de deux génisses.

Et j'ai un sacrément bon taureau que je vous prête-rai pendant un mois.

Mary Jo lui adressa cet éblouissant sourire qui bouleversait Gary.

Enfin, Abbot tendit la main.

— C'est un plaisir de traiter avec vous, monsieur Smith. J'espère que vous resterez un moment parmi nous.

Gary fut touché par l'amitié virile qui se dégageait de cet homme, et il s'étonna de sa propre réaction. De la fierté, sentiment qu'il ignorait depuis bien longtemps. Néanmoins, il chassa vite cette idée. Abbot ne savait pas à qui il parlait, sinon jamais il ne serrerait la main d'un des acolytes d'Anderson, ni d'un homme qui avait vécu avec les Indiens pen-dant des années.

— Merci beaucoup, dit-il simplement.

Puis ils prirent le chemin du retour avec les bêtes qu'ils venaient d'acquérir. Roi Arthur et le vieux Seth n'avaient pas été entraînés à rassembler des animaux, mais le cheval de Jeff apprenait vite, et Mary Jo aussi, montée sur sa petite jument. Quant à Jeff, il se débrouillait assez bien, malgré la lenteur désespérante de Seth.

Il était tard quand ils arrivèrent enfin au ranch. Ed et Tuck avaient réparé les barrières, et ils firent entrer les bêtes dans le corral où elles resteraient jusqu'à ce que le fer pour les marquer soit prêt.

Les deux ouvriers admirèrent la qualité du bétail. Ils avaient rassemblé huit bœufs portant la marque du vieux Callaway, ce qui montait le cheptel à cin-quante têtes.

— Le début du ranch Cercle J, déclara fièrement Mary Jo quand toutes les bêtes furent regroupées.

Il s'agissait encore d'une bien modeste exploita-tion mais son bonheur faisait plaisir à voir. Elle construisait quelque chose. Pour la première fois, Gary dut reconnaître le vide des années qu'il venait de passer, même après la naissance de Drew. Pendant tout ce temps, il avait évité la vie, le monde, les véritables relations humaines. Et s'il avait été attiré par les Utes, c'était en grande partie parce qu'il s'agissait d'un peuple de nomades, toujours prêts à lever le camp en une journée pour aller s'installer ailleurs. Mais à présent, Gary désirait autre chose.

— Qu'est-ce qui ne va pas ? demanda Mary Jo, soudain inquiète.

Il fut étonné de sa question. Elle en posait si peu !

— Rien ! répondit-il seulement en se dirigeant vers son cheval pour le desseller.

Jeff, après s'être occupé du vieux Seth, avait filé prendre des nouvelles de son chien.

Gary détestait l'idée que Mary Jo le vît maladroitement accomplir une tâche aussi simple qu'enlever la selle d'un cheval, mais quand il se retourna, il constata qu'elle s'affairait auprès de sa jument. Devait-il apprécier sa délicatesse ou en prendre ombrage ? Il préféra lui en vouloir.

Quand il eut terminé, il se dirigea vers la petite chambre de la grange qu'il avait réintégrée depuis que les ouvriers dormaient dans la cabane. Il avait besoin d'être seul.

— Gary ?

Il s'arrêta.

— Souperez-vous avec nous ?

— Non.

Mary Jo eut fugitivement l'air déçu, mais il n'avait pas l'intention de s'excuser bien qu'il eût conscience de sa brutalité. Il était en colère, tout à coup, sans bien savoir pourquoi. Peut-être à cause de ce stupide sentiment de fierté qui l'avait envahi, lui qui n'avait aucune raison d'être fier de quoi que ce fût.

— Merci, Gary. Merci pour cette journée.

Il ne bougea pas.

— Inutile de me remercier. Je paie ma dette, c'est tout.

Son intonation aurait glacé n'importe qui.

— Sans doute, dit Mary Jo. Mais tout le monde ne s'en serait pas tiré aussi bien.

— Il n'est guère difficile d'acheter du bétail quand on a de l'argent, madame Williams. Tuck aurait obtenu le même résultat.

— Je ne crois pas. Joe Abbot s'est pris d'amitié pour vous, il vous fait confiance depuis le début. Et sans vous, je n'aurais ni Ed ni Tuck.

— Ils sont là, c'est tout ce qui compte.

Il y eut un silence, un long silence pesant. Gary voulait s'éloigner, mais il était cloué au sol. Il sentit Mary Jo s'approcher plus qu'il ne la vit, respira le parfum de fleur qui s'attardait sur elle malgré la journée difficile, la poussière. Femme et fleur. Son corsage lui collait au corps, soulignant ses seins hauts et fermes, sa taille mince. Une boucle échappée de sa natte dansait contre sa joue.

Le désir monta brusquement en lui. Il avait envie de caresser ses cheveux, son cou, de prendre dans ses bras ce corps si tentant, de se perdre dans sa féminité. Dieu, qu'il avait envie d'elle !

Elle ne le quittait pas des yeux.

— Cela veut dire que vous nous quittez ?

— Je n'ai jamais eu l'intention de rester, vous le savez.

— Et vous partez maintenant, si vite ?

— Vous n'avez plus besoin de moi.

Oh, si ! Et de plus d'une façon.

— Tuck et Ed s'en iront, si vous partez.

— Je leur parlerai.

— Un mois...

Il ne supporterait pas cette situation pendant un mois, il en était sûr. Jamais il ne pourrait se tenir à l'écart de Mary Jo si longtemps.

— Je vais me rendre en territoire ute pour quelques jours. J'ai à y faire.

— Quand ?

— Je dois vérifier une ou deux choses demain, et, si tout va bien, je partirai le jour suivant. Il me faudra emprunter le cheval de Jeff.

Elle demeurait immobile, à se mordiller la lèvre, vulnérable. Elle avait rarement cet air fragile, et Gary en fut submergé de tendresse. Sa voix s'adoucit.

— Il est indispensable que vous ayez d'autres chevaux ; je vous en descendrai des montagnes.

— Ce n'est pas la seule raison, dit-elle avec un soupçon de reproche, et une autre nuance dans la voix que Gary n'aurait su définir.

— En effet, répliqua-t-il. J'ai des dettes vis-à-vis d'eux aussi.

— Ce sont des Indiens ! lança-t-elle. Ils brûlent les fermes, pillent les ranchs. Le journal dit…

Gary reçut ses paroles comme un coup à l'estomac. Jamais il n'avait rencontré une femme aussi compatissante, aussi large d'esprit que Mary Jo. Si même elle réagissait ainsi, les Utes avaient bien peu d'espoir de voir la fin de leurs malheurs.

Il se retourna pour rejoindre la grange.

— Gary !

Il ignora son appel, mais elle posa la main sur son bras, et ce contact le brûla. Il la regarda, l'air furieux. Elle tressaillit imperceptiblement.

— Je veux comprendre, dit-elle.

Son expression était suppliante, mais il se rappela son air méprisant quand elle avait vu le collier orné de l'aigle. L'objet préféré de son fils, son seul souvenir de lui.

— Alors, venez avec moi, dit-il sans prendre le temps de réfléchir. Vous verrez par vous-même ces… sauvages. C'est bien ainsi que vous les appelez ?

Elle était surprise, et il regretta aussitôt cette étrange impulsion. Bon sang, pourquoi se souciait-il de son opinion ?

C'était un fait, pourtant, et il n'en revenait pas lui-même.

Elle était manifestement en proie à une lutte intérieure. Il se rappela ce qu'elle avait raconté sur sa sœur, ses voisins au Texas. D'un côté, il la comprenait. N'avait-il pas été le premier à réagir quand on avait tué ceux qu'il aimait ? Mais une autre partie de lui-même ne pouvait oublier la douceur de Chivita, la générosité de Manchez. Manchez qui était comme son propre frère, qui *était* son frère.

— Les Indiens ne sont pas tous les mêmes ; comme partout, il y a les bons et les mauvais, dit-il gentiment. J'ai vu des Blancs surpasser les Utes en férocité.

Et j'étais l'un d'entre eux.

Je suis l'un d'entre eux.

Jamais il n'oublierait ces derniers mois quand il pourchassait délibérément les mineurs.

— Et Jeff ? demanda enfin Mary Jo.

— Il appréciera cette expédition !

Elle recula d'un pas, effrayée.

— Je… je ne peux pas.

— Les Utes adorent les enfants.

— Je n'ai que lui, Gary.

— Et il grandira en haïssant un peuple qu'il ne connaît même pas, comme tout le monde par ici, dit Gary, amer. C'était une mauvaise idée, madame Williams. N'y pensez plus.

Il repartit vers la grange, résolument cette fois, et elle ne le rappela pas.

— Où est Gary ?

Mary Jo se demanda depuis combien de temps le régisseur était devenu « Gary » pour son fils.

— Il avait besoin de se reposer, répondit-elle en mettant des haricots et du bacon dans une casserole.

Ce n'était pas très consistant pour les deux nouveaux employés, mais elle y ajouterait du pain frais, de la confiture, et une tarte qu'elle avait préparée la veille.

Cuisiner lui était pénible, ce jour-là. La simple idée de la nourriture lui donnait la nausée, et elle tenta de se persuader que c'était à cause du plantureux repas pris à midi chez les Abbot. Mais au fond d'elle, elle savait que ce n'était pas la véritable raison.

Elle revoyait l'expression de Gary, où se mêlaient résignation, déception, autre chose encore qui était bien proche du rejet. C'était la déception qui l'avait le plus blessée, pourtant elle ne pouvait rien contre ses sentiments à l'égard des Indiens, et elle refusait de mettre la vie de Jeff en péril.

— C'était formidable, cette journée, hein, m'man ? reprenait Jeff, tout excité. J'avais jamais vu quelqu'un monter si bien à cheval. Roi Arthur a fait plein de choses qu'il ne fait pas avec moi.

— Il doit apprendre, comme tu dois apprendre tes tables de multiplication.

— Euh...

— File chercher ton livre !

— Je voudrais aller voir Gary.

— Non ! répondit Mary Jo sèchement.

Trop sèchement. L'enfant la regarda comme si elle l'avait giflé. Elle vint poser une main affectueuse sur son épaule.

— Je suis désolée, Jeff, mais il doit se reposer. La journée a été dure, pour lui. Son épaule le fait toujours souffrir.

— Ça le distrairait de voir Jake.

— Jake préférerait manger.

— Non, s'entêta Jeff. Gary lui manque.

Le chien se mit à agiter énergiquement la queue comme pour lui donner raison.

— Depuis quand l'appelles-tu Gary ?

Jeff haussa les épaules exactement comme le faisait Gary, et Mary Jo en eut le cœur serré. Consciemment ou non, son fils singeait les manières de son idole.

— Tu le verras demain matin, déclara-t-elle avec autorité.

Cette fois, l'enfant comprit qu'il était inutile d'insister davantage.

Gary partit à l'aube, avant le réveil des autres, afin d'éviter les questions.

Il sella Roi Arthur, et lui fit franchir le vieux portail au moment où les premiers rayons du soleil effleuraient le sommet des collines. Il aurait dû apprécier la splendeur du spectacle, mais il n'avait qu'une idée en tête : retrouver Clayton Kelly.

Il avait installé son campement près de l'eau, il en était sûr, et sans doute en amont de la rivière, plus près de Last Chance. Il ne laisserait aucune preuve de sa présence derrière lui, mais il tuerait, prendrait tout ce qu'il pouvait emporter et rentrerait à son camp par la rivière, afin d'éviter toute trace. C'était un homme prudent.

Mais peut-être était-il déjà parti après avoir fait étape dans le coin. Il se pouvait aussi parfaitement qu'il n'eût aucune mauvaise intention vis-à-vis de Last Chance ou des habitants de la vallée. Mais Gary n'y croyait pas. Il ressentait le danger au plus profond de son esprit, de son corps.

Au cours des années passées dans les montagnes, Gary était parfois descendu de sa retraite, se rendant en ville afin d'effectuer quelques achats. Alors, il prêtait l'oreille aux ragots, pour le bien des Utes et sa propre sécurité. Il parcourait les journaux, même s'ils étaient souvent vieux d'une semaine, voire d'un mois, et c'était par ce moyen — grâce aussi aux affiches promettant des récompenses — qu'il avait eu des nouvelles de Clay Kelly et des frères James.

Il s'était lié d'amitié avec Frank et Jesse James, ainsi qu'avec Cole Younger, parce qu'ils avaient pris les armes pour les mêmes raisons que lui. Mais Kelly s'était engagé dans la guerre pour l'argent, le pillage, les femmes, Quand ils chevauchaient de concert, Gary n'échangeait pas une parole avec lui ; il se tenait autant que possible à l'écart de son compagnon, sauf un soir, dans la ville de Lawrence, où il l'avait empêché de commettre un viol. Kelly avait failli le tuer, ce jour-là, et parfois Gary regrettait qu'il l'eût raté.

Comme le soleil montait dans le ciel, Gary s'arrêta un instant pour faire boire son cheval. Kelly avait sûrement choisi un endroit bien boisé, situé un peu en hauteur, afin de pouvoir surveiller les environs.

Vers midi, il aperçut un lieu susceptible de convenir : une colline bordée d'une rangée d'arbres. Il devait sûrement y avoir un chemin de l'autre côté, car Kelly ne se laissait jamais prendre au dépourvu.

Gary observa longuement le site. Pas un bruit, pas trace de fumée, aucun mouvement dans les broussailles. Pourtant, il sentait une présence humaine.

Il avait laissé son arme au ranch. Trop maladroit de la main gauche, il n'en avait pas besoin. Il hésita un instant encore, mais maintenant qu'il était là, autant mener l'affaire à bien. Il lança un long sifflement clair, suivi de deux plus brefs, et attendit ; puis il répéta le signal.

L'atmosphère était immobile, lourde. Quelques vautours tournoyaient dans le ciel, comme s'ils guettaient un festin de choix.

Puis la réponse vint. Deux longues notes, une brève. Il rétorqua par trois courtes.

Un cavalier apparut au sommet de la colline, le fusil à la main, et se dirigea lentement vers lui, le canon pointé dans sa direction. Lâchant les rênes, Gary leva la main gauche, tout en maîtrisant des jambes un Roi Arthur devenu nerveux.

L'homme était celui qu'il avait vu en ville l'autre jour avec Kelly, mais Gary ne l'avait jamais rencontré auparavant. Il s'approcha de lui à le toucher.

— Je ne suis pas armé, dit Gary.

L'homme se pencha pour tâter les sacoches de chaque côté de la selle, puis il vit le bras en écharpe.

— Qui es-tu donc, et que veux-tu ?

— Voir Clay Kelly.

— J'connais pas de Kelly.

— Alors celui avec qui tu te trouvais en ville, quel que soit son nom.

Des yeux sans expression le fixaient.

— Tu as parlé à quelqu'un de ce que tu as vu ? Ou cru voir ?

— Non.

— Qu'est-ce que tu... lui veux ?

— Nous étions ensemble, il y a onze, douze ans.

— Tu m'en diras tant ! Et comment on t'appelle ?

— J'ai changé de nom.

L'homme partit d'un gros rire.

— T'es pas le seul.

Il avait baissé légèrement son arme, mais un seul geste équivoque et il la relèverait.

— Tu m'as toujours pas dit ce que tu voulais.

— Ça ne regarde que lui et moi.

— Moi aussi. Il m'a envoyé en reconnaissance.

Toujours prudent, Kelly ! Sans doute était-il caché non loin, un fusil braqué sur la poitrine de Gary. Se rappellerait-il son visage ? Il en doutait, car à l'époque, il portait la barbe.

182

— Allen. Dis-lui que je suis le sergent Brad Allen.

— D'accord. En attendant, tu restes là et tu bouges pas le petit doigt. On t'a à l'œil.

Gary acquiesça en passant une jambe sur le pommeau de sa selle. Bon sang, qu'allait-il faire, maintenant ? Peut-être aurait-il dû se rendre chez le shérif dès qu'il avait repéré cette colline, mais alors il lui aurait fallu donner des explications. Comment il avait reconnu Kelly, pourquoi il n'était pas allé aussitôt en parler aux autorités. Trop de questions.

Si Clay Kelly était seulement de passage, on en resterait là. Ils boiraient au bon vieux temps, aux anciens camarades, et tant pis pour l'estomac de Gary qui se révoltait à cette idée. Mais si Kelly avait de mauvaises intentions, la décision serait plus difficile à prendre. A supposer que Gary quitte cet endroit en vie.

Il patienta durant ce qui lui parut des heures avant d'entendre de nouveau le sifflement. Un cavalier, de loin, lui fit signe d'avancer.

Roi Arthur s'engagea sur la pente, tandis que Gary s'assurait que sa main valide était bien en vue. La montée était courte mais abrupte, et il lui fallut plusieurs minutes pour rejoindre l'homme au sommet.

Clay Kelly avait vieilli, sa chevelure se striait de gris, mais il arborait toujours le même sourire suffisant.

— Allen ?

— C'est Smith, maintenant.

Il subit l'examen attentif de Kelly, son rictus sardonique quand il vit le bras en écharpe.

— Y a pas mal de Smith, par ici... Qu'est-ce qui t'est arrivé ?

— Un meilleur tireur que moi.

— Il est encore vivant ?

— Non.

— Alors, il était pas le meilleur.

Gary haussa les épaules.

— Comment tu m'as trouvé ? demanda Kelly.

— Je t'ai vu en ville, et je me suis rappelé ta façon de raisonner.

— Tu veux évoquer le bon vieux temps ? ricana Kelly.

— Non. Me protéger. S'il se passe quelque chose dans cette vallée, on se tournera à tout coup vers les nouveaux arrivants, et je ne peux pas me le permettre. Le shérif a trouvé un cadavre dans le coin, mais ils n'ont pas fait le rapprochement avec moi. Inutile de leur mettre la puce à l'oreille. Pas avant que je sois prêt à partir, en tout cas.

— En d'autres termes, tu n'as pas envie que je marche sur tes plates-bandes.

— C'est à peu près ça.

— Courageux, de la part d'un infirme !

— J'aurais pu te dénoncer et m'en aller avant qu'ils apprennent qui je suis.

— Mais t'as eu des scrupules, hein, Allen ?

Gary se crispa intérieurement, mais lutta pour demeurer imperturbable.

— Personne n'avait de scrupules, parmi les gars d'Anderson, répliqua-t-il.

Kelly haussa les épaules, et Gary se demanda s'il se rappelait l'épisode de Lawrence. Il était saoul, ce jour-là, comme beaucoup d'entre eux.

— Qu'est-ce que tu es devenu, après Centralia ? On t'a tous cru mort.

— J'étais seulement blessé.

Gary ne mentait pas. Il avait été cruellement touché, même si ce n'était pas physique.

— J'ai vu des affiches avec ta tête mise à prix, reprit Kelly, mais tu avais disparu de la surface de la terre. Nous autres, on nous pourchassait.

Il fixa son ancien camarade d'un œil soupçonneux.

— Tu serais pas en quête d'une prime, par hasard ?

— Et comment est-ce que j'en profiterais, rétorqua Gary, alors que je me balancerais à côté de toi au bout d'une corde ?

— C'est vrai.

Le visage de Kelly avait retrouvé son charme légendaire bien que superficiel.

— Viens donc boire un coup à la santé du bon vieux temps et de Bloody Bill. Il a été tué peu après Centralia, tu es au courant ?

— Je l'ai entendu dire.

— Il a foncé au milieu d'une charge de cavalerie de l'Union. Un sacré courage !

— Et toi, où étais-tu ?

— Je me suis tiré à toute vitesse. J'ai jamais eu l'âme d'un martyr.

Kelly avait mis son cheval en route, et Gary le suivit jusqu'à un bouquet d'arbres. Deux hommes, dont celui qui était descendu à la rencontre de Gary, se tenaient là, l'arme à la main.

— Perry Jones et Johnny Kay, présenta Kelly. Lui, c'est Brad Allen. Il s'est battu aux côtés de Quantrill et d'Anderson.

Gary fut heureux de ne pas être obligé de leur serrer la main. Ils avaient des têtes à vendre leur mère. Kelly n'en avait pas l'air, mais il en était tout aussi capable.

— Kay, tu montes la garde, ordonna Kelly.

Il s'agissait de celui qui avait escorté Gary. Il était trop jeune pour avoir connu Anderson, mais son regard était sans âge. Jeune et dangereux comme le diable.

Kelly mit pied à terre, et Gary l'imita. Son ancien compagnon sortit d'une sacoche une bouteille qu'il lui lança. Gary l'attrapa de la main gauche.

— Bon réflexe ! apprécia Kelly. Mais j'aimerais quand même voir cette blessure.

— Tu te méfies de moi ?

— Je me méfie de tout le monde, avec ma tête

mise à prix. Tu es peut-être passé de l'autre côté de la barrière.

— Ce n'est pas le cas. J'espère que Brad Allen est bien mort. Alors, vas-y, regarde, dit-il en s'adossant à un arbre.

Kelly lui adressa un sourire glacial, s'approcha et appuya fortement sur la blessure à travers le pansement. Gary dut serrer les dents pour s'empêcher de crier. Trois semaines s'étaient écoulées depuis l'épisode de la rivière, et il souffrait encore à l'endroit où l'os avait été touché.

— Va au diable, Clay! marmonna-t-il.

— Je voulais être sûr, dit Kelly. C'est une bonne planque pour une arme.

— J'ai aussi été blessé à la jambe. Tu veux que j'enlève mon pantalon?

— Je ne supporterais pas un spectacle si atroce. Allez, buvons!

Gary lui rendit la bouteille et le regarda s'asseoir par terre en tailleur avant d'avaler une grande gorgée au goulot.

— Beaucoup d'entre nous ont disparu, reprit Kelly, soudain nostalgique.

Gary ne partageait pas du tout sa mélancolie. De cette époque, il ne gardait qu'horreur et dégoût de lui-même.

— On ne trouve plus d'hommes de cette trempe, poursuivait Kelly. Ces deux-là... ils n'hésiteraient pas une seconde à me trahir, ajouta-t-il sans prendre la peine de baisser la voix.

— Pourquoi les gardes-tu?

— Je prends qui je trouve, dans ma situation. Mais toi, qu'est-ce que tu fais par là?

Gary préféra dire la vérité, sans trop de détails.

— On m'avait volé quelque chose, et je me suis vengé, mais j'ai écopé du même coup deux bonnes blessures. Je me repose dans le coin avant de repartir pour les montagnes.

— Tu veux te joindre à moi ?

— Avec mon bras ? Je ne serai plus jamais capable de tenir une arme correctement.

— Il y a d'autres choses à faire.

Gary réfléchit rapidement. Il ne voulait pas contrarier Kelly, ni l'alerter.

— Je suis fatigué, Clay. Je possède une cabane, dans les montagnes, je vais aller m'y terrer un moment.

— Tu habites où ?

Gary s'attendait à cette question. Si Kelly pouvait imaginer qu'une jolie femme vivait si près et si mal protégée, il filerait au ranch sur-le-champ.

— Un squatter m'a accueilli chez lui, dit-il. Il ne se sentait pas trop bien, et j'ai promis de rester quelques jours pour m'occuper de lui.

— Toujours le sens moral, hein ?

— C'est pas vraiment mon genre ! Mais rien ne me presse, et l'endroit n'est pas plus mauvais qu'un autre. Cependant, si tu as des projets dans la région, je vais me dépêcher de partir. Je ne pourrais pas me permettre de rester, dans ce cas.

— Rassure-toi, j'attends seulement un ami qui sort de prison la semaine prochaine. C'était trop risqué de s'attarder au Texas, alors on a décidé de se retrouver ici.

Pourquoi ici ?

Gary hésitait à poser la question. La curiosité n'était pas bien vue parmi les camarades de Kelly. *Leurs* camarades, se rappela Gary. Il ne valait pas mieux qu'eux, autrefois.

— Je le connais ?

— Barry Shepherd. Il a un compte à régler avec quelqu'un dans ce coin.

Gary se souvenait de lui. Comme Kelly, c'était un individu sans aucune moralité, qui aimait faire le mal.

— Il est resté combien de temps en prison ?

— Cinq ans.

Gary respirait. Cela ne pouvait avoir aucun rapport avec Mary Jo. Pourvu qu'il ne s'agisse pas d'un des fermiers qui les avaient aidés quelques jours plus tôt ! Il fut surpris de sa réaction. Ne serait-ce qu'un mois auparavant, jamais il ne se serait soucié de gens comme les Abbot.

Il aurait aimé poursuivre l'interrogatoire, mais Kelly n'aurait pas apprécié, et au fond, Gary savait l'essentiel. Apparemment, il n'était pas question de dévaliser une banque. Pas ici, pas tout de suite. Il avala une autre gorgée d'alcool.

— Je ferais mieux de rentrer avant la nuit. Je ne connais pas très bien ces collines.

— T'es sûr que tu ne veux pas faire équipe avec nous ?

Gary secoua la tête.

— Je ne peux plus me servir d'une arme. Je nous ferais tous tuer.

Il se leva, s'attendant plus ou moins qu'on lui tire dessus.

— Allen ! le rappela Kelly. On sera partis d'ici demain.

— Tu n'as pas confiance ?

— J'ai confiance en personne.

— Ma parole n'a pas de valeur, pour toi ?

— Non.

— Qu'est-ce que tu veux ? demanda Gary.

Kelly lui adressa un sourire chargé de menace.

— Ne fais rien contre moi, vieux camarade. Plein de gens pensent que Brad Allen est mort, mais ils seraient ravis d'apprendre le contraire.

Gary, sans mot dire, se dirigea vers son cheval, se mit en selle, se retourna pour adresser un signe de tête à Kelly avant de pousser doucement Roi Arthur dans la pente, surpris d'être entier. Kelly s'était attendri, avec le temps.

Peut-être...

Il demeurait sceptique. Que cherchait vraiment Clayton ?

Arrivé à la rivière, il tourna résolument le dos au ranch Cercle J, car il savait qu'un homme le suivait de loin. Il lui faudrait le semer.

Il n'était pas particulièrement fier que remontent en lui ses instincts de survie, que son cerveau fonctionne aussi rapidement qu'avant, ni que Clayton Kelly le considère comme un homme normal, au point de lui proposer de faire équipe.

A la vérité, il en était même terrifié !

14

Mary Jo avait passé le plus clair de sa vie de femme mariée à attendre le retour de son époux, mort ou vif. Et puis il y avait eu Tyler. Et des amis. Tant d'amis qu'elle avait vus partir un beau jour pour ne plus revenir !

Elle s'était juré que tout cela était fini. Autant pour elle que pour Jeff.

Or, elle se retrouvait en train d'arpenter le porche au crépuscule, l'estomac noué, une boule dans la gorge. Que faisait Gary ?

Il n'était pas encore tout à fait remis de ses blessures. Si le cheval avait trébuché, si on lui avait tiré dessus ?

S'il était parti pour de bon…

Comme Jeff était amèrement déçu, au matin, en s'apercevant que Gary n'était pas là, Mary Jo lui avait suggéré d'aller en ville avec Ed et Tuck chercher le nouveau fer à marquer les bêtes et quelques piquets pour la barrière.

La veille au soir, elle avait tenté de se convaincre d'accompagner Gary en emmenant Jeff.

Il grandira en haïssant un peuple qu'il ne connaît même pas… Les mots s'étaient répétés toute la nuit dans sa tête. *Les Indiens ne sont pas tous les mêmes…*

Deux hommes qu'elle aimait avaient été tués par leurs semblables. Pourtant, jamais elle ne s'était mise à détester les Blancs. Et le mépris de Gary l'avait rongée durant sa longue insomnie.

Toutefois, le souvenir des histoires atroces qu'elle entendait étant enfant ne la lâchait pas. Elle avait eu des cauchemars pendant des années.

Une fois le jour levé, elle avait su qu'elle ne partirait pas avec Gary, qu'elle n'arriverait pas à dominer sa peur. Les cris de sa sœur résonnaient encore à ses oreilles, elle revoyait le visage désespéré de son père quand il rentrait d'une de ses incessantes recherches, ainsi que le corps de son amie horriblement mutilé, près du cadavre de ses parents et de son frère. Elle repensait à toutes les nuits où sa famille et elle s'enfermaient dans leur petite maison, terrifiés, serrés les uns contre les autres, tremblant au moindre bruit. Elle en frissonnait encore de tous ses membres. Les Utes n'étaient pas différents. Chacun, dans la région, connaissait des histoires de vol de bétail, de massacres. L'un d'eux avait eu lieu tout près de là, vingt ans auparavant, et on racontait des atrocités plus récentes.

Si elle avait fait confiance à Gary pour le ranch, elle n'était pas prête à risquer la vie de Jeff. Elle avait déjà perdu bien trop d'êtres chers.

Mais elle ne pouvait oublier qu'elle l'avait déçu, qu'elle avait anéanti le peu d'intimité qui s'était installée entre eux.

Jake, allongé à ses pieds, se leva en poussant un long grognement, qui se termina en aboiement frénétique quand un cavalier solitaire approcha dans les derniers rayons du soleil couchant. Malgré son émotion, Mary Jo s'obligea à rester immobile.

Elle se tenait dans l'ombre du porche, et si Gary la vit pendant qu'il menait son cheval au corral, il ne le manifesta pas. Il avait le dos un peu voûté, il semblait fatigué, et elle se demanda où il avait bien pu aller.

Son visage était tendu, creusé, comme si ces quelques heures l'avaient vieilli prématurément. Le cœur serré, elle le vit lutter pour ôter la selle du dos de Roi Arthur. Mary Jo était habituée à cet orgueil insensé des hommes, qui refusaient de se faire aider. Un orgueil qui les menait parfois à la mort et qu'en cet instant elle détestait plus que jamais.

Il conduisait le cheval de Jeff vers l'écurie, quand Jake se précipita vers lui en boitillant. Gary s'arrêta pour l'attendre, lui caressa la tête. Puis il leva les yeux vers Mary Jo et sembla hésiter un instant avant de disparaître dans la grange.

Mary Jo rentra chez elle. Nerveuse, agitée toute la journée, elle avait déchargé son trop-plein d'énergie à la cuisine, comme lorsque le père de Jeff ou Tyler tardaient à rentrer. Biscuits frais, tarte aux pommes, pain au gingembre. Elle avait aussi enrobé de miel un jambon avant de le mettre à cuire. Mais à présent, que faire ? Jeff ne rentrerait pas tout de suite, et elle avait envie de parler avec Gary, bien qu'il préférât visiblement être seul.

Elle avisa soudain le pain au gingembre, en coupa une large tranche qu'elle posa sur une assiette avec un verre de lait. Puis elle se dirigea vers la grange, les jambes un peu tremblantes, tout en se demandant si elle ne commettait pas la plus grosse erreur de sa vie.

Gary venait de donner un seau d'eau fraîche à Roi Arthur et, en entendant du bruit, il se retourna d'un bloc comme s'il redoutait quelque danger. Pourquoi semblait-il si perturbé ?

Un peu timidement, elle lui tendit l'assiette.

— Je... j'ai pensé que vous aviez peut-être faim.

Il lui offrit un des sourires qui illuminaient si rarement son visage.

— Mmmm… Ça sent diablement bon !

— C'est du pain au gingembre.

Le sourire gagna les yeux de Gary.

— Et encore chaud ! dit-il avec une sorte d'émerveillement qui émut Mary Jo. Je n'en ai pas mangé depuis que j'étais haut comme trois pommes.

Il y mordit à belles dents avec un plaisir presque enfantin.

Mary Jo regretta de ne pas avoir pensé à ça plus tôt. Ses Rangers adoraient sa cuisine, surtout la pâtisserie, pourtant aucun d'entre eux n'avait réagi comme si elle leur offrait un cadeau inestimable. Appuyée au mur, elle le regarda finir la tranche de pain et se lécher les doigts, exactement comme Jeff. Elle était enchantée de son enthousiasme, touchée par la mèche de cheveux cendrés qui tombait sur son front, le rajeunissant encore.

Elle lui tendit le verre de lait, qu'il avala d'un trait. Où était-il allé ? se demanda-t-elle une fois de plus.

— Il y en aura encore au souper, dit-elle.

Le sourire disparut, mais l'étincelle s'attardait dans le regard de Gary.

— Vous savez comment plaire à un homme !

— Vraiment ?

Elle n'avait pas voulu y mettre cette intonation un peu triste, mais elle en fut aussitôt consciente, et l'atmosphère se chargea d'une tension qui n'avait plus rien à voir avec le pain au gingembre !

Dans les yeux de Gary s'accumulaient les nuages tandis qu'elle s'approchait de lui, irrésistiblement attirée par son odeur virile, emportée dans un tourbillon de sensations incontrôlables. Elle leva le visage vers lui.

Il grommela un juron, puis s'empara de ses

192

lèvres, avec une exigence presque désespérée, comme si elle était sa bouée de sauvetage.

Appuyée à lui, offerte, elle n'avait jamais rien connu de semblable.

Elle sentait son désir contre elle, et elle craignait que ses jambes ne se dérobent tant elle avait envie de lui, d'être plus proche encore, de ne plus faire qu'un avec cet homme. L'intensité qu'il dégageait balayait en elle toute prudence, toute raison. Elle voulait tout partager, les joies, les peines, elle le voulait, elle avait besoin de lui comme du soleil ou de la pluie.

Elle noua les bras autour de son cou et il lâcha enfin ses lèvres, se contentant de presser la tête de la jeune femme contre son cœur.

— J'ai envie de vous, dit-il, la voix enrouée par l'émotion. Vous devriez vous sauver comme si vous aviez le diable à vos trousses.

— Je ne peux pas, murmura-t-elle.

Il se recula, la fixa, une interrogation dans le regard.

— Je ne resterai pas.

— Je sais.

— Vraiment, Mary Jo?

Il chantait presque son nom d'une voix chaude, profonde, vibrante.

Non, pas vraiment, dut-elle reconnaître. D'une certaine manière, elle avait espéré que les jours se succéderaient, puis les semaines, les mois, et…

Mais cela n'avait plus d'importance. Rien n'avait plus d'importance que ce désir qu'il éveillait en elle depuis le début, lui rappelant qu'elle était femme.

— Où sont les autres? chuchota-t-il.

— Jeff… Jeff, Tuck et Ed sont allés en ville chercher le fer à marquer et des piquets.

Il ferma les yeux un instant.

— C'est de la folie, vous et moi.

Oui, elle risquait gros, et surtout de se briser le

cœur, mais pour rien au monde elle ne renoncerait à ces quelques minutes de magie.

Il la prit par la main, la conduisit dans la petite chambre dont il ferma la porte, puis il la regarda, lui caressa très doucement le visage, comme s'il touchait un objet infiniment fragile. Le voyant hésiter, elle défit elle-même les premiers boutons de son corsage et frémit de plaisir en sentant la large main sur ses seins.

Le désir devenait plus exigeant, la consumait, et il y eut dans leur baiser un enchantement renouvelé qui l'emporta dans un univers sans règles, ni peurs, ni limites.

Elle voulait davantage. Encore plus de ces sensations qu'il faisait naître, de sa force ; elle voulait prendre et donner en même temps, ici, maintenant.

Elle tremblait de désir, de plaisir, plus vivante que jamais. Elle avait l'impression de perdre la raison.

Il la guida vers le lit, où il finit de déboutonner son corsage, répandant une traînée de feu partout où il la touchait. Quand il se laissa tomber près d'elle, elle défit à son tour sa chemise, enfouit ses doigts dans la toison dorée, encore humide de sa chevauchée.

Il ôta les épingles de son chignon, et les cheveux de Mary Jo cascadèrent dans son dos.

— Vous sentez les fleurs, murmura-t-il. Je ne l'oublierai jamais. Ni ça, ni votre satané entêtement.

Mary Jo sentit une douleur fulgurante traverser sa poitrine. Il était en train de lui dire une fois encore qu'il ne resterait pas, quoi qu'il se passât entre eux. Il l'avertissait, mais elle était au-delà de tout raisonnement. Il était entré dans son cœur, dans son âme, et elle prendrait ce qu'il avait à lui offrir.

Il s'empara de sa bouche avec une ardeur primitive, instinctive, l'envahit de sa langue, l'invitant au voyage avec lui.

Tandis qu'elle le caressait, elle le sentit presque trembler contre elle, pris dans le même tourbillon étourdissant qui les privait de toute volonté.

Comme elle déboutonnait son pantalon, il eut une sorte de cri qui ressemblait à de la souffrance, et elle eut, plus fort que jamais, une envie de donner, d'apaiser les blessures, qui la dépassait elle-même.

Elle sentait confusément que la journée qu'il venait de passer avait rouvert ses plaies. Elle effleura tendrement son visage, ces petites rides qu'elle connaissait si bien, au coin de ses yeux, et qui n'avaient rien à voir avec le rire, mais bien plutôt avec la douleur qui ne le quittait jamais tout à fait.

Il saisit un de ses doigts entre ses lèvres et chercha son regard. Une nouvelle question. Un nouveau défi.

Elle lui répondit par un long baiser consentant.

Dans un gémissement il releva sa jupe, laissa glisser sur elle sa main, douce, chaude, intime.

— Gary, murmura-t-elle.

Incapable d'en supporter davantage, elle l'attira à lui et il n'hésita qu'un instant avant d'entrer en elle, dans sa douceur, lentement d'abord, puis obéissant à son propre rythme sans cesser de l'embrasser. Elle lui répondait totalement, dans une telle harmonie qu'elle avait l'impression qu'ils étaient nés pour cette union parfaite, magique, merveilleuse.

Sur une poussée plus forte, elle le sentit se répandre en elle, au moment où le plaisir la faisait exploser en millions d'étincelles.

Quand Gary se laissa retomber, elle comprit quel effort il lui avait fallu pour se maintenir au-dessus d'elle d'un seul bras. Elle fut envahie d'une invraisemblable paix, sa joue contre la sienne, vibrant des derniers spasmes de la jouissance.

Gary était foudroyé. Mary Jo l'avait atteint au plus profond, elle avait mis son cœur à nu, un cœur qu'il croyait inaccessible. Et elle avait partagé avec lui une expérience nouvelle pour elle aussi, il en était certain. Il avait eu de l'affection pour Chivita, il lui était reconnaissant de l'espèce de paix qu'elle lui avait offerte, surtout en lui donnant un fils, mais ça... ç'avait été une petite parcelle de paradis. Pour la première fois depuis vingt ans, Gary se sentait chez lui, comme s'il avait enfin retrouvé sa maison après un atroce et interminable voyage. C'était merveilleux, terrifiant... complètement déconcertant. Il avait l'impression que Mary Jo avait pris un onguent cicatrisant et l'avait répandu sur des blessures qu'il croyait inguérissables.

Un instant, il voulut l'accepter, croire que cela pourrait durer, puis la conscience revint, amère, dérangeante, prête à anéantir ce moment d'espoir. Il n'y avait pas d'avenir pour lui, l'intrusion de Kelly dans sa vie le lui avait prouvé. Il y aurait toujours un Kelly pour lui rappeler l'ombre, l'abîme, la mort.

Il roula sur le dos, mais l'étroitesse de la couchette ne leur permettait pas de se séparer tout à fait. Mary Jo parvint à se redresser sur un coude pour le contempler. Il refusait de croiser son regard. De tous les actes méprisables de sa triste existence, celui-ci était sûrement le pire.

— Vous êtes... votre bras...

Sa voix était douce, hésitante.

— Mon bras va bien.

Il eut un petit sourire mi-figue, mi-raisin.

— Vous ne pensez donc jamais à vous ? demanda-t-il.

Mary Jo le regarda, ne sachant que dire, mais il n'avait pas besoin de réponse. Ce qu'il lisait dans les yeux de la jeune femme lui faisait déjà assez mal. Il se détourna.

— *J'ai* pensé à moi, dit-elle enfin. Je sais que vous ne vouliez pas de cela, et pourtant...

Elle caressait doucement sa poitrine, le rendant incapable de réfléchir, encore moins de parler.

— Avec vous, je me sens de nouveau vivante, ajouta-t-elle.

— Je n'ai jamais rencontré quelqu'un de plus vivant que vous ! répliqua-t-il d'une voix un peu rauque. Dès le premier jour, où vous vous êtes acharnée à me sauver...

— Vivante à l'intérieur, précisa-t-elle. Là où c'est important. Cela ne m'était pas arrivé depuis... la mort de mon mari. Même Tyler, je... C'était un bon ami, il était merveilleux avec Jeff, mais j'avais peur de l'aimer, tellement peur de m'attacher de nouveau !

Elle s'arrêta un moment, craignant de prononcer des paroles qu'il ne voudrait pas entendre, mais c'était plus fort qu'elle, il fallait qu'elle parle. Jamais auparavant elle n'avait confié ses craintes à quiconque, ni à son mari, ni à Tyler. Ils n'auraient pas compris sa peur, sa solitude. Gary, lui, le pourrait, même s'il n'en avait pas envie.

Il était immobile, grave.

— Vous avez Jeff.

— Oh, oui, j'ai Jeff, et je l'aime plus que ma vie. Cependant... une partie de moi semblait s'être refermée à jamais.

— Ne vous attachez pas à moi, Mary Jo.

— C'est trop tard.

Elle posa un doigt sur les lèvres de Gary pour l'empêcher de répliquer.

— Je sais que vous vous sentez obligé de partir. Je... je ne vous demande pas de rester. Je ne vous demande rien. Mais je vous aime, et je vous aimerai toujours.

Il ferma les yeux pour oublier un instant son image, le soleil qui brillait dans son regard, le courage qu'il lui avait fallu pour s'exprimer ainsi. Il lui devait la même franchise, la vérité sur son passé, la raison pour laquelle il ne pouvait rester. Elle le voyait comme l'homme qui avait sauvé son fils, et non comme celui dont le nom était maudit dans le Missouri et le Kansas.

Mais il n'arrivait pas à s'y résoudre. Il ne supporterait pas de voir l'horreur se peindre sur son visage. Et même s'il tentait de l'oublier lui-même, il y aurait toujours un événement extérieur pour venir lui rappeler qui il avait été.

Il s'obligea à bouger.

— Jeff et les autres ne vont pas tarder à rentrer, lui rappela-t-il.

Il se renfermait de nouveau, prenait son masque impassible, espérant que ses yeux ne trahissaient pas son désespoir.

Elle se redressa, enfila son corsage, tandis qu'il pestait intérieurement contre la maladresse dont il faisait preuve en s'habillant d'une seule main. Heureusement, Mary Jo eut la délicatesse de ne pas lui proposer son aide.

Le silence était si lourd qu'il avait l'impression de suffoquer. Enfin Mary Jo vint à lui. Il était encore torse nu, et elle effleura le collier de Drew.

— Cela vous va bien. Vous me faites penser à un aigle. Libre et indompté.

Elle désigna les sept points qui entouraient l'oiseau.

— Que représentent-ils ?

— C'est indien, répondit-il, brutal. Vous voulez le savoir quand même ?

Il avait besoin à présent de la blesser.

— Oui.

Il haussa les épaules.

— Quatre d'entre eux représentent les points cardinaux. Deux le ciel et la terre.

— Et le dernier ?

— Soi-même. Les Utes pensent que l'individu ne fait qu'un avec la création. Ils ont le plus grand respect pour le ciel, la terre, les plantes, les animaux. Ils tuent seulement lorsque c'est indispensable à leur survie, et ils s'excusent alors auprès de la plante ou de l'animal.

Elle restait silencieuse. Elle aurait aimé lui dire qu'elle irait avec lui, mais elle ne pouvait s'y résoudre. Qu'elle comprenait, mais c'était impossible aussi.

— J'aimerais comprendre, murmura-t-elle enfin.

— Vous ne pouvez pas. J'ai eu tort de vous proposer de m'accompagner. Vous ignorez tout ce dont on les a spoliés : leur territoire, leurs bisons, leur dignité. Or, ils ont le sens de la dignité, de l'honneur, bien plus que beaucoup de Blancs. Ils ont essayé en toute bonne foi de vivre auprès des Blancs, ils leur ont cédé de plus en plus de terres, et ils continuent à se faire chasser. Les hommes du genre de ces trois mineurs n'hésitent pas à les tuer, sachant que le gouvernement s'en soucie comme d'une guigne. Pour eux, les Indiens ne sont que des animaux à éliminer, à anéantir, comme les bisons…

Il s'interrompit, reprit à voix basse :

— Comme mon fils.

Elle recula, frappée par l'intensité de la douleur qui émanait de lui, mais avant qu'elle pût dire quoi que ce soit, ils entendirent les aboiements par lesquels Jake saluait le retour de Jeff et des deux ouvriers.

Mary Jo vérifia que son corsage était bien fermé, attacha ses cheveux d'un ruban. Cependant, elle avait le visage encore rose de plaisir, et Gary se demanda si les autres le remarqueraient.

— Gary ?

C'était la voix de Jeff, et il en ressentit un plaisir qu'il ne méritait pas. La mort de son fils avait laissé en lui une plaie ouverte, et l'affection naturelle de Jeff, son enthousiasme atténuaient un peu sa peine, la rendaient plus supportable.

Il ouvrit la porte, et Jeff se précipita dans la pièce.

— J'avais peur que vous nous ayez quittés !

— Jamais je ne l'aurais fait sans te prévenir, dit-il sur un ton affectueux. Et je n'aurais pas pris ton cheval.

— Je sais, mais...

Jeff, du regard, appelait sa mère à la rescousse. Elle ne pouvait l'aider, puisqu'elle avait pensé la même chose. Gary se rendit compte que, pour eux, il avait tout simplement disparu comme les autres hommes de leur vie. D'ailleurs, ils n'avaient guère de raison de lui faire confiance. Ils ne le devaient pas.

— As-tu le fer à marquer ? demanda soudain Mary Jo.

L'enfant eut un large sourire.

— Ouais ! Le Cercle J. Tuck dit que je pourrai assister au marquage, demain, et peut-être même les aider.

— Je ne suis pas sûre... commença la jeune femme.

Le sourire de Jeff s'effaça.

— Tuck est un type sérieux, intervint Gary, qui pourtant s'était mille fois interdit de se mêler des problèmes entre la mère et le fils.

— Mais c'est dangereux !

— Tout est dangereux, sur un ranch. Je serai là, demain, et je veillerai à ce qu'il soit en sécurité.

— Vous aviez dit...

— J'irai après-demain.

Jeff, radieux, se tourna vers sa mère pour obtenir l'autorisation définitive.

— D'accord, dit-elle. Tu as faim ?

— J'ai toujours faim !

— Alors, file te laver les mains, et viens vite à table.

Mary Jo se tourna vers Gary.

— Vous joindrez-vous à nous ?

— Oh oui, s'il vous plaît, le pressa Jeff.

— Je dois faire un brin de toilette avant, moi aussi.

Il lui fallait également reprendre les commandes de ses sentiments, comme il l'avait fait des années auparavant...

Ravi, Jeff sortit de la pièce en caracolant.

— Merci de ne pas l'avoir déçu, dit Mary Jo.

— Et vous ?

Elle sourit, rayon de soleil dans un ciel d'orage.

— Et moi non plus.

Il lui caressa doucement la joue.

— Vous êtes une femme extraordinaire, madame Williams.

Elle appuya un instant son visage contre la paume de Gary, et il apprécia ce geste confiant. Même s'il ne le méritait pas.

Près d'elle, il semblait si facile d'oublier Manchez, et Kelly... Mais son passé sanglant le marquerait toujours. Il ne fallait pas qu'il marque — pire, qu'il détruise — aussi ceux qui l'aimaient.

— J'arrive tout de suite, dit-il.

Elle n'avait aucune envie de se détacher de lui.

— Vous aviez parlé de... partir dans les montagnes demain.

Il haussa les épaules.

— Le cheval de Jeff a besoin de repos. Je m'en irai à l'aube le jour suivant.

Cela lui donnerait le temps de constater l'habileté de Tuck et d'Ed. Et puis, lui aussi devait se reposer. Il n'avait pas encore retrouvé toutes ses forces, son bras le faisait souffrir, ainsi que sa jambe.

Mais il fallait absolument qu'il se rende en territoire ute. Il prendrait les chevaux et reviendrait bien vite, au cas où Clay Kelly ferait des siennes. L'homme n'aurait guère de mal à découvrir où il habitait, car les ragots allaient bon train, en ville, et on y parlait beaucoup du nouveau régisseur de Mme Williams.

Déchiré entre ses diverses responsabilités, Gary se détourna de Mary Jo. Lui qui n'en voulait aucune…

Il n'arrivait pas à comprendre comment c'était arrivé. Bon Dieu, tout son fichu univers était bouleversé !

15

Le souper fut une terrible épreuve pour Mary Jo.

Son corps était en émoi, son cœur aussi, et elle ne savait comment s'accommoder de l'un et de l'autre.

Les deux ouvriers se retirèrent sitôt qu'ils eurent terminé un repas surtout mémorable pour le silence qui l'avait accompagné. Ed, Tuck et Jeff s'étaient jetés sur la nourriture, tandis que Gary demeurait calme, attentif.

Après le départ des hommes de peine, visiblement mal à l'aise, il tenta aussi de s'échapper, mais Jeff le retint.

— On parlait des Indiens, en ville. Les gens disaient qu'ils devraient s'en aller dans l'Utah.

Gary plissa les yeux, intéressé.

— Et toi, qu'en penses-tu ?

— Je n'en sais rien, répondit l'enfant. Vous les aimez bien, hein ?

Il était évident aux yeux de Mary Jo que tout ce qu'aimait Gary méritait la considération de son fils, bien qu'il fût au courant des guerres qui opposaient les deux peuples au Texas.

— Oui, répondit simplement Gary.

— Pourquoi ?

Gary se détendit quelque peu et il interrogea

Mary Jo du regard, comme s'il s'attendait à la voir intervenir. Mais elle préféra ne pas s'en mêler.

— Mon fils n'était guère différent de toi, reprit Gary. Il n'arrêtait pas de poser des questions, lui aussi. Il aimait pêcher, il aimait jouer, il voulait toujours savoir comment les choses fonctionnaient, il demandait pourquoi le ciel était bleu et l'herbe verte.

La douleur se lisait dans ses yeux, cette douleur à laquelle il n'avait pas laissé libre cours depuis la nuit où il était si malade. Et cette nuit-là, c'était sans doute la première fois qu'il s'était vraiment rendu compte de la profondeur de son malheur. Le chagrin était une plaie purulente qui l'empoisonnait, peut-être parce qu'il n'en parlait pas, justement, et Mary Jo la sentait saigner, à cet instant.

— C'était un métis, continuait doucement Gary, comme s'il se parlait à lui-même. Sa mère était l'une des personnes les plus gentilles que l'on puisse rencontrer, et son oncle Manchez l'adorait.

Il s'arrêta, regarda Mary Jo droit dans les yeux, et ajouta :

— Manchez est mon frère.

— Votre vrai frère ? s'étonna Jeff.

— Mon frère de sang et mon beau-frère, expliqua Gary, rasséréné par l'enthousiasme de l'enfant. C'est un cavalier extraordinaire. Il monte sans selle et il peut ramasser un objet par terre au triple galop.

— Bon sang ! s'écria Jeff. J'aimerais bien voir ça !

Mary Jo se redressa brusquement. Elle avait peur, sans bien comprendre pourquoi. Un frisson la traversa et elle se leva de table.

— Il est temps d'aller te coucher, Jeff. La journée a été longue.

— Mais...

Gary se leva à son tour. Son visage, un moment animé pendant qu'il parlait, avait repris son expression impassible, et Mary Jo se sentit une fois de

plus rejetée. Mais elle ne voulait pas que Jeff se laissât envoûter par de belles légendes sur les Indiens.
C'était comme pour la rivière, Jeff était beaucoup
trop curieux, et pas assez craintif.

— Je vais me coucher aussi, déclara Gary.
Demain, il y a du pain sur la planche.

Jeff ne l'entendait pas de cette oreille.

— Vous m'emmènerez voir Manchez? insista-t-il.

Mary Jo demeura figée sur place, dans l'attente
d'une réponse. Elle ne voulait pas être celle qui
dirait non.

— On a besoin de toi, ici, répondit Gary d'un ton
bourru. Avec le nouveau bétail...

— Mais...

Mary Jo eut envie de le secouer. Après «pourquoi?» et «comment?», «mais» était un des mots
les plus fréquents dans le vocabulaire de son fils.

— Tu veux tenir ta place, n'est-ce pas?

Présenté de cette façon, l'argument était indiscu-
table. Jeff hocha la tête, visiblement peu convaincu
cependant de l'importance de sa participation.

Gary lui sourit.

— C'est dur de grandir, dit-il.

Jeff se rengorgea, tout content de cet instant de
complicité virile. Il souhaita le bonsoir à Gary puis
à sa mère avant de rejoindre sa chambre, Jake à ses
basques.

Mary Jo accompagna Gary à la porte.

— Merci, dit-elle.

— C'est votre fils, répondit-il, laconique.

Elle eut l'impression qu'il regrettait ce qui s'était
passé l'après-midi, qu'il s'en voulait de s'être laissé
aller à parler. Il reprenait ses distances, et elle en
ressentit un vide douloureux au fond du cœur. Elle
avait envie qu'il la touche, qu'il dise quelques mots,
n'importe quoi.

Mais il se contenta de porter la main à son front
en un salut impersonnel avant de sortir. Elle se mor-

dit la lèvre, se jura qu'elle ne pleurerait pas. D'ailleurs, elle n'avait pas à s'inquiéter, sa peine était bien trop intense pour les larmes.

Mary Jo suivit le marquage avec appréhension. Jeff était chargé d'entretenir le feu, tandis que Tuck et Ed s'occupaient de maintenir les bouvillons. Ils n'étaient pas trop de deux pour ce faire, aussi Gary fut-il enrôlé pour appliquer le fer rouge, tâche possible à accomplir d'une seule main.

Elle eut l'occasion d'apprécier une fois de plus le talent de cavalier de Gary. Roi Arthur n'avait pas été entraîné pour s'occuper du bétail mais il le guida sans peine au milieu des bêtes afin de séparer celles qui étaient marquées du fer de Callaway de celles qu'ils avaient achetées à Abbot.

Il faisait chaud, l'atmosphère était étouffante, l'odeur du cuir brûlé écœurante, et les cris des animaux qu'on marquait fendaient le cœur, mais les trois hommes et l'enfant travaillaient en parfaite harmonie, leur chemise trempée de sueur. Ils parlaient peu, communiquant surtout par gestes, comme guidés par l'instinct.

Mary Jo ne parvenait pas à détacher son regard de Gary. Il avait demandé à Jeff de lui remonter sa manche gauche, dévoilant un morceau de peau hâlée au-dessus du gant qu'il portait à cette main. De temps à autre, il repoussait une mèche folle de ses cheveux cendrés, et Mary Jo, au souvenir de la veille, sentait son cœur s'affoler, tout son corps réagir.

Remarquablement efficace, même avec un bras en écharpe, il était de ces rares hommes que l'on sent immédiatement compétents dans n'importe quel domaine. Quoique lui-même en doutât, il possédait une habileté, une assurance innées. Et il avait d'ores et déjà obtenu le respect des deux ouvriers, qui se précipitaient pour obéir à la moindre de ses suggestions.

Quant à Jeff... Chaque fois qu'il regardait son héros, il avait les yeux pleins d'étoiles !

Mary Jo allait-elle aussi perdre son fils ?

Pour Gary, c'était différent. Elle avait goûté un peu de paradis, c'était tout. Elle tentait de se persuader qu'elle n'en désirait pas plus, que cet instant de bonheur lui suffisait, qu'elle ne voulait surtout pas d'un homme dans sa vie, un homme qui disparaîtrait, comme les autres. Oui, elle se le répétait, mais en vain. Elle le voulait. Elle le voulait pour toujours. Elle était tellement lasse des instants volés, des miettes de bonheur...

C'est le lot de toute femme, avait dit une épouse de Ranger aux funérailles de Tyler. Eh bien, elle en avait plus qu'assez !

Le soleil dardait ses rayons impitoyables, et elle rentra préparer le repas de midi. Du poulet froid, de l'eau fraîchement tirée du puits. S'occuper, ne pas penser. Ni à aujourd'hui, ni au lendemain quand il partirait.

Ce soir-là, Jeff fit ses préparatifs pour suivre Gary. Jamais il n'avait été aussi fatigué, mais il se sentait bien. Il avait accompli un travail d'homme toute la journée, non sans remarquer les regards approbateurs que lui jetait Gary.

Jake le fixait de ses grands yeux tristes, comme s'il devinait que son meilleur ami allait partir, et sans lui. Jeff en fut désolé, mais la patte de Jake n'étant pas encore guérie, il n'aurait jamais pu l'accompagner.

Jeff avait pris de l'assurance. Il était capable de tout ! Enfin, presque. En tout cas, de suivre Gary. Tout le monde en ville parlait de l'endroit où les Utes avaient installé leur campement. Il pourrait facilement les trouver en suivant les chemins, même s'il perdait Gary, ce qui bien sûr n'arriverait pas. Son père et Tyler lui avaient montré comme on suivait une piste. Ils lui avaient appris à reconnaître certains signes, à examiner les cendres de feux de camp éteints. Et puis il avait lu l'histoire d'un pisteur d'Indiens. Cela semblait plutôt simple. D'autre part, Gary avait dit que les Utes n'étaient pas agressifs. C'étaient ses amis.

Jamais Gary n'aurait des amis à qui il ne ferait pas confiance, et dans ce cas, Jeff pouvait aussi se fier à eux. Frère de sang... Jeff avait hâte de rencontrer Manchez !

Il avait déjà vu des Indiens, au Texas. Surtout des éclaireurs apaches, car les Comanches ne s'approchaient jamais de la garnison des Rangers. On les appelait les Indiens apprivoisés. Ils accompagnaient souvent l'armée dans des expéditions punitives, et plusieurs unités militaires s'étaient arrêtées chez les Rangers, parfois pour recueillir des informations, d'autres fois pour obtenir du renfort en hommes. A part cela, Jeff n'avait entendu dire que du mal des Indiens... Jusqu'à ce qu'il rencontre Gary.

On lui avait raconté les massacres commis par les Comanches ; il était au courant du drame arrivé à sa tante, et de bien d'autres dont on parlait derrière des portes closes afin de l'épargner. Heureusement, il était devenu très fort dans l'art d'écouter par le trou de la serrure ! Il avait aussi lu les aventures du général Custer et de Little Big Horn. Tout cela lui semblait très loin, presque irréel.

Gary parlait des Indiens avec respect, avec affection, et l'enfant voulait en apprendre davantage. En outre, il avait envie d'être avec Gary, qui ne resterait pas longtemps parmi eux, il l'avait dit lui-même. Pourtant peut-être... seulement peut-être... resterait-il s'il avait une bonne raison à cela ? Un fils, par exemple. Pas son vrai fils, bien sûr, Jeff le savait, comme il savait que jamais Gary ne prendrait la place de son père, mais...

Le «mais» resta en suspens. Il ne savait pas ce qui allait se passer, il savait seulement qu'il ne voulait pas que Gary s'en aille. Et sa mère non plus, il en était certain.

C'était à lui de jouer, maintenant. Sa mère ne lui permettrait jamais de partir chez les Utes, de prouver à Gary qu'il était digne de son amitié. En plus, Gary aurait besoin d'aide, s'il redescendait des chevaux des montagnes, et il saurait alors se montrer efficace, un peu comme son vrai fils. Et plus efficace encore s'il décidait Gary à rester au ranch.

Sa mère s'inquiétait beaucoup trop pour lui, elle ne se rendait pas compte qu'il était grand, maintenant, capable de se prendre en charge. Enfin, presque toujours, rectifia-t-il à contrecœur en se rappelant l'épisode de la rivière. Mais c'était une autre histoire!

Et puis, malgré ce qu'avait suggéré Gary, on n'avait plus besoin de lui au ranch. Le gros travail — le marquage des bêtes — était terminé. Tuck et Ed se chargeraient aisément du reste.

Il finit de rassembler ce dont il avait besoin : une chemise et un pantalon de rechange, un couteau, des allumettes, trois boîtes de fruits au sirop, du pain, de la viande que sa mère avait fait sécher pour les ouvriers quand ils passaient toute la journée à l'extérieur. Il roula le tout dans une couverture.

Son plan était bien calculé. Gary s'en irait à l'aube, comme toujours, et Jeff s'inventerait quelque tâche urgente pour ne pas partir avec Tuck et Ed quand ils emmèneraient le bétail nouvellement marqué au pâturage. Ensuite, il dirait à sa mère qu'il allait les rejoindre. Grâce à cela, il disposerait d'une demi-journée avant qu'on découvrît son absence.

En se dépêchant, il arriverait peut-être à rattraper Gary. Il savait quelle route son ami emprunterait, et avec un peu de chance, il l'apercevrait avant qu'il s'engage dans la montagne. Ainsi, il pourrait le suivre, même de loin.

Il avait déjà écrit un mot à sa mère, afin de la rassurer. Et comme elle avait confiance en Gary, elle ne s'inquiéterait pas.

Il se tenait à la fenêtre, trop excité pour pouvoir dormir. Il repensa un instant à son expédition à la rivière, mais il chassa bien vite cette idée. Il n'aurait aucun cours d'eau à traverser, et puis il serait près de Gary, qui était capable de protéger n'importe qui, malgré ses blessures. Il était presque aussi fort que son papa. Or, son papa était le meilleur, le meilleur des meilleurs.

Il entendit sa maman bouger dans la pièce à côté. Chaque soir, elle venait le border dans son lit, et il aimait ça, bien qu'il refusât de l'avouer. C'étaient des habitudes de bébé! Jeff s'assura que la couverture roulée était bien cachée, et il bondit sous les draps au moment où Mary Jo ouvrait la porte. Elle vint s'asseoir près de lui, la tête un peu penchée. Elle était vraiment jolie pour quelqu'un d'aussi vieux. Les yeux plus brillants que d'habitude, elle lui caressa la joue. C'était frais. Doux. Il repoussa la bouffée de culpabilité qui l'envahissait tout à coup. Il allait lui manquer. Mais ce n'était que pour quelques jours, et elle saurait où il était, et avec qui.

Elle ne l'embrassa pas — il trouvait cela mièvre — mais son sourire était tendre.

— Tu grandis, Jeff. Je t'ai observé, aujourd'hui, tu as fait du bon travail.

Bourrelé de remords, le garçon se mit sur la défensive.

— Je t'avais dit que j'étais capable de me débrouiller tout seul.

— Bien sûr, tu le peux. Mais je ne suis pas sûre d'y être prête.

Il changea de sujet de conversation.

— Tu aimes bien Gary, hein ?

— Depuis quand l'appelles-tu par son prénom ?

— C'est lui qui me l'a demandé ! rétorqua Jeff, tout fier. Tu l'aimes bien, hein ? répéta-t-il.

— Oui. Mais à mon avis, il partira pour de bon après son séjour dans la montagne. Souviens-t'en, mon chéri.

Jeff feignit d'étouffer un bâillement.

— Ouais. N'empêche, je n'ai pas envie qu'il nous quitte.

— Moi non plus, mais son foyer se trouve dans les montagnes, comme le nôtre est ici. Heureusement, je crois que Tuck et Ed resteront.

Jeff avait envie de lui demander l'autorisation de partir avec Gary pour l'aider à ramener les chevaux. Mais il savait qu'elle refuserait. Elle n'aimait pas les Indiens, bien qu'elle en parlât rarement. Lorsqu'on les évoquait, il lisait sur son visage une expression de peur qui ne lui était pas familière. Il avait vu sa mère tuer des serpents à sonnettes d'un coup de fusil, monter des chevaux à demi sauvages, aider à éteindre un feu de prairie qui s'était déclaré près de la garnison des Rangers, et il avait été fier d'elle. Mais si on lui parlait d'Indiens...

— Bonne nuit, dit-elle enfin à regret, comme si elle n'avait pas envie de le quitter.

Il bâilla de nouveau.

A la porte, Mary Jo se retourna.

— Je t'aime, Jeff, dit-elle doucement avant de sortir de la chambre.

Il se sentit le plus abject des fils...

Ça a marché comme sur des roulettes, se dit Jeff sans enthousiasme en poussant sa monture.

Il commençait à être moins sûr de lui, maintenant qu'il était en route, mais il n'était pas question de faire demi-tour. Tout avait été si simple ! Il devait bien s'avouer qu'il avait plus ou moins espéré que quelqu'un — ou quelque chose — l'empêcherait de partir.

Quand tu entreprends quelque chose, il faut toujours aller jusqu'au bout, disait Tyler. Et le père de Jeff aussi. Il n'abandonnerait pas, même si son cheval était affreusement lent.

Il le poussa de nouveau, mais le vieux Seth ne se montrait guère coopératif. Jamais Jeff ne rattraperait Gary, à ce train-là !

On était au début de l'après-midi, et sa mère ne l'attendrait pas de sitôt, puisqu'il était censé rejoindre Ed et Tuck. L'excitation de l'aventure s'évanouissait peu à peu, laissant la place aux incertitudes. Et s'il ne parvenait pas à rattraper Gary ?

Il était encore surpris par la facilité avec laquelle tout s'était déroulé. Gary était parti de bonne heure, ainsi que les deux ouvriers. Jeff avait refusé de les accompagner tout de suite, et leur avait dit qu'il les retrouverait après avoir accompli ses tâches quotidiennes. Il avait pris son petit déjeuner, empoché quelques biscuits supplémentaires, nourri les poules, trait la vache, nettoyé l'écurie, puis il avait déclaré qu'il allait rejoindre les deux ouvriers. Sa mère occupée à la lessive, il avait pu lancer la couverture roulée par la fenêtre. Il avait aussi emporté son fusil.

Il enfonça ses talons dans les flancs de Seth, regrettant Roi Arthur. Le vieux cheval de trait accepta enfin de se mettre au petit trot.

L'angoisse de Jeff grandissait à mesure que les heures passaient. La route poussiéreuse qui traversait le Black Canyon en direction des montagnes de San Juan était désespérément vide. En avait-il pour un jour, deux, trois ? Il l'ignorait. Last Chance se trouvait au nord, et ce chemin partait vers le sud.

A la fin de l'après-midi, il commença à monter, tandis que la route devenait une simple piste. Enfin il vit du crottin de cheval frais et reprit courage. Il ne devait pas être loin de Gary ! Il n'envisagea pas un instant qu'il pût s'agir de quelqu'un d'autre. Surtout pas !

Il s'arrêta près d'un ruisseau pour faire boire son cheval et remplir sa gourde. Il continuerait à avancer jusqu'à la nuit...

Mais soudain la route se divisa en deux, et il ne savait absolument pas quel chemin choisir. Il opta pour celui de gauche tout en cherchant, dans le jour déclinant, des traces de cavalier, mais il n'en vit aucune sur le sol pierreux. Il y eut un nouveau carrefour, et il déchira un morceau de sa chemise, qu'il noua à une branche d'arbre, tout en réfléchissant.

La nuit se referma sur lui alors qu'il pénétrait dans une région plus boisée. Il mit pied à terre pour découvrir une minuscule ouverture dans la végétation, surplombée par un gros rocher. Un abri. Il entendit le ululement d'une chouette, le hurlement d'un loup, au loin, et il avala sa salive avec peine. Il fallait qu'il s'arrête afin de ne pas s'égarer davantage.

Son père n'aurait pas eu peur, lui. Ni Tyler, ni Gary.

Il fit un feu, rasséréné par la présence du vieux Seth. Il n'était pas tout à fait seul, et au matin, il retrouverait la trace de Gary.

Il mâchonna sans plaisir quelques biscuits qui lui parurent plâtreux, tandis que les bruits de la nuit s'intensifiaient, inquiétants.

Il craignait que le feu s'éteigne, il redoutait les animaux nocturnes.

Et il aurait voulu se retrouver dans sa maison, dans son lit. A cet instant, il aurait donné tout au monde pour entendre la porte s'ouvrir, voir sa mère entrer. Il aurait même accepté un baiser !

Mary Jo crut devenir folle quand elle vit les deux ouvriers revenir seuls. Elle se précipita dans la chambre de son fils, trouva le mot qu'il lui avait laissé.

Je pars avec Gary dans les montagnes. Il aura besoin d'aide pour les chevaux. Ne t'inquiète pas, tout ira bien.

Le message se voulait rassurant, mais il ne l'était pas, pas du tout.

Comment Gary avait-il pu se conduire ainsi? Ce fut la première pensée de Mary Jo. Puis elle se rendit compte que c'était impossible. Sauf si Jeff lui avait juré qu'elle était d'accord.

Et encore…

Gary était au courant de son opinion sur les Utes. Il savait qu'elle n'aurait jamais accepté de voir partir son fils pour les montagnes. A moins que… Le connaissait-elle si bien que ça, finalement?

Elle s'interdit la panique, s'obligea à raisonner. Tuck et Ed, désorientés, se tenaient dans le corral.

— Vous n'avez pas vu Jeff du tout?

— Non, m'dame, pas depuis ce matin. Vous voulez qu'on aille à sa recherche?

Elle réfléchit un moment. Cela ne servirait à rien. Jeff accompagnait ou suivait Gary. Elle irait elle-même, et les deux hommes resteraient pour s'occuper des bêtes. Mieux valait que les ouvriers ignorent les liens qui unissaient le régisseur aux Utes. Ils se poseraient des questions qu'il valait mieux éviter. Ils savaient simplement que Gary allait se procurer d'autres chevaux.

C'était à elle de s'occuper de l'affaire. Elle disposait d'un nom : Manchez, et elle avait entendu dire en ville que les Utes campaient parfois le long de la rivière Uncompahgre, et qu'un montagnard solitaire vivait non loin de là. Peut-être pourrait-il la mener aux Indiens. Elle ravala sa frayeur. Rien ne comptait en dehors de Jeff.

Inutile de se mettre en route sur-le-champ. Le soir tombait déjà, la lune était tout juste un petit croissant et le ciel se couvrait de nuages. La nuit serait très noire, sa jument risquerait de se blesser dans les collines, ce qui ne les avancerait à rien.

Elle partirait le lendemain à la première heure. Sa monture était vive, rapide, et le vieux Seth bien fatigué. D'autre part, elle espérait que Jeff était quand même parvenu à rattraper Gary. Sinon... Elle ne voulait même pas y penser! Elle ne supportait pas l'idée qu'il arrivât malheur à son fils. Cette fois, elle n'y survivrait pas.

Elle envisagea d'aller demander l'aide du shérif à Last Chance, mais c'était dans la direction opposée à celle empruntée par Gary, et cela lui ferait perdre trop de temps.

Mary Jo avait une confiance instinctive en Gary. Il avait déjà sauvé une fois la vie de Jeff, le miracle pouvait se reproduire.

Dès l'aube, Jeff sauta en selle et revint sur ses pas en observant soigneusement le terrain. Mais, épuisé par une nuit sans sommeil, il fermait parfois les yeux, se réveillait en sursaut, se rendormait sur le dos de son cheval.

Il cherchait désespérément le morceau de chemise accroché à l'arbre. Comment avait-il pu le manquer? Il n'était tout de même pas allé si loin, après la fourche! Heureusement, le sentier montait de nouveau, et il savait que c'était globalement la direction que devait prendre Gary. Après tout, les routes menaient toutes quelque part!

Il but une gorgée d'eau puis il s'aspergea le visage afin de se réveiller. Le cheval avait de plus en plus de mal à avancer sur la pente abrupte, parmi les pins et les trembles. La voie se rétrécissait, et bientôt, en regardant derrière, Jeff ne vit plus rien. La végétation s'était refermée sur lui.

Le garçon essuya son front couvert de sueur malgré la fraîcheur de l'air montagnard. Qu'aurait fait son père, à sa place ? Et Gary ?

Il trouva un endroit assez large pour faire demi-tour, et il lâcha les rênes au vieux Seth. Peut-être retrouverait-il la route, peut-être pourrait-il même retourner à la maison ?

— Rentrons, dit Jeff, prêt à renoncer à son expédition.

Il n'avait plus qu'un but, le Cercle J. Chez lui.

Le vieux Seth entreprit de descendre la pente, l'écume aux lèvres, la respiration sifflante, et Jeff, plein de remords, lui caressa le cou.

— Nous rentrons à la maison, toi et moi, répéta-t-il avec une assurance qu'il était loin d'avoir.

Mary Jo aperçut enfin la cabane délabrée. Elle avait chevauché durant des heures le long de la route qui, au pied de la montagne, se transformait en chemin. Elle avait emporté avec elle de la nourriture, des allumettes, de l'avoine pour la jument, deux couvertures, un revolver et son fusil.

A l'embranchement, elle s'était arrêtée, ne sachant quel chemin suivre. Elle se demandait si elle ne ferait pas mieux de retourner vers Last Chance quand elle vit arriver un mineur monté sur une mule. Il n'avait pas vu d'enfant, ni de cavalier avec le bras en écharpe, mais il lui indiqua l'endroit où elle pourrait trouver Tom Berry, l'ermite des montagnes, célèbre dans la région pour ses expéditions passées avec Kit Carson.

Après de longues recherches, elle découvrit le sentier qui menait à la cabane située au milieu d'une petite clairière. Un mulet pelé attaché à un pieu lui lança un regard mauvais.

Mary Jo frappa à la porte, attendit, frappa de nouveau. Bien qu'il y eût du bruit à l'intérieur, personne ne répondait. Elle insista de plus belle.

— Bon Dieu ! rugit une voix. On peut pas me laisser tranquille ?

Pour toute réponse, Mary Jo tambourina encore.

La porte s'ouvrit à la volée sur un homme en caleçon long, immense, carré, à la barbe grisonnante. Il était impossible de lui donner un âge, car si son corps était robuste, son visage était raviné comme un parchemin. Deux yeux bleu pâle fixaient Mary Jo avec animosité.

Si elle avait été moins angoissée, elle aurait perdu contenance.

— Monsieur Berry ?

Il plissa les yeux.

— J'suis pas d'humeur à recevoir une femme.

Elle ne put s'empêcher de rougir.

— J'ai besoin d'un guide. Mon fils est parti et...

— C'est pas mon affaire, bougonna-t-il, s'apprêtant à fermer la porte.

— Je cherche un homme, insista-t-elle, désespérée. Gary Foster. Il a dû monter au campement des Utes.

L'homme hésita un moment.

— Foster ? Pourquoi ?

— Il habite avec nous... Il est allé chercher des chevaux chez les Utes, et mon fils... a décidé de le suivre.

— Foster a sa propre famille, dit l'homme. Mais il vous l'a peut-être pas dit, ajouta-t-il d'un air entendu.

Elle se raidit sous l'insulte implicite.

— Si, il me l'a dit. Ils sont... morts.

Les mots étaient venus tout seuls, et elle se demanda si elle n'avait pas commis une grosse erreur.

— Chivita ? Le garçon ?

216

Elle s'en voulait affreusement. Ne venait-elle pas de condamner Gary ?

— Depuis quand ? insista Berry.

— Je ne sais pas.

— Et comment ?

Elle se tut. C'était l'histoire de Gary, pas la sienne.

— Foster faisait grand cas de son gamin, reprit l'homme. Pourquoi il vivait avec vous ? Je croyais qu'il descendrait jamais de ces montagnes.

Mary Jo aurait voulu tout lui expliquer, mais elle ne parvenait pas à deviner si cet individu était l'ami ou l'ennemi de Gary.

Il eut soudain un grand sourire qui découvrit des dents un peu gâtées.

— Vous êtes bien la première femme que je connaisse à la fermer quand il faut, dit-il. Il est parti quand, votre garçon ?

— Hier matin.

— Vous dites qu'il est avec Foster, alors il risque rien.

De nouveau, il faisait mine de fermer la porte.

— Il aime les gosses, ajouta-t-il. Pas moi.

— Vous n'avez pas compris, insista Mary Jo, suppliante. Gary... M. Foster ne l'a pas emmené avec lui, mon fils l'a suivi. Je suis sûre... M. Foster l'aurait ramené à la maison, si Jeff l'avait rattrapé. Il sait ce que je pense des...

Les yeux clairs la fusillèrent.

— Vous êtes encore une de ces satanées racistes ?

Elle frémit. Raciste. C'était affreux, formulé de cette façon.

— Je n'ai simplement pas confiance...

— Par le diable, comment vous vous êtes retrouvée avec Foster ?

— Peu importe. Il s'agit de mon fils. Je vous en prie... Je vous donnerai tout ce que vous voudrez. Aidez-moi seulement à retrouver Gary Foster.

Il hésitait.

— Vous avez peur ? demanda-t-elle.

— Je fais du commerce avec les Utes depuis cinquante ans, rugit-il. Y a aucune raison d'avoir peur d'eux. C'est pas comme ces sacrés vagabonds qui fichent jamais la paix aux gens.

Au regard de Berry, Mary Jo comprit qu'elle était classée parmi les «sacrés vagabonds».

— Gary... M. Foster...

— Lui, il aime ces montagnes, il les apprécie, il essaie pas de leur creuser des trous partout.

Il y avait une note de respect dans sa voix, et Mary Jo reprit espoir.

— S'il vous plaît... Il serait heureux que vous m'aidiez. Il aime beaucoup Jeff.

— Bon Dieu, vous me lâcherez pas avant que j'aie dit oui ! grommela-t-il. De toute façon, j'avais l'intention de monter là-haut. J'ai des marchandises à vendre. Mais vous avez intérêt à suivre, ma petite dame, parce que je vous attendrai pas.

— C'est promis ! Quand ?

Il lui lança un regard noir.

— Quand j'aurai enfilé un pantalon. Ça vous va, ma belle ?

Elle acquiesça.

— Et je veux deux bouteilles de bon whisky pour ma peine.

— Vous en aurez autant que vous voudrez.

Il rentra dans la maison et claqua la porte, la laissant indécise sur le seuil. Avait-elle pris la bonne décision ? Tom Berry avait la tête d'un individu qui n'hésiterait pas un instant à trancher la gorge d'un homme... ou d'une femme. Elle n'avait lu dans son regard qu'irritation et mépris, aucune chaleur ; or la vie de Jeff dépendait maintenant de lui.

Jeff ne pouvait se leurrer davantage, il était complètement perdu. Le vieux Seth aussi. Et ils tournaient en rond.

S'il continuait, il risquait de s'éloigner encore plus du chemin, et on ne le retrouverait jamais. C'était le milieu de l'après-midi, et il se dit qu'il ferait mieux de dormir un peu, afin d'être capable de veiller durant la nuit. Il lui restait assez de nourriture pour tenir deux jours, pour peu qu'il se restreigne et qu'il trouve quelques baies. L'eau ruisselait de partout, et le cheval aurait assez d'herbe pour survivre. Il tenta de se rappeler les leçons de son père et de Tyler. Règle numéro un : ne pas céder à la panique.

Plus facile à dire qu'à faire ! La peur le rongeait.

Il s'arrêta au cœur d'une petite clairière. Il avait baigné son cheval un peu plus tôt dans une mare, mais il ne s'y était pas attardé à cause des nombreuses traces d'animaux. Après avoir dessellé Seth, Jeff entreprit d'allumer un feu puis, assis sur la couverture, il mangea quelques biscuits. Quelques champignons le narguaient, non loin, mais il n'osa pas y toucher, au cas où ils seraient vénéneux.

Il se contenta de boire un peu d'eau. Il avait son fusil à ses côtés, le cheval était bien attaché près de lui, et il était fatigué... Si fatigué que, malgré son angoisse, il ferma les yeux et s'endormit aussitôt.

16

Tom Berry était l'homme le plus taciturne que Mary Jo eût connu. Sur ce plan, il en aurait remontré à Gary, et pourtant ! Etaient-ce les montagnes qui produisaient cet effet sur les hommes, ou bien les individus qui choisissaient d'y vivre y étaient-ils prédisposés ?

Elle le suivait en silence, craignant, si elle posait trop de questions, qu'il ne renonçât à l'accompagner. Ils n'avaient échangé que quelques mots tandis que Tom sellait son mulet. Etonnée, Mary Jo avait vu l'animal tenter de le mordre pendant l'opération, puis l'homme lui donner un grand coup dans le flanc et serrer la sangle tandis que le mulet renâclait.

Mary Jo crut apercevoir une fugitive étincelle d'humour dans les yeux de Berry.

— J'aime pas les chevaux, moi. Ils sont idiots, tandis que mon Rachel est intelligent, assez intelligent pour savoir qu'il veut personne sur son dos.

— Rachel ?

— Eh ben oui, c'est un nom comme un autre ! gronda-t-il, irrité d'avoir à fournir une explication sur le choix d'un prénom féminin quand l'animal offrait indéniablement toutes les caractéristiques d'un mâle.

Cette étrange conversation avait un instant distrait Mary Jo de son angoisse, et elle ne tarda pas à apprécier les qualités dudit Rachel. Pas une fois, alors qu'ils escaladaient la montagne, le mulet ne trébucha ; il gardait une respiration égale, une allure régulière, alors que la malheureuse Caprice avait bien du mal à avancer. Le sentier était étroit, envahi de végétation, et il semblait ne mener nulle part. Mary Jo se demanda à plusieurs reprises si elle avait eu raison de suivre l'homme. Mais au bout de quelques heures, elle ne se posait plus la question : complètement perdue, elle aurait été incapable de trouver le chemin du retour.

Ils ne s'arrêtèrent qu'une fois avant la nuit, et seulement afin de reposer un peu la jument. Berry engloba la cavalière et sa monture du même regard méprisant.

— On y arrivera jamais, s'il faut se poser toutes les cinq minutes ! grommela-t-il.

220

Comme c'était la première halte depuis des heures, elle faillit protester mais, prudente, elle se contenta de caresser le cou de sa jument et de verser de l'eau de la gourde dans son chapeau pour la faire boire.

Elle-même se sentait sale. Elle avait beaucoup transpiré, puis l'air, frais en altitude, avait séché la sueur sur son corps. Elle avait mal partout, elle avait faim, et surtout, peur. Son angoisse prenait le pas sur tout le reste. Pourvu que Jeff ait pu retrouver Gary, pourvu qu'il soit en sécurité! Ce n'était qu'un enfant, quoi qu'il en pensât.

Quand le soir fut tombé, Tom marqua de nouveau une pause.

— Nous passerons la nuit ici, annonça-t-il.

— Mais...

— Vous avez du nerf, ma p'tite dame, je dois le reconnaître. Mais votre satané cheval risquerait de se casser une patte, dans le noir. On repartira à l'aube.

C'était sans appel, et il se détourna pour sortir de sa sacoche quelques provisions qu'il attaqua sans plus s'occuper d'elle.

— Un feu...? risqua-t-elle.

Il haussa les épaules.

— Si ça vous fait plaisir. Mais vous devrez rester éveillée pour l'entretenir.

Cette idée la rebuta. Si son esprit était en alerte, ses yeux se fermaient d'eux-mêmes et ses membres étaient raides comme des bouts de bois. Elle pensa à Jeff et pria pour qu'il ne fût pas seul, perdu dans la nature.

Berry avait déroulé sa couverture et tirait sur une pipe nauséabonde.

Un coyote hurla, la faisant sursauter.

— Il est à des kilomètres d'ici, lâcha son compagnon, dédaigneux.

— Je ne crains rien pour moi, se défendit-elle. C'est pour Jeff, il risque d'avoir peur...

Il lui lança un coup d'œil indifférent.

— Pas s'il a votre cran !

C'était une forme de compliment, et elle en tira une certaine fierté. Toute sa vie, elle avait essayé de se rendre utile et, après la mort de son mari, elle avait appris à ne compter que sur elle-même. En arrivant dans la région avec son fils, elle avait imaginé qu'elle se débrouillerait seule ; et le fait d'avoir échoué, d'avoir eu besoin de Gary, et maintenant de cet homme, la remplissait de honte. En quelques mots laconiques, Tom Berry venait de restaurer quelque chose d'important pour elle.

Elle savoura en silence sa remarque, espérant du fond de son âme qu'il eût raison. Puis, comme elle devrait disposer de toutes ses forces le lendemain, elle se glissa entre les couvertures qu'elle avait apportées et ferma les yeux.

Le lendemain, vers midi, ils atteignirent une riche vallée verdoyante parsemée de tipis. Des femmes et des enfants s'attroupèrent en voyant arriver des cavaliers, vite rejoints par des hommes à la chevelure nattée ceinte de bandeaux brodés de perles.

Mary Jo fit taire son appréhension. L'endroit semblait paisible. Les tipis, couverts de peaux de wapitis, étaient richement ornés de perles, des chiens aboyaient gaiement, et Mary Jo discerna de la curiosité, parfois teintée de peur, sur le visage des femmes. Quant aux hommes, ils étaient impassibles, aussi indéchiffrables que l'était si souvent Gary. Il n'y avait pas de peintures de guerre, comme chez les Comanches, pas de regards menaçants.

Elle se tenait droite, le dos raide, cherchant du regard la chevelure cendrée de Gary, sa chemise et son pantalon bleus, ainsi qu'un garçon roux au visage constellé de taches de son. Tom Berry s'approcha de deux hommes et se pencha pour leur parler calmement. L'un d'eux hocha la tête, se tourna avec curiosité vers Mary Jo avant de rentrer dans son tipi.

Une minute plus tard, Gary sortait de la même tente. Il y avait une sorte de défi dans la façon dont il portait ses vêtements de daim, le collier à son cou, les mocassins de peau qui lui montaient aux genoux. Il avait un aspect si primitif, si sauvage que Mary Jo se demanda si elle connaissait cet individu.

Il s'approcha.

— Mary Jo ? dit-il, l'air aussi méfiant que ses compagnons.

— Jeff est-il avec vous ? demanda-t-elle, trop pressée pour s'embarrasser de préliminaires.

Il fronça les sourcils.

— Jeff ? Pourquoi serait-il là ?

Elle fut soudain glacée. Elle avait espéré, contre toute raison...

— Il m'a laissé un mot avant-hier. Il disait qu'il venait avec vous. Mais il est parti quelques heures après vous. Il m'avait annoncé qu'il allait rejoindre Ed et Tuck. Je n'ai constaté son absence que le soir. Et il n'est pas rentré.

Gary pâlit malgré son hâle.

— Qu'écrivait-il exactement ?

Mary Jo lui tendit en silence le message qu'elle avait relu cent fois, et elle le vit changer d'expression.

Gary aura besoin de mon aide.

— Je ne l'ai pas vu, dit-il enfin d'une voix altérée par l'angoisse. Sinon, je vous l'aurais ramené aussitôt.

— Je sais... J'espérais seulement... Je savais qu'il serait en sécurité avec vous.

Il l'aida à mettre pied à terre, la gardant contre

lui un peu plus longtemps que nécessaire, et elle se
sentit trembler. Elle avait besoin de sa force.

— Nous le trouverons, murmura-t-il, avec assurance, cette fois. Il a dû bifurquer sur le mauvais
chemin.

Mary Jo le regardait dans les yeux, suppliante.

— Ne vous inquiétez pas. Il y a de bons pisteurs,
ici, insista-t-il. D'excellents pisteurs.

— Mais pourquoi accepteraient-ils de…

— Parce que ce sont mes amis, expliqua-t-il gentiment, et qu'ils accordent de la valeur aux enfants.

Du regard, il lui ordonna de ne pas discuter
davantage, afin de ne pas offenser ses compagnons.

Moins grands que Gary, ils étaient trapus, robus-
tes, avec un regard d'obsidienne perçant et impassible. Dans leur étrangeté, ils effrayaient Mary Jo.

— Je leur en suis très reconnaissante, articula-
t-elle d'une voix étranglée.

Toutefois elle n'aimait guère imaginer son fils
aux mains de ces hommes. *Ils accordent de la valeur
aux enfants*. Les Comanches aussi avaient accordé
de la valeur à sa sœur, au point de risquer leur vie
pour la kidnapper.

Gary lâcha enfin sa main et se tourna vers un
des Utes.

— De combien d'hommes peux-tu disposer, mon
frère ?

Mary Jo observa l'Indien. Ainsi, c'était Manchez,
le frère de l'épouse de Gary… L'homme lui rendit
son regard sans ciller. Curieusement, elle n'y lut
aucune hostilité.

— Dix-huit, répondit Manchez avant d'entraîner
Gary à l'écart pour s'entretenir avec lui à voix
basse dans une langue que la jeune femme ne comprenait pas.

Enfin Gary revint vers elle.

— Manchez a vu la peur dans vos yeux. Il veut

être sûr que vous lui faites confiance pour rechercher votre fils.

Il parlait d'une voix chargée d'émotion, si pleine de conviction qu'elle ravala ses objections. Si Gary accordait sa confiance aux Indiens, elle se devait d'en faire autant. Elle fit quelques pas en direction de Manchez.

— Retrouvez mon fils, je vous en prie, dit-elle. Il hocha la tête.

— Vous resterez avec ma femme.

Elle ouvrait la bouche pour protester quand elle vit la bouche de Gary former le mot « oui ».

— Je veux vous accompagner, déclara-t-elle néanmoins.

— Nous chevaucherons séparément, et nous irons vite. Nous ne pouvons nous permettre de perdre du temps avec vous, déclara Gary d'un ton sans réplique. Vous restez ici.

Il lui prit le bras pour l'attirer un peu plus loin.

— Cette terre, là-bas, n'est plus la leur, dit-il sèchement. Ils prennent de gros risques pour vous aider. Obéissez-lui.

— Je ne peux pas venir avec vous ?

— Vous me retarderiez aussi. Vous ne connaissez pas assez ces montagnes. Ici, vous serez en sécurité, car ils croient que vous êtes ma femme.

Elle ouvrit de grands yeux pleins d'incompréhension.

— Je le leur ai dit afin qu'ils vous apportent plus facilement leur aide. Après avoir été spoliés de la plus grande partie de leur territoire, imaginiez-vous qu'ils seraient prêts à se lancer à la recherche d'un enfant blanc ? S'ils tombent sur des soldats ou sur des Blancs pris de boisson…

— Ils accordent de la valeur aux enfants, lui rappela-t-elle.

— A leurs enfants, rectifia-t-il, mais aider le vôtre risque de les mettre en danger. Maintenant, assez tergiversé. Soit vous repartez avec Tom Berry et vous allez demander de l'aide en ville, soit vous restez ici et vous leur faites confiance ainsi qu'à moi.

Mary Jo n'avait pas le choix, en réalité. Jeff avait disparu depuis trois jours, et elle n'avait plus le temps de rentrer à Last Chance, de rassembler une équipe de recherche. Jeff avait peut-être trouvé un moyen de rentrer au ranch, mais elle n'y croyait guère. Au fond de son cœur, elle savait qu'il se trouvait encore dans les montagnes. Elle acquiesça enfin.

— L'épouse de Manchez s'appelle Shavna, l'informa Gary. C'est une femme bonne, mère de deux garçons.

Il accompagna Mary Jo vers le tipi d'où il était sorti, y pénétra pour revenir aussitôt avec une jeune et belle Indienne.

Celle-ci, avec un sourire timide, tendit la main pour inviter Mary Jo à entrer. Comme elle hésitait encore, Gary lui serra doucement l'épaule afin de l'encourager.

— Nous le trouverons, promit-il avec ce vrai sourire qu'elle aimait tant.

Pour la première fois depuis la disparition de Jeff, Mary Jo sentit un réel espoir l'envahir, un espoir plus fort que sa crainte des guerriers qui déjà se mettaient en selle. Elle suivit la femme à l'intérieur du tipi.

Jeff avait mal au ventre, à cause des baies sauvages, sûrement. Pourvu qu'elles ne soient pas vénéneuses ! Il ne lui restait que deux biscuits.

Il avait essayé de chasser, mais après avoir manqué deux écureuils, il craignait de gaspiller davantage de munitions. Il n'avait plus que quatre cartouches, et il préférait les garder pour se défendre contre les bêtes. Il avait, dans la matinée, repéré des traces… de loup, peut-être…

Il avait déjà fait sa provision de bois pour la nuit, afin de se tenir éveillé.

Les doigts tremblants, il prépara un feu, alors que le ciel se teintait de rouge en direction du couchant. Jamais il ne s'était senti aussi seul, aussi malheureux. Plus encore que le soir où son père n'était pas rentré du tout à la maison, ou quand il avait appris que Tyler avait été tué à Harmony. Dans ces moments atroces, il avait sa mère près de lui. Et elle… Mon Dieu, elle devait être folle d'angoisse !

Le ciel s'assombrit vite, et Jeff avait de plus en plus peur. Le moindre bruit le terrorisait.

Il entendit au loin un cri terrifié qui ressemblait à celui d'un bébé. Un aigle qui avait attrapé un lapin ? Il frissonna et s'enroula plus étroitement dans sa couverture. Comme la température fraîchissait rapidement, il gratta une allumette et mit le feu à ses brindilles. Il fallait absolument qu'il entretienne ce foyer, non seulement pour éloigner les bêtes sauvages, mais aussi parce qu'il serait bientôt à court d'allumettes. Comme il était à court de tout, d'ailleurs, et surtout de courage. Il avait envie de pleurer, mais cela ne l'aiderait guère !

Si seulement Jake était près de lui ! Il devait lui manquer à lui aussi. Jake était le chien d'un seul maître, du moins était-ce vrai jusqu'à ce qu'ils ne rencontrent Gary Foster.

Il se mit à prier. A essayer en tout cas, car en réalité il avait trop peur pour penser aux paroles qu'il prononçait machinalement ; en plus, il ne croyait pas vraiment que Dieu l'écoutait.

Il enfonça la tête dans les épaules, prêt à affronter la nuit, le noir, les serpents, les coyotes, tous les animaux qui hantaient les bois.

La main posée sur son fusil, il se promit de demeurer éveillé. C'était vital.

Shavna ne parlait pas anglais, mais sa sympathie était évidente, et Mary Jo se surprit à y répondre.

Elle fut étonnée par l'intérieur du tipi. Il y régnait une forte odeur, mais tout était propre et net. Des couvertures en peau de bison étaient pliées dans un coin, et il y avait partout des poteries de couleurs vives, des paniers joliment tressés. Un bébé gazouillait dans son berceau orné de dentelle, de franges et de perles. Un autre enfant jouait sagement avec un petit tambour.

Shavna lui caressa les cheveux comme s'il était la huitième merveille du monde, avant d'adresser un nouveau sourire à Mary Jo et de lui montrer une robe de daim qu'elle était en train de broder de perles. Mary Jo en admira la finesse. C'était absolument ravissant. Shavna la lui mit entre les mains.

Mary Jo ne savait ce qu'on attendait d'elle. Elle était d'ailleurs trop angoissée pour se poser vraiment la question. En esprit, elle était dans la forêt avec Gary… Elle oublia cependant quelque peu son inquiétude quand le petit garçon vint à elle en trottinant et saisit sa natte, fasciné comme sa mère par la chevelure de la jeune femme.

Il prononça quelques mots qu'elle ne comprit pas, mais Shavna eut cet air de fierté commun à toutes les mamans du monde. L'enfant était irrésistible, avec ses grands yeux sombres et son sourire plein de fossettes.

Mary Jo le prit dans ses bras, et il éclata d'un rire heureux. Alors elle se mit à jouer avec lui, comme avec Jeff autrefois, à « A cheval soldat », et obtint en récompense des petits cris enchantés.

Plus tard, une fois l'enfant endormi, Shavna posa de nouveau la robe sur les genoux de Mary Jo, et elle comprit qu'il s'agissait d'un cadeau. Déjà durement éprouvée par les émotions, elle dut lutter contre les larmes qui lui montaient aux yeux devant une telle générosité. L'Indienne avait visiblement travaillé à ce vêtement pendant des jours, sinon des semaines…

Gary et Manchez prirent la tête d'une caravane de dix-huit volontaires. Même Tom Berry, sidérant tout le monde, avait tenu à se joindre à l'expédition.

Gary avait tenté de remercier son beau-frère, mais il n'était pas besoin de paroles entre eux, et Manchez l'avait interrompu d'un haussement d'épaules. Pourtant Gary connaissait le danger de cette recherche pour lui et son peuple.

Les Utes, après avoir été repoussés toujours plus loin vers l'ouest, vivaient à présent sur le versant occidental des Rocheuses du Colorado, ayant dû abandonner une grande partie de leurs terres dans les montagnes de San Juan à la suite d'une kyrielle de traités. Ils avaient écouté en cela les conseils du chef Ouray, qui avait consacré son existence à s'assurer que son peuple ne finirait pas dans une réserve comme bien d'autres tribus. Il signait traité sur traité, pour les voir les uns après les autres brisés par l'avidité des Blancs. Et maintenant, on voulait les chasser du nouvel Etat du Colorado.

Au moindre incident, la pression augmenterait pour qu'on les chasse vers les montagnes semi-arides de l'Utah, loin des riches terres de leurs ancêtres.

Le chef Ouray avait été l'un des premiers à comprendre que jamais les Indiens ne gagneraient la guerre contre les Blancs, et qu'il fallait trouver un moyen de satisfaire leur appât du gain tout en se préservant un peu de territoire. Il ne lui avait pas toujours été facile de contrôler les guerriers utes, furieux de voir que leurs bisons disparaissaient en même temps que leurs pâturages, mais il était parvenu à maintenir la paix, hormis quelques incidents isolés.

Gary était sensible à la rage froide, désespérée, qui s'emparait souvent de ses amis. Il avait compris que s'il ne vengeait pas lui-même la mort de sa femme et de son fils, Manchez s'en chargerait, ce qui aurait été une catastrophe pour ceux de sa tribu et peut-être pour la nation ute tout entière.

Et maintenant, ils prenaient un grand risque pour un enfant blanc, simplement parce que Gary le leur avait demandé. Ils possédaient en principe le droit de chasser sur ce territoire, mais pas celui d'y établir un campement. Pour cette raison, ils avaient pris soin de se tenir à l'écart des Blancs et des nouvelles mines. Cependant, leurs recherches allaient les mener dans une région où se trouvaient des Blancs, celle où Gary avait tué trois mineurs.

Heureusement, les Utes se déplaçaient aussi silencieusement que des ombres. Chasseurs émérites, ils avaient eu pendant des siècles la mainmise sur ces montagnes, y combattant les Arapahos et les Navajos. Si quelqu'un pouvait découvrir Jeff, c'étaient bien eux.

Lorsque Gary était arrivé au campement, l'avant-veille, Manchez lui avait posé une seule question :

— Les assassins de Chivita ?

— Morts, avait répondu Gary, obtenant un signe de tête approbateur de son beau-frère.

Gary lui avait parlé du dernier mineur, lui avait raconté sa blessure et la façon dont la femme et l'enfant l'avaient sauvé.

— Je leur dois la vie de mon frère, avait dit gravement Manchez.

Alors qu'ils chevauchaient depuis plusieurs heures déjà, Gary et ses compagnons décidèrent de se disperser par groupes de deux ou trois afin de couvrir plus de terrain et de mieux pouvoir se fondre dans les bois s'ils rencontraient des mineurs ou des soldats. Gary et Manchez suivirent le chemin qui descendait vers Black Canyon. Ils parlaient peu. Gary ne cessait de penser à Jeff, à Mary Jo, et il était content qu'elle fût venue lui demander son aide. Ce n'était pas seulement parce qu'elle pensait que son fils était peut-être avec lui, il le savait. Il avait vu l'espoir flamber dans ses yeux dès qu'elle l'avait aperçu, et il se sentait à la fois heureux et indigne de cette confiance. Il avait, lui aussi, viscéralement peur pour l'enfant. Jusqu'à ce matin, il n'avait pas compris, ou pas voulu comprendre, à quel point il tenait à Jeff et à sa mère, malgré ses efforts pour ne pas s'attacher à eux.

Lui non plus ne supporterait pas qu'il arrivât malheur à Jeff.

Il croisa le regard compatissant de Manchez.

— Nous trouverons l'enfant, dit l'Indien.

Gary se contenta d'acquiescer en silence. Pourvu qu'il ne soit pas trop tard ! Il ferait nuit dans quelques heures, or la forêt était pleine de meurtriers, hommes ou bêtes. Sans cesser de penser à Drew, à sa gorge tranchée, il enfonça ses talons dans les flancs de sa monture.

17

L'aube arrivait lentement, très lentement, tandis que Jeff se tenait roulé en boule près de son feu de camp. Le quatrième matin. Et cette dernière nuit avait été la pire de toutes. Il s'était senti environné de dangers, harcelé par les hurlements des loups.

Un moment, il avait cru apercevoir des yeux qui le fixaient, et il avait tiré deux fois, paniqué. Un bruit dans les buissons, puis plus rien. Le vieux Seth s'était mis à s'agiter, à ruer. Jeff l'avait alors attaché plus près du feu et caressé jusqu'à ce qu'il arrête de trembler.

Mais lui n'avait pas cessé de claquer des dents durant ces longues heures dans l'obscurité.

Il regarda le ciel s'éclaircir progressivement, se teinter de rose, puis d'or, mais il était trop fatigué, trop affamé pour profiter de la splendeur de l'aurore. Le feu était presque éteint, et il ne tenta pas de le ranimer. Appuyé à un arbre, il ferma les yeux en se demandant s'il pouvait s'autoriser à dormir un peu, ou s'il lui fallait essayer encore de retrouver son chemin.

Quelques minutes, seulement quelques minutes, ensuite il se mettrait en route.

Il sentit sa tête s'incliner et même sa faim disparut sous le poids de l'épuisement.

Il aurait été incapable de dire combien de temps il avait dormi quand il fut réveillé par un élément extérieur. Il se sentait engourdi, il avait mal à la tête, mal à l'estomac. Il tenta de se secouer de sa torpeur, de comprendre ce qui se passait.

Puis il entendit le hennissement de son cheval, il le vit tirer frénétiquement sur la corde qui le retenait attaché à un arbre. Enfin, parvenant à se libérer, le vieux Seth se mit à ruer dans tous les sens. Jeff se précipita pour attraper la corde, mais il dut se protéger des sabots, et le cheval en profita pour s'enfuir au galop parmi les arbres.

Jeff perçut quelque chose, sentit une menace. Il saisissait son fusil quand il y eut un mouvement au-dessus de lui, une odeur animale. Enfin il vit le grand puma, perché sur une crête rocheuse, qui l'observait sans ciller.

Jeff leva son arme, essaya de viser. Deux cartouches seulement. Le gros félin était ramassé sur lui-même, prêt à bondir, quand le garçon fit feu.

L'animal poussa un rugissement et s'élança. Jeff tenta de l'éviter, mais il reçut l'énorme poids du puma sur lui, et tout devint noir.

Gary était fatigué, mais il n'était pas question qu'il se repose. Manchez non plus. Ils avaient chevauché à belle allure tout l'après-midi, un peu plus lentement pendant la nuit, continuant à suivre le chemin principal qui descendait vers Black Canyon. Ils s'arrêtaient seulement de temps à autre pour ne pas épuiser leurs montures, et en profitaient pour chercher leur route à travers les arbres. Manchez avait une excellente vision de nuit, aptitude que Gary lui avait toujours enviée.

Peu après l'aube, ils entendirent à plusieurs reprises le cri de la chouette, et Gary sut que l'un des guerriers avait trouvé une piste. Ils accélérèrent l'allure et ne tardèrent pas à rejoindre un cousin de Manchez, Cavera. Celui-ci avait découvert un morceau de tissu accroché à une branche et repéré des empreintes de sabots. Les trois hommes suivirent les traces, pour s'apercevoir bientôt qu'elles s'entrecroisaient. Le cavalier avait tourné en rond.

Soudain il y eut un bruit sur la gauche, et un cheval jaillit des arbres, une corde traînant derrière lui. Gary fonça dans la direction d'où il venait, et il vit le garçon au moment où il allait tirer sur le puma. Avec son bras blessé, Gary ne pouvait saisir assez vite son arme, mais Manchez visa et tira à l'instant précis où le fauve bondissait de son perchoir.

Les chevaux s'affolaient à l'odeur de l'animal, mais les Indiens les maîtrisaient aisément. Gary montait l'un de ses poneys, au pas plus sûr que Roi Arthur, et l'animal se mit à danser nerveusement quand il mit pied à terre pour se précipiter à l'endroit où l'enfant et le félin gisaient dans une étreinte mortelle. Il tenait son pistolet dans la main gauche, mais le puma était mort, une de ses pattes aux griffes sorties encore posée sur la poitrine de Jeff qui dégoulinait de sang.

Les deux Utes dégagèrent l'enfant, tandis que Gary s'agenouillait près de lui, se penchant sur sa bouche, sur sa poitrine. Il respirait encore, mais il saignait abondamment et il avait une plaie profonde au côté. Visiblement, il avait été assommé quand sa tête avait heurté le sol.

Handicapé par son bras blessé, Gary recula pour laisser l'un des Indiens déchirer un pan de la chemise de Jeff afin d'arrêter l'hémorragie. Il se sentait tellement impuissant devant le petit visage décoloré où les taches de rousseur étaient plus visibles que jamais ! Tout ça était sa faute. Il avait laissé l'enfant s'attacher à lui, et une fois de plus, il était l'instrument d'un drame. Si Jeff mourait…

— Ramenons-le au campement, dit Manchez. Shavna le soignera.

Gary imaginait la réaction de Mary Jo à cette idée, mais elle avait aussi dit que le seul médecin de la région n'était guère compétent, et Gary savait que Shavna remplaçait souvent le sorcier du village quand il était absent. Ce qui était le cas en ce moment, et tant mieux. Les remèdes, pour les Utes, étaient étroitement liés à la religion. Parfois le chaman entrait dans une longue période de transes, ou bien il pressait sa tête contre les plaies du malade avant de cracher sur la source du mal. En revanche, Gary avait eu l'occasion de constater l'efficacité des plantes et des onguents.

Quant à Mary Jo, c'était aussi une bonne infirmière. Gary lui devait d'avoir la vie sauve.

Manchez attendait une réponse, et Gary hocha la tête. Si la blessure était profonde, elle ne semblait pas mortelle, mais elle risquait de s'infecter, or Gary

234

faisait plus confiance à ses amis qu'à un médecin blanc à moitié ivre.

Manchez souleva l'enfant qu'il déposa doucement entre les bras de Cavera, déjà en selle, et tous se remirent en route vers les montagnes.

La journée avait paru interminable à Mary Jo, malgré les efforts déployés par Shavna pour la distraire. On l'invita à tanner des peaux de daim avec les autres femmes, et elle s'y prêta volontiers, car il fallait absolument qu'elle s'occupe, sous peine de devenir folle, comme elle s'employait à récurer sans fin le plancher lorsque son mari était en retard.

Mis à part les quelques moments passés seule avec Shavna près des enfants, elle se sentait gauche et déplacée au milieu des Indiennes vêtues de peaux. Ses habits étaient sales, poussiéreux, et pourtant elle ne pouvait se résoudre à enfiler la robe courte qui révélerait beaucoup trop ses jambes. Pas ici, parmi des… inconnus. Elle s'obligea à rayer le mot «sauvages» de son vocabulaire. Elle était reconnaissante à Shavna de sa gentillesse, aux Indiens qui s'étaient lancés à la recherche de son fils, qui étaient des amis si proches de Gary. «Mon frère», avait-il dit en parlant de Manchez.

Cependant, elle avait envie de fermer ses oreilles au langage mélodieux qu'elle ne comprenait pas, de fermer ses yeux aux différences qui continuaient de l'effrayer malgré sa bonne volonté. Aussi s'occupa-t-elle les mains en nettoyant les peaux à l'aide d'un grand grattoir en corne, comme ses compagnes. Un peu plus loin, une des femmes étirait une peau qu'elle tenait entre ses pieds, tandis que d'autres entretenaient les petits foyers destinés au séchage.

Une jeune femme jouait avec les enfants, et ce spectacle détendit un peu Mary Jo, la ramena à la vie normale. Elle aurait aimé avoir d'autres bébés, et avait beaucoup souffert que Dieu ne lui accordât pas cette chance.

Sans cesser de s'activer, elle sourit en voyant une petite fille d'environ trois ans, qui suivait un plus grand garçon, tomber le nez dans la poussière et se relever en éclatant de rire, simplement joyeuse d'être jeune et libre. Les autres femmes hochèrent la tête en souriant aussi, et soudain il n'y eut plus de différences.

Pourvu que Jeff soit encore en vie !

Soudain, les chiens se mirent à aboyer et les enfants cessèrent leurs jeux. Le campement s'immobilisa, à part la femme qui étirait les peaux, et celles qui entretenaient les feux. Tout le monde était tourné vers le plateau qui surplombait la vallée, et Mary Jo sut que les hommes étaient de retour. Elle se raidit, de nouveau terrifiée. S'ils n'avaient pas trouvé Jeff, ou s'ils l'avaient découvert et qu'il fût...

Non. Elle le saurait. Elle le sentirait, s'il était arrivé un malheur fatal à son fils.

Elle vit d'abord Gary, avec sa haute stature et sa chevelure cendrée, puis quatre hommes, dont l'un tenait quelque chose entre ses bras, et un autre tirait par la longe un vieux cheval bai.

Elle avait l'impression d'étouffer d'angoisse quand Gary se laissa glisser à terre et se précipita vers elle.

— Il est en vie, Mary Jo. Blessé mais vivant.

Elle se tourna aussitôt vers l'Indien qui remettait Jeff entre les bras de Manchez, déjà descendu de cheval. Ce dernier le prit avec douceur avant de se diriger vers le tipi de Shavna. Mary Jo se précipita derrière eux et s'agenouilla près de son fils dès que Manchez l'eut déposé sur le sol. En voyant la chemise trempée de sang, elle leva les yeux vers Gary.

— Un puma, expliqua-t-il. Manchez l'a tué au

moment où il se jetait sur Jeff. S'il ne s'était pas trouvé là...

— Merci, dit Mary Jo à l'Indien d'une voix brisée par l'émotion. Merci pour mon fils.

Sur un signe de tête, Manchez se retira, et Mary Jo frémit quand elle enleva la bande de tissu et découvrit la blessure de Jeff.

Shavna vint s'accroupir de l'autre côté de l'enfant. Jeff était toujours inconscient, mortellement pâle, et Mary Jo lui caressa le visage comme pour lui insuffler de la vie. De nouveau elle se tourna vers Gary en quête de réconfort.

Il se contentait de fixer l'enfant, impénétrable.

— Jeff? appela-t-elle. Jeff!

Shavna adressa à Gary quelques mots qu'il traduisit aussitôt.

— Il vaut mieux qu'il ne se réveille pas pendant que Shavna panse ses blessures.

— Je m'en occuperai! protesta Mary Jo.

L'Indienne interrogeait Gary du regard.

Il toucha l'épaule de Mary Jo.

— Venez avec moi, dit-il doucement.

Têtue, elle secoua la tête.

— Vous voulez qu'il meure?

Le ton était dur, à présent.

— Je ne peux pas le laisser, insista-t-elle.

— Vous avez emporté des médicaments?

Non. Elle n'avait pas pensé à ça.

— Les Utes ont des herbes et des pommades très efficaces, mais ils ne s'en serviront pas si vous vous en mêlez sans cesse. Venez avec moi quelques minutes. Tout ira bien, je vous le jure.

Mary Jo lut sur le visage de l'Indienne son désir de sauver l'enfant et, s'accrochant à la main gauche de Gary, elle se releva. Toutefois, elle hésita encore un instant avant de se laisser entraîner.

Elle lui avait fait confiance une fois de plus, elle l'avait même appelé à l'aide, et il avait retrouvé

Jeff. Elle devait continuer à l'écouter. Pourtant cette décision allait contre toutes ses croyances. Elle s'appuya à lui pour absorber un peu de sa force, de son assurance, et il passa un bras autour de ses épaules.

— Ça va aller, répéta-t-il. Il lui restera au plus une belle cicatrice.

Elle plongea dans les yeux gris-vert, et elle le crut. Elle l'aurait même cru capable de décrocher la lune si l'envie l'en prenait. Il l'attira dans le grand soleil.

— Merci de l'avoir retrouvé.

— C'est Cavera qui a retrouvé sa trace. Et Manchez qui a tué le puma. Je... je n'ai pas pu sortir mon arme à temps, ajouta-t-il, douloureux.

— C'est pour vous qu'ils se sont donné tout ce mal.

— Mais sans moi, Jeff ne serait pas là, blessé par ce fauve, rétorqua-t-il avec amertume. Tous ceux que j'approche sont... meurtris.

Il avait failli dire «morts» et Mary Jo frissonna.

— J'ai besoin de vous, reprit-elle d'une toute petite voix.

— Ils vont prendre grand soin de lui.

— Je sais.

— Vraiment ? Vous ne craignez pas qu'ils le scalpent au lieu de le guérir ?

— Non.

Il la regarda droit dans les yeux.

— Pourtant, vous étiez sacrément persuadée qu'ils en seraient capables, il y a quelques jours.

Mary Jo fut aussitôt emplie de remords et de peine. Elle comprenait à présent ce qu'il avait voulu lui dire et qu'elle avait refusé d'écouter. Shavna n'était pas différente d'elle. Elle aussi aimait ses enfants, son mari, elle avait accepté d'offrir son aide et son amitié à une inconnue pour faire plaisir à un ami.

— J'étais sûre de bien des choses, il y a quelques

jours, quelques semaines, mais maintenant, je ne sais plus rien, avoua Mary Jo.

Gary eut un demi-sourire qui ne dura qu'une fraction de seconde, vite remplacé par une expression de profonde tristesse.

— Ce n'était pas votre faute, reprit-elle. Rien n'est votre faute.

— Il me suivait. Il a cru… Bon Dieu, il a cru que j'aurais besoin d'aide ! Et c'est vrai, avec ce satané bras ! J'ai été incapable de tuer le puma, je n'ai même pas pu porter Jeff. Je ne suis bon qu'à…

— A quoi ?

— Vous ne savez rien de moi, madame Williams, contrairement à ce que vous pensez, dit-il d'une voix rauque. Tous ceux que j'aimais, tous ceux qui m'aimaient sont morts. C'est comme une ombre maudite qui me suit partout.

— Jeff ne mourra pas, vous me l'avez promis.

— Grâce à un miracle, déclara-t-il. A la présence de Manchez. Jeff n'est pas passé loin, et c'est la deuxième fois, toujours à cause de moi. Il n'y aura pas de troisième fois.

Mary Jo fut soudain glacée. En quelques semaines, il avait pris tellement de place dans sa vie, dans celle de Jeff ! Jamais elle n'avait véritablement admis qu'il partirait un jour. Jusqu'à cet instant. Son regard était froid comme la mort qu'il venait d'évoquer, il avait la mâchoire crispée, et les rides étaient plus creusées sur son visage.

— Vous nous raccompagnerez au ranch ?

— Tom Berry s'en chargera mieux que moi.

— Et les chevaux dont vous aviez parlé ? Il ne peut pas les diriger avec son mulet. En plus, il ne m'aime guère.

— Il ne vous aurait pas conduite ici, si c'était le cas, répliqua Gary avec un tout petit peu moins d'assurance.

— Il n'apprécie pas beaucoup les enfants non plus, argumentait Mary Jo.

— Jeff n'est plus un enfant. Il faut être fort pour survivre quatre jours seul dans ces montagnes, rectifia Gary. Sans ce puma...

— Il vous est très attaché.

Gary se détourna.

— Je ne veux pas qu'il s'attache à moi !

Il y avait dans sa voix une fêlure que Mary Jo commençait à reconnaître comme la manifestation d'une émotion qu'il ne voulait pas, ou ne pouvait pas, exprimer ouvertement. Il avait pensé formuler un avertissement, mais elle avait saisi tout le désespoir contenu dans cette brutale déclaration.

Elle allait répliquer quand Shavna, de l'entrée du tipi, lui fit signe de venir, et elle se précipita près de Jeff.

Il s'efforçait d'ouvrir les yeux, son petit corps mince crispé de douleur. Shavna avait mis un emplâtre sur la plaie, et Mary Jo aperçut quelques points de suture. Elle posa la main sur l'épaule valide de son fils.

— Tout va bien, Jeff, tu es sauvé.

Jeff regardait autour de lui et il aperçut Shavna, agenouillée à ses côtés.

— C'est Shavna, lui dit Mary Jo, une amie de Gary. C'est elle qui t'a soigné.

— Shavna, répéta l'enfant en essayant un sourire qui ressemblait fort à une grimace.

Mary Jo en eut le cœur retourné.

— Je suis... désolé, dit-il à sa mère. C'était... idiot de partir comme ça, mais...

— Mais quoi ? demanda doucement Mary Jo.

— J'ai cru... que peut-être, si j'aidais Gary, il...

De nouveau, il s'interrompit.

— Il resterait ? termina Mary Jo à sa place.

Il acquiesça, l'air malheureux.

— Et… j'ai seulement prouvé que je suis juste bon à causer des ennuis.

Elle effleura sa joue.

— Ne t'inquiète pas, Jeff. Je suis sûre qu'il ne pense plus à ça maintenant que tu es…

Elle fut incapable d'aller au bout de sa phrase.

— Comment te sens-tu ? reprit-elle quand elle eut ravalé la boule qui lui obstruait la gorge.

Il tenta encore de sourire, mais le cœur n'y était pas.

— Pas terrible. J'ai mal à la tête, et je…

Il essaya de se redresser pour voir sa blessure, mais il retomba sur la couverture avec un gémissement.

— Un énorme chat, un puma, souffla-t-il, les yeux voilés. Je l'ai vu bondir sur moi.

Mary Jo lui serra bien fort la main.

— Le mari de Shavna l'a tué au moment où il t'arrivait dessus. Ta tête a heurté le sol, et tu as perdu connaissance.

— Gary ? demanda-t-il.

— Il est dehors, il a aidé à te ramener.

— Je le savais, affirma l'enfant. Je savais qu'il me trouverait. Je peux le voir ?

— Pas maintenant. Tu dois te reposer.

— Il est fâché ?

— Bien sûr que non, seulement heureux que tu sois en vie, comme je le suis.

— Je ne voulais pas t'inquiéter…

Il rougit en se rendant compte de la sottise de ses paroles.

— Promets-moi simplement de ne jamais recommencer, dit doucement Mary Jo.

Comme il bougeait légèrement en grimaçant de douleur, Shavna porta une tasse à ses lèvres. Après une gorgée, il secoua la tête, mais l'Indienne l'obligea à boire, tandis que Mary Jo l'encourageait du regard. Il obéit malgré le goût détestable de la potion.

Manchez était assis en tailleur au fond du tipi.

— Il va dormir, maintenant, dit-il.

Il échangea un regard avec sa femme, un regard chargé d'amour et de complicité qui fit envie à Mary Jo.

Jeff s'accrochait toujours à elle, mais déjà ses yeux se fermaient, sa respiration s'apaisait, et il avait repris quelques couleurs. Elle sentit une énorme bouffée de gratitude l'envahir. Se dégageant des doigts de Jeff, elle prit les mains de la jeune Indienne dans les siennes.

— Merci.

Shavna lui adressa son petit sourire timide en répondant brièvement à son geste d'affection.

Cavera, l'homme qui avait trouvé la trace de Jeff, insista pour que Gary et Mary Jo dorment dans son tipi.

Après un repas composé de viande d'antilope et d'un gâteau à base de pignons, Gary proposa à la jeune femme d'aller se promener avec lui. Jeff dormait toujours paisiblement.

Le soir était doux, tiède, le ciel strié de rose et d'or, une légère brise soufflait sur les montagnes. Des rires d'enfants se répondaient dans la prairie, ponctués par le cri des oiseaux de nuit, l'air sentait bon le feu de bois et la viande rôtie. La paix était totale, dans cette vallée sertie comme un joyau entre les hautes montagnes aux sommets neigeux.

— Que c'est beau! murmura Mary Jo quand ils eurent marché un moment en silence.

— Les Utes ont vécu ici depuis des siècles, dit Gary d'une voix lourde de mélancolie. Leurs montagnes Brillantes.

— Le nom leur convient, elles brillent, en effet.

Il se tourna vers elle.

— C'est injuste! se révolta-t-il. On les repousse petit à petit, et bientôt ils n'auront plus rien. On les force à partir vers des terres arides, comme les autres tribus, à abandonner tout ce qui a un sens pour eux.

Mary Jo ne savait que répondre. Jusqu'à présent, elle avait approuvé les efforts qui étaient faits pour chasser les «sauvages» loin des Blancs et, aujourd'hui, elle venait de comprendre l'harmonie qui existait entre ce peuple et sa terre.

— Et personne n'y peut rien, poursuivait Gary, amer. Un incident, une tête brûlée, et on les expédiera aussitôt ailleurs, comme les Apaches, les Cherokees, les Sioux.

— C'est pour ça que vous vouliez que je récupère la bride de votre cheval.

Il hocha la tête.

— Vous ne pouvez pas les aider, aller voir le gouverneur? continua-t-elle. Ou bien…

— Bon Dieu, je suis incapable d'aider qui que ce soit! Si j'essayais de me faire entendre et que l'on découvre qui je suis réellement…

Il s'interrompit. Il avait failli trop en dire.

Mary Jo s'arrêta.

— Qui êtes-vous réellement, Gary? Cela ne changera rien, pour moi.

Il eut un petit rire sans joie.

— Croyez-moi, il est inutile que vous l'appreniez. Un infirme qui a tué trois hommes ne vous effraie pas assez, déjà?

Quelques instants, il avait semblé presque détendu, à l'aise avec ces gens et leur environnement, mais une fois de plus, les terribles ombres venaient l'emporter loin de Mary Jo.

— Non, répondit-elle enfin. Vous ne m'effraierez jamais.

— Oh, si! Donnez-m'en l'occasion, et vous verrez!

Il se remit en route sans se soucier de savoir si elle le suivait ou non. Elle dut presque courir pour revenir à sa hauteur.

Il s'arrêta de nouveau, près d'un arbre. La lune s'était levée, fragile, lumineuse.

— Cavera nous a prêté sa tente pour cette nuit. Il serait vexé que nous ne l'utilisions pas.

Elle mit un moment à comprendre. On s'attendait qu'ils dorment ensemble. Cela ne plaisait pas à Gary, mais il ne savait comment se sortir de cette situation.

— Pourquoi?

— Je leur ai dit que vous étiez ma femme afin qu'ils vous aident à retrouver Jeff. Ils seraient profondément blessés si mon épouse refusait leur hospitalité.

— Mais vous étiez marié à la sœur de Manchez...

— Les Utes ont le sens pratique. Ils pleurent leurs morts, comme nous, tout en croyant à la famille, à la nécessité d'avoir des enfants. Ils sont heureux que j'aie une nouvelle compagne.

Sa femme. La femme de Gary. Un long frisson la parcourut. Un frisson et autre chose de plus chaud, de plus sensuel. Elle n'avait pas voulu être épouse de nouveau, elle refusait la souffrance, la dépendance, l'attente...

Pourtant, elle voulait cet homme. Elle souhaitait voir un sourire sur ses lèvres, le faire rire, sentir la tendresse de ses mains sur son corps enfiévré, la joie de l'avoir en elle. Oui, tout cela elle le désirait, et bien plus encore. Chasser ses fantômes, ce désespoir qui s'emparait si souvent de lui.

— Et lui, où ira-t-il? demanda-t-elle enfin.

— Cavera est célibataire. Il dormira à la belle étoile. Et n'ayez crainte, Shavna veillera sur Jeff.

Mary Jo hésitait.

— Il est en bonnes mains, ajouta Gary.

— Je sais, mais…

— Ils seront vexés si vous n'acceptez pas, insista-t-il, bien qu'à contrecœur.

Il n'appréciait guère la perspective de passer la nuit seul avec elle, elle le savait.

Pour elle, ce serait à la fois l'enfer et le paradis. Parviendrait-elle à s'empêcher de le toucher, d'aller vers lui ? Elle en avait tant envie !

— Et vous, que voulez-vous ? insista-t-elle.

— Peu importe ce que je veux, grommela-t-il, je ne veux pas offenser Manchez ni les autres. Si vous vous pensez capable de le supporter, pour une nuit, je promets de ne pas vous toucher. D'ailleurs, je n'en ai jamais eu le droit, c'était une erreur.

Elle ravala son chagrin et hocha la tête.

— Je suis désolé, Mary Jo, reprit-il plus calmement. Désolé que vous m'ayez sauvé la vie, et aussi de vous avoir apporté tant de tourments. Je n'ai pas l'intention d'en rajouter.

Sur ce, il tourna les talons et s'éloigna, indiquant sans équivoque qu'il avait envie d'être seul.

Elle le regarda disparaître sous l'ombre des arbres. Solitaire. Blessé. Et pourtant fier, toujours fier, beaucoup trop pour partager sa peine avec quiconque.

Mary Jo en eut le cœur serré. Parfois il lui faisait penser à un animal sauvage, courageux, résistant. Elle avait lu quelque part que ce genre d'animaux s'éloignaient, seuls, au moment de la mort, or Gary semblait s'y préparer d'une certaine manière.

Son âme, sinon son corps, était sur le point de mourir, et elle ne savait comment la sauver.

18

Mary Jo passa le reste de la soirée auprès de Jeff à le regarder dormir.

Apaisé par les remèdes de Shavna, il reposait calmement. Tout au plus gémissait-il de temps à autre dans son sommeil quand il essayait de bouger.

C'était un homme, mais aussi un petit garçon. Il semblait si jeune, si fragile, avec le cataplasme sur sa poitrine et les nombreuses égratignures autour de la plaie !

Shavna veillait avec Mary Jo, tandis que les enfants dormaient, enroulés dans leurs couvertures de bison. Des hommes bavardaient dehors en fumant la pipe. Gary se trouvait-il avec eux, ou bien rôdait-il dans la forêt, occupé à chasser ses démons ? En tout cas, il reviendrait pour dormir, car il ne serait pas courtois de refuser l'hospitalité de Cavera. Or, si la courtoisie n'avait pas toujours été la règle dans ses relations avec Mary Jo, vis-à-vis de ce peuple il y attachait une grande importance.

En contemplant son fils, la jeune femme pensait à Gary enfant. Il n'avait qu'un an de plus qu'elle, et elle-même n'avait pas eu une jeunesse facile, mais il avait visiblement été marqué par des drames plus atroces que les siens. La guerre ? Beaucoup de très jeunes gens s'étaient battus, et elle en avait connu qui étaient devenus ensuite Rangers. Elle se rappelait leurs regards hantés, leurs visages marqués à vie. Son mari y avait échappé car son régiment était resté au Texas, et Mary Jo en remerciait le ciel.

Elle se pencha pour déposer un baiser sur la joue de son fils. Elle voulait le protéger de la guerre, de l'horreur, du désespoir. Elle l'aimait de tout son être, et ces deux derniers jours lui avaient prouvé qu'elle serait incapable de survivre s'il lui arrivait malheur.

Etait-ce à cause de la mort de son propre fils que Gary semblait si seul, si perdu ? Ou de celle de sa femme ? Peut-être y avait-il pire encore... Combien de fois n'avait-il pas fait allusion à un passé qu'il détestait, qui le mettait hors la loi pour toujours ! Pourtant, elle ne l'imaginait pas commettant de basses actions. Elle comprenait pourquoi il avait tué les trois assassins de son fils. Elle aurait agi de la même façon si on avait touché à Jeff.

Elle regardait l'enfant, souhaitant qu'il restât toujours aussi jeune, aussi innocent, mais c'était impossible, elle le savait.

Quand Manchez rentra dans le tipi, elle prit congé. Gary ne tarderait pas à la rejoindre, non parce qu'il le désirait mais pour ne pas offenser ses amis.

Elle se sentait terriblement fragile. Elle avait eu si peur, ces derniers jours, qu'elle avait besoin d'être serrée très fort, rassurée, consolée.

Aimée.

Gary s'attarda autant qu'il put. Quand enfin il revint au campement, les hommes parlaient des entretiens qui devaient avoir lieu avec le gouvernement de Washington. Certains d'entre eux, sachant ce qui les attendait, préconisaient de lutter ; mais d'autres objectaient que cela précipiterait simplement le dénouement, comme pour les Sioux et les Cheyennes qui avaient été virtuellement anéantis l'année précédente, après leur victoire à Little Big Horn. Le chef Ouray était arrivé à empêcher sa tribu d'être parquée dans des réserves, mieux valait continuer à suivre sa politique.

Gary, à qui on demandait son avis, se rallia à ce

point de vue, malgré ses réticences. Une lutte ouverte contre les Blancs n'apporterait que mort et extermination au peuple tout entier. Il fallait en lâcher aussi peu que possible, et garder le contrôle des jeunes guerriers fougueux, ne pas donner aux Blancs le prétexte qu'ils espéraient pour chasser les Utes de leur territoire ancestral. Manchez, de l'autre côté du feu, approuvait son ami. Gary avait risqué sa vie afin de venger sa sœur et son neveu, en partie pour que les Indiens ne soient pas accusés de ces crimes. Le lien qui unissait les deux hommes s'était renforcé au cours des derniers mois.

Quand tous ses compagnons se furent retirés dans leur tipi, Gary n'eut plus guère le choix. Avant de rejoindre Mary Jo, il passa prendre des nouvelles de Jeff. L'enfant reposait paisiblement, sa blessure ne semblait pas infectée. Un sacré petit bonhomme ! pensa-t-il avec tendresse. Et sa mère aussi était diablement forte !

Il était encore surpris que Tom Berry eût accepté de l'accompagner jusqu'ici. Dieu, comme son cœur avait bondi lorsqu'il l'avait vue arriver, la veille ! Il lui avait fallu un courage énorme pour venir chez les Indiens presque seule. Car Berry n'avait pas dû lui être d'un grand réconfort. Elle aurait pu se rendre à Last Chance, alerter les voisins, faire venir une division de Fort Wilson. Ce qui aurait causé bien des problèmes. Au lieu de cela, elle avait choisi de lui faire confiance — lui qui le méritait si peu — au mépris de ses craintes.

Cette façon de s'en remettre à lui l'avait profondément touché. Au point qu'il s'était permis un instant d'espérer, de croire que quelque chose pouvait être sauvé, dans sa misérable existence. Puis le puma lui avait rappelé son impuissance. C'était Manchez qui avait sauvé Jeff, pas lui. Il était incapable de veiller sur les siens. Il ne parvenait pas non plus à oublier Kelly et les autres, ceux qui connaissaient son passé, le prix offert pour sa tête, les cicatrices qui se rouvraient dans son âme douloureuse. Cette lumineuse confiance qui brillait dans les yeux de Mary Jo était bien mal placée!

Il avait envie de crier, de hurler contre ces démons qui avaient fait de Mary Jo un rêve inaccessible, qui l'avaient placée à portée de sa main pour mieux lui rappeler qu'il la détruirait s'il la touchait.

Il pénétra dans le tipi, mit un moment à s'adapter à l'obscurité. Mary Jo était enroulée dans une couverture et il écouta un moment le rythme de sa respiration, espérant qu'elle dormait. Il se mettrait à l'autre bout de la tente, et tant pis s'il grelottait, car apparemment il n'y avait qu'une couverture; et il avait laissé son sac de couchage chez Manchez.

Il essaya de s'endormir, mais le sommeil lui échappait. Il gardait les yeux ouverts, tendu, blessé de savoir l'apaisement si proche de lui. Malgré l'odeur forte de la peau de bison, l'arôme de fleur persistait... A moins que ce ne fût un tour de son imagination. Dieu, comme il avait envie de la prendre dans ses bras!

Il demeura ainsi longtemps, très longtemps, avant d'entendre des petits cris de détresse, des gémissements. Il saisit le nom «Sally». La sœur de Mary Jo?

Il demeura immobile tandis qu'elle était la proie de son cauchemar, puis elle se mit à sangloter en se tordant sur sa couche et, refusant d'en supporter davantage, il posa la main sur sa joue trempée de larmes. Il sentit son cœur se gonfler d'amour, cet amour qu'il avait tenté si fort de repousser. Il aurait donné sa vie pour la débarrasser du chagrin, des souvenirs qui la hantaient, et il comprit mieux encore le courage qu'il lui avait fallu pour monter jusqu'ici, pour laisser Shavna soigner son fils.

— Mary Jo...

Elle s'agita sous la couverture, puis elle s'assit lentement. Malgré l'obscurité, à moins que ce ne fût encore son imagination, il vit ses yeux si verts, la cascade de cheveux auburn sur ses épaules. Il devinait l'horreur dans son regard, puis le trouble, et enfin cette douceur qu'il y lisait si souvent quand elle le regardait. Douceur et confiance.

Elle resta un instant figée.

— Jeff ? Jeff va bien ?

— Je viens d'aller le voir. Il dort.

— Je vous ai attendu. Longtemps.

Il serra les dents.

— Vous avez fait un cauchemar.

— Je ne sais pas pourquoi. Cela ne m'était plus arrivé depuis longtemps.

— Votre sœur ?

Elle hocha la tête et s'agrippa à sa main comme pour échapper à ces souvenirs trop cruels.

— Vous étiez épuisée, et puis vous avez eu si peur…

— Je savais que vous le trouveriez, et Jeff en était certain lui aussi.

C'était si simple, si positif !

Sa petite main tremblait dans celle de Gary, et il fit ce qu'il s'était juré d'éviter, il la prit dans ses bras, la serra bien fort.

— C'est fini, murmura-t-il.

— Ne partez pas ! supplia-t-elle.

— Il le faut.

— Pas cette nuit.

— Pas cette nuit, répéta-t-il.

Il la sentit frissonner, voulut se persuader que c'était de froid et referma la couverture sur eux. Il avait les lèvres contre la joue encore mouillée de larmes de la jeune femme.

— Je me croyais forte, dit-elle d'une toute petite voix, mais ce n'est pas vrai, quand Jeff est en cause.

Il la serra davantage. C'était la femme la plus

courageuse qu'il eût connue. La plus indépendante. Et, pour lui, cet abandon passager n'en était que plus précieux. C'était sûrement d'elle que Jeff tenait son intrépidité. Rien ne les effrayait, ni un homme à demi mort au milieu d'une prairie qui avouait être un assassin, ni un ranch sans ouvriers agricoles, pas même les Indiens! La femme comme l'enfant négociaient chaque obstacle sur leur parcours du mieux qu'ils le pouvaient.

C'était pure folie de se tenir aussi proche d'elle, mais il ne pouvait s'en empêcher. Il voulait absorber sa peur, l'en décharger. Il avait eu l'intention de la prendre simplement contre lui jusqu'à ce qu'elle cesse de trembler, mais les lèvres de la jeune femme vinrent se poser sur les siennes.

Seigneur, qu'il avait besoin d'elle! Le jour où il avait quitté le ranch, il avait compris combien elle et l'enfant étaient devenus importants pour lui en quelques courtes semaines. Il était resté avec Manchez plus longtemps que prévu, pour essayer de trouver un moyen de résoudre le problème des chevaux et de la menace représentée par Kelly sans être obligé de retourner à Cimarron Valley. Hélas, il n'y avait pas tellement de solutions. Soit il les abandonnait à leur sort, soit il risquait non seulement son existence physique mais aussi ce qui restait de son âme.

Pourtant, il ne pouvait refuser ce qui lui était offert à cet instant, et il prit sa bouche. Aussitôt, ils furent emportés dans un tourbillon contre lequel ni l'un ni l'autre ne pouvait lutter, ne voulait lutter.

Il caressa sa chevelure de soleil et de feu, il goûta le sel de ses larmes, son parfum de femme, il sentit sa passion, qui lui donna une impression d'invulnérabilité.

Les yeux clos, il savourait chaque sensation qu'elle éveillait en lui. Jamais cela ne lui était arrivé. Ils avaient fait l'amour de façon si brusque, si inattendue, dans la grange, qu'il avait surtout été stupéfait par le déchaînement d'émotions qui l'avaient alors submergé. Maintenant, il voulait profiter pleinement de ces instants, les garder en lui à jamais.

Elle laissa courir ses mains sur le visage un peu rugueux de barbe, longuement, comme si elle aussi voulait en conserver le souvenir pour toujours, et il y avait dans son geste une infinie tendresse teintée d'une sorte de désespoir.

Puis sa main descendit vers le pantalon de daim, hésita, dénoua les lacets, libérant la virilité presque douloureuse de Gary. Elle explora son corps, le faisant frissonner de désir, volcan au bord de l'éruption.

Enfin elle se mit nue, et il s'allongea sur elle, hésitant une fraction de seconde avant de pénétrer dans son sanctuaire si chaud, si tendre. Elle noua les jambes autour de ses hanches afin de le sentir plus profondément en elle.

Leurs bouches jointes, ils se mouvaient au même rythme, et de petits gémissements échappaient à Mary Jo tandis qu'ils montaient ensemble vers l'instant magique, jusqu'à ce qu'ils explosent, émerveillés, dans la glorieuse splendeur de l'extase.

Il la serra contre lui et sentit leurs cœurs battre à l'unisson, ne faire plus qu'un.

Jamais il n'avait connu une telle communion avec quiconque, pas même avec son fils. Il avait tellement peur d'aimer et de souffrir en enterrant des êtres chers qu'il avait d'une certaine manière gardé ses distances avec Drew.

Et cela faisait partie de son immense sentiment de culpabilité envers l'enfant. S'il l'avait emmené chasser avec lui, par cette belle journée pleine de chants d'oiseaux…

Mary Jo, qui baignait encore dans la béatitude de l'amour, se rendit brusquement compte qu'elle le perdait de nouveau. Il avait toujours la joue

252

contre la sienne, la main dans ses cheveux, et pourtant… Un aspect de lui, le plus important, quittait son corps comme un fantôme, ne laissant qu'une coquille vide.

Elle en fut terrifiée. Elle avait toujours su qu'il partirait un jour, et ces derniers instants, où ils ne faisaient qu'un, lui avaient fait comprendre avec plus d'intensité encore ce qu'elle allait perdre.

Elle caressa sa nuque. Comment le ramener à elle ? Les mots étaient inutiles. Elle ne pouvait qu'espérer qu'il crût un jour, comme elle, en la magie de l'amour.

Il était encore en elle et elle resserra son étreinte autour de lui. Il émit un petit gémissement qu'elle ne sut comment interpréter. Il lui semblait à certains égards tellement lointain, étranger…

Je vous aime. Les mots étaient emprisonnés dans son cœur ; elle n'osait les prononcer à haute voix de peur qu'il ne la quitte aussi physiquement. Pourtant, elle espérait qu'il les sentait, les devinait inconsciemment.

Il roula sur le côté toujours rivé à elle, comme s'il l'avait comprise sans qu'il fût besoin de paroles. Il semblait mener une lutte intérieure, et il jura entre ses dents tandis qu'elle le sentait croître à nouveau en elle. Les sensations exquises l'embrasèrent tout entière, la faisant frémir de plaisir.

Elle se retrouva soudain sur lui, et chaque mouvement de Gary la faisait s'élever plus haut, plus haut encore, comme un aigle s'élance vers le soleil, s'en rapproche, pour l'atteindre en un glorieux feu d'artifice.

Elle se détacha enfin de lui pour demeurer immobile, allongée à ses côtés, sa main sur le cœur de Gary qui battait follement.

Lui aussi restait immobile, trop immobile ! Elle aurait aimé qu'ils se murmurent des mots tendres, mais cela n'existait pas, pour eux.

Cependant, il l'attira dans ses bras pour la serrer très fort, et elle retint son souffle. Elle s'attendait plus ou moins qu'il répète une fois encore qu'ils avaient commis une erreur, mais il se taisait, se contentant de s'accrocher à elle comme si sa vie en dépendait.

Elle avait envie de le regarder, mais elle n'osait bouger de peur de briser leur étreinte. Elle n'osait pas non plus gâcher l'instant avec des mots, des gestes, des promesses ou des prières. Alors elle ferma les yeux, baignée dans cette délicieuse impression de plénitude qui la réchauffait comme un rayon de soleil par une froide journée d'hiver. Et elle se laissa tout doucement glisser dans le sommeil.

Gary eut l'impression d'être resté sans bouger pendant des heures. Son épaule était un peu douloureuse, mais c'était un moindre mal. Le véritable problème se situait au niveau du cœur.

Il venait de découvrir qu'il aimait Mary Jo Williams, qu'elle avait pénétré dans son esprit, dans son âme, dans son corps, et qu'elle n'en sortirait jamais.

Il avait aimé Chivita d'une manière bien différente. Il s'agissait d'une sorte de tendresse reconnaissante comme on en ressent pour un ami. Rien de commun avec la passion dévorante qu'il venait de vivre, avec cette incroyable communion, si totale qu'il avait l'impression de ne plus faire qu'un avec Mary Jo.

Il resta éveillé toute la nuit, à se demander comment il parviendrait à la quitter. Pourtant, il le fallait. Il revoyait en esprit les grands yeux verts si confiants, si sincères. Pourquoi ne pouvait-il montrer la même franchise vis-à-vis d'elle ?

Parce que alors il la perdrait plus tôt qu'il ne le souhaitait.

Mary Josephine, se répétait-il en caressant chaque syllabe. Si seulement il n'était pas trop tard pour lui...

Il était parti quand Mary Jo se réveilla, au matin, et elle se demanda s'il regrettait leur intimité de la nuit. Elle s'étira, encore alanguie au souvenir de leurs étreintes, puis elle pensa aussitôt à Jeff et secoua la tête afin de sortir de sa léthargie.

Sa jupe et son corsage étaient froissés à terre, ses cheveux étaient emmêlés, et elle fut heureuse de ne pas disposer d'un miroir. Dieu, elle avait trente-deux ans, elle était mère d'un petit garçon de douze, et elle se conduisait comme une libertine !

Mais ce n'était pas désagréable, se dit-elle, langoureuse. C'était même merveilleux !

Les membres raides, elle se leva péniblement. Etait-ce la nuit d'amour ou le fait d'avoir dormi sur le sol ? Elle avait vieilli de vingt ans !

Elle avait pensé à apporter un peigne qu'elle passa dans sa chevelure avant de la natter rapidement. Puis elle enfila son corsage et sa jupe-culotte.

Elle était impatiente de voir son fils, de parler à Gary, aussi. Quand pourrait-elle rentrer chez elle ? Dans combien de temps Jeff serait-il capable de se tenir à cheval ? Gary les accompagnerait-il ? Il n'avait pas parlé des chevaux qui lui avaient servi de prétexte pour s'en aller dans les montagnes.

Mais ces questions attendraient ; pour l'instant, il fallait qu'elle voie Jeff.

Le campement était plein de fumée, sous le soleil. L'atmosphère sentait la viande rôtie, et l'odeur plus âcre des peaux qui séchaient. Les femmes semblaient en perpétuel mouvement. Y avait-il quelqu'un près de son fils ?

Elle hésita un instant devant la tente de Manchez, mais Shavna en sortit aussitôt avec un grand sourire, l'invitant à entrer. Jeff était assis, vêtu d'une chemise de daim, et, malgré ses égratignures sur le visage, il parvint à grimacer un sourire.

— Jeff ?

— Manchez et Shavna m'ont donné une chemise.

— Je vois, répondit gravement Mary Jo.

— C'est drôlement doux !

— Comment te sens-tu, mon Jeff ?

— Très bien.

Il tentait de se montrer courageux, adulte, mais le tremblement de ses lèvres le trahissait.

— Manchez dit qu'il y aura une course de chevaux, demain. On peut rester ?

— Tuck et Ed vont s'inquiéter.

— Oh, non ! Gary a dit que Tom Berry leur apporterait un message.

— Tom Berry ?

— C'est un célèbre montagnard, expliqua l'enfant.

— Je sais, répondit Mary Jo sans juger utile de raconter le pénible voyage effectué avec lui.

Elle n'imaginait pas cet ours en train de rendre service à quiconque, surtout à elle, qu'il avait définitivement classée parmi les « sacrés vagabonds ».

— C'est un ami de Gary, insista Jeff.

Décidément, Gary lui semblait de plus en plus mystérieux ! C'était un solitaire, pourtant les Indiens avaient tout abandonné pour se lancer à la recherche de Jeff. Pour lui. Parce qu'il le leur avait demandé. Pour un homme qui refusait tout attachement, il entretenait des liens étroits avec beaucoup de gens, et même les plus inattendus !

— Montre-moi ta poitrine, dit-elle.

Jeff, docile, retroussa la chemise de daim qu'il aimait tant. Mary Jo ne souleva pas le cataplasme, mais la peau autour était rose et saine. Toutefois, l'enfant souffrirait encore quelques jours.

— Si jamais tu recommences...

Il prit l'air penaud.

— C'était pas très malin, hein ?

— A peu près autant que d'aller pêcher après un gros orage.

Il eut un petit sourire de biais.

— Je n'ai pas eu peur.

— Pas du tout ?

Il hésita, partagé entre la forfanterie et la franchise.

— Peut-être un tout petit peu, mais...

— Mais tu savais que Gary te trouverait, termina-t-elle à sa place. Tu ne pourras pas toujours compter sur lui, tu sais. Et si moi je n'avais pas pu le rejoindre ?

— Mais tu y es arrivée, la contra-t-il avec sa logique enfantine.

Elle soupira.

— Il ne restera sans doute pas longtemps avec nous.

L'idée faisait mal, mais il fallait qu'elle la formule. Pour elle autant que pour l'enfant.

— Tu dois commencer à prendre tes propres responsabilités. Je dépends de toi, tu sais, ajouta-t-elle plus doucement.

— J'ai juste cru qu'il aurait besoin d'aide...

— Je sais ce que tu as pensé, mais jamais il ne serait parti seul s'il ne s'était pas cru capable de faire face aux difficultés. Que dirais-tu si tu entreprenais quelque chose et que l'on veuille t'aider contre ton gré ?

Jeff réfléchit un instant.

— Je voulais voir les Indiens, avoua-t-il enfin.

— Eh bien, tu as réussi ! dit-elle dans un mince sourire.

— Je les aime bien! déclara-t-il avec une sorte de défi.

— Moi aussi, convint-elle. Ils t'ont sauvé la vie et je leur en serai éternellement reconnaissante.

— Ce ne sont pas des sauvages, insista-t-il.

— En effet.

Elle regrettait d'avoir employé ce mot devant lui. Mais elle n'était pas la seule! Tout le monde traitait les Indiens de sauvages. Sauf Gary. Elle se promit de ne plus jamais se laisser aller aux préjugés.

Shavna rentrait dans le tipi avec un pichet. Elle versa un peu de son contenu dans une tasse de faïence et vint s'agenouiller près de Jeff pour lui donner à boire. Il avala quelques gorgées en grimaçant, mais aussitôt après, son petit visage se détendit, soulagé. Il adressa à Mary Jo son sourire espiègle puis il ferma les yeux.

Elle le contempla un moment, émue par le changement qui s'opérait en lui, par le passage de l'enfance à l'âge adulte. Emue et un peu effrayée. Il était encore son bébé, son petit, mais il voulait tellement grandir! Elle n'était pas sûre d'y être prête.

Soudain, elle sentit la présence de Gary derrière elle, et elle eut l'impression de s'envoler.

— Il se remet bien, dit-il.

— Oui, grâce à vous et...

— A des amis.

— A des amis, répéta-t-elle en levant les yeux vers le visage à nouveau imperturbable.

— Je voudrais vous montrer quelques chevaux, reprit-il.

C'était pour cela qu'il était venu dans les montagnes. A moins que ce n'eût été pour la fuir, pour fuir Jeff, et ce qui se passait entre eux... Le saurait-elle jamais?

Elle mourait d'envie de lui prendre la main, mais déjà il se dirigeait vers un taillis, sans se soucier de savoir si elle le suivait ou non. Elle se raidit. Elle allait calquer son attitude sur celle de Gary, sans se plaindre.

Mais alors, pourquoi souffrait-elle autant ? Eprouvait-il un peu de ce désir qui la tenaillait ? Les larges épaules de l'homme qui marchait devant elle ne lui apportaient aucune réponse.

19

Gary avait l'impression qu'il allait succomber tant il avait envie de toucher Mary Jo, de la serrer contre lui, de la faire sienne pour toujours. Il lui fallait toute son énergie pour ne rien laisser paraître tandis qu'il la menait à l'endroit où il avait regroupé ses chevaux.

Il les connaissait tous, ces poneys qu'il avait pris dans des troupeaux sauvages et dressés. Il n'en aurait plus l'usage, désormais. Seul, jamais il ne pourrait les emmener plus haut dans les montagnes, comme il en avait eu l'intention. Du temps de Chivita, ils représentaient sa richesse, une sécurité pour la jeune femme, s'il lui arrivait malheur. Grâce à eux, elle aurait pu trouver plus facilement un nouveau mari. A présent, toute leur valeur résidait pour lui dans l'aide qu'ils apporteraient à Mary Jo et à Manchez. Son cadeau d'adieu à l'un comme à l'autre. Même la fierté qu'il tirait de ses chers animaux avait disparu, balayée par le désespoir des mois précédents.

Il entendit l'exclamation de Mary Jo et se tourna pour lui voir un sourire émerveillé. En bonne fille de Texan élevée parmi les chevaux, elle savait les reconnaître et les apprécier.

Elle en caressa un, le meilleur, celui que Gary avait choisi la veille pour se lancer à la recherche de Jeff. Rapide, intelligent, il se déplaçait dans ces montagnes avec le pied sûr d'une chèvre.

— C'est celui que vous montiez hier, dit-elle.

Il acquiesça, et elle passa de l'un à l'autre, leur flattant les naseaux, les flancs.

— Ils sont magnifiques !

— Choisissez-en dix.

Elle leva les yeux vers lui.

— Je ne peux pas me les offrir.

— Si, dit-il. Vous en avez déjà largement payé le prix en me sauvant la vie... Non pas qu'elle ait quelque valeur, ajouta-t-il, amer.

— J'en accepte un seul. Et je vous en achète trois autres pour trente dollars chacun.

— Ma vie ne vaut donc qu'un cheval ? plaisanta-t-il. Je ne croyais pas que c'était à ce point !

— Je ne peux pas, répondit-elle, malheureuse.

Il connaissait bien cet entêtement, mais il en viendrait à bout !

— C'est dix ou rien, déclara-t-il, implacable. Ils vous seront utiles, au Cercle J. Ceux que vous ne prendrez pas seront pour Manchez. Je n'en aurai pas besoin, là où je vais.

Elle avala sa salive.

— Et où irez-vous ?

— Dans un endroit où je ne risquerai plus de faire de mal à personne.

— Vous quittez Manchez ?

Il acquiesça.

— Si le shérif apprenait la vérité sur les trois mineurs tués, lui et son peuple auraient des ennuis.

— Vous pourriez expliquer ce qui s'est passé, insista-t-elle, au bord du désespoir.

Il eut son petit sourire sardonique.

— Trois Blancs tués pour venger une Indienne et son petit métis ? Ce ne serait guère équitable, aux yeux de notre société civilisée. « Les lentes donnent naissance à des poux », dit-on à l'armée. Pour bien

260

des gens, ces mineurs ont fait œuvre de salubrité publique !

L'amertume dans sa voix la fit frémir.

— Bon Dieu, choisissez-en dix ! répéta-t-il.

— Faites-le vous-même, rétorqua-t-elle, mais je veux vous les payer.

— Vous m'avez sauvé la vie, madame, lui rappela-t-il de nouveau. Ça n'a pas de prix.

— Mary Jo, bon sang ! s'emporta-t-elle. Ne vous avisez plus de m'appeler madame !

Seule la colère l'empêchait de fondre en larmes.

— Mary Jo, rectifia-t-il doucement. L'intrépide Mary Jo qui n'hésite pas à mentir à la loi pour sauver un homme qu'elle ne connaît pas, à demander aux Indiens de retrouver son fils, alors qu'elle n'a pas confiance en eux. Vous n'avez peur de rien, n'est-ce pas ?

De vous perdre. Les mots restèrent suspendus entre eux, informulés.

Quand il se sentit incapable de contempler plus longtemps le spectacle de ce à quoi il était en train de renoncer, il se détourna. Chaque instant passé près de Mary Jo était dangereux. S'il avait un peu de bon sens, il laisserait Manchez la raccompagner avec Jeff, au ranch. Mais il ne pouvait demander cela à son frère, pas plus qu'il ne pouvait permettre à la jeune femme de rentrer seule, avec Kelly qui rôdait dans les parages.

Le bandit, malgré ses affirmations, avait sûrement l'intention de dévaliser la banque, et Gary regrettait à présent de ne pas avoir conseillé à Mary Jo d'en retirer son argent. Il était encore temps, mais elle voudrait sûrement protéger aussi ses voisins. Il s'ensuivrait une série de questions, le shérif serait alerté, et on découvrirait que Mary Jo avait abrité un assassin.

Kelly était *son* problème !

Le silence s'éternisait, ils s'affrontaient du regard, volonté contre volonté.

— Rentrerez-vous avec nous ? demanda-t-elle enfin.

— Pour quelque temps. Jusqu'à ce que je sache comment les choses tournent.

— Combien de temps ?

Il haussa les épaules.

— Une semaine, dix jours.

Elle tourna le dos, dissimulant sa réaction.

— Quels chevaux me conseillez-vous ?

Il fut soulagé de ce changement de conversation.

— Les plus intelligents. La rapidité ne compte guère pour un cheval destiné à mener les troupeaux. En revanche, il doit apprendre à les rassembler, à obéir à son cavalier. Et comme la vitesse est essentielle pour les Utes, vous ne les priverez de rien.

— Et vous ? Vous garderez le gris ?

— Oui. Nous sommes habitués l'un à l'autre.

Il se dirigea vers un cheval bai robuste et trapu.

— Celui-ci est endurant, vif, il serait parfait comme second cheval pour Jeff.

Il passa devant chacun avec de rapides commentaires, puis ensemble ils en sélectionnèrent dix. Gary était heureux que Mary Jo ne discute plus sur le principe, mais peut-être ne perdait-il rien pour attendre. Elle savait parfaitement choisir le bon moment pour arriver à ses fins. Quand ils en eurent terminé, il reprit le chemin du campement.

— Gary !

Il s'arrêta, furieux de la douceur qui montait en lui à l'entendre prononcer son prénom.

— Y a-t-il un endroit isolé où je pourrais me baigner ?

Il se passa la main sur le visage et se dit qu'il ferait bien, lui aussi, de s'occuper de sa toilette ! Les Indiens n'étant pas très portés sur la propreté, il ne s'en souciait guère, lui non plus, lorsqu'il se trouvait parmi eux. Au début, il avait gardé ses habitudes d'hygiène, mais ils avaient trouvé cela plutôt cocasse, et il s'était plié à leurs coutumes. Néanmoins, l'idée de prendre un bain lui semblait particulièrement attrayante, et il ne se sentait pas la force d'y résister.

— Il y a un ruisseau à une demi-heure d'ici, répondit-il, espérant qu'elle allait émettre des objections.

Pour être franc, une part de lui seulement le souhaitait, celle qui était la plus sensée.

Mais le visage de Mary Jo s'épanouit.

— Je vais chercher des vêtements de rechange et du savon !

Gary eut la gorge serrée. Il avait perdu l'esprit !

Sans lui permettre de changer d'avis, elle disparut, lui laissant le soin de seller un cheval et de réfléchir à sa folie. Pourtant son cœur battait à l'idée de cette escapade.

Il y avait si longtemps qu'il ne s'était pas baigné avec une femme ! Il connaissait un bassin formé par une cascade et de nombreux ruisselets. Les Utes l'utilisaient souvent dans des buts curatifs, et ils avaient construit une hutte tout près afin de se protéger des autres tribus.

Il s'y était rendu une fois avec Chivita, mais celle-ci, timide, l'avait attendu dans la hutte. Elle s'était toujours montrée admirative et curieusement respectueuse envers lui, bien qu'il ne comprît pas pourquoi. Il était sûr que Mary Jo adorerait cet endroit. Profondément sensuelle, elle aimait sentir le vent dans ses cheveux, elle était capable de s'extasier sur la beauté paisible d'un soir d'été.

Elle revint bien vite, comme si elle avait peur qu'il renonce à l'emmener, munie d'un petit baluchon qu'elle fixa à la selle.

— Jeff dort encore, annonça-t-elle en montant gracieusement sur le dos du cheval.

Gary n'était pas certain de pouvoir en faire autant. Deux jours plus tôt, il avait essayé de monter sans selle, mais il n'y était pas parvenu à cause de son bras blessé. Néanmoins, il préférait monter à cru, car cela lui procurait un merveilleux sentiment de liberté, de communion avec l'animal. Accroché à la crinière, il parvint cette fois à se hisser avec une facilité qui le surprit agréablement.

On était en fin de matinée, le soleil filtrait à travers les arbres. Il aimait ces montagnes autant que les Indiens, et à présent, il les partageait avec une femme capable de les apprécier. Il lutta contre le plaisir que cette idée éveillait en lui.

Leurs chevaux marchaient côte à côte et leurs regards se croisèrent. Quand Mary Jo lui sourit, toutes les ombres de Gary s'envolèrent. Pour la journée, tout au moins. C'était un merveilleux sourire, plein de joie, d'attente heureuse. Son cœur chantait quand elle lui offrait ce sourire, et il se prenait à rêver de l'impossible.

Comme prévu, le bassin était désert. Il aida Mary Jo à mettre pied à terre et lui tint un moment la main, heureux de ce contact.

Puis il la regarda s'approcher de l'eau sur le sol jonché d'aiguilles de pin. Le bassin, bordé de conifères, se trouvait au pied d'une haute falaise d'où ruisselait une fine cascade. Un aigle tournoyait au-dessus d'eux en poussant des cris et il fut certain qu'il y avait un nid non loin.

— C'est beau ! s'écria-t-elle.

Il se rappela qu'elle ne savait pas nager. Comme il avait envie de lui apprendre, ainsi qu'à Jeff ! Hélas, il n'en aurait pas le temps. Et s'il décidait de le prendre, il serait irrémédiablement perdu. Chaque minute qu'il passait en leur compagnie les rendait plus proches, resserrait le lien qui l'unissait à eux.

— Cela peut aussi être dangereux, la prévint-il. Restez sur le bord, car l'eau est profonde, au milieu.

— Vous venez avec moi ?

Toujours cette fichue confiance ! Il ne lui serait d'aucune aide, avec son bras infirme. Pourtant, il la suivit.

Elle prit un morceau de savon dans son baluchon, se dirigea vers la rive et commença à se déshabiller. Sans fausse pudeur, sans lui jeter de coups d'œil furtifs. Elle était simple, efficace. Il ne l'avait jamais vue entièrement nue et la trouva plus belle encore et désirable qu'il ne le devinait.

Elle travaillait dur, il l'avait constaté au ranch, et nourrir une troupe de Rangers affamés ne devait pas être de tout repos. Etait-ce pour cela que son corps était ferme et mince, en même temps qu'il était si doux entre ses bras ?

Il avait envie de se dévêtir, mais il avait déjà fait assez de bêtises. S'il se retrouvait nu, ils feraient l'amour, risquant une fois de plus d'engendrer un enfant. L'enfant d'un tueur en fuite. L'idée le refroidit, et il décida d'attendre qu'elle fût lavée pour se baigner à son tour. Toutefois il resterait non loin, au cas où elle aurait besoin de son aide. Et ainsi il pourrait au moins l'admirer.

Il ôta l'écharpe qui lui maintenait le bras, retira sa chemise et s'assit en tailleur près de l'eau tandis qu'elle s'y laissait glisser, surprise par sa fraîcheur.

Il y avait une lueur espiègle dans ses yeux quand elle lui tendit la main.

Dieu, comme il avait envie de la prendre, de la rejoindre, de sentir sa peau contre la sienne ! Il aurait voulu que son bras n'eût jamais été blessé, il aurait voulu oublier son passé, être de nouveau jeune, pur. Il aurait aimé jouer dans l'eau avec elle comme s'ils étaient deux enfants, et ensuite lui faire l'amour lentement, langoureusement, s'allonger dans l'herbe au soleil à ses côtés.

Il désirait tout cela, et il avait besoin de tout son courage pour ne pas céder à son envie. Il secoua la tête et mit un certain temps avant de trouver une excuse plausible :

— Il faut que l'un de nous deux veille.

Il n'y avait en réalité aucun danger, il le savait, et il regarda avec envie l'eau glaciale qui cascadait de la falaise. Il aurait eu bien besoin de s'y rafraîchir les idées… et le corps !

Elle eut l'air un peu déçu, puis son sourire illumina à nouveau ses yeux. Il avait toujours adoré cette expression pleine d'humour, de joie profonde. Même quand elle était occupée, concentrée — comme lorsqu'elle soignait ses blessures —, il sentait en elle cette joie. Certes, elle était tempérée par les morts, la tragédie, mais elle faisait partie intégrante d'elle, et le fascinait, lui redonnait l'espoir, le goût de vivre.

Elle s'approcha du bord pour prendre le savon et, se renversant en arrière, elle s'immergea la tête avant de se savonner vigoureusement les cheveux. Il ne pouvait détacher son regard d'elle, de la longue chevelure qui flottait dans l'eau, brillante, d'une riche couleur sombre.

Il détourna le regard, s'obligeant à fixer les arbres sur la rive opposée, mais il revenait toujours à elle. Pour s'assurer que tout allait bien, se disait-il.

Quand elle eut terminé ses ablutions, elle lui tendit de nouveau la main pour qu'il l'aide à sortir de l'eau. Elle grimpa sur le bord, magnifique, couverte de gouttelettes qui accrochaient le soleil, et elle entrelaça ses doigts à ceux de Gary.

— C'était merveilleux ! s'exclama-t-elle, une sorte d'émotion dans la voix. Maintenant, à vous. Je monterai la garde.

Elle le taquinait, et elle était visiblement bien décidée à le séduire. Il lui tendit ses vêtements.

— Les sentinelles ne doivent pas être nues, dit-il, conscient du ridicule de ses paroles.

Elle sourit, amusée.

— C'est écrit dans le manuel d'instruction militaire ?

— Evidemment, répondit-il en grimaçant un sourire. Je l'y ai lu.

— Ne l'avez-vous pas plutôt inventé ? rétorqua-t-elle, soupçonneuse.

Pour toute réponse, il lui désigna ses habits et, à regret, elle enfila son corsage.

— J'aime le soleil sur ma peau ! protesta-t-elle néanmoins.

C'était une journée parfaite, et la vive lumière lui allait bien, en effet. Gary se détourna en se demandant s'il allait ôter son pantalon. Il serait mal à l'aise dedans quand il serait mouillé, mais plus mal à l'aise encore s'il l'enlevait, tant son désir était grand… et visible.

L'eau glacée lui fit du bien et il nagea un moment avant de revenir prendre le savon dont il se frotta le torse et le visage. Ensuite, il sut qu'il ne devait pas rester davantage. Mary Jo avait les yeux brillants, et elle ne tarderait pas à le rejoindre dans l'eau. Il remonta sur la rive pour s'étendre au beau milieu des aiguilles de pin.

Ensuite, il la contempla pendant qu'elle peignait ses cheveux afin de les faire sécher au soleil, puis les nattait en une longue tresse. C'était un spectacle si intime, si tendre, si paisible, qu'il eut envie de la toucher, mais il se força à fermer les yeux. Toutefois, une dangereuse sensualité empreignait l'atmosphère, renforcée par l'odeur du savon, par le soleil.

Elle lui effleura la main, et il se tourna vers elle, ouvrit les yeux. Allongée sur le côté, ravissante, souriante, elle passa les doigts sur sa joue hérissée de barbe.

— Si j'avais ce qu'il faut, je vous raserais. Vous avez l'air d'un bandit.

— Je *suis* un bandit.

— Non, c'est faux.

Il lui mordilla les doigts.

— Vous êtes bien trop confiante, madame Williams.

— Pas du tout! J'ai appris à être prudente, mais avec vous, c'est différent.

— Pourquoi? demanda-t-il avec une réelle curiosité.

— Je l'ignore. J'aurais recueilli n'importe qui dans votre état. Cependant... je serais sans doute allée aussitôt trouver le shérif. Mais vous étiez... si gentil avec Jeff! Vous aviez tellement mal à cause de votre fils, aussi. Je sais ce que l'on ressent, lorsque l'on perd un être cher.

Il demeura silencieux un moment avant d'avouer ce qui le tracassait.

— Et s'il y avait un bébé?

— Ce serait splendide!

Il redressa la tête, stupéfait.

— Ne vous inquiétez pas, reprit-elle. Je sais que vous avez l'intention de partir, et je ne tenterai pas de vous en dissuader. Bien que je ne comprenne pas tout à fait vos raisons, je n'essaierai pas de vous retenir. Mais j'adorerais porter votre enfant.

Elle posa le doigt sur le petit creux de son menton.

— J'aimerais qu'il vous ressemble. Avec la même fossette, là. Et puis je voudrais qu'il soit heureux, toujours.

— Et si c'est une fille? s'entendit-il demander.

— Alors je ne tiendrais pas à ce qu'elle vous ressemble, plaisanta-t-elle. Sauf les yeux. Ça, oui.

— Et vos voisins?

— Mes voisins n'auraient qu'à se mêler de leurs affaires! J'ai toujours voulu d'autres enfants, mais je ne tenais pas à me remarier.

— Pourquoi ?

Cette question le taraudait depuis longtemps. Il avait vu la façon dont le shérif la regardait, et Jeff lui avait dit qu'elle aurait pu choisir n'importe qui parmi les Rangers.

— Je ne pensais pas pouvoir aimer de nouveau, répondit-elle lentement. Je ne le voulais pas. Cela fait trop souffrir.

Gary demeura silencieux. Ce qu'elle avait dit sur un enfant éventuel, de sa petite voix calme et assurée, lui avait plu, beaucoup trop plu, mais ses derniers mots lui firent l'effet d'un coup de poignard. De toutes ses mauvaises actions, la blesser serait celle qui lui pèserait le plus. Or, il allait lui faire du mal, surtout si un enfant naissait de leurs étreintes. Il savait ce qu'il en coûtait aux femmes de procréer en dehors des liens du mariage. Comment avait-il osé lui faire courir ce risque ?

Il avait dû froncer les sourcils, car elle continua, doucement :

— Ne vous inquiétez pas. Je suis habituée à me débrouiller seule. Si cela ne marchait pas ici, nous irions ailleurs.

Voilà qui ne rassérénait guère Gary ! Il l'imaginait avec Jeff et un bébé, s'éloignant de lui, lui échappant à jamais. Non ! Si difficile que ce soit, il ne lui ferait plus l'amour, et se contenterait de prier pour qu'un enfant ne fût pas déjà en train de grandir en elle.

— Il est temps de partir ! déclara-t-il en se levant.

— Oui. J'ai envie de voir Jeff, renchérit-elle en bondissant sur ses pieds.

— Il est solide, dit Gary, heureux de cette diversion. Et plein de ressources.

— Il était tout excité à la perspective de la course de chevaux.

— Il ne verra pas deux spectacles de cette qualité, assura Gary.

Elle hésita un instant.

— Pourrons-nous partir demain matin ?

— Sans doute, à condition d'aller lentement.

— Vous avez dit que Tom Berry avertirait Tuck et Ed que Jeff avait été retrouvé, mais... il pourrait y avoir quand même des recherches.

Gary espéra que les émotions qui le traversaient ne se lisaient pas sur son visage. Enfin, il était heureux, tout simplement heureux. Et fier de Mary Jo qui, peu de temps auparavant, se montrait si méfiante vis-à-vis des Indiens et qui voulait à présent les protéger autant que lui-même. Il n'était pas facile de surmonter des idées préconçues, il le savait mieux que quiconque, et il lui avait fallu de longues, de dures années pour apprendre cette leçon.

Il enfila maladroitement sa chemise avant de se diriger vers les chevaux.

— Gary ?

Il s'arrêta sans se retourner.

— Merci de m'avoir amenée ici.

Une main sur la jument, il hocha la tête. C'était bien peu de chose, après ce qu'elle avait enduré ces dernières semaines.

Il tint les rênes de sa jument pendant qu'elle se mettait en selle avant de monter à son tour et, sans rien ajouter, ils regagnèrent le campement à vive allure.

20

Les yeux de Jeff s'arrondirent quand il vit les deux Indiens sautant puis remontant sur leur cheval lancé au grand galop, ou bien se tenant sous leur ventre, accrochés à leurs flancs.

Mary Jo regardait son fils, heureuse de lui voir le

regard brillant, les joues roses de plaisir. Bien qu'il grimaçât encore de douleur quand il bougeait, il semblait aller beaucoup mieux.

Elle revint au spectacle, émerveillée, elle aussi. Elle pensait que les Rangers, qui vivaient pratiquement en selle, étaient les meilleurs cavaliers du monde, mais jamais elle n'avait assisté à ce genre de démonstration, et elle était muette d'admiration devant ces duos où l'homme et l'animal ne faisaient qu'un. Elle se tourna vers Gary dont le visage, dans cette fin d'après-midi, était redevenu impénétrable.

Sitôt rentré au campement, il avait laissé son cheval paître avec les autres, puis il avait rejoint les hommes qui discutaient gravement en fumant la pipe. Un nouveau venu était arrivé en leur absence, et Mary Jo apprit qu'il s'agissait du chef Ouray, l'homme à qui les Utes devaient de vivre encore dans une paix relative avec les Blancs.

Mary Jo était allée voir son fils, qu'elle avait trouvé avec un petit Indien dont il caressait le chien. L'amour des animaux était universel, avait-elle pensé. Jeff portait un pantalon de daim semblable à celui de Gary, et il était torse nu, à la mode indienne.

Elle l'avait trouvé un peu pâle, mais son regard étincelait de curiosité tandis qu'il essayait de communiquer avec l'autre enfant grâce aux quelques mots qu'il avait appris. Les gestes complétaient cet étrange dialogue.

Les préparatifs pour la course allaient bon train. Des gens étaient venus des campements avoisinants pour assister au spectacle, et Mary Jo avait constaté que les nouveaux arrivants saluaient Gary avec respect et affection, y compris le chef Ouray. Quant à elle, on l'observait attentivement, mais sans une ombre d'hostilité ni de rancune, et elle s'en étonna. Après tout, Gary avait été marié à l'une des leurs.

Elle avait déjeuné avec les femmes et les enfants,

Gary avec les hommes. Un repas somptueux, cette fois, composé de venaison, de pignons et d'un délicieux légume inconnu d'elle. Son fils avait dévoré avec un bel enthousiasme, comme s'il n'avait rien mangé depuis une semaine — ce qui était pratiquement le cas.

Jeff poussa un cri d'admiration quand il vit un homme, accroché d'une main à la crinière de son cheval, se pencher pour ramasser un couteau dans l'herbe sans que l'animal réduisît l'allure une fraction de seconde. Il se tourna vers Gary.

— Je suis sûr que vous pouvez le faire aussi !

Un muscle joua sur la joue de Gary, et Mary Jo sut qu'il en était capable, ou en tout cas qu'il l'avait été. Il regarda avec amertume son bras malade avant de répondre à l'enfant.

— Aucun cavalier ne rivalise avec les Utes.

C'était vague, mais Jeff parut s'en contenter, bien qu'il ne fût pas tout à fait convaincu.

Mary Jo ne l'était pas davantage. Elle avait vu la façon dont Gary dirigeait le cheval de Jeff. C'était un cavalier émérite, qu'il pût ou non réaliser des exercices de voltige. A le voir assis, ses longues jambes repliées, elle sentait presque physiquement sa frustration. Ces derniers jours, elle l'avait souvent surpris en train d'essayer de faire jouer ses doigts et, malgré quelques progrès, elle savait qu'il était encore loin du résultat espéré.

Il contemplait intensément les cavaliers, à présent. Sans son invalidité, il aurait sûrement participé aux jeux. Mary Jo avait envie d'aller vers lui, de lui prendre la main, de le réconforter. Mais elle savait depuis longtemps que chacun doit surmonter ses peines à sa manière.

Elle-même devrait bientôt traverser une épreuve de ce genre. Si elle en était consciente de façon objective, intellectuelle, elle n'était pas prête, elle ne serait jamais prête au départ de Gary Foster.

Elle n'en supportait même pas l'idée, sauf dans l'abstrait, et elle se maudissait pour sa lâcheté.

La véritable course avait commencé. Les cavaliers, après avoir fait la démonstration de leur talent, poussaient leurs montures ventre à terre vers un fil tendu entre deux flèches. Un appaloosa noir et blanc se détacha du groupe, et ce fut terminé. Manchez avait gagné. Il reçut force félicitations, et on lui remit un cheval en prime, puis il vint s'asseoir près de Gary.

— Tu vois, mon frère, je n'ai pas besoin de tant de chevaux.

— Si j'avais…

Gary s'interrompit brusquement.

Manchez termina la phrase à sa place, avec une gentillesse qui surprit Mary Jo.

— Si tu avais pu participer, tu aurais gagné. Enfin… peut-être.

Gary sourit, d'un vrai sourire qui réchauffa le cœur de Mary Jo.

— Tu n'as jamais voulu admettre une défaite, dit-il.

Manchez se tourna vers Mary Jo.

— Il monte presque aussi bien qu'un Indien.

— Presque ? répéta Gary en haussant les sourcils.

Mary Jo aimait bien les entendre se taquiner, comme deux frères. Maintenant qu'elle le connaissait mieux, Manchez ne lui semblait plus du tout étrange, et l'affection qui unissait les deux hommes était touchante, réelle et profonde. Très semblable à celle qu'elle avait constatée entre les Rangers, pleine d'amicale rivalité. Les hommes étaient les mêmes partout, finalement, fussent-ils blancs ou indiens, et du coup, Mary Jo se sentait mieux, bien qu'une petite voix lui reprochât ce rapide revirement. Elle avait compris la haine de Gary envers les assassins de son fils, car elle faisait écho à ses propres sentiments. Seulement, pour lui, il s'agissait de personnes bien définies, tandis qu'elle avait englobé dans sa haine la nation indienne tout entière. Et elle en avait honte, tandis qu'elle regardait autour d'elle les visages fiers et heureux. Si peu différents du sien.

Gary restait un mystère, car il ne révélait rien de ses pensées intimes, et pourtant, elle avait l'impression de le connaître mieux qu'avant, à l'époque où elle regardait avec dégoût le collier de son fils et la bride ornée de perles. Elle ne pouvait s'empêcher de s'interroger sur Chivita, sur son petit garçon. Hélas, Shavna ne parlait pas anglais, et elle n'avait personne d'autre auprès de qui se renseigner.

Elle ne pouvait que deviner ce qui se passait en lui, au risque de se perdre. Parfois, les ombres qui l'entouraient étaient si profondes, si noires qu'elles menaçaient de l'avaler aussi, avec Jeff. Gary avait dit plusieurs fois que sa femme et son fils n'étaient pas seuls responsables de sa fuite vers les montagnes, loin des gens de sa race. Et en le regardant sourire, avec toujours cette angoisse au fond des yeux, elle se demandait si elle tenait vraiment à savoir ce qu'il taisait.

Mais si, elle voulait tout connaître sur lui ! Dieu, même si cela devait la mener au désastre ! Elle se demandait si quelque chose pourrait jamais changer les sentiments qu'elle éprouvait pour lui, empêcher les battements fous de son cœur dès qu'il approchait ou cette impression de se liquéfier quand il la touchait.

A cette simple idée, elle sentit le désir monter en elle, et elle se tourna vers Jeff afin de chasser de son esprit cet homme énigmatique, capable de violence extrême et en même temps de douceur avec son fils, avec Jake, avec les chevaux. Elle fut parcourue d'un long frisson.

— J'aimerais savoir monter comme eux, dit Jeff. Tu crois que Gary pourrait m'apprendre ?

274

— Je ne suis pas sûre qu'il reste assez longtemps, répondit-elle d'une voix qu'elle voulait ferme. Il a l'intention de s'en aller dans une semaine.

— Mais...

L'enfant parut soudain désespéré, et Mary Jo en eut le cœur brisé. En peu de temps, Gary Foster avait envahi leurs âmes comme leurs vies, et ni l'un ni l'autre ne l'oublierait. En allait-il de même pour lui ? Sans doute pas, sinon il resterait, or il avait clairement exprimé son intention de vivre dans les montagnes. A cause de sa femme ? De son fils ? Parce qu'il ne les remplacerait jamais, qu'il ne voulait pas les remplacer ?

— Il ne faut pas essayer de le faire changer d'avis, Jeff, reprit-elle doucement. Nous n'y parviendrions pas, et cela rendrait les choses plus difficiles pour lui. Nous lui devons bien cela et plus encore.

— Il te manquera, à toi aussi, hein ?

— Bien sûr. Il t'a sauvé la vie par deux fois, je lui en serai toujours reconnaissante.

Elle observa Gary, en grande discussion avec Manchez. L'Indien la regarda longuement, et elle se demanda s'ils parlaient d'elle.

Gary fixait son interlocuteur, son visage éclairé par le feu de camp qu'on avait allumé à la nuit tombée. Les flammes dansantes ombraient le gris-vert de ses yeux, creusaient ses traits. Même pendant cette discussion avec son ami, il avait un aspect solitaire, dur, fermé. Le sourire avait disparu, comme son air heureux quand Manchez était venu à lui. Sa main gauche était crispée, appuyée sur le sol, et Mary Jo ressentait dans son propre corps la tension qui se dégageait de lui.

Jeff, malheureux, se mordillait la lèvre.

Peut-être vaudrait-il mieux que Gary les quitte le plus vite possible. Quelques jours supplémentaires ne feraient qu'augmenter la douleur de la séparation.

Elle prit la main de son fils.

— Nous aurons beaucoup à faire, au ranch. Et puis il nous restera Ed et Tuck.

Mais Jeff était triste.

— Pourquoi est-ce que tout le monde s'en va ?

Son père, Tyler, et maintenant Gary Foster. Elle lui serra davantage la main et elle devina la profondeur de sa détresse quand, au lieu de se dégager, il s'accrocha à elle comme elle s'accrochait à lui.

Gary ne passa pas la nuit dans le tipi. Il prit une couverture et alla s'installer sous les arbres, près des chevaux. Il aimait entendre le bruit de leurs sabots sur le tapis d'aiguilles de pin, leur respiration paisible. Il les comprenait, et ils lui demandaient bien peu, pas plus qu'il n'était prêt à donner.

Il s'inquiétait pour Manchez et son peuple. Il y aurait une nouvelle conférence, et Ouray était disposé à lâcher encore un peu de terrain. Mais comment savoir quel était le minimum à proposer pour assouvir temporairement l'avidité des Blancs ? Certains jeunes braves grondaient déjà, et Ouray ignorait combien de temps il parviendrait à les maîtriser. Les Utes du Colorado du Nord étaient aussi en effervescence, et sur eux, Ouray avait peu d'influence. Pourtant, s'ils causaient des troubles, cela rejaillirait sur toute la tribu, car peu de Blancs faisaient la distinction entre des gens qui étaient pourtant aussi différents les uns des autres que les habitants du Kansas et ceux du Missouri.

Les Utes n'avaient jamais eu de pouvoir centralisé. C'était un peuple de nomades qui erraient dans leurs montagnes Brillantes, déplaçant leurs campements en fonction des troupeaux de bisons. Seule la forte personnalité d'Ouray avait pu garder les Utes du Sud unis dans la recherche de la paix.

On avait demandé son opinion à Gary, et il l'avait

donnée, conscient que c'était un moindre mal. Il était d'accord avec Ouray : il fallait tout tenter pour éviter la guerre, qui entraînerait l'anéantissement total. Il ne restait qu'à gagner du temps, tout en espérant qu'on aurait vite épuisé les réserves d'or et d'argent dans les montagnes du Colorado.

N'envisageant pas de revenir un jour, il avait fait ses adieux à Manchez. Il représentait à présent une charge pour un peuple qui avait déjà bien assez de soucis. Son beau-frère avait fini par accepter ses dix chevaux, en déclarant cependant qu'il les prenait seulement en garde. Gary avait acquiescé, sachant que c'était le seul moyen de mettre un terme à la discussion.

L'instant avait été difficile pour lui. Encore une séparation ! Il était resté un instant près du feu, indécis, après que Manchez se fut retiré. Il avait envie d'aller voir Mary Jo. Seigneur, il en mourait d'envie ! Il voulait la tenir contre lui, sentir sa chaleur combler ce vide glacial qui l'étouffait.

Il en gagnerait sans doute un soulagement provisoire, mais la douleur serait plus grande ensuite. Il avait déjà assez fait de mal à Mary Jo comme à Jeff.

Il s'était éloigné avec peine du tipi. Demain, il raccompagnerait la mère et l'enfant au ranch, ensuite il réglerait le problème de Kelly. Et puis...

Gary refusait de penser plus avant, c'était trop douloureux. Pendant quelque temps il s'était autorisé à rêver, à espérer, mais le passé, comme un cadavre jeté à l'eau, refaisait surface, il ne se laissait pas oublier.

Ils partirent juste après le lever du soleil. Jeff allait mieux, il avait retrouvé ses couleurs, son bel appétit et il avait hâte de monter à nouveau Roi Arthur, surtout après le spectacle de la veille. Déjà, il souhaitait chevaucher à cru, apprendre à diriger sa monture d'une simple pression du genou.

Gary, raide, crispé, insista pour seller les chevaux pendant que Mary Jo prenait congé. Elle serra Shavna contre elle en regrettant de ne rien avoir à lui offrir ; puis elle se rappela un foulard que Tyler lui avait donné un jour et elle se promit de le lui faire porter par l'intermédiaire de Tom Berry. En attendant, elle mit dans son regard et son sourire toute la gratitude du monde.

Elle remercia aussi Manchez, qui l'observa un instant, aussi impassible que Gary.

— Merci d'avoir pris soin de mon frère, dit-il enfin.

Elle rougit. C'était le beau-frère de Gary !

— Il a grandement remboursé sa dette.

Son regard transperçait la jeune femme.

— Il a besoin de toi, et de ton fils.

— Moi aussi, j'ai besoin de lui, mais il veut partir.

— Parfois il se conduit comme un imbécile. Il repousse les gens afin de ne pas leur nuire, sans comprendre qu'il leur fait plus de mal de cette façon.

Mary Jo sourit.

— S'est-il conduit ainsi avec vous ?

L'Indien ne répondit pas. Elle insista.

— Comment est-il devenu votre frère ?

Cette fois, une certaine émotion passa sur les traits de Manchez.

— Il m'a sauvé la vie, il m'a ramené parmi mon peuple. Il était très seul, à l'époque, et triste. Comme maintenant.

Il se ferma, contrarié sans doute d'en avoir trop dit.

— Reviens quand tu veux, conclut-il avant de disparaître sous les arbres.

Elle se dirigea vers les chevaux et regarda Jeff se mettre maladroitement en selle, puis Gary. Celui-ci prit la tête et s'éloigna sans se retourner. Jeff, en revanche, adressait des signes d'adieu au petit garçon accompagné de son chien.

Gary s'obligea à maintenir une allure raisonnable, à cause de la blessure encore douloureuse de Jeff, et aussi pour les dix chevaux attachés à une corde.

Il ne s'inquiétait pas pour eux, car c'étaient des poneys des montagnes, habitués aux chemins difficiles. Jeff, c'était une autre histoire. Il craignait que l'enfant, pour montrer son courage, ne répugne à demander que l'on s'arrête quand il serait fatigué. Il avait du cran, ce petit !

Gary était plus à l'aise sur son grand cheval gris que sur Roi Arthur. Il avait emporté cette fois un sac de couchage et des vêtements de rechange, ainsi que son fusil... même s'il était peu apte au maniement des armes ! Ses sacoches étaient pleines de viande séchée et de racines de yucca.

Il espérait atteindre le pied des montagnes à la fin de l'après-midi. Si Jeff ne souffrait pas trop, ils arriveraient au ranch le lendemain soir.

Ils parlaient peu, principalement parce que le chemin étroit ne laissait passer qu'un cavalier à la fois. Gary venait d'abord, avec son train de dix chevaux, puis Jeff et enfin Mary Jo qui ne quittait guère son fils des yeux.

Ils s'arrêtèrent à midi près d'une cascade. Mary Jo et Gary, insistant pour que Jeff se repose, firent boire les chevaux. Ils travaillaient vraiment bien ensemble, pensa Gary. Il n'avait pas besoin de donner de conseils à Mary Jo, elle le secondait en posant un minimum de questions. D'ailleurs, il avait toujours été impressionné par son efficacité, comme par son courage. Jamais il n'oublierait qu'elle avait été capable d'enlever les rênes à un cheval mort sous une pluie battante.

Quand ils eurent fini de rafraîchir les chevaux, ils s'assirent près de la cascade. Gary s'était rasé le matin et, malgré quelques coupures, il se sentait infiniment mieux. En le voyant, Mary Jo avait eu une expression attendrie. Elle-même semblait lasse, sans doute parce qu'elle avait aussi peu dormi que lui. Elle l'avait attendu tandis qu'il s'empêchait d'aller la voir.

Jeff, plus fatigué qu'il ne voulait l'avouer, s'était endormi. Mary Jo se pencha vers la cascade, s'aspergea le visage d'eau.

— Vous n'étiez pas obligé de dormir dehors, cette nuit, dit-elle, un peu gauche.

Leurs regards se croisèrent, et elle s'enflamma. Dieu, aurait-elle toujours, près de lui, l'impression d'être un volcan menacé d'éruption ?

— Bon sang, marmonna-t-il, il faut bien que l'un de nous deux ait un peu de sens commun.

— Nous n'aurions pas forcément...

— Fait l'amour, madame Williams ? Bien sûr que si. Dès que nous nous approchons l'un de l'autre... Sacrebleu !

Il parlait bas afin de ne pas réveiller l'enfant, pourtant il fut contrarié par l'espèce de désespoir qui perçait dans sa voix.

— Vous ne savez pas ce que vous faites, continua-t-il plus calmement. Vous ignorez tout de moi.

— Manchez m'a dit que vous lui aviez sauvé la vie. Dans quelles circonstances ?

Il fut déconcerté par cette question inattendue, et plus encore par le fait que Manchez se fût ainsi confié à une femme blanche. D'habitude, il n'aimait guère les Blancs, il les haïssait même, pour la terre qu'ils avaient volée, pour avoir réduit son peuple à l'état de mendicité.

— Ce n'était rien, répondit-il en haussant les épaules. Comme tous les jeunes de son âge, on l'avait envoyé seul dans la forêt pendant une semaine avec un couteau pour toute arme. Il était tombé nez à nez avec un grizzli qui l'avait gravement blessé. Je l'ai trouvé, voilà tout, je l'ai bandé et je l'ai ramené parmi les siens. Je savais où ils campaient.

— Quel âge avait-il?

— Treize ans.

Elle se demanda à quand cela remontait. Manchez était un homme, à présent, un père de famille. Et Chivita était sa sœur. Bon sang, pourquoi ne pouvait-elle cesser de penser à elle?

— C'est ainsi que vous êtes devenus frères?

Il acquiesça.

— Et c'est après que vous avez épousé sa sœur?

Il serra les dents, et elle crut un instant qu'il ne lui répondrait pas.

— Oui! lança-t-il enfin d'un ton sec qui décourageait toute autre question. Nous ferions mieux de repartir, si Jeff se sent mieux.

Mary Jo alla s'accroupir près de son fils et le secoua doucement. Il eut l'air désorienté, puis il sourit, un peu penaud.

— Je me suis endormi?

— Comment vas-tu?

— Bien.

— Tu as mal?

— Peut-être un peu.

Elle regarda sous la chemise. Le pansement était sec et la peau autour semblait parfaitement saine.

— Tu nous le diras, si tu te sens trop fatigué pour continuer?

Il lui adressa son regard qui signifiait «je ne suis plus un bébé». Cela se produirait de plus en plus souvent, au cours des prochains mois, des prochaines années.

— Jake sera heureux de te retrouver!

L'enfant s'illumina.

— Il me manque. Il aurait sauté à la gorge de ce sale puma.

Elle sourit, espérant que le chien n'aurait jamais l'occasion d'être soumis à pareille épreuve.

— Je suis certaine qu'il aurait essayé.

Jeff se leva en grimaçant, mais il se dirigea vers son cheval d'un pas normal et y monta sans aide. Elle était fière de lui, de sa bravoure.

Elle jeta un coup d'œil à Gary, qui lui fit un signe de tête approbateur et sourit. A Jeff. Pas à elle.

Elle se mit en selle, attendit que Gary passe, suivi de ses chevaux, puis de Jeff. Elle avait tenu à fermer la marche afin de veiller sur son fils. Cependant, elle se sentait un peu seule, tenue à l'écart de cette complicité masculine qui était passée entre l'homme et l'enfant. Serait-elle jalouse de son propre fils ? Non, il ne pouvait s'agir de cela. Elle souhaitait seulement que Gary lui ouvre son cœur aussi, parfois, qu'il abandonne cette cuirasse derrière laquelle il se dissimulait.

Cette nuit. Peut-être cette nuit arriverait-elle à percer cette coquille. Car demain, il serait trop tard. Il disposait de nombreux moyens de l'éviter, au ranch, et il en profiterait certainement.

Il a besoin de toi, avait dit Manchez. Mais Gary n'avait apparemment besoin de personne, surtout pas d'elle. Et il avait fait allusion à des secrets, à des ombres dont elle ignorait tout.

Cependant, elle savait que c'était un homme bon, juste. Il avait par deux fois sauvé la vie de son fils, et aussi celle d'un jeune Indien inconnu. Il avait immédiatement été adopté par ses voisins, par Ed et Tuck. Tout le monde le respectait.

C'était un homme d'une qualité exceptionnelle, elle en était sûre. Mais comment l'en convaincre ? Comment le persuader qu'il n'était pas obligé de partir, qu'il avait sa place près d'elle et de Jeff ?

C'était déjà le crépuscule quand ils s'arrêtèrent pour la nuit. Gary avait proposé de faire halte plus tôt, mais Jeff avait protesté. Il voulait se hâter de rentrer pour retrouver Jake.

Mary Jo regardait son fils chevaucher à côté de Gary, si petit comparé à lui. Il observait tout ce que faisait son modèle et l'imitait jusque dans son attitude détendue en selle. Il tenait aussi les rênes d'une seule main, comme Gary.

Elle en fut à la fois émue et inquiète. Elle aurait tant voulu lui épargner de nouveaux chagrins, l'empêcher de trop s'attacher à cet homme qui était devenu un héros à ses yeux !

Cette fois, Jeff insista pour s'occuper aussi des chevaux. Il ne pouvait ôter la selle du dos de Roi Arthur sous peine de faire sauter ses points de suture, mais il conduisit les nouveaux poneys vers la rivière et aida Gary à les attacher pendant que Mary Jo ramassait du petit bois pour le feu. A plusieurs reprises elle avait voulu s'arrêter, mais elle avait vu une telle fierté et une telle détermination sur le visage de son fils qu'elle s'était retenue de le proposer. Elle se rappelait le mot qu'il lui avait laissé : *Il aura besoin de moi avec les chevaux.* Cette idée l'avait poussé à partir pour ce dramatique voyage, et à présent, il lui fallait restaurer son orgueil blessé, se faire pardonner les ennuis qu'il avait causés. Même si Mary Jo avait mal pour lui, si elle sentait sa fatigue au plus profond d'elle.

Elle aussi devrait payer les conséquences de ses actes.

Elle s'était efforcée, après la mort de son mari, de mettre un frein à son impulsivité, de discipliner sa nature passionnée, qui la jetait tête la première vers les ennuis. Le père de Jeff était si raisonnable, si posé qu'elle se sentait souvent comme la petite fille qui voulait faire la course avec le vent, ou qui dansait dans la boue après les orages. Elle était parvenue à se contrôler plus ou moins, dans son intérêt et celui de Jeff, mais ses aspirations cachées dépliaient leurs ailes, le bon sens qu'elle avait tenté de développer s'effilochait autour d'elle. Elle s'était leurrée, en se jurant qu'elle n'aimerait plus jamais, qu'elle en serait incapable. Si elle était parvenue à oublier cet aspect de sa vie, c'était parce qu'il n'y avait pas alors de tentation, pas de Gary Foster.

Elle craqua une allumette, la posa parmi les brindilles et regarda la petite flamme s'élever.

Avec elle montait aussi en Mary Jo un sentiment grandissant de douleur, de solitude. Elle respira profondément, tout en regardant la flamme qui prenait possession du bois. Comme son désir pour Gary consumait les restes d'un cœur déjà meurtri.

Comment supporterait-elle de le perdre ? Or elle le perdait, et chaque pas qui les rapprochait du ranch l'éloignait un peu plus d'elle, sans même qu'elle sût pour quelle raison.

Il faisait nuit quand Jeff et Gary vinrent la rejoindre près du feu. Elle n'avait pas emporté de café, et ils durent se contenter de l'eau qu'elle avait dans sa gourde, tandis que Gary leur distribuait la viande et les fruits offerts par les Utes.

Bien qu'il fût épuisé, Jeff, comme d'habitude, avait des milliers de questions à poser, principalement au sujet des Indiens. Combien de temps resteraient-ils dans la vallée ? Depuis quand Gary les connaissait-il ? De quoi vivaient-ils en hiver, quand il faisait froid ? Comment se mariaient-ils ?

Gary répondait scrupuleusement, toute son attention concentrée sur l'enfant. Les Utes resteraient là jusqu'à ce qu'il n'y ait plus de gibier, sans doute environ un mois encore. En hiver, ils se retiraient dans une autre partie des montagnes, emportant la viande séchée des animaux qu'ils avaient chassés durant l'été. Les Utes se mariaient par consentement mutuel, et ils pouvaient divorcer tout aussi aisément. Un guerrier qui courtisait une jeune fille tuait un daim et l'accrochait à un arbre près du tipi de sa belle. Si elle voulait bien de lui, elle dépouillait l'animal, puis elle montait un feu et préparait le repas de son futur époux.

— C'est ce que vous avez fait? demanda Jeff, oubliant les recommandations de sa mère sur les questions trop personnelles.

Elle s'attendait à voir le visage de Gary se fermer, comme chaque fois qu'on évoquait le passé, mais il la surprit par un mince sourire.

— Non. Je l'ai seulement échangée contre quelques chevaux.

— C'était la sœur de Manchez?

Gary acquiesça.

— Elle était jolie?

Mary Jo était étonnée par la facilité avec laquelle Gary parlait de ce qui le faisait tant souffrir naguère. Sa visite aux Utes avait-elle apaisé un peu sa douleur?

— Oui.

— Aussi jolie que m'man?

Mary Jo se raidit, embarrassée.

Gary demeura un instant silencieux, puis il leva les yeux vers elle avec ce demi-sourire énigmatique.

— Tu verras, Jeff, que chaque femme est belle à sa manière. On ne peut les comparer, car elles ont toutes quelque chose de spécial. Chivita était la personne la plus gentille que j'aie rencontrée, et cela seul suffisait à la rendre belle. Ta mère...

Il s'interrompit, et Mary Jo s'aperçut qu'elle retenait son souffle.

Jeff guettait aussi la réponse avec anxiété.

Le sourire de Gary s'élargit quelque peu.

— ... Ta mère est gênée, reprit-il, et je crois qu'il est temps pour toi de dormir.

— Oh... protesta Jeff, déçu.

Mary Jo faillit bien avoir la même réaction, pourtant elle ne voulait pas entendre de mensonges, pas de flatteries. Elle savait que jamais elle ne pourrait rivaliser avec la femme qu'il avait tant aimée, pour qui il avait tué. Mais le fait d'en être conscient n'allégeait pas pour autant sa souffrance.

— Gary a raison, dit-elle d'une voix qu'elle voulait assurée.

Tout en bougonnant, Jeff s'allongea sous sa couverture. Au bout de quelques minutes de silence, Mary Jo se leva.

— Je vais faire ma toilette, annonça-t-elle.

— Je vous accompagne. On ne sait jamais quels dangers…

— Je peux me débrouiller seule, coupa-t-elle.

Il hésita un moment avant de se rasseoir. A contrecœur, crut-elle.

Et ce fut aussi à contrecœur qu'elle s'éloigna de lui, ravalant ses larmes, sa fierté sauve. Mais Dieu, qu'il lui en coûtait !

21

Gary resta éveillé toute la nuit à combattre ses pulsions naturelles. Par moments, il se redressait afin de contempler Mary Jo et Jeff qui dormaient, épuisés. Comme il aurait aimé qu'ils fussent à lui, tous les deux ! Il rechargeait souvent le feu, à la fois pour s'occuper et pour que ne se répète pas l'horreur qu'avait vécue Jeff. Et alors il devait lutter de toutes ses forces pour ne pas se glisser à côté de Mary Jo, la prendre dans ses bras. Simplement partager sa chaleur, la sentir contre lui, briser la solitude.

Cette solitude, il avait su la supporter autrefois, il

s'y était habitué, il en tirait même une certaine satisfaction, comme s'il s'agissait d'une pénitence, du prix à payer pour expier ce passé qui le tourmentait encore.

Mais rien n'était plus atroce que de se trouver si proche de ceux dont il voulait s'occuper, avec qui il aimerait vivre. Et qui lui resteraient inaccessibles. Pour toujours.

Il avait lu la souffrance dans le regard de Mary Jo quand il avait parlé de Chivita, mais pour la première fois, il avait pu prononcer son nom et celui de Drew sans ressentir ce coup de poignard dans la poitrine. Si le chagrin était là, et il demeurerait à jamais, il devenait moins intense. Gary parvenait à se souvenir des bons moments passés avec son fils sans que cette chaleur montât à ses yeux, sans que la rage le consumât de l'intérieur.

Il pouvait désormais contempler un lever de soleil et sentir la vie fourmiller en lui au lieu de subir ce poids mort qu'il avait dû porter si longtemps, tout juste capable de survivre jour après jour parce qu'il n'y avait pas d'autre solution.

Il ne souhaitait plus mourir, et c'était le plus surprenant de tout. Même du temps de Chivita et de Drew, il n'avait pas vraiment le goût de vivre, il ne le méritait pas, il ne méritait pas le bonheur. Et il s'était tenu éloigné des deux êtres qui l'aimaient. Après leur disparition, c'était peut-être cela qui lui avait fait le plus de mal.

Or il allait devoir recommencer. Pas pour lui, cette fois, mais pour eux.

On devait bien rire de lui quelque part, au ciel... ou en enfer !

Il finit par se lever et, après s'être assuré que le foyer était suffisamment approvisionné, il descendit vers le ruisseau où, plus tôt, Mary Jo était allée faire sa toilette. Il s'aspergea le visage d'eau, pesta en sentant la barbe naissante. C'était un sacré travail de se raser de la main gauche, mais y renoncer serait une défaite supplémentaire.

Il fit jouer sa main droite, qui s'assouplissait de jour en jour. Il aurait aimé se passer de l'écharpe. Toutefois c'était trop tôt, il risquait seulement de retarder la guérison. Il lui faudrait bien encore un mois, voire deux, avant de savoir s'il pourrait un jour se resservir de son bras. Sinon…

Il demeura seul près du ruisseau jusqu'à ce que le soleil teinte l'horizon de rose. Alors, après s'être de nouveau mouillé le visage, il retourna auprès de ceux qu'il chérissait tant.

En milieu de matinée, Jeff reconnut l'endroit où il s'était trompé de chemin. Un jour, il reviendrait, il irait rendre visite à Shavna et à Manchez, afin de les remercier. Un jour, il en apprendrait davantage sur leurs chevaux, sur leurs merveilleux vêtements de daim, sur leurs coutumes. Il aimait vraiment leur façon de vivre, si libre! Pas besoin de traire les vaches, ni de donner du grain aux poules, ni d'arracher les mauvaises herbes!

Il espérait pouvoir y aller avec Gary, mais bien que son ami se fût confié la veille plus que d'habitude, Jeff sentait la tension qui régnait, le mur qui s'était dressé brusquement entre lui et sa mère.

Sa plaie le démangeait, mais en brave petit soldat, il résista à l'envie de se gratter et s'enfonça dans sa selle, ainsi qu'il l'avait vu faire à Gary.

Celui-ci se retourna vers lui avec un bref sourire.
— Fatigué?

Il l'était. Pourtant, il secoua énergiquement la tête. Il vit Gary interroger sa mère du regard, et leurs yeux se croisèrent longuement. Si seulement…

Il élabora un plan. Ils n'étaient plus qu'à quelques heures du ranch, de Jake… Il s'approcha de Gary.

— Est-ce que je peux tenir les chevaux un moment ?

Gary hésita une seconde avant d'acquiescer et de lui tendre la corde. L'enfant l'attacha à sa selle et se remit en route. Comme il sentait Roi Arthur broncher sous la pression des poneys, il se tourna vers Gary, qui lui répondit d'un haussement de sourcils interrogateur.

Il ne l'aiderait pas, et Jeff en fut soudain tout fier. Son ami était sûr qu'il pouvait s'en sortir seul, qu'il était assez bon pour imposer sa volonté à un cheval. Jeff serra les genoux, et Roi Arthur se remit en route. Une confiance toute nouvelle s'empara de l'enfant. Il lança un coup d'œil triomphant à Gary et reçut un demi-sourire en récompense. Il en fut gonflé d'orgueil, comme s'il venait de pêcher la plus grosse truite du ruisseau !

Ensuite, il attendit de reprendre la route après un bref repos pour mettre son projet à exécution. Il se sentait à présent assez sûr de lui pour chevaucher avec les poneys derrière Gary et sa mère, les obligeant à se tenir côte à côte.

Tout en surveillant sa petite caravane, il observait les deux adultes devant lui. Gary comme Mary Jo se tenaient raides comme des piquets. Jeff avait envie de les secouer, mais il se contenta d'attendre.

Pourquoi fallait-il qu'elle soit si diaboliquement jolie ?

Gary repensait à la question de Jeff, la veille au soir. *Etait-elle aussi jolie que m'man ?* Il revoyait aussi l'expression de Mary Jo quand il n'avait pas répondu.

Dieu, elle était magnifique, mais il n'avait pas le droit de le lui dire !

Et on ne pouvait comparer les deux femmes. Chivita était ce dont il avait besoin dix ans auparavant.

Douce et bonne, elle l'acceptait tel qu'il était, ne demandait que de l'affection, ne posait jamais de questions sur son passé.

Mary Jo, elle, chercherait toujours à savoir ce qui se cachait au fond de lui, et elle serait épouvantée par ce qu'elle y découvrirait. Elle était passionnée, quand Chivita était... calme, peu exigeante. Elle l'avait aimé, pourtant, il en était certain, mais sans vouloir posséder son cœur, son âme, alors que Mary Jo exigerait tout, quoi qu'elle en dise. Or l'âme de Gary appartenait déjà au diable.

Mais bon sang, elle était irrésistible, avec sa longue natte dans le dos, les petites mèches qui encadraient son visage, ses yeux verts si changeants. Ignorait-elle vraiment à quel point elle était désirable quand elle souriait, quand elle s'illuminait de ce goût de vivre qui ne cessait d'étonner Gary ?

Elle avait eu besoin d'être rassurée, la veille, mais il n'aurait pu le faire sans révéler à quel point il tenait à elle, à quel point il avait envie de tout risquer pour rester près d'elle et de Jeff pendant des semaines, des mois, des années. C'était dans son intérêt qu'il refusait de prendre le risque. La présence de Kelly dans la région lui avait rappelé combien son existence était précaire, comme son identité. Il ne pouvait faire de Mary Jo la femme d'un tueur, d'un maraudeur, d'un criminel de guerre.

Pourtant, il fut ému lorsqu'elle poussa une exclamation ravie en voyant une biche et son faon en alerte, à quelques mètres d'eux. Les ayant sentis, la gracieuse créature s'élança au loin, suivie de son petit.

Gary ne put s'empêcher de répondre au sourire émerveillé que Mary Jo lui adressa. Elle adorait tout ce qui ressemblait à un bébé. Elle pourrait avoir d'autres enfants, beaucoup d'enfants. Le shérif, peut-être...

Quelle idée atroce! Gary fut soudain dévoré d'une jalousie qui se répandit en lui comme du poison.

— Qu'ils sont beaux! s'écria-t-elle, brisant enfin le silence pesant qui les accompagnait depuis le matin.

Il hocha la tête sans rien dire, toujours consumé par cette jalousie, par la rage qui le prenait à l'imaginer avec un autre homme, portant son enfant.

Elle se raidit de nouveau, se mordilla la lèvre et rougit légèrement.

Son silence l'avait blessée, et il en fut navré.

— Mary Jo?

Elle se tourna vers lui.

— Ne perdez jamais cette... joie.

Pourquoi avait-il choisi ce mot? Il ne l'utilisait pas souvent, pourtant c'était exactement ce qu'il avait voulu dire. Elle abordait la vie avec un enthousiasme qui le bouleversait.

L'air étonné, elle l'observa avec intensité.

— Et vous, vous autoriserez-vous un jour à en connaître un peu?

La question le déchira. Il n'avait jamais pensé avoir le choix. La joie, le bonheur — peu importe le mot — lui avaient été arrachés à quinze ans, quand il avait trouvé sa famille assassinée. Et la suite des événements, provoqués soit par lui soit par d'autres, l'avait privé de toute capacité à les retrouver. Quand on avait connu le meurtre, la terreur, et qu'on y avait participé, il ne restait plus grandchose de l'âme. La joie nécessitait une certaine innocence, or, il n'en avait plus une once. Oh, il y avait des moments de plaisir. Mais la joie? Non, c'était fini pour toujours. Cependant, il ne voulait pas que Mary Jo perde cette qualité essentielle, ni Jeff sa curiosité, son émerveillement devant tout ce qui était nouveau.

Il sentit qu'il se crispait.

— Gary?

Il y avait une telle inquiétude dans la voix de Mary Jo qu'il se demanda ce que son expression avait trahi de son émoi.

— Il faut accélérer l'allure, dit-il sèchement, si nous voulons arriver avant la nuit.

Il lança son cheval au petit galop, espérant mettre ainsi un terme à la conversation.

Ils atteignirent le Cercle J au crépuscule. Tuck tirait de l'eau à la pompe, et son visage s'illumina lorsqu'il les aperçut. Il s'arrêta sur Jeff avec un grand sourire.

— Un vieux bonhomme est venu nous dire que vous aviez retrouvé Jeff, mais c'est rudement bon de le constater par soi-même ! déclara-t-il à Mary Jo, qui fut la première à approcher de lui, tandis que Gary ouvrait la barrière du corral.

Elle mit pied à terre. Elle était épuisée, et Jeff devait l'être davantage encore.

— Il va bien. Fatigué. Comme nous tous.

— Je vais m'occuper des chevaux. Sacrément belles bêtes ! Ils sont dressés ?

Elle acquiesça avant de demander :

— S'est-il passé quelque chose, en notre absence ?

— Le shérif est venu hier. Je savais pas si je devais lui raconter que votre fils avait disparu, mais le vieux type avait dit qu'il valait mieux se taire, alors j'ai juste expliqué que vous étiez allés acheter des chevaux.

Anxieux, il guettait son approbation.

— Vous avez fort bien fait, le remercia Mary Jo, heureuse de sa discrétion.

Matt ne lui avait jamais fait part de son opinion sur les Indiens, mais il pensait certainement, comme les autres, que l'on ferait mieux de les expédier aussi loin que possible. Il aurait sans doute levé une équipe armée pour aller dans la montagne, et Dieu sait alors ce qui se serait passé ! Pourrait-elle avoir une influence sur les préjugés de ses voisins ? Elle se promit d'essayer.

— En tout cas, m'dame, on s'est occupés de tout. Ed est allé surveiller le bétail. Un couguar est descendu des collines, et il a attaqué un des veaux. Ed est à sa recherche.

Jeff venait vers eux, son petit visage décomposé de lassitude, et Mary Jo eut envie de le porter dans son lit, mais on n'agissait pas ainsi avec un homme, or Jeff avait beaucoup mûri, en quelques jours.

Tuck parut s'en apercevoir, car il tendit la main au garçon.

— Content de te revoir, Jeff.

Jeff était vaguement gêné.

— Désolé d'avoir causé tant d'ennuis, dit-il avant de se tourner vers la maison. Où est Jake ?

— On a été obligés de l'enfermer, parce qu'il voulait tout le temps partir te retrouver. Il est dans ta chambre. Je ne voulais pas qu'il disparaisse à son tour, et dans la grange, il aurait trouvé un moyen de s'enfuir. J'espère que j'ai eu raison.

Jeff, après un sourire reconnaissant, s'élança vers la maison, toute fatigue évaporée.

— Merci, dit Mary Jo. A vous et à Ed.

— Pas de quoi, m'dame. On est bien ici. Mais je ferais mieux d'aller voir les chevaux.

Mary Jo suivit son fils. Elle allait préparer un repas rapide, en espérant que Gary le partagerait avec eux. Mais elle en doutait. Il était resté silencieux tout l'après-midi, et elle regrettait sa question au sujet de la joie ; mais son propre commentaire avait été si troublant, si étrange de sa part !

Jake, allongé sur le dos, offert aux caresses de Jeff, battait énergiquement de la queue en poussant des grognements de plaisir. Elle s'accroupit près de lui pour le flatter.

— Nous aussi, nous sommes heureux de te voir, Jake.

Elle reçut en réponse un aboiement chaleureux.

Jeff enfouit sa tête dans la fourrure du gros chien et Mary Jo se dit une fois de plus qu'il manquait de camarades. S'il avait un frère, ou deux, ou une sœur...

Inutile d'y penser, c'était douloureusement improbable.

Elle alla se laver les mains, puis elle inspecta les étagères de la cuisine. Il y avait les conserves de tomates qu'elle avait apportées du Texas, des haricots secs du jardin, des pommes de terre, des œufs. Il faudrait s'en contenter ! Elle était trop lasse pour faire cuire du pain ou des biscuits.

— Va avec Jake demander aux hommes s'ils veulent se joindre à nous pour le souper. Ce sera prêt dans une heure environ.

Jeff allait sortir quand il se retourna.

— Combien de temps va rester Gary ? demanda-t-il.

— Je ne sais pas, mon chéri.

— Il t'aime beaucoup, dit-il avec espoir. Tu pourrais peut-être le persuader de ne pas partir.

— Je ne crois pas, répondit-elle doucement.

— Mais pourquoi ?

— Je l'ignore. Je pense seulement qu'il est triste à cause de sa famille, et qu'il veut retourner dans les montagnes, là où est sa vie.

— On pourrait y aller avec lui ?

— Viens ici, Jeff.

Il avança prudemment, et elle le serra dans ses bras.

— Il nous a déjà fait de bien beaux cadeaux, expliqua-t-elle. Maintenant, il faut le laisser agir à sa guise.

— Toi non plus, tu n'as pas envie qu'il s'en aille, dit-il, presque accusateur.

294

— Non, en effet.

— Oblige-le à rester, alors !

— Je ne veux pas l'y obliger. Il faudrait qu'il en ait envie.

A l'expression de l'enfant, elle sut qu'il n'avait pas vraiment compris la différence. Un jour, il saurait.

— Je l'aime ! lança l'enfant qui rougit aussitôt de confusion.

Moi aussi, pensa-t-elle avant de répliquer :

— Alors, laisse-le partir.

Jeff se rembrunit, mais s'abstint de protester davantage. Il ravala un sanglot, puis il s'échappa des bras de sa mère pour se précipiter vers la porte, suivi par un Jake boitillant.

Gary aida Tuck à s'occuper des chevaux, et il lui dit quelques mots sur chacun en particulier. L'un était docile, l'autre fantasque ; le cheval pie était plus intelligent que les autres, le noir plus endurant.

Après avoir pris soin de sa propre monture, il se rendit dans sa chambre de la grange.

Dieu, qu'il était las ! Il avait peu dormi, ces trois dernières nuits, tandis qu'il luttait contre son attirance pour Mary Jo. Demain, il essaierait de trouver Kelly, espérant contre toute attente qu'il aurait disparu, ainsi que ses acolytes, dès l'arrivée de Shepherd.

Il avala quelques lamelles de viande séchée, assis au bord de sa couchette, but de l'eau, puis il éteignit la lampe et s'allongea. Il aurait dû s'endormir aussitôt, mais son esprit ne le laissait pas en repos.

Quand on frappa à la porte, il jura entre ses dents avant d'allumer de nouveau la lampe.

— Entrez !

Jeff hésita un instant sur le seuil, mais pas Jake qui vint poser sa vilaine grosse tête sur les genoux de Gary avec un regard implorant.

— Vous lui avez manqué ! déclara l'enfant.

Gary lui lança un regard qu'il voulait sévère.

— C'est pour me dire ça que tu es venu ?

— Non. M'man voulait savoir si vous dîneriez avec nous.

— J'ai déjà mangé.

Aussitôt, le visage de Jeff se décomposa, et Gary, pas très fier de lui, tenta un sourire.

— Tu t'en es bien sorti, aujourd'hui.

— Vous n'aviez pas du tout besoin de moi, hein ?

Il y avait un tel espoir dans sa voix que Gary comprit l'importance de sa question. Toutefois, il fallait se montrer sincère.

— J'aurais pu m'en tirer tout seul, dit-il, mais tu m'as facilité la tâche. Je ne veux pas te mentir à ce sujet.

— Vous ne mentez jamais ?

C'était plus une affirmation qu'une interrogation.

Gary ne put s'empêcher de sourire franchement, cette fois.

— Ça m'est arrivé.

— Mais pas pour des choses importantes ?

Gary eut mal. Il n'avait pas menti à Jeff et à Mary Jo, sauf sur son véritable nom, mais il ne leur avait jamais non plus dit la vérité. Il n'aimait guère cette restriction, et eux ne la méritaient pas.

Il posa la main sur l'épaule de l'enfant.

— Je ne suis pas un héros, Jeff, dit-il d'une voix plus dure qu'il ne l'aurait souhaité. Je ne suis même pas un honnête homme. Bien sûr, j'ai menti. J'ai menti, j'ai tué, et je recommencerai sans doute. Si je peux, ajouta-t-il avec un regard à son bras blessé.

— Mais vous aviez une bonne raison, m'man me l'a dit.

Seigneur, il fallait que le garçon cesse de le regarder avec cette admiration dans les yeux ! Gary avait tellement peur de la déception qu'il subirait s'il apprenait un jour la vérité !

— Ton père était un héros, Jeff, continua-t-il. Je n'en suis qu'un sinistre substitut.

Les traits de l'enfant s'affaissaient de plus en plus.

— Jeff, reprit Gary, j'aurais aimé que mon fils te ressemble, s'il avait vécu. Tu es un garçon fantastique ! Mais moi je ne suis bon pour personne, et je ne le serai jamais.

— C'est pas vrai ! s'écria Jeff avec colère.

— Ecoute-moi. Je suis ce qui peut arriver de pire à ta mère. Et à toi.

— Je serais mort, sans vous.

— Non. Tu es allé à la rivière parce que tu m'en voulais, et tu m'as suivi dans les montagnes pour me montrer de quoi tu étais capable. Les deux fois, tu t'es mis en danger à cause de moi, et je ne veux plus que ça se reproduise, bon Dieu !

Jake, entendant Gary lever la voix, se mit à gémir.

Quant à Jeff, il le fixa un moment avant de tourner les talons et de sortir sans un autre mot. Jake le suivit à regret.

Gary poussa un violent juron, puis il souffla la lampe, sachant qu'il allait passer encore une nuit atroce.

Et elle le fut, remplie de fantômes du passé. Pire encore que les autres. Comme pour lui rappeler combien l'espoir était dangereux, le cauchemar revint le torturer dès qu'il parvint à fermer les yeux. Aussi clairement que si c'était hier, il revit les hommes nus debout près du train, terrorisés. Ils n'étaient pas plus âgés que lui, et leur seul tort était d'avoir été appelés ou de s'être portés volontaires pour défendre leur pays.

On leur avait ôté leurs uniformes afin que le sang ne les tache pas et qu'ils puissent être utilisés ensuite par les rebelles. Ils semblaient savoir ce qui les attendait tandis que Kelly et Anderson les couvaient d'un regard avide. Puis la fusillade avait commencé... et Gary avait vomi.

Il se réveilla, pris de nausée comme ce jour-là, et ouvrit les yeux. D'abord désorienté, il se rappela où il se trouvait. Il croyait avoir triomphé de ce cauchemar-là, mais c'était faux.

Comment avait-il pu laisser monter en lui la moindre lueur d'espoir ? Chaque fois qu'il se retournait, il ne voyait que la mort. Il ne put s'empêcher de repenser aux sermons qu'on lui imposait le dimanche, quand il était petit. *Aimez-vous les uns les autres...*

Il alla à la fenêtre contempler la nuit constellée d'étoiles, le paysage si paisible qu'il en oubliait presque qu'il avait tué un homme dans ces collines un mois auparavant. Il lui semblait que des années, qu'une vie entière s'était écoulée depuis lors. Pourtant, il avait encore les mains couvertes de sang. Irrémédiablement.

Le soleil se levait à peine quand Gary sella son cheval gris et s'élança vers les montagnes, à la rencontre de son passé.

22

Kelly n'était pas là, mais Gary tomba sur le dénommé Kay.

Ainsi, Kelly ne lui avait pas fait confiance, et il n'avait pas hésité à sacrifier Johnny Kay. Si Gary les avait dénoncés aux autorités, c'était bien Kay qu'on aurait arrêté, et non Kelly. L'homme, paresseusement étendu dans l'herbe, ne semblait guère se soucier de jouer le rôle de chèvre, mais Gary ne se leurrait pas. Le bandit avait la main sur son arme, le doigt près de la gâchette.

— Clay avait dit que tu reviendrais.

— C'est un malin.

— T'es seul ?

— As-tu vu quelqu'un avec moi ? rétorqua Gary, sans cacher son exaspération.

— Ça veut rien dire. Il pourrait y avoir un détachement caché derrière ces collines.

— Ce n'est pas le cas. Je tiens aussi à ma peau.

— Elle ne vaudra pas cher, ta peau, si Clay meurt, insista Kay.

— C'est ce qu'il a dit ?

— Ouais. M'est avis qu'il se méfie de toi.

— Ça ne regarde que lui et moi.

— Peut-être.

— Tu me conduis à lui, ou je m'en vais ?

— Pour retourner voir cette femme ?

Gary sentit une bouffée de colère monter en lui. Il aurait dû se douter que Kelly découvrirait où il habitait. A Last Chance, tout le monde savait que la veuve Williams avait un nouveau régisseur.

— Y a pas tellement de types au bras cassé, dans le coin, continuait l'autre. Clay est pas très content que tu lui aies menti.

Gary haussa les épaules, indifférent.

— Il n'avait pas besoin d'apprendre où je vivais.

— C'est pas comme ça qu'il voit les choses.

— Maintenant, c'est toi qui parles à sa place ? Il a rudement changé, dans ce cas.

L'homme eut le bec cloué, et Gary sut qu'il avait touché un point sensible. Kay se dirigea enfin vers un cheval attaché non loin.

— Il a une proposition à te faire, marmonna-t-il.

— Shepherd n'est pas venu ?

— Si. Quel crétin, celui-là ! Il est allé tout droit au saloon de Last Chance pour boire un verre, il s'est bagarré, et il a tué un type. Maintenant il est en taule.

Gary dissimula sa satisfaction à cette nouvelle. A

trois, pas question d'attaquer une banque. Mais, par le diable, que lui voulait Kelly? Il ne serait bon à rien, avec son bras.

— On y va, déclara Johnny.

Gary haussa les épaules. Après tout, maintenant qu'il était là... Et puis, autant valait découvrir ce que Kelly avait en tête, et il ne tenait pas à ce qu'il descende jusqu'au ranch.

— Il veut que je te bande les yeux.

— Merci pour la confiance!

Kay lui lança un regard noir.

— T'as la langue bien pendue, hein?

Gary lui adressa un de ces sourires menaçants dont il avait le secret, mais Kay fanfaronna.

— J'sais vraiment pas ce que Kelly veut fabriquer avec un type comme toi!

Parce que tu es stupide! pensa Gary, qui se contenta d'affirmer:

— Je ne vais nulle part les yeux bandés.

Kay plissa les yeux, cherchant comment se sortir de la situation, bien que Kelly eût sans doute prévu le refus éventuel de Gary.

— On pourrait aller rendre visite à la petite dame, dit-il enfin. Il paraît qu'elle a un gamin, en plus.

Gary sentait la rage bouillonner en lui, cette vieille rage meurtrière. Mais en l'occurrence, il était en mauvaise posture. Il n'avait pas besoin de démonstration pour deviner que Kay dégainait vite. Jamais Kelly ne s'encombrerait d'un mauvais tireur.

Il pesta intérieurement. Il n'avait aucune chance, avec son bras impotent.

Imperturbable, il haussa à nouveau les épaules.

— Si Clay a tellement envie de me voir...

— Il a dit que tu comprendrais.

— Je suis toujours prêt à aider un ami.

— Oh pour ça, tu pourras l'aider!

Gary s'efforça de ne rien manifester quand Kay

se mit en selle et s'approcha de lui avant de lui nouer autour de la tête un bandana qui sentait tellement mauvais qu'il en eut le cœur retourné. Il avait décidé d'apprendre quelles étaient les intentions de Kelly, mais il était exaspéré de devoir en passer par là pour y arriver.

Il abandonna ses rênes à Johnny Kay et se détendit en essayant de se concentrer uniquement sur la direction qu'ils suivaient. Il ne tarda pas à y renoncer. Apparemment, Kay tournait en rond, suivant en cela les instructions de Kelly, car il était trop sot pour y songer lui-même.

Ils chevauchèrent ainsi durant environ deux heures. Quand ils s'arrêtèrent enfin, Gary se débarrassa du bandana, mais il lui fallut quelques minutes pour s'adapter à la lumière du soleil qui filtrait à travers les pins.

Kelly se trouvait à quelques mètres de lui.

— Bienvenue, mon ami.

Gary mit pied à terre.

— Content de te revoir, Allen, reprit Kelly. Pardon, c'est Smith, maintenant, non ? Il faudra que je m'en souvienne.

Il eut un sourire dénué de toute chaleur.

— Je ne sais pas pourquoi, j'avais l'impression que tu reviendrais, continua-t-il, soupçonneux.

— Je voulais m'assurer que tu étais parti, répondit Gary, qui jugeait préférable de ne pas mentir, tout en se gardant de révéler l'entière vérité. Je n'aime pas avoir dans les parages quelqu'un qui est au courant de...

— Ton passé, termina Kelly. Tu n'as rien raconté à cette jolie petite dame chez qui tu habites ? Voyons, pourquoi ne m'as-tu pas parlé d'elle ?

— Pour cette même raison qui t'empêche de me dire où tu te caches. Manque de confiance réciproque.

Kelly éclata de rire.

— C'est bien vrai !... Je me suis toujours demandé ce que tu étais devenu, après Centralia.

— Je te l'ai dit, j'ai été blessé. Et j'ai décidé de prendre ma retraite.

— Mais pas complètement, rétorqua Kelly avec un coup d'œil significatif au bras en écharpe de Gary.

— Assez bavardé ! Ton garçon de courses a dit que tu voulais me voir.

— Ouais. Je veux que tu m'aides à sortir Shepherd de prison.

— Tu es malade !

— Pas du tout. J'ai besoin de lui pour un certain boulot, et tu ne me serais d'aucune aide dans un hold-up, comme tu me l'as fait justement remarquer. Mais tu peux te rendre utile à autre chose. Il t'est facile d'entrer dans le bureau du shérif en tant que... frère du malheureux fiancé de ton amie.

Gary sentit la bile lui monter à la gorge. Kelly l'avait bel et bien espionné. Sans doute avait-il envoyé ses larbins se renseigner en ville. Quant au hold-up, il s'agissait sûrement de la banque.

— Ce sacré shérif ne m'aime guère, répondit-il. Il courtise Mme Williams.

— Ah, la jolie veuve ! Eh bien, il t'aimerait encore moins s'il savait qui tu es, il me serait peut-être même très reconnaissant de le lui apprendre.

— Il te pendrait aussi.

— A condition qu'il m'attrape. Si je lançais par sa fenêtre un message attaché autour d'une pierre... Et la dame ? Elle sait que tu as fait partie de la bande d'Anderson, que ta tête est mise à prix tout comme les nôtres ?

— Je serai parti bien avant qu'elle soit au courant, mon ami, répliqua Gary. C'est pourquoi je suis venu te voir aujourd'hui. Ou tu t'en vas, ou c'est moi.

— Tu me laisserais la belle petite dame ? demanda Kelly dans un sourire carnassier.

Gary, blessé ou pas, avait envie de sauter à la gorge de cet individu, de l'étrangler à mains nues. Mais s'il montrait la moindre colère, Kelly saurait qu'il avait touché son point faible.

— Comme tu veux. Je n'ai pas l'intention de risquer ma peau pour toi ni pour Shepherd.

Kelly eut soudain l'air un peu moins sûr de lui. C'était le genre de réaction qu'il comprenait. Il n'avait lui-même jamais risqué sa vie pour quiconque, pas même Bill Anderson qu'il considérait comme son ami. Il se fit gentiment persuasif.

— Il s'agirait seulement de lui glisser une arme. Les affiches pour ta capture sont anciennes, personne ne te suspecterait. En souvenir du bon vieux temps, ajouta-t-il après un bref silence.

— Pour que le shérif entreprenne des recherches à mon sujet ?

— Il n'aura pas le temps. Je suis sûr que Shepherd lui réglera son compte.

Il hésita légèrement avant de reprendre :

— Il y a un paquet d'argent en ville, en ce moment ; les fermiers ont tous remis à la banque ce que leur a rapporté la vente de leur bétail. On parle de vingt mille en liquide. Ta part te serait bien utile, avec ce bras esquinté. Mais j'ai besoin de Shepherd, parce qu'il s'y connaît en explosifs.

Comme les menaces ne marchaient pas avec Gary, Kelly essayait l'appât du gain, certain que tout le monde était aussi corrompu que lui. Et pourquoi aurait-il pensé différemment ? se dit Gary. Il n'était pas meilleur que les autres, pendant la guerre. Ils avaient volé, ils s'étaient servis de leur butin pour acheter de l'alcool et des femmes. Bien peu d'argent arrivait à la Confédération.

Le regard du bandit brillait de détermination, à présent.

— Combien ? demanda Gary.

— Cinq mille pour délivrer Shepherd. Tout ce que tu auras à faire, c'est de lui donner une arme, et il se chargera du reste. Personne ne le saura, pas même cette charmante petite veuve.

— Shepherd acceptera-t-il le partage ?

— Bon Dieu, bien sûr ! Il risque la corde, cette fois.

— Et comment recevrai-je l'argent ?

— On se retrouvera après.

— Quand vous aurez un détachement à vos trousses ?

Gary prenait à dessein une intonation sceptique et méfiante, comme n'importe quel homme sensé qui conclurait un marché avec Clayton Kelly.

Celui-ci se détendait un peu, et Gary sut qu'il avait choisi la bonne tactique. Il fallait lui faire croire qu'il marchait avec lui, qu'il avait désespérément besoin de cet argent.

— Tu pourrais partir avec nous, lui proposa Kelly. Tu t'occuperais des chevaux, ça a toujours été un de tes talents, si je me souviens bien.

Il se souvenait de beaucoup de choses encore, et Gary ne commettait surtout pas l'erreur de le sous-estimer.

— Non. Vous vous êtes cachés, et personne n'a vu vos visages. Moi, trop de gens me connaissent, je ne veux pas que ma tête soit de nouveau mise à prix.

— Mais pour Shepherd ?

— Je vais essayer de trouver un moyen de lui faire passer une arme sans éveiller de soupçons, mais je veux être sûr d'obtenir ma part du butin.

Il réfléchit un instant.

— Tu partiras vers le sud ? reprit-il. Vers les montagnes de San Juan ?

Kelly hocha la tête.

— Quand attaques-tu la banque ?

304

Kelly se mit de nouveau sur la réserve et répondit, évasif :

— Dans les jours qui viennent, si Shepherd est libéré.

— Bon. J'attendrai tous les après-midi là où le chemin bifurque vers les montagnes. Il y a un grand peuplier. Dépose ma part derrière, je ne serai pas loin... Et n'essaie pas de me doubler. Je sais qui tu es, je connais tes proches et ta façon d'opérer. En outre, je suis devenu ami avec les Indiens dont tu devras traverser le territoire. S'ils te ratent, moi je t'aurai. Je te trouverai, à un moment ou à un autre, et je te ferai regretter le jour de ta naissance, déclara Gary d'une voix lourde de menaces.

— Ne t'inquiète pas, tu auras ton argent. Mais comment est-ce que je saurai si tu as réussi, avec Shepherd ?

Gary haussa les épaules.

— Tu le verras bien arriver. Il sait où te trouver, je suppose.

— Nous avons en effet prévu un point de rencontre, approuva Kelly, arborant soudain un large sourire. Je savais que tu entendrais raison. Tu es sûr de ne pas vouloir te joindre à nous ? Un cerveau est toujours utile !

— Tu as raison, pour mon bras, rétorqua Gary en le regardant droit dans les yeux. Il est fichu. Je m'achèterai peut-être un petit bar au Mexique.

Il tourna les talons.

— Allen ! le rappela Kelly.

Gary mit un moment à réagir à ce nom, puis il se retourna.

— Quoi ?

— Toi non plus n'essaie pas de me doubler. Tu le regretterais.

— Nous voulons la même chose, toi et moi : assez d'argent pour nous tirer d'ici. De toute façon, je ne vois pas ce que tu risques. Je suis incapable de tirer, et il est bien évident que je ne vais pas aller trouver les autorités.

— Et pour cause, pas vrai ? N'oublie pas qu'on avait trouvé un homme mort dans les parages il y a quelques semaines. A peu près quand tu as été blessé.

— Je n'oublie jamais rien.

Kelly cligna rapidement des yeux, puis son incertitude s'effaça dans un sourire.

— Nous nous comprenons, déclara-t-il.

— Nous nous sommes toujours compris, répondit Gary d'un ton neutre qui laissait le champ libre à n'importe quelle interprétation.

Gary mit un temps fou pour rentrer à la maison. La maison... Curieux comme cette idée lui devenait naturelle. Jamais il n'avait pensé dans ces termes à la cabane qu'il avait partagée avec Chivita. C'était un abri, un endroit pour dormir, pas un véritable foyer.

On lui avait de nouveau bandé les yeux, pendant une heure environ, et il n'avait pas protesté. D'ailleurs, cela n'aurait servi à rien, sinon à éveiller les soupçons. Il s'était contenté de demander que l'on se servît de son propre bandana...

Il en avait été libéré près de la rivière Cimarron.

— Je suppose que tu retrouveras ton chemin, à partir d'ici, avait dit Kay.

Gary avait éperonné son cheval sans répondre.

Il s'approcha lentement du ranch, contemplant le bétail qui paissait dans les collines alentour, les barrières que les ouvriers avaient réparées ou construites. Un filet de fumée s'échappait de la cheminée. Mary Jo faisait la cuisine, et il sentit son estomac crier famine.

A retardement, Jake aboya — sacré chien de garde ! se dit Gary —, et aussitôt la porte de la maison s'ouvrit sur un Jeff radieux, qui se précipita vers son ami.

— On espérait que vous rentreriez à temps pour dîner! cria-t-il. M'man fait du poulet frit.

Gary se sentait mal à l'aise d'être si bien accueilli, et furieux d'en éprouver du plaisir. Il ébouriffa les cheveux du petit garçon.

— Tu as passé une bonne journée?

— Tuck m'a montré comment me servir d'un lasso, mais je n'y arrive pas très bien.

— Il faut beaucoup d'entraînement.

— C'est ce qu'il m'a dit.

— Eh bien, il avait raison. D'ailleurs, il a souvent raison.

Il mourait d'envie de poser sa main sur l'épaule de l'enfant, mais il n'en avait pas le droit. Dans une semaine, Mary Jo et lui sauraient exactement quel genre d'individu ils avaient abrité...

Si seulement il disposait d'une autre solution! Mais non, il ne pouvait se battre contre Kelly, Kay et l'individu nommé Jones.

— Où étiez-vous? demanda Jeff.

— Je suis allé vérifier que tout allait bien avec le bétail.

— Je pourrai venir avec vous, la prochaine fois?

— A mon avis, tu devrais te reposer un peu, ces temps-ci. Imagine que ta blessure se rouvre...

— Oh, c'est rien...

Gary s'assit sur la barrière du corral.

— Viens près de moi, dit-il à Jeff, qui s'empressa d'obéir.

Une fois de plus, l'admiration qu'il lisait dans les yeux de l'enfant lui serrait le cœur.

— Il est temps que tu commences à réfléchir, commença-t-il.

Le garçon le fixait, grave.

— Plus de rivières en crue, continua Gary. Plus de fugues. Ta mère a besoin de toi, Jeff, et tu as montré que tu étais capable d'accomplir des tâches d'homme, mais à présent, il faut penser comme un homme, prendre des responsabilités d'homme.

Jeff se mordilla la lèvre, et Gary ne put s'empêcher de penser que Mary Jo avait le même geste lorsqu'elle était hésitante, ou blessée. Pourtant, il devait préparer le garçon, s'assurer qu'il serait la force de Mary Jo, comme elle était la sienne pour l'instant.

— Vous allez partir, n'est-ce pas ?

— Bientôt.

— Demain ? devina l'enfant.

— Oui, répondit Gary d'une voix sèche afin de masquer sa douleur.

— Mais pourquoi ? Je croyais que vous resteriez plus longtemps.

— Tout ira bien, maintenant, pour ta mère et toi. Tuck et Ed sont parfaits. Ecoute-les, prends des leçons. Ce sont des types formidables !

— Mais c'est pas… comme vous ! lança Jeff, dont les yeux se remplirent de larmes.

Gary avait terriblement honte de lui-même, d'avoir laissé Jeff et Mary Jo s'attacher à un homme qui n'existait pas.

— En effet, et tant mieux, dit-il calmement. Tu vas entendre des choses à mon sujet, Jeff, et la plupart seront vraies.

Le garçon le regarda droit dans les yeux.

— Je me fiche de ce qu'on pourra raconter sur vous.

Ce témoignage spontané d'affection faillit avoir raison de Gary. Il aurait dû s'expliquer davantage, mais les mots restaient bloqués dans sa gorge.

A ce moment, Mary Jo apparut sur le seuil, les cheveux brillants dans le soleil, vêtue d'une robe verte qui rehaussait l'éclat de ses yeux.

— Qui veut venir dîner ?

Jeff se tourna, interrogateur, vers Gary, qui hocha la tête.

— Nous reparlerons de tout ça demain matin, dit-il à l'enfant.

— Vous ne partirez pas avant?

— Non.

Le regard de Jeff allait de sa mère à lui, et Gary le vit reprendre espoir. Il regretta de ne pas s'être montré plus fort, d'avoir été incapable de lui avouer toute la vérité, lui interdisant ainsi de rêver, d'espérer quoi que ce soit de lui.

Jeff sauta à terre et courut vers la maison, provisoirement rassuré. Mary Jo s'approcha, presque timide.

— Vous sembliez en grande discussion.

— Conversation entre hommes, répondit Gary.

Elle eut ce merveilleux sourire qu'il n'oublierait jamais. Comme il n'oublierait jamais les reflets d'émeraude de son regard.

— Jeff dit que vous avez préparé du poulet frit, dit-il.

— Avec une délicieuse sauce et des haricots verts, sans compter les biscuits et la tarte aux pommes.

Tout ce qu'elle le savait apprécier. Apprécier était peu dire. C'était le paradis! La douleur en lui s'intensifiait. Pis encore, le vide le déchirait. Pourtant le vide aurait dû être indolore, or il souffrait comme un damné. Un regard à Mary Jo, et son univers bascula, se teinta de couleurs gaies… Puis il revit Kelly, entendit les menaces qu'il avait proférées à l'encontre de la jeune femme. S'il n'intervenait pas, Kelly s'en prendrait à elle, il en était certain.

— Je vais me laver les mains, dit-il.

Elle scrutait son expression, se demandant sûrement où il avait passé la journée, mais elle s'abstint de poser des questions, et sa discrétion surprit une fois de plus Gary.

— Prévenez Tuck et Ed que le repas est prêt, dit-elle. Ils sont dans la grange.

Gary acquiesça. Le souper serait plus facile à supporter avec les deux ouvriers à table. Mais après... Après, il devrait dire à Mary Jo... Quoi ? Une partie de la vérité, pour le cas où il échouerait.

Dieu merci, le repas fut en effet une bonne occasion de lui remettre les idées en place. Tuck et Ed racontèrent ce qui s'était passé en leur absence. Ed avait réussi à tuer le couguar, et le reste s'était déroulé sans incident. Les barrières étaient terminées, on avait ajouté des boxes dans la grange. Les deux hommes semblaient capables de prendre les affaires en main.

Mary Jo serait bien secondée, après son départ, se dit Gary, soulagé de savoir qu'elle ne resterait pas seule, sans protection. Toutefois, il mettrait discrètement Tuck en garde contre les étrangers. Bien qu'armés, ni lui ni Ed n'étaient des tireurs d'élite. Ils se servaient surtout de leur fusil contre les serpents, les animaux nuisibles, et ils n'auraient pas la moindre chance contre Kelly et ses semblables. Ce qui voulait dire qu'il fallait absolument que son plan réussisse, même s'il n'était pas encore tout à fait au point.

Après le souper, Tuck et Ed se retirèrent. Jeff avait observé attentivement Gary pendant tout le repas, et il se mit à débarrasser la table, avec l'aide de sa mère. Celle-ci avait une sorte d'inquiétude dans les yeux, comme si elle savait qu'il allait se passer un événement désagréable.

— Sortons un instant, lui proposa enfin Gary.

Elle le regarda, un peu méfiante.

— S'il vous plaît, insista-t-il.

C'était une expression qu'il utilisait rarement !

Elle posa les assiettes qu'elle avait à la main et se dirigea vers la porte, qu'elle ouvrit elle-même. Comme elle se tournait vers les montagnes, elle se mordilla la lèvre. Jamais, pensa Gary, il n'oublie-rait cette petite manie... Il avala sa salive. Il avait tellement envie de la prendre dans ses bras, d'apaiser cette nervosité, cette appréhension qu'elle tentait de dissimuler ! Il referma derrière eux et vint caresser sa joue, malade du désir de la toucher davantage.

Il descendit néanmoins les quelques marches et attendit qu'elle l'eût rejoint pour s'éloigner de la maison. Il ne voulait pas que Jeff entende leur conversation. Ils arrivèrent à l'autre bout du corral, et il fixa un moment les poneys en cherchant ses mots.

— Vous pouvez vous reposer sur Ed et Tuck, attaqua-t-il enfin, et vous avez suffisamment de chevaux, à présent, pour engager du personnel supplémentaire.

Elle se taisait, son visage très pâle dans le clair de lune. Ses yeux étaient plus grands que jamais, ses lèvres tremblaient légèrement. Elle était si belle, si vulnérable... si attirante.

Il savait aussi combien elle était forte, mais cela ne l'aidait pas le moins du monde. Il voulait être près d'elle, la protéger, dans la mesure de ses moyens. Il parcourut du regard ce ranch qui était si vite devenu son foyer, le porche où ils avaient souvent parlé, la grange où il lui avait fait l'amour pour la première fois.

— Je vais à Last Chance, demain, lâcha-t-il enfin à brûle-pourpoint sans la regarder. Si je ne suis pas rentré au bout de vingt-quatre heures, allez en ville et retirez votre argent de la banque.

Il y eut un silence interdit.

Il attendait une question, et elle vint, cette fois.

— Pourquoi ?

— Parce qu'elle risque d'être cambriolée.

Le silence s'attarda. Il se tourna vers elle pour

affronter les interrogations suivantes, les plus terribles.

— Pas par vous ?

— Non.

Son visage s'éclaira, et elle posa enfin la question qu'il redoutait le plus, celle à laquelle il devrait répondre au moins partiellement.

— Comment le savez-vous ?

La main de Gary se crispa sur la barrière.

— J'ai rencontré... d'anciennes relations. Ils voulaient que je me joigne à eux.

De nouveau cet insoutenable silence. Mary Jo avait aussi peur de l'interroger que lui de s'expliquer.

— Des amis ?

— Non.

— Alors pourquoi... ?

— Ils ont des moyens de pression sur moi.

— A cause des hommes que vous avez tués ?

Il y avait une sorte d'espoir dans la voix de Mary Jo, et Gary était à l'agonie.

— Autre chose.

— Et vous ne pouvez pas en parler à Matt, dit Mary Jo.

Cette fois, il s'agissait d'une affirmation.

Un cheval hennit, gratta le sol du sabot, et Gary fut heureux de la diversion.

— Moi, si j'allais trouver Matt, ou n'importe qui d'autre, poursuivait Mary Jo, on se demanderait comment je suis au courant...

— Si vous ne retirez pas votre argent, vous serez ruinée, ainsi que vos voisins, insista Gary.

— Vous avez un plan, murmura-t-elle.

Elle s'appuya à lui, tremblant de tous ses membres. Il passa le bras autour de ses épaules et sentit sa chaleur sur son cœur, là où elle avait posé sa tête. Il aurait aimé lui dire que tout allait s'arranger, mais c'était faux. Seules, trois éventualités s'offraient à lui : une balle dans le corps, la corde autour du cou ou la prison à vie. Il préférait la première solution. Dans ce cas, peut-être Jeff et Mary Jo ne découvriraient-ils jamais ce qu'il tentait de cacher depuis tant d'années.

Il ne répondit pas, mais son silence parlait pour lui.

— Je vous aime, Gary. Je me moque du passé.

C'était une prière, claire, simple, qui le déchira. Elle supportait l'idée qu'il eût tué les assassins de son fils, mais que dirait-elle si elle apprenait qu'il était resté sans réaction tandis qu'on brûlait des fermes devant lui, qu'on tuait des hommes sous ses yeux ? Même pas des hommes, par le diable ! Presque encore des enfants, dont beaucoup étaient imberbes ! Mary Jo le mépriserait autant que lui-même se méprisait. Il devrait le lui dire, afin de la dégoûter de lui.

Mais il ne pouvait s'y résoudre, les mots se refusaient à franchir ses lèvres.

— Ecoutez-moi, dit-il enfin. Si je ne suis pas rentré après-demain matin, allez en ville avec Tuck et retirez votre argent de la banque pour le cacher dans un endroit sûr. Ensuite, je veux que Jeff et vous alliez quelque temps chez les Abbot. Dites-leur que vous avez entendu des bruits alarmants et conseillez-leur de récupérer eux aussi leur argent. Si je me retrouve en prison, ne venez surtout pas me voir.

— Non, dit-elle.

— Il s'agit aussi de la vie de Jeff, insista Gary. Vous risquez tous les deux de vous trouver en grand danger à cause de moi. Et je ne le veux pas, Mary Jo, je ne le supporterais pas. Ne m'obligez pas à assister à ça…

Il y avait une telle angoisse dans sa voix que Mary Jo serra bien fort sa main valide entre les siennes.

— Promettez, Mary Jo. Promettez-moi de ne pas risquer la vie de Jeff.

— Partez dans les montagnes, rétorqua-t-elle, je parlerai à Matt.

— Pour lui dire quoi ? Que votre régisseur ne s'appelle pas Gary Smith, que vous avez abrité un meurtrier ? Comment expliqueriez-vous que vous êtes au courant, pour la banque ?

Il la voyait réfléchir. C'était une personne droite, franche, et pourtant elle envisageait de mentir pour lui. Dieu, il refusait de la corrompre comme lui-même avait été corrompu !

— Non, intervint-il. Ne cherchez pas de solutions. Cela ne marcherait pas. C'est à moi seul de résoudre le problème.

— Qu'allez-vous faire ?

— Mieux vaut que vous l'ignoriez.

— Vous me dites tout le temps ça ! s'indigna-t-elle. Je ne suis plus une enfant !

— Je suis bien placé pour le savoir, dit-il doucement, un infini regret dans la voix. Bon sang, Mary Jo, vous m'avez déjà donné bien plus que je ne méritais. Maintenant, accordez-moi ceci, rendez-moi la tâche plus facile.

Elle leva vers lui des yeux pleins de larmes, puis elle se dressa sur la pointe des pieds pour l'embrasser avec une douceur poignante, à briser le cœur. Malgré lui, il répondit à ce baiser qui se fit ardent, dévorant. Elle se serrait davantage contre lui, et il gémit de désir.

— Seigneur ! gronda-t-il en se détachant d'elle.

— Je veux rester près de vous cette nuit, souffla-t-elle.

Non ! Le mot demeura dans sa gorge et ils se dirigèrent vers la petite chambre de la grange. Lequel des deux entraînait l'autre ? Il n'en savait rien, et il s'en moquait. Il ne pouvait tout simple-

314

ment pas la laisser partir, il avait autant qu'elle besoin de cette dernière nuit.

— Jeff ? risqua-t-il.

Elle hésita, posa la main sur sa joue.

— Je vais le mettre au lit, puis je viendrai vous retrouver.

— Vous êtes sûre, Mary Jo ?

— Jamais je n'ai été aussi décidée de toute ma vie ! s'écria-t-elle avant de s'élancer vers la maison sans lui laisser le temps d'objecter davantage.

Non qu'il en eût envie, d'ailleurs.

23

Mary Jo vérifia l'état des blessures de son fils avant de le mettre au lit. Jeff était morose.

— M'man, dit-il alors qu'elle était sur le point de sortir, Gary va partir.

— Je sais.

— Tu ne peux pas t'arranger pour qu'il reste ?

— Non, je ne crois pas.

— Il va me manquer.

— Oui, mon chéri. A moi aussi. Il faut dormir, maintenant.

Il se tourna dans son lit, déçu par ses réponses. Si seulement elle pouvait convaincre Gary de ne pas les quitter !

Elle attendit un peu, le temps que l'enfant s'endorme, puis elle défit sa natte, brossa ses cheveux et se regarda dans le miroir. Son cœur battait comme celui d'une adolescente à son premier rendez-vous galant. Tout au fond d'elle, elle savait qu'elle allait commettre une folie. Passer la nuit près de Gary serait l'enfermer plus sûrement encore dans son cœur, dans son âme, et la séparation n'en serait que plus cruelle. Mais cela l'enrichirait en souvenirs...

Elle sortit en courant presque.

Une fois dans la grange, après s'être habituée à l'obscurité, elle se dirigea vers le rai de lumière qui filtrait sous la porte de la chambre.

Gary était allongé sur la couchette, une jambe repliée, et son torse nu luisait, doré sous la lampe.

Il se redressa pour s'asseoir au bord du lit, avec cette élégance fluide qui caractérisait tous ses gestes et fascinait Mary Jo. Il s'était rasé, et avait enfilé un pantalon de daim. Parce que c'était plus facile à retirer ? se demanda-t-elle, amusée.

— Je croyais que vous aviez changé d'avis, dit-il.

— Non, répondit-elle d'une voix un peu fêlée. Jeff se demandait s'il existait un moyen de vous persuader de rester.

— Il va me manquer.

— Je crains qu'il ne fasse encore une bêtise.

— Vous aurez intérêt à le surveiller de près.

Elle acquiesça, toujours debout près de la porte. Il s'approcha d'elle.

— J'ai prié pour que vous ne veniez pas, murmura-t-il.

— Les prières ne marchent guère, avec nous !

Il sentait le savon, le cuir, l'homme.

— J'aime vos cheveux, dit-il d'une voix sourde en prenant une mèche entre ses doigts. Surtout ainsi, dénoués.

Elle était clouée sur place par son regard dévorant qui n'avait plus rien de froid, plus rien de secret.

Elle ferma les yeux pour graver dans sa mémoire le son de sa voix, son odeur, le grain de sa peau, son souffle léger sur elle. Tout cela et plus encore...

Il l'effleura des lèvres avec une douceur qui la fit frissonner, parcourut son visage, son cou, tandis que de la main gauche, il caressait sa nuque, massait les muscles de son cou.

Les émotions se déchaînaient en elle et elle s'entendit gémir quand il déboutonna son corsage, libérant ses seins gonflés, presque douloureux.

Ils se déshabillèrent enfin et restèrent un instant debout, nus, dans la lumière vacillante de la lampe, puis Gary prit la main de Mary Jo pour l'entraîner vers le lit. Elle avait l'impression de flotter tant était grande la magie qui régnait entre eux.

Les yeux clos, elle toucha son visage, dessinant chaque ligne, chaque petite ride, chaque courbe, avant de suivre le même chemin avec ses lèvres, de le couvrir de baisers comme il l'avait fait pour elle.

Et ils s'aimèrent. Afin d'épargner son bras blessé, Mary Jo se glissa presque sur Gary. Il entra en elle, doucement d'abord, pour savourer la merveille de cette intimité, puis avec une avidité grandissante. Brûlante, intense, désespérée. Presque rageuse. Mary Jo sentait cette colère en lui.

— C'est bien, murmura-t-elle. C'est beau.

Le rythme s'accéléra, les emportant vers les sommets, jusqu'à l'instant divin où Mary Jo entendit son cri de joie pure se mêler à celui de Gary. Elle se laissa alors retomber sur lui, secouée encore par les dernières vagues du plaisir. Il tremblait toujours quand il referma son bras autour d'elle. Son cœur battait fort à l'oreille de la jeune femme, et elle enfouit la main dans ses cheveux humides.

— Je vous aime, dit-elle.

Sans répondre, il lui caressa le dos, et ses doigts en disaient plus que les paroles qu'il ne pouvait, qu'il ne voulait pas prononcer. Il refusait d'avouer qu'il avait besoin d'elle, qu'elle allait lui manquer, qu'il reverrait toujours cette étincelle dans ses yeux, cette ébauche de sourire qui flottait si souvent sur ses lèvres. Qu'il n'oublierait jamais non plus ce cœur qui donnait tant et demandait si peu.

Il n'avait pas envie de bouger. Il était si bien, le menton sur la crinière auburn, le corps de Mary Jo intimement mêlé au sien.

C'étaient leurs derniers moments ensemble, et il

voulait en savourer chaque seconde, afin de se rappeler ensuite la douceur de son souffle sur sa poitrine, la gravité de son regard. Il se sentait tellement indigne de son amour! Si elle savait…

Mais il était trop lâche pour parler, il aimait trop cette confiance qu'elle lui offrait tout naturellement.

Je vous aime. Aimer Gary était la pire chose qui pût arriver à la jeune femme. Elle avait rassemblé les fils de sa vie, les avait tressés de façon à lui redonner goût à l'existence, mais il était trop tard. Beaucoup trop tard.

De toute la nuit, ils ne purent se détacher l'un de l'autre, et ils refirent l'amour, tendrement, avec une sorte d'angoisse désespérée, à la fois douce et amère.

A l'aube, ils se levèrent, s'habillèrent et sortirent assister au lever du soleil.

— Ne partez pas, dit-elle. Je ne veux pas que vous partiez à cause de moi.

— Ce n'est plus à cause de vous, répondit-il. C'est à cause de moi. J'ai fui trop longtemps… Si le shérif vous interroge, reprit-il, tenez-vous-en à ce que vous lui avez raconté: vous me connaissez sous le nom de Gary Smith, le frère de Tyler. Et que Jeff dise la même chose.

— Qu'allez-vous faire?

— Cesser de fuir, dit-il doucement. Quoi que vous entendiez sur moi, rappelez-vous une chose: vous êtes ce qui m'est arrivé de plus beau.

Brusque, il se détourna pour aller seller son cheval. Il ne voulait pas qu'elle le regarde partir, mais elle demeura près de lui pendant qu'il préparait sa monture, et elle resta à la porte de l'écurie tandis qu'il avançait vers le portail. Il se retourna une seule et dernière fois avant de lancer son cheval gris vers Last Chance.

Bien qu'il eût affirmé le contraire, il ne reviendrait pas. Il ne parviendrait jamais à lui dire adieu une seconde fois.

Last Chance lui parut encore plus sinistre que d'habitude, mais peut-être était-ce dû à son état d'esprit. Durant les deux dernières heures, il n'avait pensé qu'à la tâche à accomplir.

Une seule erreur, et Kelly s'en prendrait à Mary Jo. Une autre, et c'était la loi qui s'occuperait d'elle.

Il regrettait qu'elle eût inventé cette histoire de Gary Smith, mais c'était ainsi, et il devrait s'en accommoder. Il raconterait qu'il avait rencontré ce Gary Smith à Denver, qu'il l'avait entendu parler du ranch où il devait se rendre. Puis l'homme avait été tué, et il avait emprunté son identité afin de se cacher.

Encore des mensonges, encore des noms différents !

Autre problème : faire passer une arme à Shepherd et s'assurer qu'il ne tuerait personne. Gary avait suffisamment de sang sur les mains sans y ajouter celui du shérif !

Deux possibilités s'offraient à lui. Soit il mettait Matt Sinclair au courant de ce qui se tramait, en espérant que le shérif le croirait, soit il libérait directement Shepherd et parlerait ensuite.

Si seulement il savait où se trouvait Kelly ! Il était sûrement là, tapi quelque part. Ses années de guérilla l'avaient rendu pervers, infiniment dangereux.

Gary pénétra dans le saloon, où il reconnut quelques fermiers des alentours.

— Le shérif ? demanda-t-il.

— Dans son bureau, répondit le tenancier. Il a un prisonnier, un vrai desperado, à ce qu'on dit... Comment va Mme Williams ?

— Très bien. Elle a engagé deux aides de qualité.

— Vous allez rester au ranch ?

Gary secoua la tête.

— Je commence à avoir envie de bouger. Je n'aime pas beaucoup m'attarder longtemps au même endroit.

— Dommage! Abbot prétend que vous êtes sacrément bon à cheval.

— Avec ce fichu bras, je ne suis plus bon à grand-chose.

— C'est pas ce qu'il dit.

Gary se demanda ce qu'Abbot en savait, car ils n'avaient passé que quelques heures ensemble, mais cela n'avait pas vraiment d'importance.

Il avala le verre de whisky qu'il avait commandé, et lui trouva un goût amer. D'ailleurs, tout avait mauvais goût, à présent. Tout, sauf ce qu'il venait d'abandonner quelques heures plus tôt. Puis il imagina Kelly s'approchant de Mary Jo comme ces mineurs s'étaient approchés de Chivita...

Le verre se brisa dans sa main, et il s'excusa auprès du patron du bar en lançant quelques pièces sur le comptoir.

— Vaudrait mieux soigner cette main, m'sieur, dit l'homme.

Gary s'aperçut qu'il saignait. Curieux, il n'avait pas mal. Il était devenu insensible à toute douleur.

Il sortit dans la rue et regarda le soleil. Un peu plus de midi. Autant en finir!

Il entoura sa main blessée de son bandana et se réfugia dans l'ombre d'un bâtiment pour glisser son pistolet dans l'écharpe qui retenait son bras invalide, puis il conduisit sa monture devant le bureau du shérif. Un cheval bai était attaché à la barrière, sans doute celui de Matt.

Il frappa à la porte, vit le visage de Sinclair derrière la fenêtre grillagée. Enfin le shérif vint lui ouvrir. Il semblait las. Il inspecta néanmoins les alentours d'un regard vif avant de le faire entrer.

— Monsieur Smith?

— J'aimerais vous parler de Mary Jo.

— Il lui est arrivé quelque chose?

— Je pars bientôt, et je voulais m'assurer que quelqu'un veillerait sur elle.

— Vous nous quittez ?

Le shérif semblait enchanté de la nouvelle.

Gary haussa les épaules.

— Je ne suis pas d'une grande aide, ici, dit-il en faisant du regard le tour du bureau.

En plus de deux petites cellules, il contenait une table, une couchette, un poêle surmonté d'une cafetière, un râtelier d'armes fermé à clé. Un homme s'était levé, dans une des cellules, à l'arrivée de Gary, et il s'appuyait à présent aux barreaux. Gary le reconnut. Shepherd portait encore la barbe, et ses petits yeux noirs étaient toujours aussi froids, inquiétants.

Sinclair n'avait pas quitté son visiteur du regard.

— Il y a autre chose, reprit Gary. J'ai vu deux hommes qui n'avaient rien à faire dans la région, hier. Je me suis rappelé ce que vous aviez dit sur les étrangers, et j'ai pensé que je pourrais jeter un coup d'œil aux affiches de recherches.

— Je vais vous les montrer, acquiesça le shérif.

Il tourna le dos, et c'était le moment qu'attendait Gary. Il sortit son revolver pour en frapper Sinclair, qui s'effondra, assommé.

— Les clés ? demanda Gary à Shepherd.

— Premier tiroir du bureau. Mais qui êtes-vous ?

Il n'avait pas reconnu Gary qui, lui, avait rasé sa barbe.

— Une vieille connaissance.

L'homme plissa les yeux tandis que Gary posait son arme pour déverrouiller la cellule.

— Considère ça comme le cadeau d'un de tes amis.

— Kelly ?

Gary hocha la tête.

— Fiche le camp, maintenant !

— J'vais d'abord descendre ce satané shérif.

— Pour que toute la ville soit au courant? Pas question!

L'homme lui jeta un regard noir, mais il se contenta de prendre les clés et d'ouvrir un autre tiroir, d'où il sortit son holster.

Gary alla entrebâiller la porte.

— Personne en vue. Il y a un cheval bai juste devant. Prends-le.

— Je préfère le gris.

— Essaie, et tu comprendras ta douleur. Je n'hésiterai pas à te tirer dessus.

L'homme eut un brusque sourire.

— Ça y est! Allen?... Tu le ferais, hein? Me tirer dessus si je prenais ton cheval. T'as toujours préféré les animaux à nous autres.

— C'est qu'ils valent bien mieux. A présent, file!

— Et toi?

— Je vais me servir d'un poignard pour régler son compte à ce type. Ensuite, je m'en irai tranquillement. On me connaît, par ici, personne ne s'étonnera de me voir en ville.

— Tu viendras nous rejoindre?

— Dans quelques jours. J'ai ma propre planque.

Shepherd lui adressa un signe de tête.

— Merci, dit-il avant d'aller calmement détacher le cheval bai.

Gary le regarda s'éloigner, puis il revint au shérif, prit son arme et le traîna dans une cellule qu'il ferma à clé. Ensuite, il baissa le store de la fenêtre, s'assit dans le fauteuil et joua avec son pistolet, se demandant vaguement pour combien de temps il en avait.

Ce ne fut pas long. Au bout de quelques minutes, il entendit un grognement suivi d'un juron. Près du poêle, il y avait un seau d'eau et une louche. Gary remplit la louche d'eau avant de s'approcher de Sinclair qui s'asseyait avec peine.

— Bon Dieu, qu'est-ce que...?

Le shérif regarda autour de lui, secoua la tête

comme pour s'éclaircir les idées, ce qui le fit grimacer de douleur.

— Shepherd ?

— Envolé.

— Pourquoi ?

Gary ne put s'empêcher d'admirer le shérif qui ne perdait pas de temps en menaces ou en jérémiades. Il allait droit à l'essentiel, il cherchait à comprendre la raison pour laquelle Gary ne s'était pas enfui avec le bandit.

— Un peu d'eau ? proposa Gary en lui tendant la louche à travers les barreaux.

Sinclair l'accepta, but deux gorgées et s'aspergea du reste. Il se tâta machinalement le crâne.

— Désolé, s'excusa Gary. Mais je ne pensais pas que vous accepteriez de le libérer de votre plein gré.

— Ça, pour sûr !

On frappa à la porte.

— Ne répondez pas ! menaça Gary en pointant son arme sur le shérif.

— Mais qu'est-ce que vous voulez, par le diable ?

— Votre coopération.

— Vous avez une drôle de façon de la demander ! Mary Jo ? ajouta-t-il, les yeux plissés.

C'était la première fois que Gary l'entendait prononcer le prénom de la jeune femme, et il en ressentit un vilain pincement de jalousie.

— Mary Jo n'est au courant de rien. Mais elle est bien la raison de ma présence ici. Elle est en danger.

— Quel genre de danger ?

— Il s'agit de moi. Je ne suis pas celui qu'elle croit.

— Alors, qui… ?

— Plus tard. D'abord, sachez que votre banque va être dévalisée.

Sinclair l'observait, méfiant.

— Pourquoi m'annoncez-vous ça ?

— Pour que vous empêchiez le cambriolage.

Matt Sinclair demeurait imperturbable.

— Je suppose que vous allez vous expliquer.

Gary ne put retenir un sourire. Que fallait-il pour déconcerter cet homme ?

— C'est assez compliqué, répondit-il.

— Alors, commencez par le commencement. Pourquoi avez-vous libéré Shepherd ?

Le shérif avait un peu de mal à fixer son regard. Il devait souffrir le martyre, et Gary eut un élan de sympathie pour lui.

— Parce que sans cela, ses complices s'en seraient pris à Mary Jo. Avec mon bras abîmé, je ne peux pas les protéger, elle et son fils. Leurs ouvriers agricoles non plus.

— Qui sont les bandits ?

— Leur chef s'appelle Clayton Kelly.

Le shérif s'accrocha aux barreaux.

— Kelly ?

— Vous le connaissez ?

— Comme tous les shérifs de la région et d'ailleurs. J'ai une véritable collection d'affiches à son effigie. Sa tête est mise à prix dans le Kansas, le Texas, le Wyoming. C'est un redoutable tueur.

Gary frémit au mot «Kansas». Sans doute figurait-il aussi parmi la collection.

— C'est lui le responsable du meurtre de l'autre jour ?

Gary décida de mettre l'assassinat des mineurs sur le dos de Kelly. Après tout, ce n'était que justice !

— Il était dans le coin, dit-il, laissant le shérif tirer ses propres conclusions.

— Comment savez-vous tout ça ? demanda Sinclair sans quitter l'arme des yeux, tandis que l'on continuait à frapper à la porte.

— J'étais avec lui pendant la guerre, il y a douze ans. Je l'ai vu en ville l'autre jour, et je me suis mis à sa recherche. Je l'ai trouvé.

— Et vous êtes encore en vie ?

— J'étais à ses côtés il y a douze ans, répéta Gary.

— Où ?

— Ça n'a plus d'importance, déclara-t-il sèchement. Mary Jo seule compte. Et la banque.

Le shérif réfléchissait. Il se demandait sûrement où il avait déjà vu le visage de Gary. Sur une affiche, sans doute. Il cherchait aussi un moyen de sortir de cette cellule et d'y enfermer Gary à sa place.

— Pourquoi n'êtes-vous pas tout simplement venu me trouver ?

— Parce que je n'étais pas certain que vous laisseriez partir Shepherd. Et puis il fallait qu'il croie à un coup de force.

— C'en est un, grinça Sinclair en effleurant la bosse qu'il avait sur le crâne. Vous paierez pour ça !

On cessa enfin de tambouriner à la porte, et Gary baissa son arme.

— J'y compte bien ! répondit-il.

— Vous allez me sortir de là ? demanda Sinclair, les mains crispées sur les barreaux.

— Peut-être, si vous êtes raisonnable.

— Allez au diable ! Je n'en ai aucune intention !

Gary sourit de cette franchise. Mary Jo aimait bien le shérif, elle répugnait à lui mentir, et il commençait à comprendre pourquoi. L'homme était direct, honnête.

— Ça ne m'étonne pas.

— Mais enfin, qu'attendez-vous de moi ? insista le shérif à voix basse.

— Que vous m'écoutiez. En essayant de me croire.

— Au nom de quoi ?

— De nombreuses vies en dépendent. Et l'avenir de toute cette ville.

— J'écouterais bien mieux si vous ouvriez cette cellule !

Gary réfléchit. Tôt ou tard, il lui faudrait bien faire confiance au shérif. Il avait déjà remis son sort — et celui de Mary Jo — entre les mains de Sinclair. Quant à Shepherd, il avait filé depuis longtemps. Mais Sinclair l'écouterait-il, ou se contente-rait-il de l'enfermer à sa place ? Maintenant qu'il connaissait un peu mieux le shérif, Gary était per-suadé qu'il s'efforcerait de protéger Mary Jo et Jeff Williams, et c'était tout ce qu'il lui demandait.

Il posa son arme et alla ouvrir la porte de la cel-lule. Quand il s'effaça pour laisser passer le shérif, il s'attendait plus ou moins que celui-ci le pousse à l'intérieur, mais il n'en fit rien. Il s'empara seu-lement de l'arme de Gary qu'il enferma dans un tiroir avant de remettre la sienne à sa ceinture.

— Asseyez-vous, dit-il en s'installant dans son fauteuil.

Surpris de ce témoignage de courtoisie, Gary obéit.

Sinclair s'empara d'un paquet d'affiches qu'il feuilleta rapidement. Il en étudia particulièrement quelques-unes, puis il prit deux minces cigares et en offrit un à Gary.

Celui-ci n'y tenait pas vraiment mais, fasciné par la réaction de Sinclair, il accepta. Peut-être l'avait-il sous-estimé ? Il est vrai qu'il n'avait jamais eu beaucoup de respect pour les représentants de l'ordre !

Le shérif lui donna du feu.

— Allen ?

Une surprise de plus. Cet homme avait l'œil ! Gary haussa les épaules. Il s'y était attendu, après tout.

— Vous êtes toujours recherché, soupira Sin-clair. Si vous me disiez exactement où vous voulez en venir avant que je vous enferme ?

Gary mit toute la persuasion possible dans son regard.

— Je n'avais pas vu Kelly depuis douze ans quand je l'ai aperçu en ville. Ayant entendu ce que vous racontiez à Mary Jo sur le bétail tué, j'ai aussitôt fait le rapprochement. Cela signifiait qu'il s'était installé dans le coin et qu'il mijotait un mauvais coup. Le seul possible étant la banque, je me suis lancé à sa recherche.

— Qu'est-ce que cela pouvait vous faire ?

— Mme Williams a été bonne pour moi. Je ne voulais pas qu'elle et son fils perdent tout ce qu'ils possèdent.

— Vous auriez pu lui conseiller simplement de retirer son argent.

Le shérif était encore plus astucieux que prévu !

— Il aurait fallu que je lui donne des explications, or je ne voulais pas qu'elle sache qui je suis. Elle me prend pour Gary Smith.

— Nous parlerons de ça plus tard. Dites-m'en davantage sur Kelly.

— J'ai facilement découvert sa cachette. Quand je l'ai interrogé, il m'a seulement dit qu'il attendait Shepherd, rien de plus.

— Et pourquoi croyez-vous qu'il y a autre chose ?

— Un de ses hommes est revenu me chercher pour me mener à lui, expliqua Gary en déguisant légèrement la vérité. Vous aviez arrêté Shepherd, et ils voulaient que j'aide à le libérer. Kelly m'a avoué qu'ils avaient l'intention de cambrioler la banque et il m'a offert une part du butin si je sortais Shepherd de prison. En tant que spécialiste des explosifs, ils avaient besoin de lui.

Sinclair ne broncha pas.

— Vous auriez pu m'en avertir, tout simplement.

— Il avait changé de cachette, et on m'a bandé les yeux la deuxième fois qu'on m'a accompagné jusqu'à lui. J'ignore où ils ont établi leur nouveau quartier général. Kelly a été guérillero, il sait où se cacher et quand frapper.

— Quel rapport avec Mary Jo ? Vous avez dit qu'elle était en danger.

— Ils ont découvert que je vivais chez elle. Si je les dénonçais, ou si je refusais de les aider à libérer Shepherd, Kelly se vengerait sur elle. C'est la raison pour laquelle...

— Après m'avoir assommé, vous avez laissé partir Shepherd.

Les yeux du shérif se rétrécirent.

— D'après les affiches, vous étiez tous avec Anderson à Centralia.

Gary acquiesça. A quoi bon nier ?

— On peut encore vous pendre pour ce qui a été considéré comme un crime de guerre.

Gary se taisait.

— Vous le saviez, quand vous êtes entré dans ce bureau ?

— Je m'en doutais.

— Je ne saisis pas bien, monsieur. Vous arrivez ici, vous me sautez dessus, puis vous me racontez cette histoire rocambolesque. Vous espérez que je vais vous laisser partir tranquillement ?

— Non, répondit doucement Gary. Je veux que vous arrêtiez Kelly. Le reste m'indiffère.

Sinclair l'observait avec attention.

— A votre avis, quand va-t-il passer à l'action ?

— Dès que possible. L'inactivité lui pèse. Maintenant qu'il a Shepherd, je pense que vous pouvez l'attendre demain, ou au plus tard après-demain, à moins qu'il ne se doute de quelque chose.

— Et dans ce cas, il se rendrait chez Mary Jo et Jeff ?

— Je leur ai dit d'aller chez les Abbot si je n'étais pas rentré demain.

— Oh, mais vous ne le serez pas, Allen ! déclara froidement Sinclair avant de désigner le bras en écharpe de Gary. D'où vient cette blessure, en réalité ?

— Accident de chasse.

Le shérif fronça les sourcils.

— Mary Jo ne sait absolument pas qui vous êtes ?

— Non. J'ai rencontré le véritable Smith par hasard au cours d'une partie de poker. Il a raconté qu'il allait voir une femme qui avait hérité du ranch de son frère. Quelques jours plus tard, j'ai entendu dire qu'il avait été tué au cours d'une bagarre de rue. Quand j'ai été blessé, j'ai décidé de prendre sa place.

— Une jeune veuve propriétaire d'un ranch? On pourrait choisir plus mal pour se cacher.

Gary ne cilla pas devant le mépris de Sinclair. Du moment qu'il croyait à l'innocence de Mary Jo...

— En effet. Mais je n'imaginais pas que ma présence les mettrait en danger. Je ne veux pas qu'il arrive malheur au gamin.

— Vous seriez prêt à pendre au bout d'une corde pour le sauver?

— A en courir le risque, en tout cas.

— Je ne vois toujours pas pourquoi je devrais vous croire. Peut-être voulez-vous simplement que j'attire en ville tous les hommes de la région afin que vos camarades puissent voler le bétail et piller les fermes.

— Vous me tenez.

— Oui, je vous tiens, dit Sinclair, la main sur son six-coups. Et pour un bon moment. Entrez dans la cellule.

Gary se leva.

— Qu'allez-vous faire?

— Réfléchir, répondit le shérif, laconique.

Gary serra le poing. Il aurait juré qu'il avait convaincu le shérif, et à présent il n'en était plus si sûr.

— Si Kelly sait que j'ai été pris, il pensera peut-être que j'ai parlé.

— J'y songerai aussi. Maintenant, entrez là-dedans, ajouta Sinclair en menaçant Gary de son arme.

Il obéit lentement. Il ne lui restait plus rien à faire, plus rien à dire, seulement à espérer qu'il ne venait pas de condamner Mary Jo et Jeff, qu'il n'avait pas échoué une fois encore.

24

Matt Sinclair verrouilla la cellule, vérifia le bon ordre de la pièce, puis il sortit afin de se rendre au bureau du télégraphe.

Il avait besoin de temps pour réfléchir.

Elevé au Kansas, il était âgé de dix-huit ans quand la guerre avait éclaté. Il avait eu envie de s'engager, mais on avait besoin de lui à la maison. Il dut attendre, pour rejoindre l'armée de l'Union, en 1864, que son frère fût assez grand pour s'occuper de la ferme familiale.

Les Sinclair étaient installés dans le nord-est du Kansas, relativement à l'écart des violences qui ravageaient le Missouri et le reste de l'Etat. Toutefois, Matt en avait entendu parler et il était au courant des horreurs commises à Centralia, où des soldats désarmés avaient été assassinés de sang-froid, puis mutilés et scalpés.

Il ne ressentait que mépris pour les guérilleros, quel que fût leur camp, qui se servaient de la guerre comme prétexte pour piller et tuer. Et il savait d'expérience que de tels hommes ne changent jamais. On a une conscience ou on n'en a pas.

Cependant, ce Gary Smith, ou Brad Allen, le déconcertait.

Matt Sinclair se considérait bon juge de la nature humaine, qualité indispensable pour un shérif. Il n'avait pas aimé Gary Smith lors de leur première rencontre, à cause de son regard froid, secret, et aussi parce qu'il avait une impression troublante de déjà-vu. Mais il s'était efforcé d'ignorer ses soupçons, qu'il avait mis sur le compte de sa jalousie vis-à-vis de Mary Jo. Maintenant, il savait la vérité.

Un léopard ne pouvait effacer ses taches, bon

sang! Cet homme était source d'ennuis, et Matt n'avait aucune raison de lui faire confiance.

A ceci près que Brad Allen était à présent dans une geôle alors qu'il aurait pu facilement le tuer et se sauver.

Quel intérêt avait-il à se faire mettre en prison, sinon pour le persuader de sa bonne foi?

Matt se rendit au bureau du télégraphe, d'où il expédia trois messages. L'un au shérif du Texas qui lui avait envoyé la dernière affiche concernant Clayton Kelly, un autre au shérif de Lake City pour lui demander de l'aide, le troisième au ministère de la Justice afin d'obtenir des renseignements sur Brad Allen.

Le télégraphiste lui lança un regard intrigué mais se garda de poser des questions. Il n'obtiendrait pas de réponses, il le savait.

Matt se rendit enfin dans le plus grand des deux saloons de la ville.

— Vous avez vu des étrangers, aujourd'hui?

— Seulement le nouveau régisseur de Mme Williams.

— Prévenez-moi s'il arrive des inconnus, soupira Matt.

Il regrettait de ne pas avoir le temps de se rendre chez Mary Jo. C'était ainsi qu'il l'appelait dans sa tête depuis quelques mois, et l'usage que l'étranger avait fait de ce prénom avec tant de naturel lui était presque aussi douloureux que le coup reçu à la tête… Il chassa cette pensée sur le chemin de la banque.

Sam Pearson, propriétaire de l'établissement financier de Last Chance, était penché sur des dossiers, tandis que son employé alignait des chiffres derrière son guichet. Il n'y avait pas de client dans la salle.

— Vous avez beaucoup de liquide, en ce moment? demanda Matt sans préambule.

— Pas mal. Les fermiers ont déposé le produit de la vente du bétail.

— Pourriez-vous le mettre en sécurité ailleurs que dans votre coffre ?

— Barton, au magasin central, en a un assez solide. Vous en possédez un aussi. Pourquoi ?

Matt pensa soudain que c'était peut-être ce que souhaitait Allen, ou Smith, peu importait le nom : que l'argent fût transféré dans un endroit plus facilement accessible.

— Je ne sais pas, répondit-il lentement. J'ai entendu dire qu'un dénommé Clay Kelly, hors-la-loi bien connu, se trouvait dans la région. Or il adore les banques.

Sam pâlit.

— Vous savez ce que cela signifierait pour la ville.

— Bon Dieu, oui, je le sais !

— Et vous êtes sûr de votre information ?

— Assez pour mettre une équipe de sécurité devant la banque pendant quelques jours.

Il fut lui-même surpris de cette déclaration. Jusqu'à cet instant, il n'était pas tout à fait persuadé que son prisonnier eût dit la vérité.

— J'ai aussi demandé des renforts, mais il leur faudra quelques jours pour arriver.

— Je vais disperser l'argent, et anticiper certains versements aux fermiers.

— Sans leur expliquer pourquoi. Personne ne doit être au courant, à part l'équipe de sécurité. Si Kelly vient, il faut pouvoir jouer sur l'effet de surprise.

— Ça a un rapport avec le prisonnier que vous retenez ?

— Shepherd ?

Tout le monde ignorait que le bandit n'était plus en prison. Matt haussa les épaules.

— Je n'en sais rien. Commencez à disperser l'argent dès ce matin. Je vais poster des hommes un peu partout en ville en attendant.

Sam acquiesça.

Matt avait mille questions à poser à son prisonnier, à présent. Car il le croyait, bon sang, même si l'idée lui déplaisait !

Il s'arrêta à la pension de famille, où il prit deux repas, un pour lui, un pour l'homme. Il lui fallait obtenir des réponses, et l'après-midi serait long, très long. Pourvu que la douleur à sa tête ne le tourmente pas trop !

Gary ne s'étant jamais trouvé enfermé dans une cellule, il n'imaginait pas combien il était déprimant de se trouver derrière des barreaux comme un animal en cage. Pourtant, il ferait mieux de s'y habituer, se dit-il.

Mais il était surtout exaspéré par son impuissance. Avait-il eu raison de faire confiance à Sinclair ?

Il revoyait le visage de Mary Jo, celui de Jeff, puis l'expression inquiétante de Kelly. Il aurait mieux fait de dire à la jeune femme de retirer son argent de la banque, sans se préoccuper du reste de la ville. Mais elle n'aurait jamais accepté.

Gary maudissait Sinclair, il se maudissait lui-même. Trop nerveux pour rester assis sur la couchette, il inspecta la serrure, regrettant de ne pas l'avoir fait avant de remettre son arme à Sinclair.

Comment avait-il pu commettre pareille erreur ? Mais l'homme avait donné l'impression de l'écouter, et de toute façon, que pouvait-il faire, lui, avec son bras infirme ?

Il entendit une clé tourner dans la serrure et s'accrocha aux barreaux. Il ne se souciait guère d'avoir l'air anxieux, ou désespéré. Par Dieu, il l'était bel et bien !

Sinclair entrait avec un plateau, qu'il posa sur le bureau avant de tendre un sandwich à Gary. Celui-ci se contenta de le regarder en silence.

— Prenez-le, insista Sinclair. Nous avons à parler.

Gary obéit à contrecœur, et le shérif lui servit un quart de café qu'il déposa sur le sol de la cellule. Puis il approcha son fauteuil et s'y laissa tomber, muni de son propre déjeuner.

— De combien d'hommes Kelly dispose-t-il ?

Gary soupira, soulagé, et se mit à arpenter la cellule sans songer à attaquer son sandwich.

— Ils sont quatre, en comptant Shepherd. Dont deux jeunes qui semblent mourir d'envie de se servir de leurs armes.

— Ils tireraient ?

— Oui. Kelly adore tuer.

— Et vous, Allen, vous aimez ça ?

Gary se figea sur place.

— Je suis originaire du Kansas, reprit calmement Sinclair. Je suis au courant des méfaits d'Anderson.

Cette douleur familière !

— Au Kansas et dans le Missouri, c'était l'enfer. Ma famille entière a été anéantie, ma sœur et ma mère violées avant d'être assassinées. J'ai tué, inutile de mentir à ce sujet, et je ne me cherche aucune excuse à cela.

Gary serrait les dents. Il n'avait pas envie de parler de cette période de sa vie, mais il devait convaincre Sinclair de le croire, et la vérité était sa seule issue.

— J'y ai trouvé quelque satisfaction, au début, expliqua-t-il lentement, dans un sincère effort d'honnêteté. Peut-être même une sorte de plaisir. Je ne sais pas. J'étais tellement en colère, j'avais tellement besoin... de venger les miens... Je me suis calmé, reprit-il après une brève hésitation, mais il a fallu du temps, trop de temps. Je regretterai toujours ce qui s'est passé alors. J'ai essayé d'oublier, mais en vain.

Il y eut un long silence, puis Sinclair reprit son

interrogatoire. Comment Kelly risquait-il de procéder ? A partir de quel côté de la ville ? Combien d'hommes enverrait-il à l'intérieur de la banque ?

— N'attendez pas qu'il soit entré, conseilla Gary, car ce serait un vrai massacre. Il ne laisse jamais de témoins derrière lui.

Sinclair haussa les sourcils.

— Vous étiez son ami ?

— J'ai seulement dit que nous étions ensemble. Il y avait aussi Frank et Jesse James, les frères Cole. Nous étions tous sous les ordres de Quantrill, et parfois d'Anderson, mais cela ne faisait pas de nous des amis.

— Quand l'avez-vous vu pour la dernière fois ?

— J'ai quitté Anderson à Centralia.

— Pourquoi ?

— Cela me regarde.

— Plus maintenant, dit Sinclair. Je ne sais pas jusqu'à quel point je peux vous faire confiance. Vous voudriez que je croie un individu recherché pour crime, qui s'introduit ici et m'assène un coup sur la tête...

Gary s'agrippa aux barreaux. On lui demandait d'exposer au grand jour ce qu'il gardait depuis si longtemps enfoui en lui, ce qu'il n'avait jamais pu dire à Chivita, ni à Mary Jo. Il était incapable de mettre des mots sur la violence qui bouillonnait encore en lui, qui avait explosé de nouveau quand Chivita et Drew avaient été assassinés, qui ne demandait qu'à se déverser sur Kelly. Dieu, il détestait reconnaître quel genre d'homme il était ! Mais il avait besoin de Sinclair, or celui-ci ne tolérerait aucune dérobade.

— Je me suis séparé d'eux parce que je devenais une bête sauvage, furieuse, comme ceux qui ont tué ma famille, répondit-il enfin.

Sinclair, songeur, alla se servir une autre tasse de café. Gary savait qu'il hésitait à se fier à un acolyte d'Anderson, un boucher qui ne valait pas mieux que ses compagnons.

— Quel âge aviez-vous ? demanda-t-il enfin.

Gary fut un instant déconcerté par la question.

— Quinze ans quand ils ont anéanti notre ferme.

— Et quand avez-vous rejoint Quantrill ?

— L'année suivante.

— Et depuis la guerre ?

— J'ai essayé de me sortir de tout ça. J'ai erré, surtout dans les montagnes. J'ai chassé. Dressé des chevaux sauvages pour les vendre. De temps en temps, je me rendais à Denver afin d'acheter du matériel, ajouta-t-il pour rendre son mensonge concernant Gary Smith plus crédible.

Il n'avait pas l'intention de parler des Utes ni de Chivita. Vu les préjugés sur les Indiens, cela seul suffirait à le condamner. D'habitude, il s'en moquait, mais là...

Sinclair le transperçait du regard. Il savait que Gary lui cachait quelque chose.

— Vous ne connaissiez pas du tout le mineur que l'on a retrouvé mort non loin du ranch le mois dernier ?

— Non.

Gary craignait que la vérité ne fît du mal à Mary Jo, mais bon sang, qu'il détestait mentir !

Sinclair était un sacrément bon enquêteur, bien meilleur que Gary ne l'avait imaginé. Il ne cessait de changer de sujet, de lancer des questions comme par hasard, tout en sachant fort bien où il allait.

— Kelly vous attend ?

Sinclair lui offrait une occasion de sortir de cette cage, et il avait envie d'en profiter. Il suffoquait, dans sa petite cellule. Déjà, il se voyait passer le reste de sa vie en prison... Enfin, si on ne le pendait pas.

— Non, répondit-il enfin, les dents serrées. J'ignore où il se cache, et nous ne sommes pas particulièrement en bons termes. Il pense que je veux une part du butin mais que j'irai la chercher plus tard.

— Vous êtes plutôt confiant, on dirait, marmonna le shérif, sceptique.

— Il croit ne pas m'avoir donné le choix en m'expliquant que si je refusais de faire ce qu'il voulait, il trouverait un moyen de me dénoncer, puis s'en prendrait à Mary Jo. Il m'a seulement demandé de remettre discrètement une arme à Shepherd.

— Vous auriez pu.

— Et vous seriez mort.

— En quoi cela vous dérangerait-il ?

— Je vous l'ai dit, je ne veux plus de sang innocent sur mes mains, rétorqua Gary, sentant la colère monter en lui.

Il en avait assez de parler, d'aborder des sujets qu'il s'efforçait d'oublier.

— Je ne crois pas que vous ayez dit ça, contra le shérif. Pas exactement.

— Bon sang, assez parlé de moi ! Qu'allez-vous faire ?

— Que suggérez-vous ?

— Une embuscade quand ils entreront dans la banque.

— Encore une tuerie ?

Gary s'efforça de se calmer.

— Kelly est un lâche, au fond, comme tous ses complices. Mettez-leur suffisamment de fusils sous le nez, et ils se rendront.

— Ils diront tout ce qu'ils savent sur vous ?

— Bon Dieu, vous savez déjà tout !

— Je n'en suis pas certain. Je vous dois la vie. Peut-être que je déchirerai les affiches qui vous concernent, si nous parvenons à sauver la banque. Mais ce serait impossible si les bandits sont vivants, s'ils parlent.

Quel jeu jouait-il, à présent ? Il voulait Mary Jo, c'était indubitable. En outre, c'était un représentant de la loi, il ne renoncerait pas à une prise de la valeur de Brad Allen, qui ferait de lui un héros. Un véritable héros.

— Je suis las de fuir sans cesse, déclara Gary.

Sinclair eut un instant l'air perplexe, puis il se détendit.

— D'accord. Donnez-moi une description précise de Kelly et de ses acolytes.

Le soir même, Sinclair avait déjà la réponse à deux de ses télégrammes. Il disposait à présent sur Kelly d'informations qui correspondaient à ce que lui avait dit Allen. On lui avait aussi promis de l'aide pour le lendemain, mais cela risquait d'être un peu tard. Le shérif devrait seulement compter sur ses concitoyens, ceux qu'il avait choisis comme adjoints. Pourtant, il était inquiet ; ces hommes n'étaient pas des tueurs. Il ne restait plus qu'à espérer qu'Allen eût dit vrai, que Kelly et sa bande fussent des lâches.

Il avait posté des hommes un peu partout dans la grand-rue et organisé des tours de veille en se concentrant davantage sur les heures du matin. Le banquier avait dispersé l'argent chez des hommes sûrs possédant des coffres et n'en avait laissé qu'un minimum dans son propre établissement. Toutefois, Sinclair n'était pas disposé à partager cette information avec son prisonnier. Il croyait ce qu'il avait dit, mais...

Il n'avait parlé à personne de l'évasion de Shepherd. Quant à Allen, il était son affaire, et il ne savait pas encore très bien ce qu'il allait faire de lui. Pour l'instant, la prison était la meilleure solution.

Brad Allen, alias Gary Smith, ne laissait pas de l'étonner. Jamais Matt n'avait rencontré un homme comme lui, si différent de ce qu'on attendait d'un individu de ce genre. Il se dégageait de lui une impression de danger, de violence mal contrôlée,

338

mais en même temps, il venait de se sacrifier, et Matt était déconcerté par ces contradictions.

Néanmoins, il le croyait. Il avait connu bien des tueurs, et tous avaient ce même regard froid, dénué de tout sentiment, alors que les yeux du prisonnier étaient chargés de colère, de tristesse parfois, mais jamais ils n'étaient vides.

Matt s'arrêta pour prendre deux repas à l'auberge. Il glissa une assiette sous la grille de la cellule, ainsi qu'une tasse de café à réveiller un mort. Il croisa sans mot dire le regard d'Allen. Il voulait que l'homme s'impatiente, se mette en rage. Peut-être en apprendrait-il plus ainsi que par la simple raison.

Il posa une seule question avant de sortir.

— Y a-t-il une chance pour que Kelly attaque de nuit ?

— Je ne crois pas. Il ne verrait pas assez bien, et il tient à être en pleine possession de ses moyens.

Cela corroborait les informations reçues par télégramme. Kelly avait l'habitude d'entrer tranquillement en ville, de pénétrer dans la banque, de terroriser tout le monde avant de s'éloigner sur son cheval dans la pétarade des armes à feu.

Quant à Brad Allen, Matt n'avait pas encore reçu de rapport, et il souhaitait presque qu'il n'arrivât pas. Il envisagea à plusieurs reprises de le libérer. Il pourrait être utile, malgré son bras en écharpe, et Mary Jo disait qu'il avait sauvé la vie de son fils.

Un type étonnant, ce Brad Allen. Cependant, Matt doutait encore. Mieux valait le laisser derrière les barreaux.

Matt passa la nuit à faire des rondes entrecoupées de brefs instants de sommeil dans son bureau. Lorsqu'il s'absentait, il ne manquait pas de fermer soigneusement la porte. Allen était calme, mais il ne dormait pas. Il veillait, comme un tigre prêt à bondir, et Matt n'en était guère rassuré.

Il n'y avait pas de fenêtre, pas de clair de lune, pas de ciel, pas un souffle d'air.

Gary s'efforça de se détendre. Il avait fait tout ce qu'il pouvait, et c'était sans doute la première fois de sa vie qu'il avait fait le bon choix. Dieu, pourvu qu'il ne se soit pas trompé !

Il ne dormait pas, et le silence, le noir, l'exiguïté de la cellule ramenèrent les cauchemars, ou plutôt toute une ribambelle de souvenirs amers, teintés de regrets — même celui de la nuit précédente. Si seulement il pouvait l'effacer, dans l'intérêt de Mary Jo !

Je vous aime. Ces mots se répétaient dans son cœur, dans son âme. Et, au lieu de l'apaiser, ils ravivaient la douleur.

Elle méritait quelqu'un comme Sinclair, que Gary avait appris à estimer au cours de cette journée. Il était honnête, intelligent, et sûrement courageux. Bien qu'il eût peu parlé à Gary, il l'avait cru, au moins partiellement, et il était en train de se lancer dans des préparatifs auxquels Gary aurait aimé participer.

Les murs se refermaient sur lui, l'étouffaient et, malgré ses efforts, il ne parvenait pas à faire le vide dans son esprit. Mille possibilités le hantaient. Et si Kelly allait directement au Cercle J ? S'il ne venait pas du tout en ville ? Comme il se sentait impuissant !

Mary Jo ne ferma pas l'œil, la nuit qui suivit le départ de Gary. Il avait dit qu'il reviendrait mais, au fond de son cœur, elle savait bien qu'il lui avait dit adieu.

Si seulement elle était au courant de ses projets ! Une seule chose était certaine : il était prêt à tout risquer pour les sauver, Jeff et elle.

Qu'est-ce qui le hantait ainsi en permanence ? Elle ne pouvait s'empêcher de s'interroger. Pouvait-il y avoir pire que ce qu'il lui avait avoué, le meurtre de trois hommes ?

Elle le connaissait bien, maintenant, du moins en avait-elle l'impression. Certes, il tenait certains aspects de sa personnalité secrets, mais elle appréciait l'essentiel : sa loyauté, son courage, sa gentillesse vis-à-vis d'elle et de son fils.

Elle avait perdu la première bataille, ne sachant comment le retenir, mais cette fois-ci, elle gagnerait. Elle ne le laisserait pas s'éloigner, sous prétexte que c'était la meilleure chose pour elle. Ça ne l'était pas, et ne le serait jamais.

S'il ne revenait pas le lendemain matin, elle conduirait Jeff chez les Abbot comme promis, puis elle se rendrait en ville sur sa jument, plus rapide que le chariot, et elle emmènerait Tuck avec elle.

Elle se battrait, cette fois. Pour lui, pour eux trois.

Mary Jo, debout à l'aube, sortit assister au lever du soleil. Toutefois, ce spectacle si grandiose lui fit mal. Elle revoyait Gary s'éloigner, vingt-quatre heures plus tôt, le dos raide, jusqu'à ce qu'il se retourne.

Il s'était trahi, alors, donnant tout dans ce dernier regard. Mary Jo essuya une larme avant de rentrer préparer le petit déjeuner de Jeff et des deux ouvriers.

Sinclair apporta du café à Gary.

— Vous croyez qu'ils viendront ?

Gary aurait aimé pouvoir répondre avec certitude, mais il ne s'était pas trouvé avec Kelly dans ce genre de circonstances depuis douze ans. Toutefois il avait réfléchi, durant la nuit, et une idée lui était venue qu'il hésitait à confier à Sinclair, de peur de ne pas être écouté.

— Il ne vous resterait pas quelques hommes disponibles ?

Sinclair lui lança un coup d'œil interrogateur.

— Pour former une équipe de recherche, expliqua Gary. Kelly s'attend qu'un détachement se lance à la poursuite de Shepherd. Et il pensera pouvoir tirer avantage de la situation s'il vous voit quitter la ville avec plusieurs hommes armés.

— Ne seriez-vous pas venu pour ça, par hasard ? demanda le shérif, soupçonneux. Pour que nous quittions la ville et que Kelly puisse tranquillement attaquer la banque avant de vous libérer ?

— Il n'est pas assez intelligent pour une idée aussi subtile.

— Mais vous, si.

Gary haussa les épaules.

— C'était une suggestion, voilà tout. Détacher quelques hommes qui ne vous manqueraient pas trop ici.

— Je ne saurais pas dans quelle direction les envoyer.

— Vers le sud, près de chez Mary Jo. Il est quelque part par là, et c'est la route logique à suivre pour une équipe de recherche. Un fugitif se terre souvent dans les montagnes.

— Vous en savez quelque chose, hein ?

Sinclair l'asticotait de nouveau, et cela irritait Gary, qui demeura malgré tout impassible.

— C'est là que j'ai trouvé le cadavre, il y a un mois, reprenait le shérif.

Il ne lâcherait pas facilement !

— Je ne suis au courant de rien, répondit Gary.

— Vous êtes certain de ne pas savoir où se cache Kelly ? reprit Sinclair.

— Il m'a laissé le trouver une fois, cela ne se reproduira pas.

Sinclair leur resservit du café.

— Je ne sais pas quoi faire de vous, soupira-t-il.

— Ce n'est pas compliqué. Si j'avais l'usage de ce fichu bras, je me serais moi-même lancé à sa poursuite. La seule chose qui m'importe est la sécurité de deux personnes qui ont été bonnes pour moi.

Sinclair était visiblement sceptique.

— Ça ne cadre pas avec tout ce que vous m'avez raconté sur vous.

— Disons que je me suis converti.

— Je ne le crois pas non plus, mais nous en reparlerons plus tard. Je vais m'occuper de rassembler cette équipe de recherche.

Gary n'avait plus qu'à attendre, et le temps lui semblait d'autant plus long qu'il ignorait ce qui se passait. Seule la chaleur qui s'intensifiait lui indiquait que le soleil montait dans le ciel, car les stores étaient toujours baissés.

Seigneur, comme il détestait cette inactivité forcée ! Comme il aurait aimé se trouver aux côtés de Sinclair ! Il connaissait bien le mécanisme des embuscades, trop bien.

Du temps. Tellement de temps pour penser, réfléchir, se souvenir, regretter ! Il s'obligeait à se calmer, à attendre, à se vider l'esprit, mais ça ne marchait plus. Il entendit des cavaliers passer devant le bureau du shérif, et il se demanda où était son cheval gris. Il faudrait que Mary Jo le récupère.

La clé tourna dans la serrure, et il se leva de la couchette où il s'était enfin assis après avoir tourné en rond pendant une éternité. Il s'avança vers les barreaux, prêt à répondre à de nouvelles questions de Sinclair.

C'était bien le shérif, en effet, mais accompagné de Mary Jo. Gary se pétrifia, le poing serré. Il ne voulait pas qu'elle le voie ainsi, comme un animal dangereux enfermé dans une cage. Heureusement, Jeff n'était pas là.

— Je vous avais dit de ne pas venir ! déclara-t-il d'un ton sec.

— Tuck m'a accompagnée, dit-elle à voix basse.

— Avez-vous retiré… ?

— La banque est fermée.

Sinclair avait relevé le store, et il observait la rue, indifférent à leur conversation. Il n'avait pas le droit d'amener Mary Jo ici ! se dit Gary, avant de rectifier. Bon sang, le shérif avait tous les droits, et lui plus aucun. Il y avait renoncé de lui-même la veille quand il était venu délivrer Shepherd. Mais ce n'était pas plus facile à accepter pour autant !

Mary Jo était belle à damner un saint !

Et Sinclair ne lui avait rien dit, Gary le devinait à son regard clair, aussi clair que lorsqu'il l'avait quittée au lever du jour.

— Jeff ?

— Il est chez les Abbot, et je crois qu'il y restera. Il l'a promis quand je lui ai dit qu'en s'enfuyant il risquait de vous mettre en danger.

Elle eut l'air un peu gênée.

— C'était le seul argument qui pouvait marcher avec lui, expliqua-t-elle.

— Mais pas avec vous ?

— Non. Je ne pouvais pas vous laisser partir.

— Vous auriez mieux fait, pourtant, dit-il, amer. Cela aurait été préférable pour nous tous.

Elle s'approcha, posa la main sur la sienne.

— Non !

Il retira brusquement sa main et se plaqua contre les pierres du mur, regardant ailleurs, n'importe quoi sauf ces yeux si confiants. Enfin il s'adressa à Sinclair.

— Pouvez-vous l'emmener à l'hôtel ?

Le shérif se retourna.

— C'est une bonne idée, Mary Jo. Nous attendons de la compagnie, et je ne veux pas que vous vous trouviez dans les rues à ce moment-là.

— Pourquoi l'avez-vous arrêté ?

Sinclair regarda Gary, puis la jeune femme.

— C'est l'endroit le plus sûr pour lui, en ce moment.

— Mais…

Il ne fallait pas qu'elle reste là, c'était trop dangereux. Gary voulait qu'elle soit en sécurité à l'hôtel. Et chez elle.

— Dites-lui ! lança-t-il brusquement à Sinclair. Allez-y, dites-lui tout.

A cet instant, ils entendirent des chevaux lancés au galop dans la rue. Matt regarda par la fenêtre et, avec un grand sourire, il vint déverrouiller la cellule de Gary.

— Restez près de moi, ordonna-t-il, et surtout pas un mot.

La porte s'ouvrit à la volée sur un homme gigantesque, suivi de deux autres. Tous trois portaient l'étoile des représentants de la loi, et Matt accueillit le premier avec une amicale familiarité.

— Content de te voir, Dave !

— Quand j'ai appris que Kelly se trouvait dans les parages, il a fallu que je vienne. J'ai chevauché toute la nuit. Shérif Dave Gardner, de Lake City, dit-il à l'intention de Gary et de Mary Jo.

Sinclair fit les présentations.

— Mary Jo Williams, propriétaire d'un ranch pas très loin d'ici, et Gary... Smith, son régisseur. C'est lui qui a reconnu Kelly.

— Vous êtes sûr qu'il s'agit bien de lui ? demanda le nouveau venu.

Gary acquiesça, tout en se demandant à quoi jouait Sinclair.

— Sûr, confirma-t-il.

— Vous croyez qu'il a l'intention d'attaquer la banque ?

— C'est ce qu'il pense, répondit Sinclair à la place de Gary afin de couper court à toute autre question.

Gardner semblait troublé, comme s'il sentait qu'il se passait quelque chose d'anormal, mais il se contenta de se tourner vers son collègue.

— Quand ?

— D'un moment à l'autre.

— Où veux-tu que mes hommes se postent ? J'en ai six, tous fins tireurs.

— Tant mieux ! Les miens sont des citadins,

pleins de bonne volonté mais pas très habitués aux armes à feu.

— Donne tes ordres.

— J'en ai dix cachés aux fenêtres et sur les toits qui bordent la grand-rue. Si quatre des tiens pouvaient remplacer ceux qui se trouvent le plus près de la banque, cela me rassurerait.

— Tout de suite.

— Alors, je vais sortir faire un signal, afin d'éviter d'éventuelles méprises. Vous, vous attendez ici, ajouta-t-il à l'intention de Gary, pendant que j'emmène Mme Williams à l'hôtel.

Mary Jo ne protesta pas. Du moins ouvertement. Quant à Gary, il ne comprenait plus rien. A quoi pensait Sinclair, pour le laisser libre dans son bureau ?

Indifférente aux autres, Mary Jo se mit sur la pointe des pieds pour l'embrasser. Un long baiser sensuel, un vrai baiser d'amour auquel Gary n'eut pas la force de se soustraire.

— Madame Williams ? intervint enfin Sinclair.

A regret, Gary se détacha d'elle et recula de quelques pas. Elle le regarda encore longuement avant de suivre Sinclair et les autres, le laissant seul dans la pièce.

25

Gary regarda la cellule, puis la porte. La liberté. C'était devenu plus important encore pour lui après une journée et une nuit passées enfermé. Infiniment plus important.

Il y avait même des fusils à sa portée, mais il n'était pas certain de pouvoir atteindre une cible en tirant de la main gauche.

Il s'attendait presque à voir un garde armé à l'extérieur quand il ouvrit la porte, mais il n'en était rien. Le shérif se trouvait au bout de la rue, en train de donner des instructions, et les hommes postés sur les toits regardaient tous en direction du sud.

La liberté. Et, plus essentiel encore, ne jamais lire la déception dans le regard de Mary Jo.

Pourquoi Sinclair ne lui avait-il rien dit de Brad Allen ? Pourquoi lui avait-il offert la possibilité de s'enfuir ?

Je suis las de fuir, avait-il déclaré crânement un peu plus tôt. Mais c'était avant de prendre pleinement conscience de ce que signifiait passer le reste de sa vie entre quatre murs. Il s'était préparé à mourir, à être pendu, mais il doutait de pouvoir vivre en cage pendant vingt ou trente ans.

Il n'était pas certain non plus d'être capable d'affronter Mary Jo et de lui dire la vérité. Ni Jeff. Ce dernier lui chercherait des excuses, des raisons, et cela détruirait peu ou prou sa probité et son innocence.

Un cheval était attaché à quelques mètres de là. Et alors ?

Il ne pouvait rejoindre Manchez et son peuple, sous peine de leur apporter des ennuis. La chasse reprendrait, avec plus d'acharnement encore que douze ans auparavant. Un jour, Mary Jo et Jeff apprendraient sa capture ou sa mort. Un guérillero d'Anderson de moins !

Sinclair n'était pas fou !

Gary s'étonnait que Mary Jo n'eût aucune attirance pour le shérif. Il était tout ce qu'une femme pouvait désirer : convenable, travailleur, honnête. Peut-être, quand Gary aurait quitté la région...

Sinclair revenait à son bureau, seul.

— Vous êtes encore là, je vois, dit-il simplement.

— Vous m'aviez dit d'attendre, répondit Gary en esquissant un sourire.

— Les gens n'obéissent pas toujours à mes ordres.

— J'espère que Mary Jo l'a fait.

— Elle restera tranquille un moment, dans votre intérêt. J'ai insisté sur ce point, comme elle l'avait fait pour Jeff. Votre sécurité est bien la seule chose qui semble les préoccuper, l'un et l'autre.

— Pourquoi avez-vous ouvert la grille de ma cellule ?

— Je voulais voir si vous étiez sincère quand vous prétendiez en avoir assez de fuir. Si c'est le cas, il est possible que je vous aide.

— Pourquoi ?

— Parce que je rencontre peu d'hommes de votre trempe. Parce que vous aurez peut-être sauvé cette ville. Vous étiez avec les Indiens dans les montagnes, non ?

Sinclair avait une manière bien à lui de changer de sujet avec une rapidité qui désarçonnait son interlocuteur.

— On raconte que ce sont eux qui ont retrouvé Jeff, poursuivit le shérif. Ils n'auraient pas pris ce risque sans raison valable.

Gary demeurait silencieux, attendant la suite.

— On parle aussi d'un homme blanc qui a vécu parmi eux, continuait Matt d'une voix douce, persuasive. Il a même épousé une femme indigène qui lui a donné un enfant. Que s'est-il passé, ensuite ?

Ainsi, Sinclair avait résolu l'énigme. Sous son air jovial se cachait une intelligence redoutable.

— Vous avez terminé ? demanda Gary.

Le shérif haussa les épaules.

— Simple curiosité.

— Moi aussi, je suis curieux. Pourquoi n'avez-vous pas dit à Mary Jo que ma tête était mise à prix ?

— C'est vous qui voulez cesser de fuir. C'est donc à vous de le lui dire.

— Qu'allez-vous faire, maintenant ?

— Cela dépendra des heures à venir.

— Je n'apprécie pas beaucoup vos petits jeux.

Sinclair sourit.

348

— Vous n'êtes pas le seul !

Il jeta un coup d'œil à sa montre avant de reprendre.

— S'ils doivent venir aujourd'hui, ils ne vont pas tarder. Le télégramme du Texas m'indique que votre ami préfère agir l'après-midi, et il arrive par l'ouest, ce qui n'est pas sot, car ainsi le soleil éblouit ses victimes. Vous voulez venir avec moi ?

— Où ?

— A la banque. J'avais envisagé de l'arrêter dans la rue et de l'expédier directement au Texas, mais il me semble plus prudent de le capturer à l'intérieur de la banque, maintenant que je dispose de l'aide de professionnels. Je n'aime guère les fusillades dans mes rues.

Gary plissa les yeux.

— Pourquoi voulez-vous m'emmener ?

— L'instinct, monsieur. Je serais incapable d'expliquer pourquoi, mais quelque chose me dit que je dois vous prendre avec moi. Bien sûr, vous n'y êtes pas obligé.

— Je pourrais choisir de rester en prison ?

— C'est ça.

— Je vous accompagne.

Sinclair sourit.

— C'est bien ce que je pensais. Vous pouvez tenir une arme de la main gauche ?

— Suffisamment pour vous assommer.

— Exact, même s'il n'est pas très malin de me le rappeler.

— Je ne pensais pas que vous l'aviez oublié, rétorqua Gary en grimaçant un sourire.

Le shérif prit dans un tiroir le revolver que Gary lui avait remis la veille. Il était chargé, et Gary trouva cela un peu inconséquent.

Sinclair vérifia le sien.

— Dave jouera le rôle de l'employé, et un de ses hommes fera le directeur, l'autre, un client. Vous et moi serons cachés derrière le comptoir. Je suppose qu'un des bandits attendra dehors avec les chevaux, ainsi serons-nous cinq contre trois. Avec l'effet de surprise...

— Je suis incapable de tirer de façon efficace. Je ne comprends toujours pas pourquoi vous me voulez à vos côtés !

— Vous le connaissez, sa voix vous est familière. Et puis il sera étonné de vous voir. En plus, vous lui en voulez. Vous lui en voulez suffisamment pour être venu vous rendre à moi. Toutefois, ajouta-t-il doucement, je tiens à les prendre vivants.

Gary hocha la tête. Il n'avait pas menti, quand il avait déclaré en avoir assez de tuer, la mort du dernier mineur le lui avait prouvé. Il n'en avait tiré aucune satisfaction, seulement un grand vide. La solitude. L'envie d'en finir avec sa propre vie.

Jusqu'à ce que Mary Jo et Jeff arrivent dans son existence pour ranimer les braises.

Ils pénétrèrent dans la banque dont le directeur, M. Pearson, arpentait nerveusement le sol en se demandant s'il devait rester ou non. Finalement, le shérif décida qu'il serait plus une gêne qu'une aide et l'invita à quitter les lieux. Les hommes de Dave se mirent en place, tandis que Matt et Gary s'accroupissaient derrière le comptoir, l'un près de l'autre.

— Peut-être vais-je récupérer mon cheval, dit Sinclair après un bref silence. J'y tenais beaucoup.

Le shérif avait parlé sans rancune, mais Gary ajouta le vol de ce cheval à la longue liste de ses méfaits.

— On dit que vous vous débrouillez diablement bien, avec les chevaux, continuait Sinclair.

Gary attendit la suite. Cet homme parlait rarement pour ne rien dire. Chaque mot, chaque question avait un but, même si ça ne sautait pas aux yeux.

— J'aime les animaux, répondit Gary. Ils ne parlent pas.

Le shérif eut un petit rire, puis il se tut.

Aucun client ne se présentait dans l'établissement. La ville entière était sans doute au courant de ce qui se passait, et Gary espéra que ce silence inhabituel n'alerterait pas Kelly. L'espérait-il vraiment ? Après tout, peut-être le bandit se contenterait-il dans ce cas de traverser la ville et de retourner au Texas, ou dans le Wyoming. A moins qu'il ne s'attarde dans la région afin de s'en prendre à Mary Jo pour se venger de Gary. Si Kelly ne se montrait pas, Gary retournerait sans doute en prison, et alors Mary Jo et Jeff resteraient seuls, sans protection. Certes, ils avaient Ed et Tuck, mais les hommes de Kelly n'en feraient qu'une bouchée.

Gary effleura son arme de la main gauche. Sinclair l'observait d'un regard froid, dénué d'émotion.

— C'est toujours dur d'attendre, dit-il. Mais je suppose que vous en avez l'expérience.

— Vous avez fait la guerre ? demanda Gary.

— Deux ans dans l'infanterie. Je n'ai plus jamais eu envie de marcher, après ça.

Il n'en dirait pas davantage, et Gary le comprenait.

Ils passèrent une bonne heure sans prononcer un mot tandis que la tension montait dans la pièce. Tous les hommes pensaient à la mort et une conversation de pure forme eût été ridicule.

Gary sentit ses cheveux se hérisser sur sa nuque quand un bruit se fit entendre à la porte de derrière. L'homme qui incarnait le directeur alla l'entrouvrir.

— Quatre cavaliers, annonça un guetteur depuis le toit.

La porte se referma, et Gary vit les trois hommes qui devaient rester visibles vérifier leurs armes. Ils les avaient dissimulées dans des endroits facilement accessibles, et il leur suffirait d'une seconde pour s'en emparer. Ce serait à Sinclair et à Gary de leur en donner le temps.

La cloche de la porte d'entrée tinta, il y eut des bruits de bottes et d'éperons sur le plancher. Le soi-disant client parlait au comptoir avec le faux employé auprès duquel Gary était accroupi. Le shérif fronçait les sourcils, concentré à l'extrême.

La voix de Kelly.

— Je voudrais effectuer un retrait.

Gary fit un signe à Sinclair au moment où un individu sautait par-dessus la grille qui séparait la partie arrière de la banque de celle réservée aux clients. C'était Shepherd qui, fixant le coffre, ne vit pas Gary et Sinclair se dresser.

Gary, lui, vit tout en une fraction de seconde : la fureur de Kelly quand il le reconnut, les hommes du shérif qui sortaient leurs armes, Shepherd qui, se rendant enfin compte que quelque chose clochait, se retournait, le revolver pointé.

Shepherd tomba, fauché par une balle du prétendu directeur. Johnny Kay riposta, touchant Sinclair, tandis que les trois hommes de Dave tiraient sur lui.

Sinclair était encore debout, du sang ruisselant de son épaule gauche, quand Kelly sauta par-dessus le comptoir, saisit le shérif par le cou, se faisant un bouclier de son corps.

Il y eut une fusillade dehors, un cri, puis le silence. Kelly pointait son arme sur la tempe de Sinclair, Shepherd gémissait sur le sol, et les trois hommes de Dave observaient prudemment Sinclair et Kelly.

Ce dernier ne quittait pas Gary des yeux.

— Lâchez vos armes, dit-il enfin, ou je lui fais sauter la cervelle.

Les trois autres obéirent.

— Toi aussi, Allen.

Puis il s'adressa à la cantonade.

— Vous savez à qui vous avez affaire ? dit-il, haineux. Je pourrais te tuer tout de suite, mais j'aime mieux que tu sois pendu, ajouta-t-il à l'intention de

Gary. Il s'appelle Brad Allen, et on le recherche pour meurtres.

Il poussa Sinclair, qui retint une grimace de douleur.

— On y va, maintenant.

— Prends-moi à sa place, proposa Gary. C'est moi qui ai tout organisé, et tu n'iras pas loin, avec lui dans cet état.

— Non. Un renégat a moins de valeur qu'un shérif, et je pense qu'il tiendra assez longtemps. Mais tu peux quand même m'aider, ajouta-t-il avec un mauvais sourire. Va voir si la rue est dégagée.

Il se tourna vers Shepherd.

— Tu peux te lever ?

Shepherd secoua la tête, et Kelly haussa les épaules.

— D'abord, dit-il à Gary, va chercher l'argent.

— Il n'y en a pas, le nargua Gary. On l'a transféré ailleurs.

Il le provoquait afin de détourner son attention pour permettre aux autres de récupérer leurs armes et à Sinclair de se dégager. Celui-ci comprit son intention et lui adressa un imperceptible geste de dénégation dont Gary ne tint pas compte.

— C'est moi qui ai tout organisé, Kelly, répéta-t-il. J'ai même libéré Shepherd pour être sûr que tu viendrais en ville. Il y a un homme armé derrière chaque fenêtre. Tu ne t'échapperas pas.

— Pourquoi ? voulut savoir Kelly, dont les yeux lançaient des éclairs.

— Parce que je ne t'aime pas ; parce que tu es un animal enragé, comme autrefois.

— Tu l'étais aussi, mon ami, rétorqua Kelly. Tu ne valais pas mieux que nous.

— En effet, mais moi je le sais, pas toi. Tu n'es qu'un fou, Kelly. Une erreur de la nature, un serpent sur deux jambes. Et un lâche. Tu as toujours été lâche, ajouta-t-il à voix basse.

Kelly, blême de fureur, pointa son arme vers la

poitrine de Gary, et Sinclair en profita pour le bousculer, parvenant seulement à faire dévier la balle, qui atteignit Gary au ventre. Il s'écroula, une intolérable douleur dans tout le corps, puis il entendit de nouveaux coups de feu, un hurlement, des jurons.

Gary ne quittait pas Kelly des yeux, et il vit sur son visage se peindre l'étonnement, puis la douleur. Le hors-la-loi tenta de lever de nouveau son arme, mais le sang giclait de son bras, et il se laissa tomber à terre. Sinclair saisit son arme, pendant que deux hommes se penchaient sur Kelly, le troisième sur Shepherd. Les guetteurs extérieurs se ruaient à présent dans la banque.

Sinclair, qui se tenait l'épaule afin d'arrêter le sang, se dirigea vers Gary pour constater l'état de sa blessure. Il y avait une mare de sang sous la hanche gauche de Gary qui sut, tant il souffrait, que la balle avait pénétré jusqu'à l'os.

— C'était de la folie! dit Sinclair.

— Il est vivant? demanda Gary avec un petit geste vers Kelly.

— Il s'en sortira, répondit un homme. L'un des autres aussi, mais deux sont morts.

Gary ferma les yeux, épuisé. La mort, encore, partout où il allait...

Il se réveilla dans un brouillard douloureux. Ses paupières refusaient de se relever, il avait la bouche pâteuse. Des coups de feu. Cette atroce souffrance. Le sang, rouge, poisseux, écœurant. L'obscurité. Il gardait les yeux fermés pour se protéger de tout cela, mais d'autres sensations pénétrèrent dans son esprit embrumé.

Un parfum de fleur. *Son* parfum. Le confort d'un lit moelleux. Pas dur comme la couchette de la prison.

Puis il sentit un museau froid sur sa main, entendit une queue battre le sol.

— Il bouge, déclara la voix anxieuse de Jeff, qui semblait venir de très loin.

Des mains. Celles de Mary Jo. Il les aurait reconnues entre mille. Douces, si merveilleusement douces ! Il ne les méritait pas, il ne méritait rien. Un instant, il souhaita retomber dans l'inconscience.

— Gary...

Elle l'appelait, et il ne put supporter l'angoisse dans sa voix.

Alors, il s'obligea à ouvrir les yeux. Elle était si belle ! Si triste, si inquiète, si aimante. Elle ne savait rien, elle ignorait encore quel genre de monstre il était, mais elle l'apprendrait bientôt, car Kelly n'hésiterait pas à le crier sur les toits.

Jake, près du lit, léchait à présent la main de Gary, et Jeff, à côté de lui, arborait un grand sourire.

— Je le savais ! Je savais que vous guéririez ! s'écria-t-il tandis que Mary Jo repoussait Jake.

— Non ! gronda-t-elle.

L'animal recula, penaud.

Un instant, Gary se sentit chez lui, avec cette femme, cet enfant, ce chien.

Si seulement...

On frappa, et Mary Jo alla ouvrir la porte à Matt Sinclair, le bras en écharpe. Gary fronça les sourcils.

— Depuis combien de temps... ?

— Deux jours, répondit Mary Jo en revenant vers lui. Le médecin a dit que vous étiez tout simplement épuisé. Il s'est même demandé comment vous pouviez être encore en vie avec toutes ces blessures. Nous avons craint que vous ne supportiez pas le trajet jusqu'au ranch, alors nous vous avons installé dans cette chambre, à la pension de famille.

— J'ai dit au docteur que vous étiez l'homme le

plus costaud du Colorado, intervint Jeff. Peut-être même du Texas aussi.

C'était certainement le plus grand compliment qu'il puisse faire !

— C'est le médecin en qui vous n'aviez pas confiance ? demanda Gary. Celui qui risquait de m'enlever un bras ?

Mary Jo lui offrit ce sourire qu'il aimait tant, le pétillement de ses yeux verts.

— Il n'y avait rien à enlever, cette fois.

Ce n'était pas tout à fait vrai, et ils échangèrent un sourire complice. Puis Gary se tourna vers le shérif.

— Vous allez bien ?

— Grâce à vous. C'est sûrement pour ça que je tenais à vous avoir près de moi. Une fois dehors, Kelly m'aurait tué, parce qu'il n'aurait jamais pu me faire monter sur un cheval.

— Où sont-ils ?

— Dans ma prison. Dave les emmène demain à Denver pour le procès.

Il y eut un long silence, lourd, douloureux.

— J'aimerais parler seul avec Gary quelques minutes, dit Sinclair à Mary Jo.

Celle-ci consulta Gary du regard, et il acquiesça. Malgré son inquiétude, la jeune femme se tourna vers Jeff.

— Viens, allons chercher quelque chose à manger pour notre malade.

— Je vous laisse Jake, il veillera sur vous, dit le garçon en jetant un regard soudain plein d'hostilité au shérif.

Gary hocha solennellement la tête avant de tenter en vain de se redresser. La douleur était trop cruelle, il retomba sur l'oreiller.

— De l'eau ? proposa Sinclair.

Il lui en servit un verre que Gary prit d'une main mal assurée. Après avoir bu, il le rendit au shérif.

— Et maintenant ?

— Kelly tentera de vous démolir par tous les moyens. Je vais devoir vous emmener à Denver, sauf si vous parvenez à partir d'ici discrètement.

L'invitation était claire : il lui serait facile de s'échapper.

Et de fuir, fuir, encore et toujours.

Ou bien ce serait la corde. Pis encore, la prison.

— Mes choix sont limités…

— Si vous vous rendez de votre plein gré, je plaiderai en faveur du pardon, promit Sinclair, et toute la ville me suivra, mais je ne garantis pas le succès.

— D'abord, il faut que je parle à Mary Jo.

Sinclair acquiesça.

Gary hésitait. Quelques jours auparavant il aurait continué à mentir, mais plus maintenant. Le shérif s'était montré trop correct vis-à-vis de lui.

— Le cadavre que vous avez trouvé le mois dernier…

Un éclair passa dans les yeux de Sinclair qui se contenta d'attendre la suite.

— C'est moi qui l'ai tué. Vous aviez raison, je suis bien l'homme des montagnes. Trois mineurs avaient assassiné ma femme et mon fils, il était l'un d'eux.

Sinclair hocha la tête.

— Je m'en doutais. Il fallait bien que vous soyez proche des Peaux-Rouges, pour qu'ils vous aident ainsi.

Gary se hérissa au terme « Peaux-Rouges ».

Sinclair eut un brusque sourire.

— Allons, ne montez pas sur vos grands chevaux. Je n'ai rien contre eux. Ils s'occupent de leurs affaires et laissent ma ville tranquille, alors je leur fiche la paix. La prochaine fois qu'il y aura un incident, je vous enverrai négocier avec eux.

— Si je suis encore là.

— Quelque chose me dit qu'il ne doit pas être facile de se débarrasser de vous. Sinon, j'aurais essayé de vous décourager dès le début.

— A cause de Mary Jo ?

Il y avait du regret dans la voix du shérif quand il répondit :

— J'ai les pieds sur terre. J'ai tenté ma chance pendant un an, sans le moindre résultat. Vous, en une semaine... Bon sang, elle a les yeux qui brillent comme jamais auparavant.

Une soudaine chaleur envahit Gary, pénétra au plus profond de son cœur.

— Quant à ce cadavre, poursuivait Sinclair, personne ne saura jamais qui il était ni ce qui lui est arrivé. C'est ce que j'ai écrit dans mon rapport.

— Kelly ?

— On ne le croira pas, il a trop de haine. Votre véritable problème, c'est Centralia, mais cela s'est passé il y a bien longtemps. J'ai reçu des renseignements. Centralia est la seule plainte retenue contre vous, et on a déjà pardonné à beaucoup de rebelles.

C'en était trop pour l'esprit encore flou de Gary.

— Ça ne peut pas être si facile !

— Je ne pense pas que ça l'ait été pour vous. Vous vous êtes puni pendant les douze dernières années, et vous avez porté sur vous un jugement des plus sévères... Moi aussi, j'ai mes propres fantômes, et il m'a fallu longtemps pour trouver enfin un endroit où je pourrais les oublier. Mais ce jour finit par arriver. Et puis vous n'étiez qu'un gosse, que diable !

— J'avais vingt ans.

— Quinze ans quand la haine s'est emparée de vous. C'est bien jeune pour des émotions si violentes.

— Vous êtes shérif ou pasteur ? lança Gary, déconcerté.

— Un shérif qui aimerait bien vous avoir pour voisin.

Gary, ému, avala sa salive.

— Vous ne me devez rien. Je voulais juste que Kelly disparaisse de ma vie.

— Il y avait d'autres moyens, vous n'avez pas choisi le plus simple, objecta Sinclair. A mon avis, Mary Jo comprendra mieux que vous ne l'imaginez. Elle a l'esprit large, conclut-il en tendant la main à Gary.

Celui-ci la prit après une très brève hésitation.

— Quand allons-nous à Denver ?

Sinclair sourit.

— Dès que vous pourrez tenir en selle. Et cela peut prendre du temps. Des semaines, d'après le docteur. En attendant, je pense vous confier à Mary Jo. Jake me semble un fameux chien de garde.

En entendant son nom, le chien se mit à marteler le plancher de sa queue comme en signe d'agrément, avant de gratifier Gary d'un grand coup de langue sur la main.

Celui-ci ressentit une autre douleur qui n'avait rien de physique.

— Au fait, reprit Sinclair, une forte récompense était offerte pour la capture de Kelly. Le maire et moi pensons qu'elle vous revient de droit.

— Non.

— Il faut bien qu'elle ait un destinataire.

— Votre ville n'a-t-elle pas besoin d'une école, d'une infirmerie ?

Sinclair s'épanouit davantage.

— Maintenant, je sais que j'aimerais vraiment vous avoir pour voisin ! Mais je crois que je ferais mieux de partir, avant que Mme Williams me chasse à coups de balai. Elle est diablement protectrice ! Elle m'a rendu responsable de votre blessure, et elle a en partie raison. Jamais je n'aurais dû vous emmener à la banque !

Il se dirigeait vers la porte quand Gary le rappela.

— Sinclair ?

Le shérif s'arrêta sans se retourner.

— Merci, dit Gary, conscient de sa voix fêlée.

Sinclair se contenta de hocher la tête avant de franchir le seuil.

26

Mary Jo avait envie de toucher toutes les blessures de Gary et de les voir disparaître comme par enchantement. Mais les blessures cachées guériraient-elles un jour ?

Kelly sait quelque chose sur moi. Ces mots la torturaient. Comme le fait que Sinclair eût emprisonné Gary. Personne ne lui en avait expliqué la raison. Elle était en plein désarroi, presque autant que deux jours auparavant quand elle avait entendu la fusillade et vu Gary que l'on portait au-dehors, ensanglanté.

Elle avait insisté pour veiller elle-même sur lui après que le médecin, dans une grande bouffée d'haleine au whisky, lui eut affirmé que la blessure était sérieuse mais pas mortelle. Il faudrait des semaines avant que Gary pût se remettre en selle, ou même se lever de son lit. Toutefois, le docteur n'avait pas compris pourquoi il restait si longtemps inconscient. A moins que ce ne fût l'épuisement, combiné à la perte de sang.

Matt se montrait aussi discret que d'habitude, bien qu'il vînt régulièrement voir si le patient avait repris connaissance. Et voilà que les deux hommes se trouvaient ensemble, en train de discuter du sort de Gary. Dont dépendait aussi le sien.

Elle avait envoyé Tuck chercher Jeff tout de suite après le drame, car il risquait de venir tout seul dès qu'il en aurait entendu parler. Après lui avoir amené l'enfant, Tuck était retourné au ranch s'occuper des bêtes.

Enfin la porte de la chambre s'ouvrit.

— Vous pouvez y aller, lui dit Matt.

— Que va-t-il se passer, maintenant ?

— Il vous le dira lui-même. Prenez bien soin de lui.

Quelque chose dans l'intonation du shérif redonna espoir à la jeune femme.

Gary était allongé sur le flanc. Avec sa barbe de trois jours, il avait de nouveau l'air d'un brigand. Il tenta de bouger et ne put retenir une grimace de douleur.

— J'ai du laudanum, dit-elle.

Les yeux gris-vert cherchaient les siens.

— Plus tard. Où est Jeff ?

— Aux cuisines. Il vous prépare une collation.

Elle vint s'asseoir délicatement au bord du lit.

— Matt prétend que vous avez quelque chose à me dire, commença-t-elle en lui passant un doigt sur la joue. Ça ne fait rien, vous savez. Rien n'est important, du moment que vous êtes vivant. Et vous êtes devenu le héros de la ville !

Il lui prit la main.

— Je ne suis pas un héros… Avez-vous jamais entendu parler de Bill Anderson ? reprit-il à voix plus basse.

Anderson. Ce nom ne lui disait rien. Elle secoua la tête.

— Pendant la guerre, il commandait un groupe de francs-tireurs dans le Kansas et le Missouri.

Elle vivait au Texas, à cette époque. Elle avait quinze, seize, dix-sept ans, et elle était amoureuse d'un Ranger. Elle tenta de se rappeler Anderson, parmi toutes les nouvelles qui lui parvenaient alors de la guerre, mais à ce moment-là, elle s'inquiétait surtout du sort de son fiancé, et remerciait Dieu que son unité fût restée en poste au Texas.

— Des francs-tireurs ?

Il jouait distraitement avec les doigts de la jeune femme, les sourcils froncés, les lèvres serrées.

— Anderson disait volontiers qu'il était un soldat confédéré, mais la plupart des rebelles le reniaient.

Lui et ses hommes tuaient, pillaient, violaient. Ils scalpaient même certaines de leurs victimes.

Il lâcha sa main.

— Je les ai rejoints après que ma famille eut été assassinée par les Unionistes. Dans l'ensemble il s'agissait d'antiesclavagistes, mais ils avaient beaucoup de points communs avec leur chef, Anderson. Entre autres le plaisir qu'ils prenaient à tuer.

Mary Jo était décomposée. Il n'avait jamais parlé d'une famille autre que Chivita et Drew.

— Que s'est-il passé? demanda-t-elle d'une voix à peine audible.

— Mon père était un fermier du Missouri. Il n'appréciait guère l'esclavage, mais il n'aimait pas non plus qu'on lui imposât une ligne de conduite. Quand il a refusé de se joindre aux Unionistes, ils sont venus se venger. On m'avait envoyé en ville pour chercher des provisions et je m'étais attardé. Quand je suis rentré, j'ai trouvé mon père et mon frère pendus à un arbre, ma mère et ma sœur violées, assassinées.

Il s'interrompit un court instant.

— C'était ma faute. Si j'étais revenu à l'heure, peut-être...

— Peut-être que vous auriez été tué aussi, coupa doucement Mary Jo.

— Il aurait mieux valu. Je voulais tuer autant d'Unionistes que possible, alors je suis allé trouver Quantrill et Anderson. Avec eux, j'ai fait ce qu'on avait fait à mon père: j'ai pillé, j'ai tué. J'avais seize, dix-sept ans, et je portais la haine en moi. Dieu, quelle haine!

Il serra le poing, et Mary Jo posa sa main sur la sienne.

— C'est ainsi que j'ai connu Kelly, les frères James, Cole Younger. Avec eux, je ravageais des fermes entières, et je me croyais dans mon bon droit. Ces gens avaient tué les miens. Et puis...

Sa voix se brisa et ses yeux se brouillèrent.

— Et puis ?

— Il y a dans le Missouri une petite ville appelée Centralia. Les Yankees s'en étaient emparés, mais Anderson, à la suite d'un raid, parvint à la récupérer provisoirement. Un train arriva à la gare, plein de soldats de l'Union en permission. Nous l'avons arrêté...

Il répugnait à continuer, pourtant il s'obligea à poursuivre :

— Anderson et Quantrill faisaient rarement des prisonniers. En plus, quelques jours plus tôt, des hommes d'Anderson avaient été pendus. Il ne leur en fallait pas davantage. Ils firent descendre les soldats des wagons, leur ordonnèrent de se déshabiller. Les malheureux n'offrirent aucune résistance tant ils étaient terrorisés. Ils étaient alignés, nus, tremblants. Alors Anderson fit ouvrir le feu. Quelques-uns tentèrent de s'enfuir, mais ils n'allèrent pas loin. Plusieurs d'entre eux furent scalpés.

Gary ferma les yeux et Mary Jo sut qu'il était encore là-bas, devant cet atroce spectacle. Elle s'accrocha à sa main, bien qu'elle fût horrifiée, elle aussi.

Il avala sa salive et reprit d'une voix enrouée :

— Un soldat, encore un enfant, parvint à se faufiler sous un wagon, et Anderson m'envoya à sa poursuite. Je n'avais pas participé à la fusillade, mais je n'avais rien fait pour l'empêcher. A présent encore, je me demande pourquoi je n'ai rien tenté, pourquoi je n'ai pas hurlé, essayé d'arrêter ce massacre... Je n'y croyais pas vraiment, sans doute, bien que je susse de quoi Anderson était capable. Il était capable du pire, et ses hommes l'auraient suivi en enfer ! C'est ce qui m'est arrivé pendant de longues années.

— Le soldat que vous deviez rattraper ? insista Mary Jo.

— Je me suis élancé derrière lui avec l'intention de le laisser s'échapper, mais Anderson a envoyé un autre de ses hommes qui a rejoint le gamin avant moi. Je lui ai crié d'arrêter, mais il lui a tiré dans le dos avant de retourner son arme contre moi.

Il marqua une pause.

— Je l'ai tué. Or c'était un des miens.

Une larme roulait sur la joue de la jeune femme.

— J'ai mis pied à terre pour voir si le jeune était encore en vie. Il agonisait. Il m'a demandé d'écrire à sa mère.

Gary ferma de nouveau les yeux.

— Il était nu, il en avait honte, et il pensait à sa mère. Il m'a parlé de son foyer, de sa ferme... Dieu, comme il me rappelait mon frère! La même expression pénétrée, le même amour de sa famille. Je suis resté près de lui jusqu'à la fin, puis je l'ai enseveli et je suis parti. J'avais enfin cessé de tuer, jusqu'à ce que...

Il s'interrompit pour rassembler son courage. Mary Jo était bouleversée, mais il fallait qu'elle entende sa confession en entier.

— J'étais persuadé que jamais plus je ne ferais de mal à quiconque. Je suis allé dans les montagnes, pour me cacher, non pas des autorités mais de moi-même, de ce que j'étais devenu. Toutefois la bête ne meurt jamais. Quand Chivita et Drew ont été assassinés, je suis redevenu ce que j'étais douze ans plus tôt. Et ce fut tellement facile!

— C'était donc ça, ce que Kelly savait sur vous?

— Il était avec nous, à Centralia. Tous ceux qui se trouvaient avec Anderson ce jour-là virent leur tête mise à prix pour... ce qui s'est passé. Moi comme les autres. Matt Sinclair possède l'affiche.

— Et c'est la raison pour laquelle il vous a mis en prison.

Mary Jo était glacée. Elle se rappelait à présent les récits des atroces combats au Texas, au Missouri. Elle se souvenait même du nom de Quantrill, mais elle ne parvenait pas à croire que Gary Foster eût pu participer à ces horreurs. L'autre, le mineur, elle comprenait. Elle-même aurait tué, si on avait fait du mal à Jeff. Mais le reste... piller, tuer des fermiers, des gens comme son propre père...

Sans lâcher la main de Gary, elle luttait contre ses émotions.

— Je suis navré, Mary Jo. J'ai essayé de vous dire que je n'étais pas celui que vous imaginiez.

Il s'était de nouveau retiré en lui-même. Il était sorti de sa coquille quelques jours plus tôt, en risquant l'emprisonnement ou pire. Il avait tout révélé à Matt Sinclair afin de les sauver, elle et Jeff, et aussi les habitants de la ville.

L'engourdissement se dissipait, elle commençait à ressentir la souffrance de Gary. La sienne, aussi.

— Que va faire Matt ? demanda-t-elle.

Le regard vide, il se détourna légèrement et haussa les épaules, indifférent.

— Il m'emmènera à Denver quand je pourrai me tenir en selle. Il veut obtenir ma grâce.

Il semblait se moquer de l'issue du recours, et Mary Jo comprit qu'elle l'avait, par son attitude glaciale, blessé aussi cruellement que le bandit de la banque. Alors qu'elle voulait le guérir...

— Gary ?

— Je m'appelle Brad Allen, dit-il sèchement. Et j'ai envie de rester seul.

Elle se mordit la lèvre.

— Ça n'est pas important. Rien de tout cela n'est important, commença-t-elle.

— Vous ne savez pas mentir, Mary Jo. En tout cas, vous ne saviez pas avant de me connaître. Je pourris les gens. *C'est* important, je l'ai lu dans vos yeux, et je ne vous le reproche pas. Vous avez toutes les raisons d'être écœurée. J'apprécie tout ce que vous avez fait pour moi, mais je n'ai plus besoin de vous.

Sa voix se brisa.

— Sortez d'ici et emmenez ce satané chien avec vous !

Elle restait là, sans bouger.

— Bon Dieu, allez-vous-en !

Il y avait une telle douleur dans son intonation qu'elle se mit à trembler.

— Mais Jeff...

— Rentrez chez vous, Mary Jo, et emmenez votre fils avec vous. Si vous avez un tant soit peu d'affection pour moi, rentrez chez vous.

— Gary...

C'était Jeff, du seuil, chargé d'un plateau. Il semblait hésitant, soudain très jeune, mal assuré, et Mary Jo se demanda ce qu'il avait entendu. Puis son regard se porta à nouveau sur Gary, cet homme qu'elle avait si bien connu, qu'elle avait cru si bien connaître.

— Je... je ne peux pas, répondit-elle.

— Alors restez en ville, mais ne vous approchez plus de moi, dit-il à voix basse. Je ne veux pas de vous ici. Si vous tenez à vous rendre utile, dites à Sinclair que j'aimerais lui parler.

Jeff avait les lèvres tremblantes. Gravement, il vint poser le plateau sur la table de chevet.

— J'aimerais rester près de vous.

— Tu as envie de me faire plaisir ? Alors, retourne au ranch pour t'occuper des chevaux que j'ai élevés. Je m'inquiète pour eux.

— Tuck en prendra grand soin.

— Tu dois t'occuper toi-même de tes animaux, pour être un bon fermier, insista Gary.

Jeff s'agitait d'un pied sur l'autre.

— Je veux pas m'en aller, s'entêta-t-il.

— Pour grandir, il faut parfois agir contre son gré, Jeff.

L'enfant hésitait toujours.

— Fais-le pour moi, dit Gary.

— Vous ne viendrez pas habiter avec nous, hein ?

— J'ai un problème à régler à Denver, après on verra.

C'était un mensonge, Mary Jo le savait. A cause d'une réaction maladroite, elle avait ruiné toutes leurs chances.

Les yeux de Jeff s'emplissaient de larmes, mais il tendit la main à Gary, comme un homme.

— Je suis très honoré de vous avoir connu, monsieur, dit-il.

C'était la première fois que Mary Jo entendait de tels termes dans sa bouche.

Il tourna les talons et sortit de la chambre en courant presque, redevenu un jeune garçon désemparé.

Mary Jo s'attardait.

— Partez, s'il vous plaît.

Le «s'il vous plaît» prononcé d'une voix brisée eut raison d'elle. Il ne l'écouterait pas, de toute façon. Plus tard, peut-être…

Elle quitta la chambre.

Gary le savait bien, c'eût été trop facile. De quel droit avait-il espéré et permis à Matt Sinclair d'effacer son passé? Il se tourna vers le mur, et la douleur physique n'était rien en comparaison de celle qu'il avait ressentie en voyant l'horreur monter dans les yeux de Mary Jo lorsqu'il lui avait parlé de Centralia. Elle n'avait pu la dissimuler, malgré ses efforts, comme il ne pourrait jamais plus dissimuler cette partie de sa vie.

Je vous aime, avait-elle dit quelques jours plus tôt. Et elle aurait sûrement essayé de l'aimer de nouveau, d'oublier les aspects sombres de sa personnalité, mais cela aurait refait surface, un jour ou l'autre.

Du laudanum serait le bienvenu, à présent.

Il tenta de se redresser. Seigneur, qu'il avait mal! Il eut envie de balayer d'un grand geste le plateau apporté par Jeff, mais il lui fallait prendre des forces pour quitter cette ville au plus vite. Denver. La prison. Un procès. Il ne croyait plus à la grâce. Comme il ne croyait plus que Mary Jo finirait par l'accepter tel qu'il était.

Six jours plus tard, Gary insista pour aller à Denver où se trouvaient les deux autres prisonniers. C'était ainsi qu'il se considérait, à présent, bien que Matt eût refusé sa proposition de retourner dans la cellule. En vérité, Gary ne se souciait guère de l'endroit où il se trouvait. Il voulait seulement partir de Last Chance.

Il n'avait pas revu Mary Jo, mais Matt lui avait dit qu'elle avait pris de ses nouvelles auprès de lui.

Etait-elle rentrée au ranch ?

Au fil des jours, le shérif était devenu un ami pour Gary.

— Donnez-lui le temps, disait-il. Vous lui en avez tant assené d'un seul coup ! Moi non plus, je n'ai pas aimé ce que vous m'avez raconté, sur le moment.

— Et vous n'aimez pas davantage maintenant.

Sinclair haussa les épaules.

— Cela n'a plus rien à voir avec l'homme que vous êtes aujourd'hui.

— Je voudrais vous croire. J'avais vraiment envie de tuer Kelly.

— Vous ne l'avez pas fait.

— Parce que je n'en ai pas eu l'occasion, voilà tout.

— Bien des gens ne sont pas de cet avis, y compris moi ; or j'étais bien placé pour juger.

Gary mangeait du ragoût que Matt lui avait apporté. Beaucoup moins savoureux que celui de Mary Jo, mais certainement meilleur que la pitance qui l'attendait à la prison de Denver !

— Quand partons-nous ? demanda-t-il.

— Demain, puisque vous êtes si pressé. Et en

chariot, car je ne crois pas que vous soyez encore assez robuste pour faire le voyage à cheval.

Gary sourit, pour la première fois depuis l'attaque de la banque, en regardant son pansement.

— Sale endroit pour être blessé !

— Tout le reste de votre corps était déjà atteint ! rétorqua Matt. Le médecin pourra examiner l'état de votre bras, à Denver.

Le barbier vint raser Gary un peu plus tard dans la journée. Gratuitement, dit-il. Il avait placé ses économies à la banque. Le propriétaire du magasin central arriva avec des vêtements neufs qu'il offrit à Gary. Quant au médecin, qui empestait toujours autant le whisky, il lui rendit visite en ajoutant qu'il ne voulait pas d'honoraires.

Le maire se présenta en fin d'après-midi, resta un moment planté là, un peu gauche, avant de se racler la gorge.

— Le shérif dit que vous offrez la récompense afin que nous construisions une école. Ce sera un grand pas en avant pour notre ville. Si vous avez besoin de quoi que ce soit, n'hésitez pas à nous le dire. La banque signifie beaucoup pour les gens d'ici. Matt également, ajouta-t-il avec un geste en direction du shérif.

Celui-ci adressa un clin d'œil complice à Gary, que, hélas, rien ne pouvait réellement distraire de sa solitude. Il avait une telle envie de voir Mary Jo et Jeff ! D'un côté, il regrettait qu'elle lui eût obéi, qu'elle ne fût pas revenue. Il continuait à guetter son pas léger et vif ; le sourire lumineux de Jeff lui manquait, et même la langue râpeuse de Jake. Malgré lui, il ne cessait de regarder en direction de la porte.

Le maire finit par prendre congé en répétant combien lui et la ville tout entière aimeraient le voir revenir s'installer à Last Chance.

Après son départ, Gary se tourna vers Sinclair.

— Il est au courant, pour Centralia ?

— Oui.

— Il sait que j'ai eu une femme indienne et qu'elle m'a donné un enfant?

— A vrai dire, j'ai été un peu plus... discret à ce sujet. J'ai simplement raconté que vous aviez vécu avec eux, et que c'était la raison pour laquelle ils vous avaient aidé à retrouver le jeune Williams.

— Je ne veux pas m'en cacher!

Pourquoi Gary prenait-il la peine de parler de ça, puisqu'il serait en prison, de toute façon?

— Attendez un peu, conseilla Sinclair. Ils en ont déjà appris beaucoup d'un seul coup, comme Mary Jo. Il leur faut le temps de s'adapter.

— Mary Jo n'y parviendra pas, dit Gary, amer.

— C'est vous qui l'avez chassée.

Gary plissa les yeux.

— Que vous a-t-elle raconté?

Sinclair sourit.

— C'est une habitude, chez vous, de sous-estimer tout le monde?

— Question d'expérience...

Sinclair secoua la tête avant de changer de sujet.

— Vous avez envie de prendre un peu d'exercice? Mais je vous avertis, dès que vous aurez franchi la porte, toute la ville va vouloir venir vous serrer la main.

Gary ferma les yeux. Il ne le supporterait pas! Il se considérait encore comme l'un des malfrats de la bande d'Anderson, un homme sans honneur. Mary Jo l'avait enfin compris. Or, la seule main qu'il désirât était la sienne. Jeff lui avait donné son amitié, mais il ne savait pas tout, à ce moment-là.

Il préféra se contenter de marcher dans sa chambre. Elle était à peine plus grande qu'une cellule de prison, et il devait s'habituer aux espaces confinés. Il gagna la fenêtre, dans l'espoir d'apercevoir une mince silhouette couronnée de cheveux auburn. Juste une fois. Un individu qu'il reconnut comme le banquier leva les yeux, lui adressa un signe de la main. Gary se détourna.

Demain. Demain il quitterait Last Chance pour toujours. Dernière Chance... Quelle ironie ! Il avait cru qu'il pourrait y en avoir une autre, pour lui, mais l'absence de Mary Jo prouvait le contraire.

Ils partirent à l'aube, et Gary s'attendait à ne rencontrer personne. Pourtant, la ville entière semblait s'être assemblée devant la pension de famille. Matt se détourna quand Gary lui lança un regard accusateur.

Tout le monde voulait lui serrer la main, lui souhaiter bonne chance ; plusieurs femmes avaient préparé des paniers de victuailles, un homme lui offrit une bouteille de whisky. Jamais Gary n'avait vu ça ! Mais Mary Jo n'était pas là, et il perdit tout espoir de la revoir un jour.

Matt avait disposé un matelas à l'arrière du chariot et des coussins sur le banc du cocher. Le voyage allait être sacrément long ! Trois jours, peut-être quatre, avait-il dit.

Gary aurait le temps de fixer dans sa mémoire la splendeur des levers et des couchers de soleil, de se rappeler l'image d'une jeune femme aux cheveux de feu, au sourire lumineux... Il accueillit avec une sorte de soulagement le premier cahot et la douleur qui s'ensuivit, car il n'était pas sûr de supporter plusieurs journées de si tendres souvenirs.

Mary Jo et Jeff terminaient leur tournée. Ils avaient parcouru Cimarron Valley de long en large pour rassembler les signatures de chaque habitant dans un périmètre de cent cinquante kilomètres. Cela leur avait pris cinq jours entiers, mais à présent, ils avaient une pétition de cinq cents noms demandant la grâce de Brad Allen.

Mary Jo avait envisagé de rester en ville, d'essayer de parler à Gary, puis elle avait préféré agir. Tant que Gary ne se serait pas pardonné à lui-même, tant qu'il ne se verrait pas comme les autres le voyaient dorénavant, il n'accepterait jamais d'être considéré comme un individu de valeur. Matt Sinclair était de cet avis. En outre, il pensait que la pétition serait utile.

Dix jours s'étaient écoulés depuis l'attaque de la banque, et Matt était probablement déjà parti pour Denver avec son prisonnier. Les Abbot avaient mis deux hommes à la disposition de Mary Jo et, sous la protection de Tuck, elle avait décidé de se rendre à Denver avec son fils, en espérant y arriver avant Gary.

Elle fit soigneusement ses bagages. Le collier qui avait appartenu au fils de Gary, sa plus jolie robe, une liasse de billets que quelques clients de la banque l'avaient chargée de remettre à Gary en guise de remerciement.

Ils passèrent chercher le cheval gris de Gary, qui avait été confié à l'écurie municipale, puis tous se mirent en route pour Denver, Mary Jo sur sa jument, Jeff sur Roi Arthur. Ils pourraient prendre des raccourcis impossibles à emprunter en chariot, et avec un peu de chance, ils auraient le temps de plaider leur cause auprès des autorités, avant l'arrivée de Matt, lequel avait déjà envoyé une série de télégrammes à toutes ses connaissances de Washington et de Denver.

Oui, avec un peu de chance, beaucoup de chance, ils repartiraient accompagnés de Gary.

Denver était une ville trépidante, mais Gary, terriblement endolori, n'avait pas le cœur à l'apprécier. Le whisky l'avait un peu aidé à supporter le pénible trajet, sans parvenir à lui faire oublier sa douleur.

Quand ils s'arrêtèrent devant un hôtel, Gary descendit du chariot avec peine et suivit le shérif, qui demanda deux chambres, alors qu'il s'attendait à aller directement en prison. Matt le surprendrait toujours !

— Autant profiter du confort quand on le peut, expliqua Sinclair, avant d'ajouter : J'ai des gens à voir, je vais vous faire préparer un bain et monter un repas.

Gary acquiesça. Leur amitié s'était renforcée, au cours du trajet, tandis qu'ils partageaient le whisky, le poulet frit, les cookies et autres friandises offertes par les femmes de Last Chance.

— J'aimerais avoir plus de prisonniers de votre sorte, disait Matt en souriant. D'habitude, je ne mange pas si bien !

Tous ces mets de qualité avaient un goût de cendre, pour Gary. Il se nourrissait parce qu'il le fallait, sans plaisir. Et à présent, même la perspective d'un bon lit et d'un bain ne le soulageait pas de l'énorme vide qui l'envahissait.

Il se dirigea vers l'escalier avec son sac de voyage en espérant trouver l'oubli dans le sommeil. Malheureusement, il ne lui restait plus de whisky, encore qu'il ait eu l'impression que l'alcool exacerbait sa douleur au lieu de la calmer. Peut-être n'en avait-il pas assez bu...

Il regarda la clé dans sa main, se retourna. Matt avait disparu. Une fois de plus, il envisagea de s'enfuir. Il y avait beaucoup pensé, ces derniers temps, mais il ne pouvait pas faire ça à Matt et, à la vérité, sa vie sans Mary Jo et Jeff présentait peu d'intérêt. La prison ou autre chose... Après la réaction de la jeune femme, il ne croyait plus guère à la possibilité d'une rédemption.

Il ouvrit la porte sur une chambre qui lui parut luxueuse, comparée à celle de Last Chance. Le lit était aussi moelleux que celui de chez Mary Jo... Bon sang, quand cesserait-il de penser à elle à tout bout de champ ?

Il se dirigea vers le miroir pour y découvrir son visage las, couvert de poussière et de barbe. Il s'aspergea d'eau avant de s'asseoir sur le lit pour ôter les bottes que lui avait offertes le cordonnier de Last Chance. Il n'en avait jamais possédé de cette qualité! Il se rappela l'attitude chaleureuse de la population de la ville le matin de son départ. Gratitude passagère, se dit-il. Rien de plus.

Pourtant, c'était un beau souvenir.

Matt, après avoir laissé ses bagages à la réception, mena le chariot et les chevaux à l'écurie avant de se rendre chez le shérif.

— Encore cet Allen! gémit l'homme quand Matt se fut présenté.

— Vous avez reçu mon télégramme?

— Celui-là et une cinquantaine d'autres. Sans compter la visite d'une jeune femme fort déterminée, les messages du gouverneur, de deux membres du Congrès, et même d'un général du ministère de la Guerre.

Matt sourit.

— Quand Mme Williams est-elle arrivée?

— Il y a un jour et demi, et c'est comme si la région avait été la proie d'un ouragan.

— Où réside-t-elle?

Le shérif cita un hôtel proche de celui de Matt et de Gary.

— Qu'avez-vous fait d'Allen? ajouta-t-il.

Matt le lui dit, puis ajouta:

— Il est venu de son plein gré. Sapristi, il m'a même pratiquement forcé à l'amener ici!

— Signera-t-il le serment de fidélité?

— Je ne saurais répondre à sa place, mais je le crois.

— Il y a longtemps que nous voulions pincer Kelly, et nous sommes reconnaissants à Allen de nous l'avoir livré. Après avoir reçu votre télégramme et celui du maire, ainsi que la visite de la jeune dame, j'ai pris mes renseignements. Votre protégé a choisi le bon moment pour se rendre. A Washington, les politiciens veulent que le pays oublie la guerre. Ils accordent de nombreuses grâces, sauf pour les bandits du genre de Kelly. Allen n'aura qu'à signer le serment de fidélité et jurer de respecter les lois de son pays.

Matt eut un grand sourire.

— C'est un plaisir de traiter avec vous. Je l'amènerai cet après-midi même.

— Je reverrais volontiers la dame, aussi. Très convaincante ! Même le gouverneur a télégraphié à Washington pour demander la grâce d'Allen. Une jeune femme fort déterminée, conclut-il en secouant la tête.

Matt eut un petit pincement de regret au cœur.

— C'est le moins qu'on puisse dire !

Gary fut réveillé par des coups insistants frappés à la porte. C'était la deuxième fois qu'on le dérangeait dans son sommeil. Un peu plus tôt, des serveurs avaient apporté des baquets d'eau chaude, et il avait pris un bain avec plaisir, s'était rasé, avait enfilé un pantalon avant de sombrer de nouveau.

A contrecœur, il se passa la main dans les cheveux, se dirigea vers la porte... Et avala sa salive tandis que son cœur battait à tout rompre.

Mary Jo se glissa dans la chambre. Elle portait une robe que Gary ne connaissait pas, et quand elle leva les yeux vers lui, elle lui offrit ce demi-sourire qui l'enchantait tellement.

Et puis elle passa les bras autour de son cou et il la serra contre lui. Il ignorait ce qu'elle faisait là, d'ailleurs il s'en fichait. Il avait besoin d'elle. Besoin d'elle comme jamais !

Elle avait les yeux légèrement voilés, les lèvres

entrouvertes, et il prit sa bouche en un baiser passionné.

— Vous m'avez manqué, murmura-t-elle.

Il caressait la douce chevelure au parfum de fleur qu'il avait cru ne plus jamais voir ni toucher.

— Que faites-vous ici ? demanda-t-il enfin.

Elle recula légèrement.

— Je suis venue apporter un document au gouverneur.

— Au gouverneur ?

— Une pétition signée par plus de cinq cents personnes qui veulent que vous reveniez à Cimarron Valley.

Il n'en croyait pas ses oreilles. Les gens lui étaient reconnaissants, certes, mais cinq cents personnes...

— Ça vient de vous ? demanda-t-il.

— J'ai eu de l'aide. Jeff, les Abbot, Matt. Et ça a marché ! Je viens de rencontrer Matt. Si vous prêtez serment de fidélité, vous serez gracié.

— C'est tout ?

Il avait tellement imaginé le pire !

— C'est tout, confirma-t-elle.

— Et vous ? Serez-vous capable de vivre en sachant ce que j'ai été, ce que je suis sans doute encore ?

— J'aime ce que vous êtes. Matt m'a raconté tout ce qui s'était passé à la banque. Et je sais combien il vous a été difficile de m'avouer le reste.

Elle effleura du bout du doigt une petite coupure due au rasoir. Il tressaillit.

— Je ne sais pas si je retrouverai un jour l'usage de mon bras.

Sur la pointe des pieds, elle l'embrassa longuement.

— Vous vous débrouillez assez bien sans lui. Mais Matt dit qu'il y a un excellent médecin, ici.

— Je dois déjà beaucoup à Matt.

— C'est un homme bon. Vous aussi, la ville entière le pense.

Il la prit à nouveau dans ses bras.

— Alors, ce n'est pas à moi de prétendre le contraire !

— Jeff a terriblement envie de vous voir.

— Croyez-vous qu'il pourra attendre une demi-heure ?

Elle leva vers lui des yeux espiègles.

— Ça sera dur, mais il comprendra.

— Matt ?

— Il sera de retour dans un moment. Il avait besoin de se distraire un peu. Vous n'avez pas été de très bonne compagnie, pendant le voyage, paraît-il.

— Je croyais vous avoir perdue.

— Jamais ! Seulement, je savais que vous ne pourriez envisager de rester près de nous avec... ce qui vous guettait.

— Et vous...

Il revit soudain son expression horrifiée quand il lui avait raconté sa vie.

— J'ai été prise de court. Mais tout cela s'est passé il y a si longtemps ! Vous étiez alors à peine plus qu'un enfant. Matt m'a parlé de la situation au Kansas et au Missouri, à l'époque. Il m'a dit que vous aviez enfin compris et que vous aviez eu le courage de tout quitter.

— Je me suis enfui.

— Non, vous avez rejeté la haine.

— Je ne sais pas, dit-il dans un effort pour être tout à fait honnête. C'est revenu quand...

— Pensez-vous que je n'aurais pas fait la même chose, ou Matt, ou n'importe quel habitant de Last Chance, s'il s'était agi de notre famille ? C'est fini, maintenant, Gary. Vraiment fini.

Il ferma les yeux. Avait-elle raison ? Il sentit un soulagement intense s'élever en lui, comme un vent frais qui efface les traces dans la poussière.

— Je vous aime, dit-il.

Il n'avait pas prononcé ces mots depuis des années, même lorsqu'il vivait avec Chivita. Il considérait qu'il n'en avait pas le droit, avec son cœur déchiré. Mais ce cœur était entier, à présent.

Elle sourit, une étincelle de défi dansa dans les yeux verts.

— Prouvez-le !

Il ne se fit pas prier.

ÉPILOGUE

Cimarron Valley, dix ans plus tard

Gary s'approchait du ranch, le cœur léger à la vue des lumières qui l'accueillaient, chaleureuses.

Il s'était absenté cinq semaines, cette fois-ci, pour aller défendre la cause des Indiens. Ils avaient remporté une nouvelle, bien que modeste, victoire à Washington. Les Utes du Sud ne seraient pas parqués dans la réserve semi-désertique de l'Utah, comme le souhaitaient beaucoup d'habitants du Colorado, mais on leur permettrait de rester dans leur propre réserve.

Ce mot de « réserve » donnait toujours le frisson à Gary. Il était tellement injuste de confiner ces cavaliers du vent sur un minuscule territoire ! Cependant les Utes s'en étaient mieux sortis que les autres tribus. Ils possédaient encore un peu de la terre de leurs ancêtres et on les laissait parfois chasser hors de leur réserve.

Il était fatigué du voyage, de ses nombreuses visites aux membres du Parlement.

Il avait adopté officiellement le nom de Gary Foster, afin de laisser derrière lui tous les souvenirs pénibles. Sa vie commençait le jour où il avait rencontré Mary Jo.

Ils avaient deux enfants, à présent, en plus de Jeff, et Gary les aimait tous les trois avec la même intensité. Matt, âgé de huit ans, avait la curiosité et l'espièglerie de son frère aîné, tandis que Joy, à six ans, était l'enfant chérie de toute la famille. Aussi jolie que sa mère, dont elle était le portrait, elle respirait le bonheur de vivre. Gary voulait lui donner le monde. Il voulait leur donner le monde à tous !

Plus que tout, il voulait leur offrir amour et sécurité. Et leur enseigner la tolérance, qualité que lui-même avait mis si longtemps à acquérir. C'était le testament qu'il tenait à leur laisser : qu'ils aiment les gens pour ce qu'ils étaient et non pour le monde auquel ils appartenaient. Il avait été coupable de condamner un groupe tout entier pour les actes de quelques-uns, comme tant de Blancs condamnaient les Indiens à tort.

Drew resterait toujours dans son cœur, et Chivita aussi. Mary Jo lui avait appris à se rappeler le bien plutôt que le mal, à protéger les bons souvenirs au lieu de tout rejeter en bloc. Mary Jo était sa lumière, les enfants étaient sa joie.

Il mit son cheval au pas. Il y avait si longtemps que Mary Jo lui avait demandé s'il savait ce qu'était la joie...

Il en avait tant, maintenant, grâce à l'amour et à la détermination de Mary Jo et de Jeff ! La jeune femme aurait remué des montagnes, s'il l'avait fallu, et Jeff tenait d'elle. A vingt-deux ans, son fils aîné s'occupait à merveille du ranch, qui comprenait à présent plus de dix mille têtes de bétail et une écurie pleine de chevaux de race. Tuck menait l'exploitation de main de maître, et il continuerait jusqu'à ce que Jeff soit prêt à reprendre le flambeau. Précieux à tous égards, Tuck était devenu un membre à part entière de la famille.

Gary supervisait l'élevage des chevaux, qui étaient devenus célèbres dans tout le Colorado. A cette tâche aussi, Jeff excellait. Il avait effectué de fréquents séjours parmi les Utes et il avait même gagné la dernière course, qui avait eu lieu dans leur réserve deux mois auparavant.

Il était devenu aussi grand que Gary. S'il se montrait raisonnable et posé, il n'en avait pas moins le goût de l'aventure. Le sang d'un Ranger, disait Mary Jo. Mais Gary pensait qu'il tenait aussi cela d'elle.

Il remit son cheval au petit galop, la main droite posée sur le pommeau de la selle. Ses doigts n'avaient jamais tout à fait retrouvé leur dextérité et son coude était raide, mais il avait appris à s'en accommoder. Il savait même tirer de la main gauche, bien qu'il souhaitât de tout son cœur ne jamais avoir à se servir de ce talent contre un être humain.

D'ailleurs, il n'en aurait sûrement pas l'occasion. La civilisation s'étendait rapidement. Matt était parti vers l'ouest cinq ans plus tôt, quand la ville de Last Chance avait périclité au profit d'une ville mieux située, où s'arrêtait le chemin de fer. Il était le meilleur ami de la famille, le parrain du petit Matt. Cependant, ils n'avaient guère eu de ses nouvelles ces dernières années, à part un cadeau à chaque anniversaire de son filleul. Gary se demandait souvent ce qu'il serait advenu de lui, d'eux tous, si Matt n'avait été le shérif. C'était un homme d'une qualité exceptionnelle. Mais il s'ennuyait à Last Chance, les derniers temps, et un jour il était passé au ranch faire ses adieux.

Gary pensait souvent à lui, en lui souhaitant tout le bonheur du monde.

La lumière se fit sur le perron, et Mary Jo sortit. Comme si elle sentait sa présence, elle était toujours là pour l'accueillir quand il rentrait de voyage. La petite Joy jaillit par la porte et vint se jeter dans les bras de son père.

— Papa! s'écria-t-elle, tout heureuse. J'ai eu des chiots!

— Toi? J'aurais bien voulu voir ça!

L'enfant pouffa de rire.

— Tu es bête!

— Toi aussi! rétorqua-t-il en plantant un baiser

sur ses joues avant de la reposer à terre. Et c'est comme ça que je t'aime.

Il s'agissait des descendants de Jake, qui devait être tout fier de sa progéniture. Il devenait un peu rhumatisant, avec l'âge, mais il se comportait toujours comme si la famille lui appartenait, au lieu du contraire. Et bien sûr, il se tenait aussi à la porte, sa queue à présent grisonnante frappant le sol avec le même enthousiasme que jadis.

Gary tendit les bras à Mary Jo.

— Notre nichée s'agrandit, on dirait.

Elle était toujours aussi jolie.

Elle se dressa sur la pointe des pieds pour l'embrasser avec une passion que le temps, bien loin d'affaiblir, avait enrichie.

— Bienvenue à la maison, murmura-t-elle.

Il passa le bras autour de ses épaules et, plein de ce bonheur qui ne cessait de l'émerveiller, il entra dans son paradis.

Amour & Suspense
ROSE & NOIRE

BARLOW Linda
Ultime trahison
4324/3

COLE Martina
Une femme dangereuse
4093/7 Inédit

ERSKINE Barbara
Le secret sous la dune
4219/4

GERRITSEN Tess
Qui a tué Peggy Sue ?
3954/3

GREY Jillian
Tous coupables !
4108/4 Inédit
Dix ans après le meurtre de ses parents, Erika retourne dans sa ville natale, décidée à les venger.

HARRELL Janice
Passé imparfait
4131/3 Inédit

HOAG Tami
La nuit du Bayou
3930/6
Nocturne pour un péché
4018/7
Crescendo pour un péché
4218/6 Inédit

HOWARD Linda
Un fascinant regard
4198/4 Inédit
Dotée de pouvoirs télépathiques, Marlie est bouleversée par de sanglantes visions de meurtre. Elle propose ses services à la police, qui enquête sur un tueur en série.

KAISER R. J.
Un inconnu dans mes bras
3947/4

MICHELS Christine
Le baiser du danger
4132/4 Inédit

MILLS Deanie Francis
Passion mortelle
4276/4 Inédit
Dessinatrice, Candy travaille pour la police. Après un reportage diffusé à la télévision, elle est sauvagement agressée. Peu après, elle rencontre Zach, un homme à la fois inquiétant et attirant...

NICHOLAS Deborah
Sonate pour une espionne
4153/5 Inédit
Critique musicale, Suzanne reconnaît lors d'un concert un morceau, jusqu'alors inédit, composé par son beau-père. La partition dissimule un message codé...

PAPPANO Marilyn
Un jeudi mortel
4174/5 Inédit

POTTER Patricia
Une ombre dans l'île
3933/4

RANDALL WISDOM Linda
Au risque de t'aimer
4197/2 Inédit

ROBARDS Karen
Soudain, cet été-là
3864/5
Seule avec mon ennemi
3931/4
Cours dans la nuit !
4041/4
A trente-six ans, Summer McAfee n'aspire plus qu'à la tranquillité. Elle va pourtant se laisser entraîner dans une folle aventure par un ex-flic mis sur la touche. Comment sauver sa peau, tout en aidant cet homme mystérieux et si attirant, c'est ce que se demande Summer...
Le prédateur sous la lune
4152/4 Inédit
Troublante confusion
4152/4 Inédit

ROBERTS Nora
Un secret trop précieux
3932/4
Ennemies
4080/5
L'impossible mensonge
4275/6 Inédit
Une lettre suffit à bouleverser la vie de Kelsey Briden : sa mère, qu'elle croyait morte, vit toujours et a été condamnée à dix ans de prison pour meurtre ! Que s'est-il donc réellement passé ? Il faudra à Kelsey une incroyable ténacité – et l'aide du séduisant Gabe Salter – pour le découvrir.

SAWYER Meryl
Une nuit à Marrakech
3998/5
Un baiser dans l'ombre
4042/5
La dernière nuit
4323/4

STUART Anne
Tu ne l'entendras pas venir
4092/4 Inédit
L'amour rend-il vraiment aveugle ? En dépit des indices qui s'accumulent, Claire refuse de croire que l'homme qu'elle aime soit un assassin.
J'ai aimé un assassin
4175/4 Inédit

TILLIS Tracey
Mascarade mortelle
3956/3
Danger sur Michigan
4107/3 Inédit
Peu avant de mourir, le père de Mike lui demande de retrouver une jeune femme, Julie Connor. Mike découvre qu'il s'agit d'une jeune journaliste trop curieuse, menacée par la Mafia.

WOODS Sherryl
Imprudences
4302/3 Inédit

4338

Composition Interligne B-Liège
Achevé d'imprimer en Europe (France)
par Brodard et Taupin à La Flèche (Sarthe)
le 13 novembre 1996. 6979Q
Dépôt légal novembre 1996. ISBN 2-290-04338-9

Éditions J'ai lu
84, rue de Grenelle, 75007 Paris
Diffusion France et étranger : Flammarion